KB195400

아프지만 내 인생이니까

아프지만 내 인생이니까

발행일 2024년 12월 10일

지은이 김봉석, 김이경, 김성은, 황재혁, 민혜미, 김경주, 조용순, 문정숙, 유경민, 최수미
그 림 인스타툰 작가 노다지
펴낸이 백대현
펴낸곳 도서출판 정기획(Since 1996)
출판등록 2010년 8월 25일(제2010-000003호)
주소 경기도 시흥시 서촌상가4길 14
전화번호 (031)498-8085, 010-2310-8085
팩스번호 (031)498-8084
이메일 cad96@naver.com

편집/제작 (주)북랩

ISBN 979-11-93579-10-7 03810 (종이책)
979-11-93579-08-4 05810 (전자책)

치유와 성찰로 만들어가는 나만의 터닝 포인트

아프지만 내 인생이니까

김봉석, 김이경, 김성은, 황재혁, 민혜미, 김경주, 조용순, 문정숙, 유경민, 최수미

정기획

추천글

理想의 숲에서 자신을 승화시키는 사람들

『아프지만 내 인생이니까』 출간을 진심으로 축하드립니다.

폭염이 폭포수같이 쏟아지는 날, 서해바다 거북섬에 도착했습니다. 그날 그곳에는 높은 이상의 숲에 들어가서 자신을 승화시키려고 노력하는 이십여 명의 미래 작가들이 계셨습니다. 이들과 문학에 대해 이야기를 나누는 날이었습니다. 이들은 우리 문학을 키워나갈 젊은 힘과 초록빛 눈동자를 가진 분들이었습니다. 그들을 마주하는 순간, 더위는 사라지고 기분이 상쾌해지는 느낌이었습니다. 마치 좋은 글에 갈증이 나 있던 나 자신을 만나는 것 같기도 하고, 새롭게 문학을 노래하는 분들의 용틀임을 봐서인지 신명이 나기도 했습니다.

그날 그들과의 즐겁고 행복했던 두 시간이 어떻게 지났는지 질어 가는 이 계절에도 생생하게 떠오릅니다. 서로의 미소를 나누었던 귀한 분들이 자기들의 이야기를 묶어 책으로 나온다는 소리를 들었습니다. 여러 번 책을 냈던 사람이지만 내 책을 내는 것처럼 기쁘고 설렙니다.

박목월 님은 '문학을 좋아하고 시를 사랑한다는 것은 마음속에 사랑이 있다는 증거다.'라고 말씀하셨습니다. 시흥의 자연은 산과 바다와 저수지, 갯벌과 들판과 연꽃, 무엇보다 낙조가 있어서 문학 하기에 딱 좋은 환경입니다. 사랑이 넘치는 숲을 만들기에도 충분한 곳입니다. 살벌하게 변해 가는 이 시대에 언어 속에서 글의 맥을 잡는 것은 삭막한 숲에 초록 나무를 심는 사랑입니다.

여러분의 지금의 발걸음, 즉 이번에 나오는 책은 사랑을 실천하면서 문학의 숲을 더 튼튼하게 가꿀 원동력이 될 것입니다. 글을 쓰는 일이란 쉽게 다가가고, 또 쉽게 써지는 일이 아닙니다. 부지런하게 책을 읽고 지속적으로 글이 메마르지 않도록 물을 주고, 양분을 주고, 다듬어 주며 가꾸는 일이 중요합니다. 지성과 감성으로 자신의 내면에서 일어나는 현상을 가꾸고 또 가꾸다 보면 언어와 정신의 광합성으로 초록 잎 무성한 글의 나무를 만나게 될 것입니다. 고통 없이 문인이란 이름만 가진 그런 부류의 사람이 아니라 좋은 작품을 쓰기 위해 힘쓰는 문인이 되기를 바랍니다. 그것이 문인의 운명입니다.

책 제목에서 여러분의 삶이 그대로 보입니다. 각자 마음의 소리가 담긴 『아프지만 내 인생이니까』가 세상 모든 사람을 행복해지는 글의 숲으로 인도하고 위안이 되고 또 사랑받기를 기대하면서 다시 한번 출간을 진심으로 축하드립니다.

2024년 10월

시인 이연옥

시집 『나비의 시간』, 『연밭에 이는 바람』, 『산풀향 내리면 이슬이 되고』

수필집 『시위를 당기기 시작했다』

프롤로그

정신분석학 창시자인 프로이트(Freud)는, '표현되지 않는 부정적 감정은 절대 사라지지 않는다. 그런 감정은 살아서 숨어 있다가 나중에 더 추한 방식으로 표현(표출)된다.'고 했습니다. 이 말은 인간은 사는 동안 경험했던 모든 나쁜 감정은 그 어떤 경우에도 저절로 사라지지 않는다는 것을 의미합니다. 무의식(無意識) 안에 숨어 있던 가지각색의 나쁜 감정을 꺼내 표현해야 그 감정들이 사라지면서 현재만이 아니라 미래의 삶이 변화되고 발전한다는 것을 말합니다. 그가 말했던 무의식을 여기에서는 '마음'이라고 칭하겠습니다. 마음속에 있는 것을 표현하는 데는 글쓰기가 최고의 방법 중 하나입니다.

〈마음의 소리〉는 바로 이 점에 착안해서 탄생한 성인 글쓰기 프로그램입니다. 이 프로그램은 실용적 글쓰기는 나누지 않습니다. 글은 초등학교만 나와도 자음과 모음을 압니다. 음운을 알게 되면 단어의 분류, 형성, 의미 등을 배우게 되고, 중·고등학교를 다니면서 문장, 문단 등 문법적 요소를 이해하게 되면서 논리적인 글은 얼마든지 쓸 수 있습니다. 전문적인 쓰기를 배우지 않았더라도 성인이라면 내가 가진 재능이나 익힌 기술을 논리 또는 설명으로 얼마든지 글로 표현해 낼 수 있습니다. 글은 누구나 쓸 수 있다는 것을 말하기 위함입니다.

이 프로그램은 여타 글쓰기 강좌와 다릅니다. 누구나 쓰는 글이 아닌 아무나 쓰지 못하는 글, 즉 '내 글'을 쓰게 하는 데 있습니다. 자신의 정체성을 찾고 내가 글을 쓰려는 이유와 목적 그리고 무엇보다 타인과 글을 동시에 사랑해야만 써진다는 영적 분야를 조심스럽게 다루며 쓰면서 도전하게끔 합니다. 그래선지 글과 책을 통해 성공과 물질에 욕심을 부리는 사람들은 답답함과 고루함 때문에 금방 싫증이 날 수 있습니다.

또한, 이 프로그램은 문학의 다양한 장르도 이론적으로 접근하지 않습니다. 왜냐하면 시, 소설, 희곡, 평론 등은 쓰기를 사랑해서 계속 쓰다 보면 자연스럽게 방향성을 찾기 때문입니다. 아무나 글을 쓰지 못하는 이유는 그 전제조건이 있습니다. '나를 알고, 너를 이해하며, 우리가 함께해야 한다.'는 인류애를 목표로 해야만 누구나가 아닌 아무나 안에 내가 속하게 됩니다.

글은 무서운 속성을 가지고 있습니다. 쓰는 자의 마음이 정화(淨化)되지 않은 상태로 스킬만을 가지고 글을 쓰다 보면 오히려 그 글로 인해 다른 영혼이 망치는 길로 들어설 수 있기 때문입니다.

그렇다고 프로그램명이 〈마음의 소리〉라고 해서 오로지 마음의 위로나 치유 쪽에 무게를 두는 것도 아닙니다. 그래서 대상을 6가지 부류로 구분했습니다. 첫 번째가 좋은 글을 쓰고 싶은데 잘 써지지 않는 분입니다. 이 대상을 맨 앞에 둔 이유는 20회 모든 수업과 연관되어 있기 때문입니다. 두 번째와 세 번째 분들은 글을 통해 나 자신을 찾고 싶거나, 학창 시절 문학 소년이나 소녀를 다시 한번 느껴 보고자 하는 분들입니다. 즉, 나의 진로나 정체성을 명확하게 몰랐던 사람이 해당 주제에 맞춰 글을 쓰다 보면 나의 잠재의식 속에서 글 쓰는 것을 은근히 즐기는 것을 알아차리거나 어린 시절 못다 이룬 꿈을 이제라도 갈망(渴望)하게 됩니다. 네 번째 대상은 내 글을 SNS나 블로그 등에 올리되 더 잘 써서 올리고 싶은 분들입니다. 이들은 기본적으로 쓰기를 이해하는 분들일 가능성이 높고, 어떤 글이든 지속적으로 쓸 가능성이 대단히 높습니다. 다섯 번째와 여섯 번째 대상은 내 이야기를 책으로 엮어 보고 싶거나 작가를 꿈꾸거나 등단을 준비하고 싶은 분입니다. 이들은 이미 작가와 다름없습니다. 펜을 계속 잡느냐, 현실로 인해 놓느냐의 차이일 뿐입니다. 그 사이에서 오락가락하시던 분들이 이제 때가 되어 기지개를 한 것이기 때문입니다.

이렇게 여섯 부류의 대상자가 우연이든 필연이든 여러 매체를 통해 수강을 신청했습니다. 이 프로그램은 매년 4월경에 시작해서 본격적인 가을이 시작되는 9월에서 10월 초순에 일정을 마무리합니다. 금년도 마찬가지였습니다. 공고가 나간 4월 초순 첫날 10명이, 개강일 직전까지 28명이 신청했습니다. 수업이 진행되는 초반(3회 1명, 6회 1명)까지 해서 총 30명으로 완성된 출석부를 만들었습니다. 이는 전년과 같은 수였습니다. 아쉽게도 신청자 중 8명이 처음부터 수료식까지 단 한 번도 참석하지 않았습니다. 실질적으로 22명이 출발해서 5명이 사정상 다음 기회로 넘기고, 마지막 20회까지 완주한 분은 17명이었습니다.

이 프로그램은 수강생을 대상으로 '생각 나누기, 회차별 강의, 기본적인 이론, 주제에 맞춰 글쓰기' 등 크게 4가지 순서로 20회 동안 진행했습니다.

'생각 나누기'란 당일 화두와 다양한 질문 카드를 활용합니다. 이는 각자 마음에 있는 소리를 즉흥적으로 표현하는 것을 목표로 합니다. 성인 학습자는 대부분 페르소나(Persona)로 삽니다. 답할 시간을 길게 하면, 마음에 있던 답이 생각으로 이동하면서 저울질합니다. 입을 통해 뱉을까 말까, 찰나에 판단하고 결정합니다. 받은 질문에 답하지 않고 대체로 솔직하지 못한 답이 나옵니다. 왜냐하면 처음 보는 사람들 앞에서 나의 신상을 있는 그대로 표현하는 것을 부끄럽거나 수치스럽게 여기기도 하고, 구태여 할 필요가 없다고 생각하기 때문입니다. 이 프로그램의 성패는 여기에 달렸기 때문에 이겨 내지 못하면 수업을 포기하는 경우가 높아집니다.

'회차별 강의'는 생각 나누기의 연장선으로, 철학, 문학, 역사 등 인문학적 내용을 담습니다. 그 이유는 글을 쓰는 참 목적, 글을 왜 쓰는지의 마음 자세를 제대로 갖추게 하기 위함입니다. 글은 나를 위한 목적만이 아니라 타인을 살리기 위함이어야 합니다. 나의 내면이 거짓과 위선, 이기(利己)로 바윗덩어리처럼 단단한데, 그런 마음 상태로 글을 쓰면 미지의 사람이 그 글을 읽으면서 영혼이 혼탁해질 수 있기 때문입니다.

'기본적인 이론'이란 학창 시절 배우고 익힌 문법을 말합니다. 대부분 성인 학습자는 국어의 문법적 요소인 품사, 문장 성분, 띄어쓰기, 맞춤법, 표준어 등을 모르는 게 아니라 잊고 산 사람들입니다. 기초적인 내용만 다시 떠올리면 스스로 과거의 기억을 찾거나 각종 자료를 통해 자기 주도로 공부할 수 있기 때문에 문법 시간은 최대한 줄였습니다.

'주제에 맞춰 글쓰기'는 시간 관계상 과제로 제시하고, 다음 강의 전까지 제출하게 했습니다. 주제 키워드는 '나 중심'입니다. 나의 기억, 생각, 경험, 가치관, 현재 삶, 미래 상상하기 등 내 이야기에 집중되어 있습니다. 수업 시간에는 제출한 원고 중에 해당 주제에 맞는 글을 몇 편 선정해서 직접 낭독하게 합니다. 내가 쓴 글을 읽고, 듣고, 말하면서 언어 영역을 직접 경험하게 합니다. 이를 통해 오랜 시간 잠자던 내 마음의 결이 움직이는 것을 알아차리고 체험하게 합니다.

쓰기와 오랜 시간 단절된 삶을 살다가 새로운 계기를 만나 쓰게 된 글은 미흡한 게 사실입니다. 그래서 고쳐쓰기를 3~4회 동안 합니다. 수정 및 퇴고 과정은 기존 작가들도 어렵고, 힘들어하고, 하기 싫어합니다. 그러나 글 쓰는 자들의 숙명(宿命)에 해당하므로 그들은 기꺼이 그 시간을 이겨 냅니다. 이제 출발한 분들은 기성 작가보다 몇 배 힘들어하는 게 사실입니다. 이를 알기 때문에 고쳐쓰기에 들어가기 전에 초대 작가를 모시고 마음을 다시 한번 잡게 합니다. '작가와의 대화'는 글쓰기를 시작하는 사람들에게 꿈과 희망과 결단과 목표를 동시에 줍니다. 작가가 글쓰기 입문 과정에서 어떻게 그 높고 어려운 벽을 넘고 이겨 냈는지 생생한 이야기를 직접 들으면서, 나도 할 수 있고 또 해 보자는 마음을 스스로 외치게끔 합니다. 외친 함성 소리는 고쳐쓰기를 하는 동안 펜을 버리지 않게 하는 원동력이 됩니다.

고쳐쓰기는 몇 번을 반복해도 또 하고 싶을 정도로 글 쓰는 데 매우 중요합니다. 어니스트 헤밍웨이(Ernest Hemingway)는 '모든 초고는 걸레다'라고 했습니다. 그는 『노인과 바다』로 노벨문학상을 수상했는데, 거의 2백 번을 수정했다고 합니다. 베르나르 베르베르(Bernard Werber)도 『개미』를 무려 12년 동안이나 고쳐서 세상에 내놓았다고 합니다. 대문호들도 이럴진대 이제 시작하는 사람들은 쓰는 것보다 더 힘들 수도 있습니다. 자신이 썼던 글을 다시 수정하는 과정은 처음 쓰는 과정보다 열 배는 더 힘들다고 할 수 있습니다. 실제 이 과정에서 많은 사람이 글쓰기를 포기합니다. 자기가 자기 글을 평가하면서 스스로 실망하고, 자기가 써 놓은 글을 앞에 놓고 자신을 스스로 비하하기도 합니다. 이 단계를 넘어야 진짜 글 쓰는 사람이 될 수 있다고 여러 번 반복해서 말하기도 하고, 이 과정을 이겨 낸 선배 기수의 예를 근거로 제시하기도 합니다. 이를 이해한 분들은 직접 글, 단락, 문장, 단어를 역순으로 해서 고쳐 나갔습니다. 그 과정을 거치면서 자신의 원고 중 세상에 내놓기 불편한 내용은 제외시켰습니다. 이렇게 해서 개인별로 5~10가지 원고를 선정했습니다.

이 책은 이 프로그램의 모든 과정을 이겨 낸 10명의 마음의 소리를 담고 있습니다. 다음과 같은 순서로 엮었습니다.

어린 시절 있었던 일 중 아픔, 슬픔, 무서움, 수치심 등 부정적 기억을 처음 주제로 제시했습니다. 주로 어린 시절의 기억은 가족과 점철(點綴)되어 있습니다. 누구나 할 것 없이 인간은 사는 동안 내가 받은 상처나 내가 상대에게 준 가시를 살펴야 합니다. 그러나 가족과 주고받은 상처와 가시는 가족이라는 이유로 참고 넘어가는 경우가 대부분이어서 지금 나이 동안도 풀지 못한 게 있습니다. 일부 사람은 가족 간의 관계로 갖게 된 부정적 감정의 탓을 외부에서 찾기도 합니다. 그러나 어두웠던 나의 과거는 우연히 알게 된 어떤 사람, 책, 영화, 음악, 강의 등을 통해 내 인생의 터닝 포인트(Turning point)로 삼고 일어서게 됩니다. 그 기회를 통해 삶의 희망을 보게 되면 자연스럽게 공부하기 시작합니다. 현인이나 성인을 만나 가르침을 받거나 인문학적 도서를 읽기 시작합니다. 그러다 보면 나는 누구인가란 문제 앞에 봉착합니다. 내 성격(성향)의 장점(강점)과 단점(결점), 삶의 모토(Motto), 인생철학(Philosophy)을 살펴보거나 성찰하는 시간을 갖습니다. 이렇게 객관적인 나를 찾게 되면 남은 인생을 어찌 살아야 할지를 고민합니다. 이는 내 나이가 현재보다 열 살이 많을 때 어떤 삶을 살고 있을지 고민도 하고, 글로 적으면서 명확한 목표를 설정하게 됩니다.

톨스토이(Tolstoy)는 '과거는 존재하지 않는다. 미래는 오지 않았다. 현재는 존재하지 않는 과거와 다가올 미래가 만나는 시간이다.'라고 했습니다. 이 말은 과거를 해결하지 않고 미래를 꿈꾸는 것은 위험하다는 의미와 미래를 밝게 하려면 현재 무언가를 통해 준비하라는 의미를 동시에 담고 있습니다. 바로 그 중심에 글쓰기가 있습니다. 글쓰기만이 나의 과거의 굴레에서 벗어나 미래의 소망을 갖게 한다는 것입니다. 우리가 아무리 어두운 골목길에서 허우적거리더라도, 꺼질 듯 말 듯한 희미한 가로등만 있어도 제 길을 찾는 것처럼, 인생이란 내일의 희망을 품게 되면 당당히 일어설 수 있습니다. 즉, 내 마음대로 되지 않는 인생을 내 맘대로 살 수 있다는 것은 가정에 불과하지만 무릎에 힘을 불어넣을 수 있다는 것입니다. 그 힘은 글쓰기만이 줄 수 있습니다. 먼 훗날 소설이 아닌데 소설 같았던 내 인생의 마지막 길에서 우리 각자는 수많은 고난과 역경을 이겨 내고 인생의 종착점에 섰을 때 나를 돌아보는 시간이 필요할 것입니다. 내가 나 자신에게 하고 싶었던 말이나 하고 싶은 말을 편지 형식으로 담담하게 쓴 것을 맨 마지막 순서에 담은 이유이기도 합니다. 사람마다 똑같은 주제를 두고도 표현하는 방식이 다르듯, 해당 주제 외에 꼭 할 말 또는 글도 맨 뒷부분에 첨부했습니다.

이들의 이야기는 평범한 이야기로 들리겠지만 결코 평범하지 않은 자신의 이야기입니다. 이 책, 『아프지만 내 인생이니까』 안에 평범하지 않은 그들의 이야기가 가득 담겨 있습니다.

이 귀한 책을 여러 경로를 통해 손에 쥔 분들에게 부탁할 게 있습니다. 현대 사회는 많은 책들이 자본에 의해 과대 포장된 측면이 있습니다. 내면은 구린내가 진동하지만 겉은 화려한 명품 옷을 걸친 사람처럼 책도 죽은 글을 담은 책이 많이 나와 있습니다. 그러나 이 책은, 쓰기 실력이 좀 부족해도 자신의 영혼을 담은 진정성을 담은 진짜 책입니다. 그래서 이 책이 나오기까지 수고한 10명의 작가들에게 아낌없는 박수로 이들의 미래를 응원해 주셨으면 합니다.

이 책이 나오기까지 그동안 수고한 열 분에게 거듭 감사를 전하고, 앞으로 더 전진해서 글로 세상에 선한 향기와 사랑을 선물하는 훌륭한 작가가 되기를 진심으로 기원합니다.

감사합니다.

2024년 10월

백태현

아프지만 내 인생이니까

목차

김봉석 – 슈브

김봉석 - 슈브

못다 부른 이름

인생은 수많은 만남의 연속이다. 오래도록 기억에 남는 따뜻한 만남이 있는가 하면, 때로는 미움과 상처를 남기는 경우도 있다. 그런가 하면 따뜻함과 차가움의 사이에서 더 이상 발전하지 못하고 헤어져 두고두고 깊은 아쉬움을 남기는 사이도 있다. 그는 나에게 그런 사람이었다.

그는 언제나 큰 산과 같은 느낌을 준다. 만나는 사람을 편안하게 해 준다. 60세가 가까운 경상도 남자라 사랑을 표현하는 데 서툴 것 같지만, 그가 어머니를 만날 때마다 먼저 포옹을 자연스럽게 하는 것을 보며 놀란 적이 있다. 나는 그가 상대방에게 무언가를 강요하는 것을 본 적이 없다. 언제나 상대방의 의견을 먼저 묻고 배려하는 자세가 몸에 배어 있었다. 그의 외아들에게 물어본 적이 있다.

"넌 아버지 어떤 점이 좋냐?"

아들은 아버지가 자신에게 잔소리한 적이 한 번도 없다고 했다.

자신의 선택을 믿어 주고 인정해 줘서 늘 편안하고 좋았다고 했다.

과거 그의 모습은 지금과는 다르게 불편함을 주는 사람으로 기억 속에 남아 있다. 내가 알기로 그의 젊은 시절은 우여곡절이 많았다. 언제부턴가 거칠어진 성격 탓에 부모님이 학교에 가야만 하는 사건도 있었다. 한번은 피가 여기저기 묻어 있는 찢어진 러닝셔츠를 한 팔에 겨우 걸치고서 씩씩대고 있는 모습을 본 적도 있다. 학교에서 누군가와 주먹다짐을 한 듯했다. 공부보다 운동을 더 좋아해서 야구부에서 활동하던 모습이 기억난다. 캐치볼을 한 적이 있는데, 날아오는 공에서 소리가 날 정도로 속도가 빨라 아찔했던 적도 있다. 그렇게 야구에 꽤 재능을 보였지만, 무슨 이유 때문이었는지 계속하지는 못했다. 아마도 운동에 전념하기 위한 부모의 지원이 불투명한 상황이었던 것 같다. 운동을 못 하게 되어서인지 공부가 싫어서인지 고등학교 2학년인가에 검정고시를 보겠다고 자퇴를 선언했다. 부모님은 말렸지만 결국 고집을 부려 자기 뜻대로 했다. 검정고시를 통과했고, 수년 뒤 방송통신대학교를 졸업하였다.

그에게는 남동생과 여동생이 있었다. 두 살 터울의 남동생은 형을 어린 시절에는 "행님아~" 하며 잘 따랐다. 그러나 청소년 시절 형의 일탈이 시작되며, 동생의 눈에는 장남임에도 무책임하고 말썽꾸러기 같은 모습에 실망하여 언젠가부터 형이라는 호칭을 사용하지 않았다. 성난 말처럼 거칠어진 형에 대한 두려움이었거나 늘 문제의 중심에 있는 것 같았던 형에 대한 원망과 미움의 표현이었을 것이다. 성인이 되고 결혼을 하고서도 동생은 형이라는 칭호를 남에게는 사용해도 정작 자신의 형을 향해서는 부르는 것을 한 번도 볼 수 없었다. 둘의 관계는 형제인 듯 형제 아닌 듯 참 어색해 보였다. 형은 동생의 그런 마음을 알고 있었을까?

그러던 어느 날, 동생이 형의 진면목을 보게 되는 사건이 일어났다. 형은 전 세계를 덮친 코로나19의 살인적인 광풍이 조금은 수그러드는 듯한 어느 해 추석을 한 주 앞둔 월요일, 지인들과 지방으로 등산을 갔다가 심근경색으로 갑작스럽게 죽음을 맞이하였다. 산행 중에 갑자기 일어난 일이라 119 헬기까지 동원되었지만 골든 타임을 이미 놓쳤다고 들었다. 일주일 전에 맞은 화이자 백신 2차 접종이 원인인지, 약간의 고혈압이 문제인지, 아니면 타고난 승부욕으로 누구보다 성큼성큼 앞서가던 발걸음이 무리였는지, 원인은 정확히 알 길이 없었다. 시신은 집 근처 서울에 급히 마련된 장례식장으로 월요일 저녁 늦게 운구되었다. 남편을 갑작스레 잃은 형수 측에서 조용하게 가족장으로 수요일에 발인하여 장례를 마치기로 했다. 그래서 부고를 띄우지도 않았다. 그런데 어떻게 알았는지 사람들이 화요일 오전부터 하루 종일 물밀듯이 밀려들었다. 문상객의 행렬은 발인 예정일인 수요일 새벽까지 이어졌다. 모두가 놀람과 아쉬움 그리고 깊은 그리움에 고인을 진심으로 애도하는 것을 느낄 수 있었다. 고인이 사람을 좋아했던 것은 익히 알고 있었지만, 그토록 사교성이 풍부하고 관계의 너비가 넓고 깊은지는 형수 측 가족들까지도 놀라는 눈치였다. 몰려드는 추모객들 틈으로 고인과 많이 닮은 한 남자가 영정 사진을 수시로 바라보며 무언가 중얼거리는 모습이 보인다. 아마도 동생인가 보다. 입 모양을 보니 "형님, 형님……."이라고 하는 듯하다. 누굴까? 그렇다. 그 남자는 고인의 친동생, 바로 나였다. 형의 영정 사진 앞에 서니 회한의 눈물이 계속 흘러내렸다.

지금 생각해 보면 나도 참 못난 사람이다. 형은 외향적인 성격이라 청소년 시절의 불만을 겉으로 표현한 것이고, 소심한 성격인 나 역시도 얼마나 내적으로 분노를 삭였던가. 나도 생각으로는 얼마나 많은 일탈을 시도했던가. 성인이 되어 형을 충분히 이해하게 되었다. 하지만 수십 년 동안 사용하지 않았던 '형'이라는 단어는 그의 앞에서만큼은 녹슬어 단단히 조여진 나사처럼 도무지 풀릴 줄을 몰랐다. 형이라는 단어를 오랫동안 잃어버렸다가 이제야 어렵사리 다시 찾게 되었지만, 그 말을 들어 줄 사람은 더 이상 이 세상에 없다. 그동안 가슴에 묻어 두고 부르지 못했던 그 이름, 너무나 늦어 버렸지만 이제야 그의 영정 사진 앞에서 못다 부른 이름을 서툴게 불러 본다.

"형님~ 형님~! 형님이라 부르지 못해서 정말 미안해. 그동안 많이 섭섭했을 것 같아. 나도 부르고 싶었지만 어쩐 일인지 입 밖으로 잘 나오지 않았어. 형님 외아들 걱정은 하지 마. 내가 작은아버지로 형님의 빈자리를 메꾸는 역할 잘할게. 걱정 말고 하늘에서 편히 쉬고 있기를 바라. 다시 만나면 '형님!'이라고 내가 먼저 큰 소리로 부르며 달려갈게. 세상에서 못다 부른 이름, 만나면 원 없이 부르고 싶어. 그때까지 안녕~ 형님. 아니, 어릴 적 함께 놀며 부르던 친근한 이름이 더 좋겠다. 행님아~ 안녕. 그동안 잘 있었나?"

사랑보다 예의를

가족은 혈연이라는 보이지 않는 질긴 실로 연결된 특별한 관계이다. '피는 물보다 진하다', '팔은 안으로 굽는다', '우리가 남이가?'라는 말을 굳이 떠올리지 않아도 '가족이기에' 그 사람을 만나면 그냥 왠지 모를 친밀함을 느낀다. 남을 향해서는 꽉 움켜쥐던 인색한 손이 가족을 향해서는 나도 모르게 펴진다. 주고 또 주고 싶다. 가족이기에 귀한 것도 함께 나누고, 힘든 짐은 서로 나눠지기도 한다. 세상을 먼저 떠나는 부모는 남겨진 가족들에게 평생 자신의 땀으로 이룩한 것을 아낌없이 나눠 주고 눈을 감는다. 자녀들이 있어서 부모는 힘든 줄 모르고 세상의 풍파를 마주하였고, 자녀들이 있기에 넘어져도 마음을 다잡고 벌떡 다시 일어서기를 반복해 왔다. 자녀들은 자라면서 부모에게 기쁨이 되고, 장성하여 받은 사랑을 되돌려주기 위해 애쓴다. '가족'은 척박한 세상을 혼자 살아가기에는 외롭고 힘이 드니 서로 위로가 되고 돕는 손길이 되라고 하늘이 주신 선물 중의 선물임이 분명하다. 가족은 누구에게나 아버지, 어머니라는 두 분을 축으로 친척이라는 이름의

'확장된 가족'을 덤으로 선물한다. 명절이나 집안의 애경사가 있으면 한 자리에 모여 기쁜 일도, 슬픈 일도 함께 나누며, 가족애는 깊어져 간다. 친척들이 모이는 자리에 아이들이 부모를 꼭 따라가려고 했던 것은 처음 보는 어른인데도 "내가 네 삼촌이다~"라고 하시며 지갑을 열어 그동안 만져 보지 못한 거금을 용돈으로 받았던 재미가 쏠쏠했기 때문이기도 하다. 아이들의 기억에 친척이란 참 따뜻하고 좋은 사람으로 남아 있다.

하지만 살다 보면 '가족이라서' 더 큰 상처와 고통을 받게 되는 일을 종종 만나게 된다. 가족이기에 '두 배의 상처'를 남긴다. 지금은 상처보다는 이해하는 마음이 더 커졌지만, 당시에는 가장 가까워야 할 가족으로 인해 받은 상처가 가슴을 찌르는 가시가 되어 오랫동안 나를 괴롭혔던 일들이 몇 가지 기억난다.

먼저, 가장 큰 아쉬움과 후회를 안게 된 것은 친형과의 문제이다. 그 아쉬움은 이 땅에서는 이제 더 이상 해결의 기회가 사라졌기에 더욱 크다. 형을 형이라 부르지 못하고 지내다가 갑작스러운 형의 죽음으로 문제를 해결할 기회를 영영 잃어버리고 말았다. 돌이켜 보면 형이 특별히 나에게 큰 상처를 준 것도 아닌데, 내가 마음이 여리고 내향적이라 형의 청소년기 일탈을 잘 소화해 내지 못하고 스스로 마음의 문을 닫은 격이다. 형이 나에게 준 상처는 작은 것이었고, 도리어 내가 형에게 큰 가시를 안겨 준 셈이다. 성인이 되어서까지 계속된 멋쩍은 만남, 형이라는 단어를 굳이 쓰지 않았던 어설픈 응대, 사무적으로 대하기 등 항상 미적지근했던 나의 태도는 형이 직접적으로 말은 한 적은 한 번도 없지만, 그에게 큰 가시를 안겨 준 셈이다. 2021년 9월의 어느 날, 갑자기 세상을 떠난 뒤에야 그동안 마음을 나누는 형제애를 갖지 못했던 것에 대한 미안함에 진심 어린 사과의 마음을 담아 하늘로 편지를 썼다. 너무 늦어 버렸지만.

두 번째는, 외가 쪽 어른들과의 관계에서이다. 그 일이 있기 전까지 뉴스에 가끔 등장하는 가족 간 친족 간의 분쟁은 남의 집 이야기인 줄로만 알았다. 그런데 우리 집안에도 그런 일이 일어났다. 문제의 발단은 작은이모의 사망이었다. 어린 시절 부모의 실수로 땅에 떨어져 안타깝게도 척추에 손상을 입고 영구 장애를 입었다. 성인이 되기까지의 성장 과정은 내가 잘 모르지만, 내가 작은이모를 만난 첫 기억은 피아노 학원에서 카랑카랑한 목소리로 학생들을 지도하는 모습이었다. 작은이모는 척추를 다쳐 성장이 제대로 되지 않아서 성인이 되어서도 아담한 청소년 정도의 등치였다. 하지만 그 왜소한 체격으로부터 풍겨 나오는 기운은 작은 거인이라는 말이 딱 어울렸다. 동네에서 잘 가르치기로 소문난 유명한 피아노 학원을 운영하며 작은이모는 언니 둘(두 번째 언니가 내 어머니이다), 남동생 하나인 가정의 경제적인 원동력이 되었다. 외가 어른 중 삼촌은 친척들이 모이는 자리에서 분위기를 늘 주도하였다. 그는 떠들썩한 목소리로 아는 척하기를 즐겨 했지만, 순간순간 배어 나오는 허세가 전혀 밉지는 않았다. 대화 중 어떤 문제가 나오면 "그게 뭐냐 하면~"으로 시작되는 자기의 생각을 늘어놓기를 좋아했다. 그 말투나 억지 결론을 맺어 가는 과정을 보면서 참 재미있는 분으로 생각하며 친근함을 느꼈다. 하지만 그 생각이 완전히 조각난 사건이 생겼다. 작은이모의 갑작스러운 사망 후 큰이모와 어머니 그리고 삼촌 간의 유산 분쟁이 일어났다. 우애 좋던 그동안의 관계에 의하면 그러면 안 되는 것이었다. 문제의 발단은 삼촌이 제일 동생이면서 남자라는 이유 하나로 누나들을 제치고 사망한 작은이모의 남겨진 재산에 대한 처분을 자기에게 일임하라고 위임장까지 내밀며 압박한 일이었다. 누나들은 감정이 매우 상했다. 특히 내 어머니가 적극적으로 문제를 제기했다. 평소에는 어린 소녀같이 부드럽지만 이건 아니다 싶은 일에는 어디서 그런 결기가 나오는지 모를 정도로 대담하게 할 말을 하는 모습을 보였다. 직접 겪은 일은 아니지만, 어머니를 통해서 듣는 삼촌과 숙모의 태도는 큰 실망을 안겨 주었다. 어린 시절부터 마음에 담고 있던 삼촌에 대한 좋은 기억들은 가족이기에 오히려 더 큰 배신과 실망으로 돌아왔다. 그 여파는 조카들 간의 관계에도 큰 앙금이 되어 서먹한 관계가 되어 버리고 말았다. 2년 전 큰이모의 소천으로 어머니를 모시고 외가가 있는 부산의 한 장례식장에 모일 기회가 있었다. 유산 분배에 관련된 3명 가운데 한 분인 큰이모를 떠나보내면서 어머니는 삼촌에게 누나로서 너그러운 마음으로 화해를 시도하는 눈치였다. 나 역시 시간이 좀 흐르고 나니 다른 생각도 할 수 있는 여유가 생겼다. 그러고 보면 삼촌도 억울한 부분이 분명히 있는 것 같았다. 누나들과 불필요한 다툼이나 오해가 없도록 지혜롭게 일을 처리하기 위해 막냇동생이지만 남자로서 총대를 메는 심정으로 한 발 앞으로 나선 것이 누나들에게 오히려 불순한 의도를 품고 있다는 오해를 불러일으킨 것일 수도 있다고 생각한다. 모든 과정에 대해 직접 듣고 경험한 일이 아니고 모두 어머니의 입을 통해서 전해 들은 일들이기에 전달 과정에서 어머니의 생각이 개입될 수도 있었겠다는 생각을 해 본다. 어머니의 말을 들으면서 나는 아들의 입장이다 보니 어머니 편에 서서 사실을 받아들일 수 있고, 삼촌이기에 확대해서 실망할 수도 있는 일이다. 살다 보면 '가족이라서' 오히려 모르는 사람들과의 관계보다 더 판단력이 흐려질 수 있는 위험이 있다. 상대방의 의견을 찬찬히 묻고, 생각을 듣고, 합의하고 조정하는 과정이 생략될 때 '가족이라 할지라도' 가까울수록 오히려 그것이 폭력적으로 다가와 감정을 상하고 일을 그르칠 위험이 더 크다. '가족이기에' 의도하지 않았더라도 얼마든지 그럴 수 있는 일이다. 일이 틀어지면 되돌리기도 '가족이기에' 더 어렵다. 누구보다 더 섭섭함을 느끼고 더 깊은 마음의 상처를 받는다. 가까운 관계일수록 상대방을 누구보다 소중하게 여기고 한 사람의 인격체로 대하는 태도가 꼭 필요하다는 중요한 사실을 깨닫게 해 준 일이었다.

또 하나 상처를 남긴 사건은 형의 장례식을 치르면서 생긴 형수와의 문제이다. 형의 갑작스러운 죽음으로 가족 장례로 치르도록 합의되었다. 우리 쪽은 그래서 문상객들을 사절하였다. 하지만 형수 쪽 문상객은 줄을 이었다. 어머니와 나는 매우 그 상황이 당황스러웠다. '알고 찾아온 사람들을 어찌하겠는가'라는 말만 돌아왔다. 그렇게 급작스럽게 맞이한 장례식은 아쉬움 속에 모든 절차를 마쳤다. 그런데 문제는 장례식 후에 들려오는 형수 쪽 가족의 반응이었다. 형수는 제일 맏이면서도 가족들의 말들을 여과 없이 어머니에게 전달하는 메신저가 되었다. 어머니가 아들이 죽었는데도 정신이 온전하냐는 둥, 가족장으로 치르기로 합의하여 지인들에게 부고문도 띄우지 않았는데 왜 조의금 얘기가 없냐는 둥 실로 어이없는 소리가 과연 진짜인지 귀를 의심케 하였다. 남편을 잃은 아내의 슬픔보다 아들을 잃은 어머니가 더 슬프면 슬펐지, 위로하기는커녕 아들이 죽었는데 혼절하지도 않느냐는 둥 그런 망발을 하다니. 분노가 머리끝까지 치밀어 올랐다. 그 후로 형수는 나의 마음에서 지워졌다. 형의 남겨진 유일한 핏줄, 조카만이 마음이 가는 사람이 되고 말았다. 그런 일이 있었던 후 형수는 명절 때가 되어도 어머니 뵈러 오는 것을 불편해하는 모습이었다. 형의 외아들이 군 복무에 들어간 것이 이유이기도 했다. 아들과 함께라면 손자가 할머니 뵈러 간다는 빌미로 어색하지만 함께 찾아올 수 있겠지만, 군 복무 중인 아들 없이 혼자 명절을 쇠러 시어머니를 찾아온다는 것은 큰 결단이 필요한 일이었기에 용돈을 부치는 것으로 인사를 대신했다. 세상에도 그런 경우 점점 방문이 뜸해지다 멀어지는 경우가 흔히 있다고 하는 말을 들으며, 우리도 그렇게 되는가 보다 여겼다.

형의 장례 후 3년째 기일을 앞둔 며칠 전, 어머니께서 "세상에서도 3년 상은 치르는데, 우리가 해야 할 도리는 다하자. 끝맺음을 잘하자."는 말씀을 하시며 형의 유골을 모신 납골당에 갔다. 가는 길에 형수에게 연락하여 혹시 함께 가겠는가 의사를 물으니 그러겠다고 했다. 조문을 함께 하고 점심때가 되어 인근 식당에서 식사를 하고 커피를 마시며 많은 시간을 함께하였다. 그런 과정 가운데 한편으로 섭섭했던 마음 위에 홀로 남은 형수의 처지가 크게 겹쳐 보였다. 미움보다는 측은한 마음이 들었다. 어머니도 비슷한 마음을 가지신 듯한 말씀을 털어놓으셨다. 이번에도 삼촌의 경우처럼 비슷한 생각이 든다. 갑자기 큰일을 겪게 되면 자신의 입장과 사정이 크게 보이는 법이다. 형의 죽음은 우리 집안과도 연결된 일이고, 어찌 보면 자식을 갑자기 잃은 어머니의 심정이 남편을 잃은 아내의 심정보다 몇 배 더 비통하고 찢어질 듯이 아픈 법이다. 가슴이 너무 아프지만, 눈물 나지만, 평생 목회자 곁에서 사모로서 산전수전 다 겪으며 믿음의 내공을 쌓으신 어머니는 아들의 갑작스러운 죽음 앞에서도 의연하셨다. 믿음으로 모든 것을 승화시키셨다. 장례식 내내 어머니는 꿋꿋하셨다. 똑같은 목회자 집안인 형수 측이기에 어머니의 그런 모습은 존경받을 일이다. 그런데 조의금, 의연함을 오히려 문제 삼는다면 참으로 실망스러운 모습이다. 큰일을 겪으면 바른 판단을 하지 못할 수도 있다는 생각이 든다. 시간이 지나고 보니, 또 혼자 된 형수를 보니, 아버지를 갑자기 잃은 형의 외아들 조카를 보니, 작은아버지 역할로 형 대신 그 빈자리를 메워야겠다는 생각뿐이다.

생각해 보니 삼촌과 형수의 문제는 결국 돈 때문에 일어난 일이다. 돈 앞에서는 혈연관계도 무기력하게 무너지는 것을 보았다. 가족이라고 생각했기에 믿었기에 더 큰 실망감으로 돌아오는 것이 너무도 안타깝고 슬픈 일이었다. 하지만 더 근본적인 문제는 '가족이기에 더욱 예의가 필요했다'는 것이다. 어머니에게 "얼마나 비통하십니까? 무슨 말로 위로가 될 수 있겠습니까? 아들을 잃으셨는데도 어찌 그리 의연하십니까? 그 믿음이 참 훌륭하십니다."라고 누군가 한 사람이라도 진심 어린 위로와 존중의 마음으로 말했다면 슬픔의 장례식은 오히려 더 깊고 끈끈한 관계로 나아갈 수 있는 발판이 되었을 것이다.

가족이나 친족이나 결혼으로 맺어진 관계는 예의가 중요하다. 예의는 상대방에 대한 존중이다. 가족과 친족 간에 예의가 무너지면 무시당하는 느낌을 받고, 그 느낌은 특별한 관계라고 생각했기에 오히려 두 배의 실망과 상처를 안겨 준다. 예의는 상대방을 향한 태도가 공손한 것이다. 누군가를 예의로 대하면 그 사람은 자신이 소중한 존재임을 느끼게 된다. 사랑과 존경의 마음이 전달된다. 상냥한 인사를 가족에게도 건네자. 가족 간에, 친족 간에, 부부 사이에도 예의를 지키는 것은 아주 중요하다. 예의는 삶을 원활하게 해 주는 윤활유다. 예의는 단순히 겉치레만의 몸가짐이 아니다. 형식만 있는 예의가 아니라 마음을 담은 솔직한 표현이다. 사랑한다고 굳이 말하지 않아도 예의로 사랑의 감정이 더 진하게 전달된다. 내 인생에서 아주 아픈 기억으로 남아 있는 두 사건을 겪으면서 가까운 관계일수록 사랑과 존중의 감정이 말과 행동에 담겨야 한다는 사실을 절실하게 깨닫게 되었다.

누군가를 사랑합니까? 사랑보다 더 깊은 것이 예의라는 것을 기억하고 대한다면 그 사람과의 사랑이 더 깊어져 갈 것입니다. 사랑 1 + 예의 2 = 사랑 10

보이지 않는 손

인생은 만남과 선택의 연속이다. 누구를 만나느냐에 따라 인생은 크게 달라지게 마련이다. '맹모삼천지교'나 '까마귀 노는 곳에 백로야 가지 마라'는 말은 사람이란 환경의 영향을 절대적으로 받는 존재이며, 만남의 대상이 또한 중요하다는 것이다. 그런 의미에서 "인생은 B(Birth)와 D(Death) 사이에 있는 C(Choice)이다"라는 사르트르의 말은 명언임에 분명하다.

그런데 그 만남의 대상을 선택하는 것이 불가항력적일 때도 있다. 부모가 대표적이다. 누군가의 자녀로 태어난다는 것에 나의 선택은 먼지 한 톨만큼도 관여할 수 없었다. 태어나 보니 아버지는 개척교회 목사였다. 어릴 적에는 그저 교회에서 어른들의 귀여움을 받고 칭찬받는 것이 좋았지만, 청소년기를 거치면서 그 관심은 벗어 버리고 싶은 굴레요 짐으로 변했다. '그 많고 많은 집안 중에 하필이면'이라는 생각을 자주 했다. 그냥 모든 것이 싫었다. 평범한 가정의 아이들이 부러웠다. 왜 우리 집은 늘 쪼들리는지, 왜 햇

빛도 잘 안 드는 반지하 단칸방을 전전해야 하는지, 왜 부모님은 거의 하루 종일 집에 안 계시는지, 왜 어머니는 억센 교인들 때문에 자주 마음을 상하게 되는지……. 그 상황 자체가 싫었다. 한창 돌봄과 관심을 받아야 할 때에 나에게서 부모님을 빼앗아 간 하나님이 미웠다. 그래서 그랬는지 나를 짓누르는 그 답답함을 가져가고 자유를 줄 것처럼 보이는 것들을 찾아 헤매었다. 낚시, 음악, 운동의 세계로 빠져들어 가 비로소 나는 숨을 쉴 수 있었다.

중학생 때는 낚시에 심취해서 한강변과 저수지를 다녔다. 드넓은 수면에 꼿꼿이 서 있는 찌를 보고 있노라면 마음에 평안이 찾아왔다. 가끔 눈먼 고기가 걸려 푸드덕거리면서도 꼼짝없이 물 밖으로 딸려 나오는 모습은 일요일이면 어김없이 교회에 있어야 하는 내 모습과도 같아 측은해 보였다. 고등학교 시절 스쿨 밴드의 공연을 우연히 보게 되었다. 전기 기타를 멋들어지게 연주하며 뿜어내는 강렬한 소리에 나는 완전히 매료되고 말았다. 나의 가슴에 뭉친 답답함을 날려 버리기에 충분했다. 기억을 더듬어 보니 그 기타리스트는 한국 록의 대부로 불리는 신중현의 아들 신대철이었다. '어릴 적부터 교회에서 들어왔던 찬송가나 복음성가와는 차원이 다른 수준의 음악이 있었다니'라는 놀라움에 용돈이 생기면 외국 밴드 LP의 불법 복제품인 소위 '빽판'을 사러 종로 5가 세운상가 골목을 누볐다. 당시 국내 음악인의 앨범 마지막 트랙에는 의무적으로 건전가요가 한 곡씩 들어가야 했다. 라이선스 검열이 심했던 시절, 외국 밴드의 음악은 미풍양속을 해치는 금지곡으로 낙인 찍혀 몇 곡이 누락되는 것이 다반사였다. 하지만 빽판은 조잡한 수준의 복사품이지만, 국내에서 제대로 발매되지 않는 외국 밴드의 앨범을 오리지널 그대로 만날 수 있다는 것에 존재의 의미가 컸고, 한 장 한 장 마치 보물을 모으는 심정으로 시간만 나면 나는 종로로 향했다. 당시 세운상가는 전자제품이나 부품을 판매하는 중심지인 동시에 성인물 잡지나 비디오테이프가 음성적으로 거래되던 곳이기도 했다. 그런 곳을 지나다니다 보니 성적인 부분에도 일찍 눈을 뜨게 되는 계기가 되었다. 종로 5가의 세운상가를 가는 날이면 종로 2가에 있던 악기 판매점의 메카 낙원상가를 들르는 것은 당연했다. 고등학생 때 처음 들은 ROCK 음악이 던져 준 충격적인 감동은 어느 순간 기타와 앰프를 덥석 사게 만들었다. ROCK 음악은 말할 수 없는 감동과 짜릿함을 선물해 주는 내 영혼의 구세주였다. 그때 만난 김현식. 그의 노래는 나의 우울한 마음에 해갈의 기쁨을 주는 시원한 소낙비와 같았다. '어떻게 이렇게 마음을 울리는 노래를 할 수 있을까~ 그래, 노래는 이렇게 가식없이 느낌대로 쏟아 내는 거지~ 그야말로 진짜 가수야~' 김현식교(敎) 신도의 탄생이었다. 완전히 매료된 나는 흉내라도 내고 싶어서 그의 노래를 녹음한 테이프를 '마이마이'에 넣어 앞뒷면이 다 재생되기까지 집 근처 고속도로변에 나가 목이 터져라 따라 불렀던 적도 여러 번 있었다. 그가 갑자기 세상을 떠났다는 소식에 얼마나 슬퍼했던지. 아까운 사람. 가끔 그의 노래를 듣는다. 여전히 귀가 아니라 가슴이 울린다. 해방의 순간이다. 자유가 차오른다. 아직도 그는 내 맘속 최고의 뮤지션으로 남아 있다. 당시 홍콩 배우 이소룡에 매료되지 않은 남자가 있었을까? 블랙홀 같았던 남자. 방을 온통 그의 포스터로 도배한 적이 있다. 그와 같이 강한 사람이 되면 좀 더 자유로운 인생이 될 것 같아 문을 두드린 쿵푸 도장, 합기도 도장, 태권도 도장은 내 용돈을 다 가져갔다. 땀을 흘리는 동안 몸은 힘들어도 마음은 한없이 자유를 누리는 시간이었다. 대학은 또 하나의 도피처였다. 아버지가 목회자이니 아들 둘 중 한 사람이 그 명맥을 이어야 할 것 같은 막연한 부담감이 늘 있었다. 형을 방패로 세우고 나는 해방의 길을 선택했다. 형이 목회를 하고 나는 돈을 벌어서 후원하겠다는 그럴듯한 핑계로 공대를 지원했다. 자취를 핑계로 주말에 가끔씩 교회에 결석하는 것을 은근히 즐겼다. 모든 것이 순조로웠다. 계획 성공이었다.

공대 4학년 재학 중 금색 오리발 마크로 유명했던 G 기업의 인턴사원으로 입사가 결정된 후 여름 방학에 한 달 동안 자전거로 지도 한 장 들고, 텐트 싣고, 과 후배와 함께 떠난 전국 여행은 자연이 주는 다양한 풍경과 즐거움을 마음껏 누리며 자유를 향유한 멋진 시간이었다. 첫 회사 근무지 천안에서의 자취 생활은 그야말로 자유를 만끽하는 시기였다. 돈도 벌겠다, 자유를 얻었겠다, 생활은 본격적인 나락으로 빠져들어 갔다. 가전영업부 사원의 삶은 환락을 마음껏 누릴 수 있는 신세계였다. 세상에는 이렇게 다양한 놀거리가 있구나~ 신기함으로 때론 동경으로 지인들과 밤 늦도록 여흥을 즐기며, 아침이면 어김없이 출근해야 하는 직장인의 수레바퀴를 3년 정도 돌았다.

그러던 어느 날 깨달았다. 내가 그동안 자유를 찾아 도피처로 삼았던 것들을 돌이켜 보면 진정한 자유를 주는 것이 아니었다는 것을. 몸을 망가뜨리며 얻는 자유이고 나를 파괴하면서 누리는 잠깐의 자유였다. 갈증을 해소하려고 마신 물이 소금물이었다. 더 큰 목마름과 공허함이 밀려드는, 마치 밀물과 썰물이 매일 반복되는 것 같은 경험이었다. 결국 나를 갉아먹고 나를 잃어버리게 만드는 것들이었다. 내가 얼마나 한순간의 욕망에 취약한 사람인지 스스로에게 실망을 거듭하면서, '고삐 풀린 망아지처럼 이렇게 살다가는 죽겠구나'라는 생각이 들었다. 어디로 가는지도 모르게 질주하며 달려가는 차를 멈춰 줄 강력한 손길이 필요했다. 멈추고 싶었다. 아니, 멈춰야 했다. 더 이상 가짜가 아닌 진짜 탈출구가 필요했다.

새로운 천년이 시작되는 해를 불과 3개월 정도 앞둔 1999년 가을의 어느 날, 3년을 투자하고 키워 준 조직에 대한 미안함과 동료의 만류에도 불구하고 퇴사했고, 약간의 퇴직금을 손에 쥐었다. 새로운 인생의 길을 찾고자 생각을 정리할 시간이 필요했다. 이제 무엇을 할까 고민하던 중 지인의 소개로 하와이로의 여정을 소개

받았다. 와이키키 해변 같은 흔히 알려진 휴양지가 있는 섬보다는 대자연의 숨결을 느껴 보고자 선택한 곳은 하와이 섬 중 자연미가 살아있는 제일 큰 섬 빅 아일랜드. 꿈에서나 그려보던 하와이 섬 가운데 가장 큰 섬인 빅 아일랜드 수도 코나에는 특별한 장소가 있었다. '예수전도단' 세계본부가 있는데, 그 안의 열방대학이라는 학교다. 그곳에는 치유와 회복을 위한 훈련 프로그램(DTS, Disciple Training School)이 있다는 것을 알게 되었다. 치유, 회복, 훈련 이런 말은 사실 뒷전이고, 막연하게 동경해 오던 하와이라는 그 말에 빠져 무조건 그곳에 꼭 가서 푹 쉬고 싶다는 생각이 전부였다. 결국 퇴직금을 털어 낭만과 자유의 섬 하와이로 향했다. 무엇엔가 홀린 듯이~

한국인들이 워낙 세계 선교에 열심이라 한국어로 진행되는 특별한 과정도 있었다. 하지만 이왕 처음으로 외국에 나가는지라, 영어 실력이 터무니없이 부족했지만 외국인들이 참여하는 과정에 과감하게 도전했다. 물론 그 도전이 무모했다는 것은 며칠 만에 현실로 와닿았다. 강의의 많은 부분을 이해하지 못하는 큰 괴로움으로 고통스러웠지만, 그보다 더 값진 세계 각국으로부터 온 사람들과의 만남을 얻었다. 3개월간의 단기 훈련 일정은 단순했다. 주 5일제를 일찍이 실천하는 나라답게 5일 동안은 오전 오후 각각 한 타임 정도로 느슨한 시간표에 따른 강의를 들었고, 필요에 따라 열리는 소그룹 모임에 참여하였으며, 주말 이틀은 철저하게 자유 시간이 주어졌다. 그곳에서 미국에서 목회하시는 목사님 가족을 만나 아낌없는 사랑을 받았다. 내 인생에서 가장 기억에 남는 순간을 꼽으라면 바로 2000년 여름 하와이 코나에서의 시간들이었다.

주말에 목사님 가족이 렌트 한 차를 함께 타고 섬 곳곳을 여행하는 동안 만난 대자연은 참으로 경이로움 그 자체였다. 아직 용암이 펄펄 끓어오르며, 언제 분출될지 모르는 활화산 분화구, 거대한 산과 바다를 보며 그 위용에 압도당했다. 처음 경험한 스노클링을 통해 보게 된 신비한 물밑 세계 그리고 자유롭게 유영하는 형형색색 열대 물고기 떼들, 해변가 얕은 물가에서 만난 거북이, 처음 타 본 서핑 보드에 의존해 혼자서 겁도 없이 바다로 나갔다가 만난 시커먼 돌고래 떼들, 해가 질 무렵 보았던 낙조의 광경은 정말로 황홀 그 자체였다. 그 모든 것들이 인간의 힘으로는 흉내도 낼 수 없는 뛰어난 장인의 손길로 빚은 위대한 예술 작품이라고 인정할 수밖에 없었다. 보이지 않지만, 무언가 거대한 힘이 있음을 인정할 수밖에 없는 광경들이었다. 나는 그곳에서 막연하게 감지하고 있던 창조주의 손길을 분명하게 느꼈다. 내 부모를 빼앗아 가고, 우울한 청소년기를 덤으로 떠안겨 준 얄궂은 존재가 만든 보이지 않는 감옥 같았던 목회자 자녀라는 현실. 그것을 애써 부정하고 창살을 부수고 탈출하여 나에게 자유를 줄 대상을 찾아 헤매던 메마른 마음에 단비가 내리는 신비한 경험을 한 것이었다.

훈련 과정 중 희망자에 한해서 바닷가에서 침례식이 있다는 광고를 들었다. 기억은 전혀 나지 않지만, 이미 유아세례를 받은 장로교 출신에게 물에 완전히 잠기는 의식의 침례는 적어도 장로교 교리상으로는 더 이상 불필요한 것이었다. 하지만 나는 그런 교리에 얽매이고 싶지 않았다. 세례의 의미가 과거의 나는 죽고 새로운 사람으로 거듭나는 다짐과 증표로서의 의식이기에 주저 없이 침례를 신청했다. 환상적인 풍광의 에메랄드(Emerald) 빛 하와이 바닷물에 몸을 담갔다. 새로운 존재로 다시 태어나는 순간이었다. 그렇게 석 달의 훈련을 마치고 이어진 인도에서의 한 달여 선교여행 역시 나에게는 미지의 신세계에서의 문화충격과 함께 모든 것으로부터 새로운 청량감을 만끽하는 시간이었다.

귀국 후 신학교에 진학하여 지금은 목회자의 길을 가고 있다. 청소년 시절, '하필이면 내가 왜 목회자 가정에 태어났을까. 난 참 재수가 지지리 없는 놈이구나.' 여겼던 어리석음에 가끔 웃음 짓는다. 깨닫고 보니 내가 선택한 것도 아닌데 목회자 가정에서 태어난 것은 이해할 수 없는 신의 특별한 선택이고, 특별한 선물이었던 것이다. 현재는 시흥이라는 소박한 도시에서 10년 넘게 목회자로 살고 있다. 새벽에 나와 교회 문을 열고, 저녁에 문을 닫고 집으로 향한다. 대걸레로 바닥 청소 하고 쓰레기도 직접 다 버리는 일을 10년 넘게 하고 있다. 하루 대부분의 시간을 그토록 멀리 떠나고 싶었던 곳에서 보내고 있다. 나에게 맡겨 주셔서 고맙고, 내가 할 수 있어서 기쁘고 즐겁다. 그동안 여러 사람을 보내 주셨지만 부족함이 여전히 많은 사람이라 모두 정착하지는 못했고, 아담한 교회에서 많지 않은 사람들과 함께 믿음 생활을 하고 있다. 그래도 꾸준히 찾아오는 이가 있고, 설교도 인간관계도 여전히 어눌하지만 잠깐 힘을 주는 각성제가 아니라 먹으면 누구든지 영원한 생명과 자유를 주는, 세상에 단 하나밖에 없는 명약을 소개한다는 기쁨이 그 무엇보다 크다. 그토록 자유를 찾아 헤매던 사람이 이제는 누구든지 먹기만 하면 진짜 자유, 영원한 자유를 얻는 신비한 약을 자신 있게 팔고 있다. 약값은 누구에게나 공짜다.

마음 둘 곳을 몰라 오랫동안 방황하던 나를 아름답고 신비로운 섬 하와이의 대자연으로 부르시고, 무언가에 홀리듯이 찾아간 그곳에서 강력하게 다가온 신의 손길. 지금은 일상 속에서 잔잔하고 부드럽게 다가오는 손길로 나를 이끌어 가고 계심을 느낀다. 그분의 나라 사역자로 부름받은 것이 무엇보다 감사하고 그분을 예배하는 처소의 문을 매일 열고, 하루 종일 그 공간에 머물며, 해가 저물면 문을 닫고 집으로 돌아가는, 소박하지만 참 행복한 삶을 하루하루 살아가고 있다.

기차는 철로 위에 있을 때 가장 안전하고 신나게 달린다. 연은 실에 매여 있을 때 비로소 창공을 자유롭게 훨훨 춤을 추며 나른다. 철로는 기차에게 실은 연에게 묶임과 통제가 아닌 자유를 선사한다. 신이 깔아 주신 인생의 길 위에서 나는 진정한 자유함을 누린다. 콧노래를 부르며 행복한 춤을 춘다. 남들이 보면 답답해 보이겠지만, "난 자유인이다~"라고 주저 없이 외친다. 자유를 찾기 위한 몸부림으로 지쳐 있던 2000년 여름, 나를 하와이 섬으로 이끌었던 '보이지 않는 신의 손'이 오늘도 나를 어디론가 이끌어 가고 있음을 느낀다. 그곳이 어디일지, 무슨 일이 기다리고 있을지, 누구를 만나게 될지 궁금하고 기대된다. 나는 그분 안에서 비로소 자유인이 되었다. 더 많은 사람들이 나처럼 그분을 만났으면 좋겠다.

나를 소개합니다

나의 가장 큰 장점은 책임감이 강해서 맡겨진 일은 반드시 해낸다는 것이다. 처음 만나는 새로운 일에도 적극적으로 배우는 자세로 임하며, 빨리 습득하는 편이다. 세상 만물로부터 반드시 배울 점이 있다는 겸손한 자세로 바라보니 세상에는 너무나 재미있는 일들이 많아 인생이 즐겁다. 힘든 일을 만나도 낙천적인 성격이라 쉽게 극복하는 편이다. 감정 기복도 적은 편이다. 주변 사람에게 신뢰감을 주며 한결같다는 소리를 듣는다. 뭐든지 스스로 알아서 하는 편이라 손이 덜 가는 사람이다. 독립적인 성격이라 무인도에 홀로 떨어져도 거기서 즐겁게 잘 살아갈 듯하다.

물론 장점이라고 여기는 부분이 반대로 단점이 될 수 있다고 생각한다. 책임감이 강하지만, 너무 잘하려고 하다 보니 여유 있게 마치지 못하고 마감 시간에 임박하여 마칠 때가 많다. 결국 해내기는 하지만 마지막에 몰입이 깊어지고 아이디어가 폭발하다 보니 육체적, 정신적 긴장감이 높아짐을 자주 경험한다. 호기심이 많아 시작하는 일이 많지만 흥미가 쉬이 사그라져 용두사미가 되는 경우도 있다. 낙천적이지만 포기가 빠르고, 문제를 만나도 '그까짓 것 가지고 뭘 그렇게 심각해~'라는 생각이 들기에 타인의 문제에 공감력이 떨어질 때도 있다. 감정 기복이 적은 편이지만 가끔 차갑고 냉정하다는 말을 듣기도 한다. 독립적이나 사교성이 떨어진다. 어려운 일이 닥치면 남에게 도움을 구하기보단 혼자 극복하려 한다. 타인의 삶을 존중하지만, 따르지도 않기에 유행에 무관하게 산다고 할 수 있다. 각자의 개성대로 사는 것이지 다른 사람 스타일을 따라 하고 연예인 아이템에 열광하는 것은 이해되지 않는 주체성을 잃은 모습이라고 생각한다.

삶의 모토는 '역지사지(易地思之, 처지를 바꾸어서 생각함)'다. 타고난 성격은 독립적이고, 타인의 행동에 대한 이해가 떨어지지만, 나이가 들어 가면서 남의 입장에서 생각해 보려고 많이 노력한다. 내가 모르는 이유와 사정이 있을 수 있기에 누구나 충분히 그럴 수 있다고 여기며 상대방을 이해하려고 한다. 운전할 때를 예를 들면, 운전 중 끼어들기를 해야 할 경우, 꼭 방향 등을 켜고 차선을 바꾼다. 후에는 점멸 신호로 양해를 구한다. 양보해 줘서 고맙다고 감사의 손짓도 해 준다. 더불어 사는 것이 인생이라는 생각을 하며 '그럴 수도 있지, 뭔가 이유가 있겠지, 누구든지 섣부르게 판단하지 말아야지' 하면서 어떤 상황에서도 너그러워지려고 노력한다.

삶의 철학은 'Coram Deo(라틴어, 하나님 앞에서)'다. '아무도 보는 이 없을 때의 모습이 진짜 나의 모습이다.'라는 문구를 책에서 보았다. 그 말처럼, 신은 내 눈에 보이지 않을지라도 나는 언제나 그 신 앞에 서 있는 존재라는 사실을 잊지 않으려고 한다. 신이 내 앞에 항상 있다고 의식하는 태도가 저에게 두 가지 느낌을 주지만, 모두 나에게 도움을 주기 때문이다. 먼저는 조심스럽고, 때로는 두렵기도 하다. 감시당하는 느낌, 내가 잘못하면 야단을 칠 것 같은 생각, 근엄한 표정으로 매의 눈으로 나를 지켜보는 모습. 그래도 그런 의식이 나를 욕망의 파도에 밀려 떠도는 존재가 되지 않도록 나를 붙드는 닻이 되어 준다. 또 하나의 느낌은 포근함이다. "두려워하지 말라. 놀라지 말라. 세상 끝날 때까지 너와 항상 함께 있으리라."는 성경의 말씀이 들려온다. 그래서 그분과 함께 그분 앞에서 살아가려고 몸부림치면 칠수록 나에게는 답답함이 아니라 오히려 해방감이 밀려온다. 기차가 마음껏 질주하기 위해서는 레일이 반드시 필요하고, 연이 하늘을 훨훨 날기 위해서 연줄이 꼭 필요하지만, 그것을 속박으로 여겨 기차가 레일을 벗어나거나 연이 연줄을 끊어 버린다면 그 순간 자유가 아니라 오히려 달릴 수 없고, 날 수 없는 불행의 길을 가게 될 것이다. 에덴동산의 선악과처럼 불가침의 영역을 지키면서 누리는 자유의 삶이야말로 인간의 존엄성을 지키며 아름답게 살아갈 수 있는 길이라고 생각한다.

이렇게 나 자신을 돌아보니 소신은 있어 보이지만, 재미없는 사람으로 비춰질 듯하다. 그럼에도 불구하고 세상에서 나와 똑같은 존재는 단 한 사람밖에 없다는 엄연한 사실에서 그 가치를 찾는다. 아울러 나의 존재가 독보적이듯이 나 외의 모든 사람도 아름답고 소중한 존재임을 잊지 않으려고 한다. 내가 유일하듯 내 앞의 누군가도 유일한 존재다. 가치를 따질 수 없을 만큼 모두가 소중하고 빛나는 존재들이라는 것이다. 물론 가끔은 그 사실을 잘 잊어버리고 내 잘난 맛에 살다가 다시 제자리로 돌아오기를 반복하는 부족한 사람이다. 그래도 계속 노력할 것이다. 타인의 삶과 세상에 대한 관심을 좀 더 가지고 그들과 함께 더 나은 세상을 만들어 가는 삶에 계속해서 도전해 볼 것이다. 어제보다 나은 오늘의 모습, 오늘보다 나은 내일의 모습을 향하여 계속해서 나아갈 것이다.

10년 후 새로운 출발을 그려 본다

10년 후 나는 어디서 무엇을 하며 살아가고 있을까? 10년이라는 시간은 길다면 길고 짧다면 짧은 시간이다. 그러고 보면 시간은 개인마다 다르게 흘러가는 것 같다. 시간의 소중함을 알고 미래를 준비하는 이에게 10년은 큰 열매를 얻기에 충분한 시간이다. 하지만 그렇지 않다면 남는 것은 늘어난 숫자와 후회뿐일 것이다. 10년 후 나는 즐겁고 유쾌하게 살고 있기를 소망한다.

10년 후라면 지금 하고 있는 목사직 정년을 2년 앞둔 때이다. 이렇게 10년 후를 계획하고 정리해 볼 수 있는 기회가 생겨서 참 감사하다. 10년 후 일신상의 특별한 문제가 없이 현재 사역하고 있는 교회에서 은퇴하기를 소망한다. 빛나는 사역을 하다가도 말년에 불미스러운 일로 사임하게 되는 선배들의 모습을 종종 본다. 무슨 일이든 마지막 순간이 아름다워야 좋은 법이다. 그들을 반면교사 삼아 늘 겸손한 마음으로 맡겨진 본분을 다하고 무사히 은퇴하기를 소망한다.

퇴임 시 무엇보다 가장 중요한 일은 전임자로서 사역을 이어 갈 후임자를 잘 선정하여 리더십의 원활한 교체가 이루어지게 하는 일이다. 퇴임자와 후임자의 교체 시기에 교회가 큰 어려움을 겪게 되는 모습을 종종 보는데, 대부분이 퇴임자의 무리한 욕심 때문에 일어난다. 과도한 금전적 보상을 요구하거나 사업체를 물려주듯이 자녀에게 무리하게 세습하려는 일, 은퇴 후에도 계속해서 교회에 영향력을 행사하려는 태도 등 전임자가 물의를 일으킬 요소는 다양하다. 이 모든 것이 욕심 때문이다. 한 곳에서 20년 이상 사역하면 원로 목사라는 호칭을 얻을 자격이 교회법적으로 보장되고, 사역한 교회로부터 재정적인 예우도 따르지만(교회마다 사정은 다름), '원로'라는 타이틀이 무슨 소용이 있으랴. 은퇴 후에도 예우를 받는 것은 사역한 교회에 재정적인 부담을 계속해서 안기는 셈이다. 종은 종답게 이름도 없이 빛도 없이 조용히 사역했던 곳을 떠나는 것이 맞는다고 생각한다. 아무런 미련 없이 아주 먼 곳으로 떠나리라. 내 것이 아니고 잠시 맡겨 주신 자리이니 때가 되면 주저 없이 떠나는 것이 당연한 일이다. 그런 의미에서 자녀에게 사업체인양 교회를 물려주려는 생각은 가당치 않은 일이다. 넉넉하진 않겠지만 교단 연금에 가입하였고, 아내도 교원 공무원으로 정년퇴직할 것이니 그 정도면 아내와 둘이 살기에 부족함이 없을 것이다.

재직 시에는 직무의 특성상 공적 모임이 있는 일요일에 시간과 힘을 쏟을 수밖에 없었다. 남들은 한 주간의 긴장을 푸는 주말이지만, 나에게 주말은 초긴장 상태이다. 다른 사람들은 새로운 한 주를 시작하는 월요일이 오히려 나에게는 심신의 휴식을 얻는 시간이었다. 남들과는 일주일의 시간 패턴이 정반대였던 것이다. 퇴직하면 비로소 그 길었던 시간의 수레바퀴에서 내려오게 되는 것이다. 그때의 기분이 시원함일지, 아니면 아쉬움일지.

그동안 아무래도 소홀할 수밖에 없었던 가족을 위한 삶을 살고 싶다. 그리고 타인을 도울 수 있는 자리에도 있기를 원한다.

먼저, 가능하다면 요양병원 원목으로 일하고 싶다. 누구나 맞이하는 인생의 마지막 길이 끝이 아니라 하늘로 계속 이이지는 길이라는 사실을 안내하는 역할을 하고 싶다. 자녀도 외면하는 외로운 사람들에게는 친구가 되어 주고, 세상을 떠나려는 이들에게는 희망의 복음을 전하고, 세상을 떠난 이들은 장례를 집례하며 유가족을 위로하고 싶다.

유튜브를 통하여 관심이 있는 원어 성경을 중심으로 말씀 강해를 정기적으로 올리려고 한다. 원어 성경은 공부하면 할수록 신학이라는 틀과 장벽을 뛰어넘는 자유로움을 준다는 것을 절감한다. 틀이 필요하지만, 그것이 오히려 사고를 제한하는 역기능을 하기도 한다. '번역은 반역'이라는 말처럼 다른 언어로 번역되는 순간, 원래의 의미를 100% 전달하기 어려워진다. 원래의 의미가 누수되고 희석되며, 때로는 축소되고 왜곡되기도 한다. 성경이 쓰인 원래의 언어로 본문을 읽을 수 있다면 성경이 말하는 정확한 의미에 더 가까이 다가갈 수 있다. 성경에는 받아들이기에 거칠고 과격한 표현도 있고, 짐을 지기에 버거운 요구도 있다. 다양한 수준의 믿음을 가진 교회 현장에서 말하기 주저하였던 내용에 대해서는 좀 더 자유로운 성경 해석이 가능하다. '진리가 너희를 자유롭게 하리라'는 말의 참 의미를 세상의 구도자들과 함께 나누며 고민하는 장을 열고 싶은 것이다. 30년 이상 성경을 공부하고 설교했으니 그래도 듣는 이들에게 도움이 될 내용이어야 할 것이다. 정기적으로 설교할 장소는 이제 없으나 유튜브 영상을 찍는 그곳이 새로운 강단이 될 것이다.

아들과 딸 자녀 둘에게는 특별한 선물을 남겨 주고 싶다. 자녀들이 매일 3분이면 읽을 수 있는 365일 잠언집이다. 책의 한 구절, 삶의 지혜, 성경 구절과 묵상 등이 잘 어우러진 내용을 담을 것이다. 내가 더 이상 세상에 없어도 아이들이 하루를 힘차게 살아가도록 응원하는 아빠의 숨결을 느낄 수 있는 글이어야 할 것이다. 365편이 필요하니 10년 동안 틈틈이 쓰고 다듬을 것이다. 글쓰기는 어려운 일이지만, 반드시 평생 함께할 친구가 되어야 함을 최근 〈마음의 소리〉라는 글쓰기 과정을 통해 깊이 깨닫게 되었다. 재미있고 유익한 글이 되도록 글쓰기 실력 향상을 위해 관심과 노력을 기울일 것이다. 매일 뭔가를 쓰는 사람이 되려고 노력 중이고 그렇게 되고 말 것이다.

아내와 함께 살고픈 은퇴 후 거처는 드라마에 나올 법한, 바닷물이 눈앞에 보이는 그런 동네이다. 그리고 노년의 정서적 만족과 건강한 삶을 도와줄 도서관과 수영장이 근거리에 있는 곳이어야 한다. 그런 장소가 분명히 우리나라 어딘가에 있을 것이다. 지금부터 찾아봐야겠다.

집 1층 한 귀퉁이에는 드립커피를 동네 사람들과 나눌 수 있는 아담한 공간을 꾸밀 것이다. 커피를 좋아하는 아내를 위해 지금처럼 로스팅도 직접 해서 함께 나누고 싶다. 미술을 전공한 아내의 작업실도 그 옆에 마련할 것이다. 음악을 좋아하는 나만의 음악 감상실도 있어야 한다. 방음 시설도 설치하고, 괜찮은 오디오 시설도 설치하고, 빔 프로젝터로 영화도 보고, 책도 읽고, 커피도 마시고, 낮잠도 잘 수 있는 곳. 그런 공간을 꼭 마련하고 아내를 초대할 것이다.

한 달에 한 번은 오래전부터의 로망인 ROCK 밴드 활동을 하며 가끔 공연도 하고 싶다. 열심히 베이스 기타를 연습 중이다.

목회자로 살아온 30여 년의 삶을 돌아보면 어쩔 수 없이 틀에 매인 삶이었다. 가족보다 교인들에게 그리고 일요일에 초점이 맞춰진 시간이었다면, 은퇴 후에는 그 제약을 벗어나 모든 시간과 모든 장소에서 행복을 누리며 살고 싶다. 아내와 함께 요리도 하고, 손주도 함께 돌보며 소소한 행복을 누리며 살기 원한다. 지금도 그렇지만, 10년 후에도 매 순간 감사하며 인생을 살아야지. 불평하며 살기에도 너무나 짧은 인생이기에. 심각하게 살기에는 너무나 환하게 빛나고 있는 세상이기에.

다시 태어난다면?

시간을 거슬러 가고 과거와 현재를 이동하며 환생하는 내용의 드라마가 요즘 심심치 않게 등장한다. 최근 낮과 밤에 외모가 달라지는 주인공을 소재로 한 드라마가 큰 인기를 끌기도 했다. 이러한 판타지 장르의 영상물 속에서는 무엇이든 가능하기에 답답한 현실을 벗어나 상상의 나래를 펼치며 눌린 가슴을 시원하게 뚫어 주는 힘이 있다. '시간을 돌이킬 수 있다면~'이라는 즐거운 상상이 주는 짜릿함은 지금까지와 다른 새로운 인생을 살고 싶은 사람의 욕구를 방영하는 흐름이 아닐까 생각해 본다. '내 마음대로 되지 않는 인생이지만, 만약 내 마음대로 할 수 있거나 새로운 인생을 살 수 있다면? 다시 태어난다면?' 생각만 해도 설레고 가슴 벅찬 일이다. '사람으로 태어나 한평생을 살았으니 다시 태어날 수 있다면 사물로 태어나면 어떨까? 아니, 사물처럼 살 수 있으면 좋겠다.'라는 엉뚱한 생각을 해 본 적이 있다.

내가 사는 동네는 '갯벌'로 유명하다. 갯벌은 자연 속에 있는 실력자 중의 실력자이다. 세상이 만들어진 순간부터 지금까지 매일 짠 바닷물을 품는 훈련을 감당하였다. 한 시간도 참기 힘든 순간을 갯벌은 반나절도 마다하지 않는다. 날마다 훈련을 게을리하지 않는다. 짠 바닷물을 내치지 않고 품기만 한 것뿐인데, 그 갯벌에 수많은 생명체들이 둥지를 틀려고 이사를 왔다. 어머니의 품과 같이 모든 생명체들이 방세도 받지 않고 자유롭게 살도록 자리를 내어 준다. 집주인의 마음이 넓어서인지 입주한 생물들도 다투지 않고 서로서로 더불어 잘 살아간다. 흐물흐물한 두족류, 딱딱한 갑각류, 조개류, 크고 작은 물고기까지 그야말로 동물의 왕국이 따로 없다. 그런데 사실 이런 훌륭한 갯벌을 만든 일등 공신은 짠 바닷물과 파도이다. 바다와 갯벌은 서로 다른 듯 하나인 일심동체이다. 그런 면에서 부부와 닮았다. 집은 출근하며 헤어졌다가 퇴근 후 부부가 다시 만나는 갯벌과 같은 곳이다. 부부는 바다와 갯벌처럼 서로를 돕는 역할을 하지만 완전히 소유하려고 해서는 안 된다. 민낯을 다 보여 달라고 해서도 안 된다. 갯벌처럼 서로의 세계를 인정하자. 다 받아 주고 덮어 주자. 서로의 세계를 존중하고 서로의 신비감을 남겨 둘 때 끝까지 아름다운 작품을 만들어 낼 수 있다. 그리할 때 가정에 풍성한 갯벌이 유지되고 보물을 간직할 실력이 생긴다. 아이들이 마음껏 즐겁게 뛰노는 운동장이 된다. 갯벌이 다양한 보석 같은 생명체를 건강하게 길러 내는 곳이듯 갯벌 같은 가정은 아이들을 보석으로 빚어내는 공장이 된다. 세상에서 당한 상처를 치료하는 약이 가득하다. 세상의 오물로 더러워진 몸과 마음의 오염을 다 받아 주고 복원시키는 해독제를 준다. 세상의 독을 해독하는 가정이라는 갯벌을 잘 보존해 나가는 것이 세상을 아름답게 하는 길이다.

'하수구'가 되는 황당한 상상도 해 본다. 정말로 소중한 것들은 평소에 그 가치를 잘 드러내지 않는다. 늘 우리 가까이에 있기에 그 존재조차도 모르고 살아가는 것들이 많다. 햇빛, 공기는 매일 우리 곁에 있기에 그 소중함을 잊기 쉽다. 하지만 잠시라도 그 존재가 사라지면 살 수 없다. 묵묵한 헌신자들 덕분에 세상은 움직여 간다. 소리 없는 헌신이야말로 진정한 희생이다. 집집마다 하나 이상은 있는 배수구 역시 그렇게 헌신한다. 배수구는 보이지 않는 곳에서 묵묵히 일하는 일등 공신이다. 무엇이 들어오든지 마다하지 않는다. 차별하지 않고 어떤 것이라도 받아 준다. 누구나 앞자리에 나와 주인공이 되어 주목받고 싶어 한다. 하지만 더 중요한 것은 마무리를 잘하는 것이다. 선발 투수도 중요하지만, 마무리 투수가 역할을 잘해 낼 때 최후의 승리로 팀을 이끈다. 마무리를 잘해 내는 배수구로 인해 집안의 청결이 유지된다. 배수구 역할을 자처하는 사람이 있으면 그곳에 웃음이 넘쳐난다.

'장갑' 같은 혁명가도 되고 싶다. 혁명은 이전과 다른 세상을 만든다. 더러운 것, 위험한 것, 무질서한 환경을 좋아하는 사람은 아무도 없다. 그러나 해결하려는 사람은 드물다. 장갑은 새로운 변화를 만드는 주역이다. 장갑은 혁명가이다. 계획하고 결심하지만, 본격적인 변화의 시작은 장갑을 끼는 순간이다. 머리로 생각이 끝났다면 이제는 장갑을 끼고 몸이 움직일 시간이다. 장갑을 끼는 순간, 이전과 다른 세계가 열린다. 싱크대에 가득 쌓인 그릇 앞에서 남편이 고무장갑을 끼는 순간, 아내의 얼굴에 미소가 흐른다. 백 허그는 덤이다. 집안의 분위기를 화기애애하게 바꾸는 것은 큰 것이 아니다. 고무장갑을 먼저 끼는 작은 행동에서 시작된다. 새벽녘 장갑을 낀 환경미화원의 손길에 의해 밤새도록 쌓인 종량제 봉투 더미와 음식물 쓰레기가 말끔하게 수거된다. 장갑을 낀 손길이야말로 우리의 사회를 깨끗하게 만드는 일등 공신이다. 그래서 장갑을 먼저 끼는 사람이 변화의 주역이다. 이전과 다른 세계를 만든다. 위대함은 큰 것에서 나오지 않고 작은 것에서 나온다. 어수선한 곳을 깔끔하게, 더러운 곳을 깨끗하게, 게을러 미뤄 두었던 것들을 말끔하게 해결한다. 내가 장갑을 끼는 순간, 누군가 좋아한다. 용기를 얻는다. 새로운 변화에 대한 기대를 갖는다. 장갑 끼기를 망설이지 말라. 변화를 원하는 곳이라면 그곳이 어디서든 먼저 장갑을 끼는 사람이 되라. 장갑을 끼는 순간 혁명이 시작된다. 혁명의 주인공이 되고 싶지 않은가?

'화분'의 삶은 어떨까? 밥은 사람들이 매일 찾는 주식이 되었다. 반찬만으로 식사가 될 수 없다. 밥이 있으면 김치 하나만 있어도 식사가 된다. 어떤 반찬과도 잘 어울리는 것이 밥의 능력이다. 있는 듯 없는 듯 주변과 잘 어우러짐이 오래도록 사랑받는 비결이다. 화분도 마찬가지다. 어떤 식물과도 잘 어울리려면 단순해야 한다. 무늬도 필요 없다. 그저 꽃이 돋보이도록 해야 한다. 무늬가 화려하여 거기에 어울리는 식물을 신중하게 선택해야 한다면 오랫동안 사랑받지 못한다. 무난함이 능력이다. 화분이 주는 느낌이 단순할수록 화려한 꽃이 돋보인다. 화분이 현란한 무늬로 치장되어 있으면 꽃의 매력을 죽이고 만다. 조연이 있기에 주연이 빛난다. 조연이 너무 화려하면 주연이 빛을 잃는다. 나를 죽이면 상대방이 빛난다. 그래서 출연자를 돋보이게 하는 사회자가 장수하는 법이다. 무난한 느낌의 화분이 다양한 식물을 만나 그를 빛나게 할 때 그와 더불어 오래도록 사람들에게 사랑받는 것처럼, 큰일을 이루지 못하더라도 다양하고 소소한 즐거움을 누리며 주변의 사람들과 더불어 오래 살고 싶다. 성경에 보면 예수님을 등에 태운 나귀 이야기가 나온다. 자신의 등에 타신 예수님이 빛나야 한다. 군중들의 환호가 자신을 향한 것이라고 착각해서는 안 된다. 화분이 심겨진 식물과 잘 어울리고 돋보이게 할 때 사랑받는 것처럼, 온전히 예수님을 드러내는 참 그리스도인으로 살아가고 싶다. 변함없이 그리고 오랫동안.

변하지 않고 자리를 지키는 '방파제'도 멋지다. 변하는 것은 아름답다. 변하지 않는 것은 더 아름답다. 모든 살아 있는 존재는 변하기 마련이다. 변하지 않으면 지루하다. 변하지 않는 식단, 묶여 있는 월급은 일상의 소소한 행복을 잃게 한다. 학년이 올라가도 키가 잘 자라지 않는 자녀를 보며 부모의 근심은 커져 간다. 아무리 공부해도 등수가 변하지 않는 학생의 근심은 크다. 변해야 살맛이 난다. 변해야 희망이 생긴다. 변해야 아름답다. 봄, 여름, 가을, 겨울 사계절의 다양한 변화가 아름다움을 준다. 만물을 이롭게 한다. 그러나 변하지 않아서 더 아름다운 것이 있다. 그중에 방파제가 있다. 성난 파도의 힘도 방파제를 만나면 맥을 못 춘다. 쉴 새 없이 달려드는 파도와 홀로 맞서는 뚝심은 든든함을 넘어서 아름다움마저 느끼게 한다. 평소에는 그 소중함을 모르지만, 태풍을 겪고 나면 그 존재 자체만으로도 한없이 아름답다. 방파제의 매력은 변하지 않는 것이다. 흔들리지 않는 편안함을 준다. 만들기 어렵지만, 한번 만들면 안전함으로 몸이 부서질 때까지 보답한다. 두려움에 떨고 있는 배를 덮는 어미 닭의 날개와 같다.

"태풍은 나에게 맡기고 안심하고 잠드소서."

그 자신감에 누구나 안도의 한숨을 쉰다. 어제나 오늘이나 변함이 없다. 하지만 방파제도 영원할 수는 없다. 낡아지고 부서지는 날이 온다. 그런데 어제나 오늘은 물론이고, 영원토록 변함이 없으신 분이 있다. 예수님이시다. 몰려오는 실패와 낙심의 거친 파도, 죄악의 파도 속에서 두려워하는 인생을 십자가로 지키신다. 예수님은 멸망과 심판의 파도까지도 온몸으로 막아 내시는 영원한 방파제가 되신다.

'물티슈'가 되면 어떤 심정일까? 아름다움 뒤에는 누군가의 희생이 있다. 아침 출근길 상쾌한 기분을 망치는 주범을 종종 만난다. 차 위에 앉은 새똥이다. 하지만 그 순간 염려하지 말고 내 실력을 믿으라고 손짓하는 고마운 친구가 있다. 물티슈이다. 자신의 온몸으로 오물을 흡수하여 말끔하게 만드는 실력이 최고다. 물티슈는 자신이 더러워짐으로 사명을 다한다. 하루에도 몇 번씩 쏟아 내는 어린 아기의 응가를 제일 먼저 출동하여 해결해 준다. 묵묵히 헌신하니 어디서나 사랑받는다. 식당에 가면 제일 먼저 손님을 맞이하는 센스 있는 종업원이기도 하다. 세수할 수 없는 극한 상황에 있는 주인의 난처함을 5초 안에 해결해 주는 고마운 친구다. 1회용으로 생명을 다하고 버려져도 원망하지 않는다. 다시 빨아서 재사용되는 걸레보다 못한 신세이다. 그래도 묵묵히 불평하지 않고 자신의 사명을 다한다. 더러워지기 위해 태어난 물티슈처럼, 죽기 위해 예수님은 태어나셨다. 어떤 죄악도 다 닦으시는 물티슈 예수님. 진홍 같은 붉은 죄를 눈같이 희게 닦아 주시는 효과 만점의 성능을 가지셨다. 물티슈로 오물이 사라지듯이, 예수님의 희생으로 세상은 살아난다. 예수님은 온 세상의 더러운 죄악을 온몸으로 다 안아 해결하시는 최고의 물티슈이다.

가을이 성큼 다가왔다. 가을은 '낙엽'의 계절이다. 세상은 묵묵하게 헌신하는 이들을 통해서 아름다워진다. 새벽 쓰레기를 실어 나르는 사람들, 아파트 단지 마당을 수시로 쓰시는 경비원 아저씨. 이분들이 있기에 쾌적한 생활을 할 수 있다. 가을이 찾아오면 소리 없는 헌신의 선두에 나뭇잎이 있다. 나무의 무성한 잎은 산소를 만들어 내는 공기정화 장치이다. 여름에 그늘을 만들어 더위를 식혀 준다. 무성한 나뭇잎은 나무를 돋보이게 장식하는 멋진 옷이다. 가을이 되면 옷에 알록달록 색칠을 하여 사람들의 감탄사를 연발시킨다. 그러나 나무는 자신의 생존을 위해 매정하게 낙엽을 버린다. 낙엽은 그래도 자신을 버린 나무를 위한 거름이 된다. 쌀쌀한 날씨에 나무의 발 담요가 기꺼이 된다. 매서운 추위를 온몸으로 막으며 낙엽 아래로 몸을 숨긴 수많은 생명체들이 봄에 싹 틔울 생명을 준비하도록 돕는다. 성탄절이 다가온다. 온 세상에 생명을 선물하려고 예수님이 오셨다. 나뭇잎이 나무에 열리는 순간부터 세상을 살리고 낙엽이 되어 생명을 다하는 순간에도 봄에 태어날 생명의 잉태를 돕듯이, 예수님의 오심은 생명을 향한 오심이다. 남을 살리고 자신은 죽으셔야 하는 오심이다. 그분의 죽음은 온 세상에 생명을 주는 희생이요 헌신이다. 기득권자에게 미움을 받으시고 무리와 제자들에게도 버림을 받으셨다. 그러나 마지막 십자가에서 "다 이루었다" 하시며 고개를 떨어뜨리셨다. 낙엽이 떨어져 세상을 살리듯이. 죽음으로 생명의 문을 활짝 여셨다. 메리 크리스마스, 아니, 매일 크리스마스~

3년 만에 받은 편지

봉석아,

오랜만이다. 우리 서로 못 본 지 벌써 3년이나 됐구나. 직접 대면하고 이야기 나누고 싶지만 그러려면 좀 더 시간이 필요하기에 편지로나마 먼저 소식을 전한다.

목회 일은 잘하고 있겠지? 1997년이었나? 잘 다니던 대기업을 3년 만에 박차고 나와서 신학교 간다고 했을 때 난 깜짝 놀랐다. '난 절대로 아버지처럼 살지 않을 거야~'라고 입버릇처럼 말하던 네가 누가 등 떠민 것도 아닌데 제 발로 아버지의 길을 따라서 간다고 하다니…. 그걸 보면 '하나님이란 분이 진짜 있기는 있나 보다'라는 생각이 든다.

부교역자로 경험을 쌓고 드디어 단독 목회지를 시흥이란 곳에 마련하고 교회를 개척한 지도 벌써 17년이나 흘렀구나. 세월이 참 빠르다, 그치? 사람이 좀 모이는가 싶으면 흩어지기를 반복한다며 어떻게 사람들이 머물게 할까 하소연하던 게 기억난다. 가끔 궁금해서 전화하면 늘 교회라고 답하던 너를 보면 무슨 재미로 하루하루를 살까 궁금했지만, 그래도 너의 목소리에 그림자가 없는 걸 보면 그 일이 좋은가 보다 생각하며 역시 종교는 무서운 거야~ 다시 생각하게 되었다. 난 그렇게 재미없게는 못 산다. 세상에 얼마나 재미있는 일이 많은데, 한편으로 불쌍하기도 하다. 너는 전혀 다른 생각일지 모르지만 적어도 내 입장에서는 그렇다. 암 그렇고 말고. 다람쥐 쳇바퀴 돌 듯 새벽부터 나와 주말도 없이 일하는 너를 보면 참 안쓰럽기도 하고, 한편으로 존경스럽기도 하다. 게다가 17년이나 그곳에 죽치고 있다니. 다른 목사들 보면 여기저기 잘도 옮겨 다니던데 안 지겹냐? 그런 쪽에는 도통 능력이 없는 건지. 널 보면 좀 미련한 것 같아. 아니, 취소. 우직하다고 정정할게. 미련한 것과 우직한 것은 엄청난 차이이니까. 그래, 넌 우직하고 한결같은 사람이야. 미련하지 않아. 이왕 시작했고, 네가 좋아서 한다니 번창하기를 응원한다. 번창이라는 말이 교회에 어울리는지는 모르겠지만. 은퇴가 70세라고 했지? 그래도 그건 참 다행이다. 너같이 주변머리 없는 사람이 어디 가서 일할 데를 찾겠니? 너 회사에 그대로 있었으면 40살에 명예퇴직 당했을 게 뻔하다. 그러니 지금 있는 그곳이 하늘에서 너를 불쌍히 여겨서 마련해 준 특별한 자리라고 여기고, 남은 시간 동안 힘들어도 포기하지 말고, 끝까지 잘 마무리하고 무사히 은퇴하기를 바란다.

그래도 오랜만에 편지했으니 그리고 내가 너보다 나이가 2살이나 많으니 인생 선배로 너에게 좀 도움이 될 이야기를 덧붙이고 싶다. 넌 장점도 많지만 부족해 보이는 부분도 꽤 있는 거 알지? 하긴 누구나 그렇지만. 내가 무슨 자격으로 이런 이야기를 하나 싶어 망설여지기도 했지만, 그래도 네가 잘되기를 바라는 마음 때문에 그러니 참고하기를 바란다. 듣고 아니다 싶으면 그냥 내다 버려라. 요즘에 내가 시간이 좀 많아져서 책을 읽는 취미를 가지게 되었다. 여기 있는 도서관에 가 보니 세상의 모든 책이 다 있더구나. 한 권, 두 권 읽다 보니 마음에 새길 만한 좋은 이야기가 참 많더라. 그중에서 몇 가지 도움이 될 만한 내용을 메모했는데 너와 나누고 싶다.

먼저, 다른 사람과 비교하지 않기를 바란다. 목회자들이 의외로 열등감이 많다고 하더구나. 남과 비교해서 그렇겠지. 몇 명 모이는지, 헌금은 얼마나 되는지, 한 해 예산은 얼마나 되는지, 매월 사례비를 얼마 받는지, 차는 뭘 타는지… 등등. (속물들 같으니라고…. 종교인이 그러면 그게 먹사지 목사냐? 넌 끝까지 목사로 남기를 바란다.) 비교는 인간의 본능처럼 자연스러운 거라고 하더구나. 그런데 아무리 다른 사람과 비교해도 결과는 달라지지 않는다는 점이 중요하지.

혼자서 일을 껴안고 고군분투하지 마라. 넌 남에게 부탁하기를 항상 주저하더구나. 다른 사람에게 의지한다는 생각 때문에 그런 줄 안다. 그런데 그건 아니라고 본다. '의지한다'라는 생각에 들어간 부정적인 느낌을 이렇게 달리 생각해 보렴. 다른 사람의 특기를 활용하며 그에게 자신의 능력을 발휘할 기회를 만들어 준다고 여기면 되지 않겠니? 넌 늘 일을 혼자 해 버릇하던데, 혼자 시작한 일이라 해도 주변 사람을 활용하며 기회를 주면 너도 그 사람도 모두 함께 행복해질 거야. 그게 동역자를 얻는 길이고, '나도 무언가 공동체를 위해서 쓰임이 있구나' 해서 그 사람도 즐거워하며 소속감을 더 많이 가질 거야. 제자 훈련이 앉아서 성경 공부한다고 제대로 되는 것이 아니라는 건 너도 경험하고 있는 일이지 않니?

그리고 너만의 강력한 무기를 확보하기 바란다. 앞으로는 평균적으로 이것저것 잘하는 사람보다는 한 가지 강력한 무기를 가진 사람이 잘되는 시대가 된다고 하더라. 벌써 그렇게 되고 있잖아. 이제 인터넷이 세계를 하나로 묶어서 한 사람의 영향력이 전 세계로 파급될 수 있는 세상이다. 사람의 취향과 욕구는 너무도 다양하고 사람 수만큼 많으니, 네가 흥미를 느끼고 잘하는 분야에 생각지도 못한 많은 사람이 관심을 가질 수 있다는 말이지. 너는 다른 사람에게 내세울 수 있는 무언가를 가지고 있니? 사나운 개 한 마리만 잘 다뤄도 요즘 스타가 되잖아. 앞으로의 시대는 '○○ 분야는 단연 ◇◇'라고 할 수 있는 사람, 그리고 그 분야를 이해하기 쉽게 전달하는 사람이 활약하는 시대가 된다고 한다. 그러니 너만의 아이템을 개발하고 거기에 독보적인 전문가가 되기를 바란다. '성공의 비결은 단 한 가지, 잘할 수 있는 일에 광적으로 집중하는 것'이라는 말이 기억난다. 난 '광적'으로라는 말이 확~ 와닿더라. 넌 성경 원어에 관심이 많으니 남은 시간 거기에 집중해서 전문가가 되었으면 한다. 그러면 은퇴 후에도 사람들에게 나눌 너만의 심오한 성경 이야기가 있지 않을까? 요즘은 유튜브라는 편리한 도구가 있으니 잘 준비해서 활용해 보렴. 남자는 은퇴 후에 할 일이 반드시 있어야 한다. 안 그러면 폭삭 늙고 무기력에 시달린다. 지금부터 잘 준비하기를 바란다. 내가 이런 말 하면서도 나도 아직 내세울 게 없다. 나도 너도 함께 잘해 보자.

현재에 안주하지 않는 사람이 되기를 바란다. "족함을 안다"라고 노자가 그랬던가? '없는 것을 헤아리지 말고 지금 있는 것에 감사하며 욕심을 내지 말고 살자'라는 뜻이지 아마? 멋진 말이기는 하지만 잘 되는 사람은 대부분 이 말과 반대되는 길을 구태여 걸어가고 있는 느낌이 든다. 그래서 잘 되는 사람은 항상 자신을 굶주린 상태로 유지해 가며 그 허기를 에너지로 삼아 새로운 창조를 거듭해 내는 것을 본다. 그들은 노자의 말을 자신의 사치나 욕구를 경계하는 말로서만 받아들인다고 하더구나. 잘되는 사람은 항상 자기 일에 어떤 형태로든 갈증을 느낀대. 그리고 더 큰 기쁨을 줄 수 있는 수준을 향해 나아간다고 하더구나. 혁신의 아이콘으로 사람들의 기억에 새겨져 있는 故 스티브 잡스 형이 이런 유명한 말을 남겼잖아. '늘 갈망하고 우직하게 나아가라. Stay hungry, Stay foolish'. 캬~ 정말 멋진 말이지 않니? 남과 다른 생각을 하는 사람이 남이 생각하지 못한 새로운 세계를 만드는 거란다. '지금보다 더 나은 길'이 없을까~ 항상 질문하며 살기를 바란다. 그러면 따분해 보이는 목회지도 좀 더 재미있게 되지 않을까? 치매 예방도 분명 확실한 효과가 있을 거다.

마지막으로 한마디만 더. 건강관리 잘해라. 몸은 물론 스트레스 관리도 당연히. 내가 이곳에 와서 생각해 보니 제일 후회되는 일이 건강 관리를 제대로 하지 못한 것이다. 끝까지 완주하려면 관리가 필수다. 결승선 앞에서 넘어지는 이들을 많이 봤다. 건강 관리뿐이겠니? 요즘 너희 교단 총회장(아마 대장이지?)도 불륜 의혹 문제로 시끄럽더구나. 돈, 이성, 명예, 건강 문제로 넘어지는 이들이 많더라. 넌 그래도 명예욕은 없는 것 같아 그건 안심이다. 그래도 늘 자신을 살피고 안심하지 마라.

너무 잔소리가 길어졌구나. 그럴 만도 하다. 인사할 겨를도 없이 어느 날 갑자기 여기 와서 지나온 시간을 곰곰이 돌아보니 너와 이야기를 많이 나누지 못한 아쉬움이 너무 커서 그런가 보다. 더 깊은 이야기는 만나서 나누자. 빨리 보고 싶다. 아니, 그건 취소. 그건 악담에 가까운 말이니. 될 수 있으면 오래오래 건강하게 살다가 천천히 오너라. 멀리서 너의 삶을 응원하고 있을게. 그때까지 안녕~

2024년 어느 화창한 날
하늘나라에 먼저 와서 기다리는 형이
(형은 2021년 9월 13일 지인들과 등산 후 하산하는 중에 심근경색으로 사망하였다)

김이경
–
해월

김이경 - 해월

어느 날 내게 찾아온 사랑

나는 땅끝마을로 잘 알려진 전라남도 해남에서 태어났지만, 일찍 혼자가 되었다. 두 살 때 어머니가 하늘나라로 가시고, 아버지는 홀로 제주도에서 따로 사시다가 내가 스무 살 되던 해, 한마디 말도 없이 어머니가 계신 곳으로 가셨다.

고아나 다름없던 나의 어린 시절은 어둡고 춥고 외롭게 시작했다. 나는 어머니가 돌아가신 뒤 서울에 있는 큰 집에 거주지를 옮겨 다섯 살 때까지 살다가 큰엄마가 나를 키우기 힘드셨는지 외할머니가 계시는 해남으로 일방적으로 보내셨다.

그러나 나의 어두운 삶과 상관없이 외할머니와 살게 된 마을은 한 폭의 풍경화보다 아름다운 곳이었다. 당시 나는 혼자 있는 시간이 많았다. 그 덕택으로 경치 좋은 마을 곳곳을 마음에 그대로 담을 수 있었다. 아침마다 이슬 받은 풀밭 길을 걸을 때면 풀 향기가 코를 자극했다. 바닷길을 걸을 때면 밀려오는 파도가 내 영혼을 쳤다. 가끔은 친구들과 모래밭에 둘러앉아 모닥불을 피워 놓고 군고구마를 구워 먹으며 시간 가는 줄 몰랐다. 학교 가는 길에는 탱자나무 가시밭길이 있었는데 탱자나무의 하얗게 핀 꽃을 두 눈에 고스란히 담았고, 그 꽃향기는 아직까지도 내 가슴속에 그대로 남아 있다. 가끔 늦은 밤 혼자 있을 때에는 밤하늘에 반짝이는 별들과 이야기를 나누고 소원을 빌기도 했다. 저 많은 별들 중에 엄마별이 있으면 내게 와 주셨으면 좋겠다고 생각했다. 어느 순간부터 별은 나의 친구가 되었다.

외롭게 성장하던 나는 인생의 중요한 순간을 맞이했다. 중학교 1학년 때 마을에 개척교회가 세워졌던 것이다. 교회를 세우려고 오신 분은 목사님이 아닌 전도사님이었다. 전도사님은 하나님을 향한 사랑과 영혼 구원을 향한 열정으로 충만하셨다. 나는 그분을 알게 되면서 혼자가 아니라는 것을 깨달았다. 그래서 교회가 세워질 때 벽돌 한 장부터 마무리된 시점까지 전도사님과 함께했다. 지금도 생각하면 흐뭇하다. 직접 경운기를 운전해서 돌들을 실어 나르며 교회 바닥 작업을 하였고, 밤늦게까지 벽돌 쌓느라 어린 나이에 코피를 쏟은 적도 있었다. 비록 육체적으로는 힘들었지만 교회 일이 즐겁고 기뻤다. 왜냐하면 주님은 나의 처지를 아시고 전도사님을 보내 하나님을 알게 하여 주시고 교회를 세우게 했던 것이기 때문이다.

중학교를 졸업하고 고등학교를 진학해야 하는데, 학교가 너무 멀어 해남 읍내에 혼자 자취하게 되었다. 텅 빈 자취방 한편에 외삼촌이 놓고 간 통기타 한 대가 있었다. 통기타를 배워 보겠다고 손가락에 물집이 생기고 굳은살이 박이도록 밤새도록 연습했다. 초보가 연습하기 쉬운 곡은 〈옹달샘〉이라는 노래였다. 자취방 한편에서 부르고, 이 노래는 꼭 나를 위한 노래 같았다.

고등학교를 졸업하고 바로 경기도 안산에 위치한 한 회사에 취직하게 되었다. 이때도 모든 것들이 낯설고, 모든 것들이 넓은 광야에 나 홀로 서 있는 것 같았다. 사회로 첫발을 딛는 순간에도 두려움과 공포는 그대로였다. 소망도 희망도 없이 하루하루를 보내던 어느 날, 꿈인지 생시인지 아니면 환상인지 정확히 알 수 없는 어떤 장면을 보게 되었다. 내 앞에 들풀들이 끝없이 펼쳐져 있었는데, 풀들이 나의 걸음을 막고 있었다. 나의 길을 가로막는 장애물이었던 것이다. 나는 머뭇거리며 한 걸음도 옮기지 못했다. 그때 천사가 나타나 낫을 주었다. 나는 그 낫을 가지고 내 앞길을 가로막고 있는 들풀들을 베기 시작하면서 길을 냈다. 항상 의기소침했던 나는 그런 힘이 어디서 생겨났는지 착착 잘도 베었다. 풀을 다 베고 온전한 길이 난 순간, 주님이 그 길로 걸어오셨다. 주님을 보면서 나는 나의 모든 두려움을 없애고 강한 힘을 얻게 되었다. 그 계기를 통해 담대히 어려운 일들을 헤쳐 나갈 수 있었고, 하나님이 나에게 주신 낫은 당신을 믿고 내 앞길에 장애물들을 이겨 내라고 주신 용기인 것 같았다.

그렇게 내게 능력을 주신 주님을 믿고 살던 어느 날, 내게도 기적 같은 사랑이 찾아왔다. 지금의 사랑하는 아내를 만나서 결혼하기까지 10년이란 시간이 걸렸다. 초창기에는 장인이 우리의 결혼을 반대하셨다. 반대하신 이유는 여러 가지일 것이다. 나의 부족함과 아내와 10년이나 나이 차이가 났던 게 컸던 것 같다. 그래선지 아내를 만나면 장인은 나를 죽인다고 할 정도로 만나고 교제하는 것을 반대하셨다. 그 이후로 나는 어른을 10년 동안 찾아가지 못했다. 그때 당시 자존심도 상했지만, 딸 둔 아버지 입장에서 보면 충분히 그럴 수 있다고 생각하기도 했다. 누가 애지중지하게 키운 딸을 보잘것없던 사람에게 보내려고 하겠는가? 절대 우리의 결혼을 허락을 하지 않을 거라고 생각하며 살던 게 10년이라는 세월이었던 것이다.

그러나 하나님은 우리 사랑을 이어지게 하셨다. 인간적으로 생각해도 세월을 이기는 사람은 없다. 장인이 60세가 되던 해 결혼을 허락하셨다. '내가 무엇이건대 자식을 허락하고 안 하고 할 수 있는가. 자식의 인생을 내가 결정지을 것도 아닌데.'라고 말씀하시며 결혼을 승낙하신 것이다.

지금의 아내와 결혼에 이르기까지 아내는 긴 시간 동안 인내하며 기도했다. 참으로 대단하고 존경스럽다. 중간에서 얼마나 힘들었을까? 나로 인해 아빠와의 사이가 멀어져 대화도 안 했다고 한다. 나로 인해 행복했던 가정이 웃음꽃이 사라지기도 했단다. 그런 상황 속에서도 끝까지 나를 믿고, 사랑해 주고, 우리의 인연을 지켜 준 아내에게 고맙다.

결혼 전 나는 경기도 시흥에, 아내는 양주에 살았다. 장거리 연애를 했다. 당시 자차가 없어 없었기에 아내가 버스와 전철을 타고 3시간 넘게 걸리면서까지 나를 만나러 왔다. 오는 도중 전철역 계단에서 넘어져 다리를 다쳐 절뚝거리며 오는데, 마음이 너무 아팠다.

'사랑은 모든 것을 참으며 모든 것을 바라며 모든 것을 견디느니라.'

고전13장7절 말씀처럼, 우리의 사랑도 이 말씀처럼 이루어지고 있었다.

절뚝거리는 아내를 2층 커피숍까지 업고 오르락내리락했다. 힘은 들었지만, 나는 아내에게 할 말이 없었다. 늘 아내에게 미안하고 고마웠기 때문이다.

결혼하고 딸자식을 낳아 보니 장인의 마음이 어떠했는지 이해하게 되었다. 애지중지 키워 놓은 딸자식 고생할까 봐? 그 모든 것이 딸을 사랑한 아버지의 사랑이었던 것이다. 결혼을 허락하지 않은 것도 사랑이었고, 결혼을 허락한 것도 사랑이었다. 이처럼 주위의 많은 사람들이 우리를 사랑해 주었기 때문에 결실을 맺었다고 확신한다. 그래서 서로가 사랑했기 때문에 10년이란 시간을 견딘 것처럼, 지금의 사랑은 귀하고 귀한 것이다.

사랑의 힘은 하나님을 감동시키고, 부모님의 마음에 감동을 주었다. 10년이라는 긴 시간 동안 우리의 사랑을 지키기 위해 많이 울기도 했다. 그 눈물은 진주처럼 아름답고, 그 사랑은 보석처럼 빛났다. 그 결정체가 딸의 사랑이다. 나는 하나님께 특별한 사랑과 은혜를 받은 자다. 비록 부모를 일찍 여의고 부모의 대한 사랑을 받지 못했지만 내 딸 사랑이가 태어나서 그 사랑을 느끼고 있다. 내 딸 사랑이를 안고 있으면 부모님의 대한 그리움이 저절로 일어난다. 그때 못 받고 못 느꼈던 엄마, 아빠의 사랑을 이제야 느끼고 있다. 일찍 돌아가신 나의 어머니, 아버지의 그 사랑이 이제 나에게 밀려온다. 그 사랑이 내 딸에게도 그대로 흘러간다. 하나님은 공평하지 않으신 것 같은데 공평하시다. 부족한 부분을 특별한 은혜로 채워 주신다. 나의 엄마 아빠의 빈자리를 하나님의 사랑으로 채워 주셨다. 그리고 한 가정을 이루게 하셨다. '작은 에덴을 주신 하나님께 감사드립니다.'

부모 없이 이 세상을 살아간다는 것은 상상할 수 없는 아픔과 고통이 수반되는 일이다. 나는 그 고통의 길을 걸어왔음에 당당히 말할 수 있다, 얼마나 외롭고 쓸쓸한 길인지를. 그러나 주님은 언제나 나와 함께하셨다. 내가 아파할 때면 주님은 십자가의 은혜를 내게 부어 주시여 나를 안아 주셨다. 사람이 하나님 없이 이 세상을 산다는 것은 상상할 수 없는 아픔과 고통이 수반되는 일이다. 부모의 품은 따뜻하고 포근하다. 내가 할 수 없는 것을 엄마, 아빠는 할 수 있기 때문이다. 내 딸을 품에 안고서 그 사랑을 알게 되었다. 하늘의 비밀을 알게 해 준 나의 딸에게 고맙다. 내 딸이 갓 태어나서 말할 수 없지만 나에게 말을 걸었다. 아빠도 하나님 아버지 품에 안겨 봐, 아빠가 나를 안은 것처럼 따뜻함과 포근함 그 무엇으로도 느낄 수 없는 영원한 기쁨과 사랑이 밀려올 거야. 그때 하나님의 사랑이 내 영혼에 밀려오니 내 영혼이 주를 향해 기뻐하며 춤을 추네.

통곡

나는 고등학교를 졸업하고 경기도 안산 반월공단으로 취업하게 되었다. 안산으로 가기 위해 버스에 오른 그날, 설레는 마음과 두렵고 떨리는 심정이었다. 아침에 출발한 버스가 저녁이 돼서야 목적지에 도착했다. 회사에서 정해 준 호텔 숙소에서 짐을 풀고 쉴 수 있었다. 그러나 쉬는 동안 걱정이 태산이었다. 방 한 칸 구할 돈도 없이 무작정 올라왔기 때문이다. 거처할 방을 구하려면 돈이 필요했다. 가족은 말할 것도 없고, 일간 친척도 교류하는 분들이 거의 없었기 때문에 걱정이 앞서서 제대로 쉬질 못했다. 한참을 고민하는 중에 큰엄마가 떠올랐다. 큰엄마에게 부탁하기로 했다. 어렵게 큰엄마에게 연락했는데, 다행히 나의 사정을 알고 계신 큰엄마가 50만 원을 보내 주셨다. 나는 그 돈으로 지하 단칸방을 구할 수 있었고, 내 인생의 첫 출발은 그렇게 시작하게 되었다.

나는 자취방에서 내 인생의 미래를 생각했다. 철학적 질문 앞에서 답답하기도 했다. '나는 누구며, 나는 어디서 왔으며, 내 부모는 왜 일찍 돌아가셨는지, 앞으로 어떻게 세상을 살아야 하는지' 등 앞이 막막하고 캄캄했다.

한참 동안 질문을 앞에 두고 생각하는데, 신실하게 신앙생활 하시는 분들이 하나둘 떠올랐다. 내 친구의 부모님은 장로님이셨는데, 주일이면 교회에 가고 하나님 앞에 나가 기도하는 분이었다. 친구 가정은 항상 밝고 행복했다. 마을 사람들이 인정할 정도로 하나님 앞에 선하고 아름다운 가정이었다. 아무리 바쁜 농사철에도 주일을 거룩히 지키며 신앙생활을 바르게 했다.

나는 생각했다. 나도 하나님을 만나면 복받고, 행복한 가정을 이루고, 알콩달콩 천국을 누리며 살 수 있겠다는 확신이 들었다. 한편으로는 하나님을 지금 만나지 못하면 내 인생의 미래는 어둠이 계속될 거라고 생각했다. 가난하고 못 배우고 내 부모님처럼 일찍 단명하거나, 내 할아버지처럼 술만 마시다가 고통 속에 돌아가시거나, 하나님을 만나지 못하면 내 인생도 내 조상과 다를 바 없이 똑같을 거라고 생각했다. 나는 중요한 선택을 해야만 했다. 내가 사는 길은 하나님을 지금 만나야겠다고 결론을 내렸다.

나는 어릴 때부터 교회에 다녔지만, 그냥 다녔던 것 같다. 나는 그 하나님을 제대로 만나야겠다고 생각하고 교회에 가서 기도하기 시작했다. 부르짖는 내 기도 소리는 나의 몸부림이었다. 기도 중에 확신했다. 무지한 나를 여태 살게 하신 건 하나님께서 나를 불쌍히 여기시고 은혜와 사랑으로 지켜 보호해 주셨던 것이다. 하나님의 사랑을 인정하자 성령 하나님께서 나를 만져 주셨다. 강력한 성령의 불이 나에게 임했고, 한 천사가 찬송가 199장 찬송을 부르고 하늘에서 내려오고 있었다. 그 찬송 가사는, '내가 그 피를 유월절 그 양의 피를 볼 때에 내가 너를 넘어가리라'였다. 천사의 찬송 소리와 함께 순간 우리 가정에 대대로부터 내려오는 저주들이 영화 필름처럼 보이기 시작했다. 그때 조상들로부터 내려오는 저주들, 세상 풍속들, 어두운 세력들이 천사의 찬송 소리를 듣고 물러가기 시작했다.

이렇게 간절히 주님을 찾으려는 나의 간구를 주님께서 보시고 나의 간구를 들어주셨던 것이다. 주님께서 나에게 한 천사를 보내 주셨고, 어둠을 물리쳐 주셨다. 나는 그때부터 외로운 자 같으나 외롭지 않았고, 가난한 자 같으나 부유한 자가 되었다.

성령을 받고 나니 내 인생은 주의 메인 나귀가 되었다. 주의 사랑 안에 메여 주의 몸 된 교회를 위해 살았다. 세상에는 나귀처럼 두 가지 부류에 사람들이 있다. 하나는 메인나귀가 있고, 또 하나는 들나귀가 있다. 메인나귀는 이 세상을 살아갈 때 내 뜻대로 살지 않고 주님 뜻대로 사는 사람들이 있다. 이 사람들을 가리켜 주의 사랑의 메인, 메인나귀이다. 또 하나의 부류는 들나귀이다. 들나귀처럼 주님 뜻대로 살지 않고 내 뜻대로 사는 사람들이 있다. 성경에 나오는 들사람 에서처럼 살아가는 들나귀의 인생들이 있다. 에서는 들사람이 되어 한평생 칼을 의지하며 살았고, 그 동생

야곱은 하나님 뜻대로 살아 큰 축복을 받았다. 나는 야곱과 같은 인생 주의 사랑에 메인 나귀처럼 살기로 하였다.

내가 여태 내 뜻대로 살지 못한 이유는 비가 오는 날이면 들려오는 할머니의 통곡 소리 때문이다. 아직도 그날이 생생하다.

갑자기 비가 쏟아지는 날이었다. 할머니가 밭일을 하시다가 비를 피해 집에 일찍 들어오셨다. 우리 집은 비가 오는 날이면 천장에서 비가 새는 허름한 집이어서 비가 새는 지점에 냄비를 갖다 놓았다. 방 안에는 비 떨어지는 소리로 가득했고, 그 빗소리는 점점 커져만 갔다. 그 떨어지는 빗소리는 할머니의 눈물과 함께 통곡의 소리로 변한다. 그 소리가 얼마나 컸던지 내 귀청이 찢어지고, 내 마음도 찢어졌다. 한을 담아서 통곡하시는 할머니, 할머니의 통곡 소리는 빗소리와 함께 어린 나를 괴롭게 했고, 나의 마음을 더욱 아프게만 했던 것이다.

비가 오는 날이면 지금도 할머니의 한 맺힌 통곡 소리가 들린다. 손자만큼은 지키고만 싶었던 할머니의 통곡 소리는 지금 생각하면 할머니의 사랑이었다. 나는 내가 힘들고 괴로운 일들이 생기면 할머니의 통곡 소리가 들린다. 한이 맺힌 통곡 소리가 내가 절망하고 싶어도 절망하지 못한 이유이다. 내가 힘듦과 괴로운 일들을 이길 수 있었던 것과 지금도 어려운 일들을 헤쳐 나갈 수 있는 것은 할머니의 통곡 소리가 내 마음속 깊이 들리기 때문이다. 그 세월의 고통들이 빗방울이 되어 내 영혼에 스며들고 있다. 할머니는 나에게 고난 속 몸부림의 고통을 헤쳐 나갈 수 있는 몸소 보여주셨다. 할머니의 통곡이 오늘날 내가 가정을 이루고 사랑하는 아내와 딸이 행복하게 살아갈 수 있도록 사랑의 울타리가 되었다.

할머니에게 받은 사랑을 무엇으로도 보답할 수는 없지만, 할머니의 이름을 부르고 싶다. 강삼님 님, 사랑합니다. 고맙습니다. 나의 할머니라는 이유로 한평생 큰 짐을 짊어지시고 고통의 세월을 보내신 할머니를 지금 안아 주고 싶다. 나를 세상에 헛되이 살지 않도록 할머니의 통곡 소리는 지금도 내 영혼에 흐르고 있다.

한번 정한 길

내 성격의 장점은 한번 시작하면 끝장을 보는 성격이다. 한번 직장을 들어가면 죽을 때까지 일하는 게 나의 성격이다. 스물일곱에 삼성전자 서비스 시화센터 입사하였다. 첫 출근 하는 날, 나 자신에게 다짐했다. '내가 지금 일하는 이곳이 나의 선교지가 될 것이다. 나의 무덤이 될 것이다.'라고 외쳤다. 나는 15년 동안 직장 생활을 하면서 휴가 한번 제대로 가 보지 못했고, 결근 한번 해 본 적이 없을 정도로 끝장을 보는 성격이다.

어느 더운 여름날이었다. 시골에서 할머니가 사골국을 보내 주셨다. 몸보신하라고 정성스럽게 보내 주신 사골국이었다. 사골국에 거품들이 일어나기 시작했다. 이상하다고 생각했지만, 정성스레 끓여 주신 사골국을 버릴 수가 없었다. 팔팔 끓여 먹으면 되는 줄 알고 그냥 끓여 먹었더니 얼마 지나지 않아 탈이 났다. 식은땀이 나기 시작했다. 그래도 출근은 해야 하기에 아픈 몸을 이끌고 버스에 올랐다. 집에서 회사와의 거리는 버스로 1시간 30분 정도 걸릴 정도로 먼 거리였다.

버스를 타고 중간쯤 가는 도중, 너무 아파 버스에서 잠시 내려 먹던 것을 토할 정도로 출근하기가 힘들었지만 '죽어도 회사에서 죽자'라는 심정으로 다시 버스에 올랐다. 어렵사리 회사에 도착하여 일하기 시작했다. 식은땀은 계속 나고 머리가 아팠다. 물을 많이 마시면 속에 있는 것들이 물갈이될 것 같아 물을 계속 마셨다. 1.5리터 페트병 2병을 그 자리에서 마시고 나니 아픈 몸이 회복되기 시작했다. 왜 그때에는 병원에 갈 생각을 안 했던 것인지, 지금 생각해 보면 미련하게 일만 했다.

그럴 수밖에 없던 이유는 직원이 나 혼자밖에 없었다. 내가 출근을 못 하면 회사는 문을 닫아야 했다. 책임감 때문에 병원도 못 가고, 식중독이 걸려도 참고, 견디고, 이겨 내야만 했다.

사랑하는 사람을 만나는 것도 한번 한 여자를 정하였으면 끝까지 죽을 때까지 간다. 지금의 아내와 결혼하기까지 10년을 기다렸다. 아내는 내 직장 상사의 딸이었다. 처음에는 그녀의 아버지와 같은 회사에 근무했기 때문에 선후배 사이로 친하게 지냈다. 나는 그 직장에서 계속 근무했지만, 그녀의 아버지는 회사를 그만두시고 따로 사업하시다가 후에 다시 입사했다. 그녀의 아버지는 본래 집이 경기도 양주였다. 다시 회사에 오시면서 경기도 시흥에서 자취하게 되었다. 이것이 지금의 아내를 만나게 된 계기다,

아내의 아버지와는 서로 집도 가깝고 회사에서 같은 일을 하기 때문에 퇴근도 비슷한 시간에 같이 했다. 가끔 아내의 아버지 집

에서 저녁도 같이 해 먹고, 인생 이야기도 나누며 차츰 친하게 지냈다. 그러던 어느 날, 아내가 아버지 집에 놀러 왔다. 그때 아내를 만났던 것이다. 처음엔 서로 어색한 분위기 속에서 같이 밥도 먹고 가끔 이런저런 일로 통화하다가 연인으로 발전해서 시흥에서 양주까지 오가며 우리의 사랑을 키워 나갔던 것이다.

가끔 아내와의 첫 데이트 장소를 생각하면 기분이 좋아진다. 그날은 의정부에 위치한 신세계 백화점에서 만나기로 했다. 그곳은 아내의 집과 가까운 곳이어서 아내를 배려하는 마음으로 플러스 점수를 얻고자 데이트 장소로 정한 것이다. 낯선 곳까지 왔지만 멀다고 느껴지지 않았고, 설렘뿐이었다. 지금의 아내와 첫 데이트 장소여서인지 내겐 평생 잊지 못할 큰 사건이라고 생각하고 있다. 우리 둘은 중국집에 가면 코스 요리가 있듯이 코스 요리 데이트를 했다, 밥 먹고, 차 마시고, 영화 보고, 서로에게 호감을 가지면서 그날의 데이트를 계기로 진지한 만남으로 이어져 지금이 된 것이다.

또 한 가지 에피소드가 있다. 엄청 더운 여름날, 비까지 내리는 저녁이었다. 우리는 의정부 거리를 구경하며 데이트를 하고 있었다. 그때, 아내의 휴대폰으로 전화가 왔다. 그녀의 아버지였다. 통화 중에 데이트하는 것을 들키고 말았다. 아내는 아버지의 호통 때문에 곧바로 집에 들어갔고, 나는 허전한 마음으로 송추 계곡을 넘어 집으로 가는 중이었다. 그때, 아내의 아버지에게 전화가 걸려 왔다. 아내와 한바탕 싸웠는지 목소리가 상기되어 있었다. "앞으로 내 딸을 만나면 죽여 버리겠다"고 협박했다. 난 그 소리를 듣고 차를 송추계곡 갓길에 세웠다. 도무지 운전할 마음이 아니었기 때문이다. 눈을 감고 마음을 진정시켰다. 또 생각했다. 그녀와 헤어져야 하는지, 계속해서 만나야 하는지 판단하기가 힘들었다. 감정을 제어하지 못한 채 내리는 비만 쳐다봤다. 지금 생각하면 내리는 비만큼 나도 눈물을 쏟고 있었다. 그 밤은 너무 슬프고 너무 무서웠다.

아내의 아버지와 나는 같은 회사에 근무를 했기 때문에 안 볼 수도 없고, 볼 수도 없는 사이였다. 나는 계속해서 근무했지만 그녀의 아버지는 나를 보기가 불편했는지 발령 신청을 해서 타 지역으로 갔다. 그녀의 아버지는 계속 사귀면 죽인다고 했다. 그러나 우리의 마음과 사랑은 결코 무너지지 않았다. 그만큼 사랑의 힘은 컸다. 우리는 지금의 장인의 완강한 반대로 10년 동안 결혼을 못하고 허락하기만을 기다려야 했으나, 사랑은 더 깊어졌던 것이다.

이렇게 10년의 기다린 끝에, 연애 끝에 우린 결혼 허락을 받았던 것이다. 이 글 첫 단락 첫 문장에서 이미 말했듯이 나는 한번 선택한 여자면 평생 영원히 사랑하는 그런 성격을 가지고 있던 것이다. 나는 이런 성격을 장점이라고 생각하고 있다.

신앙생활도 마찬가지다. 한번 예수님을 믿고 영접하였으면 천국에 가는 그날까지 오직 예수 오직 한 길만을 생각한다. 가다가 지쳐 쓰러져도 '주 이름 부르며 가겠네.'라고 찬양하며 순례자의 삶을 살아가고 있다. 사람들은 이런 나를 이해하지 못하지만, 나에겐 예수를 믿고 하나님을 의지하는 것이 천국이고 행복이기 때문이다.

사람들은 교회를 다니는 것이 손해라고만 생각한다. 세상의 보이는 것들만 따라 살다 보면 보이는 것으로 끝나 버린다. 그렇지만 보이지 않는 것들을 따라 살다 보면 영원한 천국에 이르는 것이다. 한번 선택하면 끝까지 영원히 가는 것이 나의 장점이라는 것이다.

나의 단점은 사람들을 너무 잘 믿는 것이다. 몇 번 사기를 당한 적도 있다. 그래서 내 별명은 팔랑귀다. 지금의 아내가 붙여 준 별명이다. 사기꾼들은 하나같이 말들을 잘한다. 당한 나도 할 말이 없지만 모든 게 나의 욕심 때문에 일어난 것으로 생각하고 있다. 그래서 나는 사람을 함부로 믿지 않기로 했다. 사람은 믿을 대상이 아니고 사랑해 주는 대상으로 생각을 바꾸기로 했다. 사람을 믿으면 실망하기 때문이다. 그냥 사람을 사랑하기로만 했다. 그럼 실망할 일도 없을 것이다. 믿을 대상은 오직 예수님밖에 없다. 왜냐하면 예수님은 변함이 없으시기 때문이다. 시작과 끝이 항상 동일하신 분이다. 알파와 오메가이시다. 나도 변함없는 사람 한결같은 사람이 되고 싶다. 거짓이 없이 진실이 통하는 세상. 지금의 세상은 자기편이 틀리면 틀린 것도 맞는다고 하는 세상이다. 틀린 것이 있다면 틀린다고 말하여 바로 인정하고 바로잡으면 되는 것을, 정의가 사라져 가는 세상이 너무 안타깝다. 정의가 무너지면 나라가 무너지는 건 시간문제이다. 정의가 바로 세워지는 나라가 되기를 기도한다. 선조들께서 피로 세운 이 나라를 잊지 말고 기억하며 감사함으로 잘 지키고 지켜서 내 딸 후손에게 그대로 보전되게 물려주고 싶다. 황폐하고 무너진 나라가 아닌 누구나 꿈을 꾸고, 누구나 꿈을 이루며, 하나님이 주신 에덴동산을 회복하는 아름다운 나라를 물려주고 싶다. 그런 나라를 물려주기 위해 나는 내 인생의 모토 되신 예수님을 본받고 살고 싶다.

> 우리가 아직 죄인 되었을 때에 그리스도께서 우리를 위하여 죽으심으로 하나님께서 우리에게 대한 자기의 사랑을 확증하셨느니라. (롬5:8)

하나님께서 확증까지 해 가시며 나를 사랑한다 하시는데, 내가 무슨 말을 하고 주님께 무슨 핑계를 댈 수 있겠는가? 그 엄청난 사랑을 나는 받을 자격이 없지만 하나님은 나에게 은혜를 부어 주셨다. 나의 부모도 나를 버렸지만 하나님은 나를 사랑하셨다. 나를 고아처럼 버려 두지 아니하시고, 나를 언제나 지키시고, 지금도 동행하신다. 지금까지 살아오면서 수많은 세월을 나 혼자 지나온 것 같지만 언제나 주님은 나와 함께하셨다. 그 주님을 다윗처럼 노래하고 싶다. 나의 고백을 시로 만들어 주님께 드리고 싶다. 나와 주님과의 사랑의 노래를 영원히 부르며 천국에서 노래하듯 이 땅에서도 노래하고 싶다. 내가 하나님께 받은 은혜와 사랑을 내 딸 사랑이에게 신앙의 유산을 물려주고 싶다. 그 유산은 아무도 빼앗아 가지 못하는 천국의 유산이기 때문이다.

10년 뒤 나의 모습은

내 나이 마흔여덟이다. 지난날을 함축해서 말해 보면, '비행기가 하늘을 향해 이륙하기 직전 모든 추진력을 다해 굉음을 내듯이 내 인생의 중반도 저 하늘로 이륙하기 위해 온 힘과 추진력을 다하고 있다.'다.

호랑이는 죽으면 가죽을 남기고 사람이 죽으면 이름을 남긴다고 하였는데, 10년 뒤 나는 과연 어떤 모습일까? 결론부터 말하면 나는 하늘도 날고 싶고, 하나님이 인정한 사람이 되고 싶고, 하늘처럼 넓고 청명하고 솜사탕 같은 구름처럼 행복한 삶을 살고 싶다.

하늘을 이륙하기 위해서는 세상에 들리는 굉음들을 참아 내야 한다. 하늘을 날기 위해 엔진에서 뿜어내는 열불이 나는 일이 있더라도 참고 견뎌 내야 한다. 세상 소리는 너무 요란하다. 세상 소리가 요란하다고 해서 나의 마음까지 요란할 필요는 없다. 인생은 누구나 저마다의 하늘을 날고 싶은 마음이 있을 텐데, 누군가는 그 꿈을 이루고 누군가는 땅에서 보이는 것으로만 살아가는 이들이 있다. 내 앞에 보이는 것으로만 살아가다 보면 실망할 때가 있다. 이 땅의 것들은 잠깐 보이다가 없어질 안개와 같은 것이 인생일진대, 너무 바동바동 사는 것도 불행한 삶인 것 같다. 난 행복한 삶을 꿈꾸며 하늘을 날고 싶다. 하늘처럼 넓고 높고 푸른 가슴을 안고 살아가고 싶다. 하늘이 없는 삶은 상상하기도 싫다.

나는 마음의 소리 글쓰기 수업을 하면서 내가 살아온 날들을 내 속에 살아 꿈틀거리는 기억들을 꺼내기 시작했다. 인생의 참 의미 앞에 내가 서 있었다. 그리고 나 자신에게 말을 건넸다.

"인생의 삶에 끝은 죽음이다. 인생의 꿈에 끝도 죽음이다. 인생의 잘나고 못나고를 떠나서 그 삶의 끝은 죽음이다."

나뿐만이 아니라 모든 사람의 인생도 딱 한 번 세상에 살기 때문에, 모두의 인생은 참 고귀하고 아름다운 것이기 때문에 꿈과 희망을 갖고 살아야 한다. 철학자 스피노자는 '내일 지구가 멸망을 한다 해도 나는 오늘 한 그루의 사과나무를 심겠다.'고 했다. 그의 말대로 내 인생의 끝에 죽음이 있다고 할지라도 오늘 나는 꿈을 향해 사과나무를 심고 있을 것이다.

나의 젊은 시절, 스물일곱에 나는 삼성전자서비스 시화센터에서 휴대폰을 고치는 엔지니어였다. 병원에 가면 환자들이 많은 것처럼, 휴대폰도 마찬가지다. 아파서 병원에 갈 때가 있다. 휴대폰의 병원은 서비스센터이다. 사람은 누구나 예외 없이 생로병사를 겪는다. 아프고, 병들고, 늙고, 죽는다. 휴대폰도 마찬가지다. 고장 나는 것도 사람들과 별반 다르지 않다. 일하면서 떨어뜨려 고장 난 휴대폰도 있고, 여름 휴가 때 물에서 놀다가 물에 빠져 고장 난 휴대폰, 오래 사용하다 부품들이 고장 난 휴대폰들. 나는 휴대폰이 고장 나면 휴대폰을 고쳐 주는 엔지니어였다. 나는 내가 하는 일에 보람을 느꼈다. 내가 하는 일이 누군가에게 행복을 주고 기쁨을 주는 일이기 때문이다. 휴대폰은 사람들에게 많은 유익을 주는 것 같다. 사람들에게 돈도 벌어다 주고, 또한 사람을 살리고, 수많은 사람들이 사랑하는 사람들을 만날 수 있도록 다리 역할도 해 주는 고마운 전자기기이다.

휴대폰을 수리하기 전 제일 먼저 하는 일이 있다. 어디가 고장 났는지 진단을 하는 것이다. 우리의 인생도 마음의 병, 육신의 병이 들었다면 어디서 문제인지 진단을 해야 한다. 사람은 창조자인 하나님을 떠날 때 영적으로 병이 들었다. 영적으로 병이 들면 마음의 병, 육신의 병이 따라오는 것이다.

하나님은 인간을 만드신 분이기 때문에 누구보다도 다 아신다. 누구든지 하나님께로 나아가면 살길이 생긴다. 고장 난 인생들을 고쳐 주신다. 사람이 휴대폰을 고치듯이, 하나님은 우리의 고장 난 인생들을 고쳐 주신다. 휴대폰도 서비스센터에 가야 고칠 수 있듯이 사람도 교회를 가야 고칠 수 있다. 교회는 영적 병원이기도 하다. 죄와 멀어진 우리 인간을 하나님께서 독생자 예수그리스도를 통하여 교회를 세우셨다. 예수님이 십자가의 죽으심으로 우리의 죄를 담당하셨다. 나의 죄로 인해 고장 난 인생을 주님께 맡긴다면 깨끗이 우리 죄를 씻어 주시고, 병들은 내 인생을 고쳐 주신다.

인간은 하나님이 천지를 창조하시고 사람 아담과 하와를 창조했다고 성경 창세기 1장1절 말씀 확인할 수 있다. 창조자만이 우리의 인생을 고칠 수 있고 치유할 수 있다. 주변만 살펴봐도 우울증이 넘치고 영혼들이 병들어 죄 하나 이길 수 있는 능력이 없다. 죄로 인해 넘어질 때가 많다. 난 휴대전화를 수리하면서 생각했다. 하나님은 능치 못할 일이 없으신 분이다. 사람도 휴대전화를 만들고 고칠 수 있는데, 인생들을 만드신 하나님이 인생들을 고치고 사람이 행복하고 사랑하며 살 수 있도록 치료해 주실 수 있다고 생각한다. 나는 앞으로 영적으로 병들고 힘들어하는 사람들에게 모든 것을 치료해 주시는 창조자 하나님을 소개해 주는 사람이 되겠다고 고백했다.

내가 살아가면서 가장 보람되고 아름다운 삶이라는 것을 깨달았다. 10년 뒤 나의 모습은 천국을 누리며 한 인생이 하나님을 만나 행복했노라는 책을 출간하여 많은 사람들에게 위로와 사랑 그리고 참 행복을 전하는 전도자로 남고 싶다.

한 생명이 우리 가정에 오는 날

사랑이를 출산하러 가는 날이다. 아침 8시 30분 예약 시간이다. 그 시간에 맞추기 위해 새벽부터 일어나 준비를 서둘렀다. 산모와 태어날 아기를 위해 보약을 제일 먼저 따뜻하게 데워 보온병에 담고, 빠진 물품이 있는지 다시 한번 확인했다. 모든 출산 준비를 마치고 식탁에 앉아 하나님께 감사 예배를 드렸다.

'당신은 사랑받기 위해 태어난 사람'이라는 찬양을 부르는데, 큰 위로와 은혜가 되었다. 우리 가정에 한 생명이 태어나는 복된 날이다. 나는 하나님께 감사와 찬양으로 영광을 돌려 드리고 병원으로 출발했다.

병원에 도착해서 접수를 하고 대기 중에 아내를 바라보는데 감사와 감동 그리고 알 수 없는 묘한 기분이 들기 시작했다. 사랑하는 아내가 짠해 보였다. 오직 아내만이 감당해야 할 시간이 다가오기 시작했다. 그 시간이 다가올수록 아내가 불쌍하다는 생각까지 들었다. 얼른 두 손을 모았다. 사랑하는 아내를 위해서는 출산의 고통을 이길 수 있는 힘을 주고, 곧 태어날 사랑이에게는 건강하게 나올 수 있게 해 달라고 기도했다. 사랑하는 아내와 딸 둘 다 건강하도록 기도하고 또 기도하고 몇 번을 기도했다. 나는 비록 아내의 출산의 고통을 대신할 수 없지만, 주님이 십자가 지심의 은혜를 생각하며 조금이나마 마음으로 아내의 출산의 고통을 나눠 보고 싶었다.

나는 출산을 기다리는 그 짧은 시간에도 사랑하는 아내 서희만을 생각했다. '고맙고 사랑해!'를 마음속으로 되풀이했다. 또 오늘 같은 특별한 날을 영원히 기억하고 싶었다. 한 생명이 태어나는 날은 하늘에서는 큰 잔치가 열린다. 천사들이 노래하며 하나님을 찬양한다. 새 생명을 노래한다. 한 생명을 우리 가정에 보내 주신다는 것은 하나님의 사랑이요 기적인 것을 나는 내 생명 다하는 그 순간까지도 기억할 것이다.

우리 아기 태명은 '사랑'이다. 아내가 임신하기 전에는 '축복'이라고 했다. 임신 소식에 갑자기 마음이 바뀌었던 것이다. 그리고는 사랑이 이름을 지어 보기 위해 A4 용지를 준비했다. 용지에 하나씩 쓰기 시작했다. 처음엔 김은혜라고 썼다. 하나님의 은혜를 많이 받고 살라고. 다음엔 김하늘이라고 썼다. 하늘을 품고 살라고. 다음엔 김보화. 너는 보화처럼 귀한 존재라는 걸 알고 살라고. 이름이 너무 많아서 쓰다 보니 용지가 더 필요했다. 두 장의 용지에 이름이 꽉 채워졌다. 어떤 이름으로 결정해야 할지 힘들었다. 한 평생 불러질 소중하고 귀한 이름이기 때문에 힘들다는 것보단 설렘과 흥분이 더 컸다. 그러던 중 성령님이 인도하는 이름 하나가 뚜렷하게 떠올랐다. 내가 하나님의 사랑을 많이 받아 여기까지 왔으니 내 딸도 하나님의 사랑을 많이 받으라고 '김사랑'이라고 결정했다. 이름을 결정하고 나니 진짜 사랑이 밀려오는 것 같았다.

안내를 받으며 아내가 분만실로 이동했다. 아내는 임신 이후 임신 당뇨가 있었고, 혈압도 높아서 출산 예정일보다 열흘 정도 일찍 유도 분만을 해야 했다. 의사 선생님께서 예정일까지 기다리다 보면 산모와 아기가 위험하다고 했기 때문이다. 유도 분만이 시작되었다. 노심초사하는 심정으로 아내 옆에 있었다. 아내의 손을 잡아 주며 산모와 사랑이가 안전하게 출산되기를 기도했다. 7시간의 고통의 시간은 산모를 너무 힘들고 지치게 했다. 태의 문이 열렸다는데도 아기가 밖으로 나오질 않았다. 아내는 더 이상 버틸 힘이 없어 보였다. 의사 말로는 '사랑이가 밖으로 못 나온 이유가 아기가 땅을 쳐다보고 있어야 하는데 하늘을 쳐다보고 있어서'라고 했다. 위험한 사항이었던 것이다. 그러나 나는 고통스러워하는 산모와 나오지 못하고 있는 태아를 위해 아무것도 할 수 없었다. 갑자기 내 마음 깊은 곳에서 찬양이 흘러나왔다. '내가 할 수 있는 것은 오직 감사와 기도 두 손을 높이 들고 주께 감사하네.' 내가 할 수 없는 것을 하나님은 하실 수 있다는 믿음의 찬양이었다.

그때부터 불안한 마음이 사라지고 평안이 임하였다.

의사가 내게 다가와 제왕절개 수술을 결정을 해야 된다고 하였다. 이대론 산모와 태아가 위험하다고 하였다. 나는 제왕절개를 결정할 수밖에 없었다. 그 뒤로는 하나님께 맡기기로 하였다. 나는 산모와 태아가 안전하게 출산되기를 계속 기도했다. 태아가 뱃속 밑으로 너무 내려와서 제왕절개를 하려면 태아를 강제로 위로 올려야 한다고 했다. 아기가 많이 아파하는 것 같았다. 분만실에서 수술실로 옮기는데 마음이 너무 아팠다. 나는 기도 외엔 할 수 있는 것이 아무것도 없었기 때문에 쉬지 않고 기도했다. 그러던 중 찬양이 올라왔다. 내가 할 수 있는 것은 오직 감사와 기도 두 손을 높이 들고 주께 찬양하며 기다리는 것뿐이었다. 그때 아기 울음소리가 들렸다. 아기 우는 소리는 이 세상에서 가장 큰 기쁨의 소리였다.

딸과의 첫 만남이 너무 감격스러웠다. 먼저 하나님께 감사를 드렸다. 그리고 곧바로 산모에게 갔다. 만신창이가 된 사랑하는 아내의 얼굴은 알아보지 못할 정도로 부어 있었다. 혈압은 계속 올라가고 위험한 사항이었다. 그때 혈압계는 187을 향하고 있었다. 비상 상황이었다. 난 비상 사항임에도 불구하고 부어오른 내 아내 얼굴 사진을 찍었다. 이 다음에 사랑이에게 보여 주려고 했던 것이다. 너를 이렇게까지 힘들게 나았다고 말해 주고 싶었다. 혈압 주사를 투입하고 계속해서 정신을 차리라고 깨웠다. 해산의 수고가 이렇게 힘든지를 이제야 알게 되었다. 예수님도 한 영혼을 살리기 위해 피 흘려 죽으신 십자가의 사랑이 더욱 느껴지는 날이었다. 한 생명의 소중함을 딸이 태어나고서야 느끼고 깨닫게 되었다.

출산의 고통 뒤에 기쁨 소식이 계속 전해졌다. 제일 먼저 나 자신에게 말했다. '아빠가 된 것 축하해!' 사랑하는 딸을 보면서 너무 사랑스럽고 신기하기도 하고, 나의 모든 것을 다 주어도 아깝지 않은 마음을 가진 건 나뿐만이 아니라 이 세상 모든 엄마, 아빠의 마음일 거라고 생각했다.

김이경, 너도 이렇게 귀하게 사랑받으며 태어났단다. 그래서 너는 이 세상의 가장 귀한 존재란다. 내 딸이 태어나는 과정을 통해서 나도 세상에 단 하나뿐인 귀한 존재라는 것을 깨닫게 된 것이다.

요즘 갓 태어난 사랑하는 딸을 보면서 너무 즐겁고 행복한 시간을 보내고 있다. 우리 사랑이에게 난 어떤 아빠로 살아야 멋진 아빠가 될까? 생각하니 정신이 바짝 들었다. 내가 대충대충 살면서 사랑이에게 바르게 살라 하면 내 자신이 부끄럽고 초라해질 것이다. 난 요즘 젊어진다. 다시 꿈을 꾸고 다시 도전한다. 사랑이에게 꿈을 심어 주는 아빠가 되고 싶다. 꿈을 노래하고 싶다. 사랑이가 커서 음악가가 된다면 난 사랑이와 합주를 하며 멋진 음악회를 열 것이다. 행복을 노래하며 행복을 연주할 것이다. 많은 사람들과 행복을 나누며 삶의 가치를 누리며 살 것이다. 그렇게 되기까지 쉽지만은 않겠지만 그래도 나는 응원할 것이다. '이경, 넌 할 수 있어!'

나는 나 자신에게 부르짖었다. '광야 같은 환경이 너에 앞길을 가로막는다고 할지라도 어차피 가야 할 길이면 무조건 앞만 보고 가자! 너 경험해 봤잖아. 네 앞에 있는 산이 힘들다고 피해서 옆길로 갔더니 더 큰 산이 기다리고 있다는 것을. 진짜는 광야를 통과해 봐야 진짜를 알 수 있듯이 너 자신을 불로 태워 봐야 금인지, 재로 날아가 버리는지를 알 수 있다. 너 자신도 광야에서 어려운 시험을 이겨 낸다면 순금 같은 사람이 될 것이다. 행복은 광야 같은 환경에서도 있는 것이다! 행복의 기준은 따로 없다. 그냥 누리면 행복한 것이다. 부자면 다 행복할까? 가난하면 다 불행한 걸까? 아니다. 자족하면 된다. 나는 사랑이와 함께 있으면 행복해진다. 그러니 나는 부자다. 딸의 초롱초롱한 눈동자만 봐도 웃음꽃이 피어난다. 이런 게 행복이 아니면 무엇이 행복일까? 행복은 멀리 있는 게 아니다. 행복은 남과 비교하지 않고 작은 것 하나에도 감사한 것이다. 행복해하는 눈으로 보면 내 눈에 보이는 모든 것은 행복하게 보이는 것이다. 행복은 멀리 있지 않다. 사랑하는 아내와 딸이 있는 바로 여기에 있다.

하늘의 사닥다리

마구간처럼 어둡고 캄캄하고
춥고 배고프고 아무도 알아주는 이 없는
가난한 인생에게
어느 날 하늘에서 내려온 사닥다리
하늘에서 올라오라 부르신다

설렘 가슴을 안고 오른
사닥다리
한 발 두 발 오르기 시작한다
얼마 안 되어 구름을 만난다

끝도 보이지 않는 하염없는 구름들
하늘의 비밀이 얼마나 많기에
구름을 보내어 지키게 하셨을까?

다시금 오른 사닥다리
구름을 지나고 나니 하늘 문이 열린다.
찬란하고 평온함으로 가득 채운
하늘 위에 하늘 사이로 다가오시는
주님이 나를 안아 주신다
나의 아픔과 상처를 씻어 주신다

하늘의 사닥다리는 주님의 십자가요
믿고 오를 수 있는 자만이 천국을 얻는다
난 오늘도 믿음으로 사닥다리를 오른다

믿음의 산에 오르다

산이 깊을수록 고난의 골은 깊어만 가고
고난의 골을 지날 때마다
인생의 골도 깊어만 간다

산을 덮는 안개가 나에게 밀려온다
안개처럼 밀려오는 주님의 사랑
나의 영혼을 시원케 한다

욥도 고난의 골짜기를 걸었다

나의 가는 길을 오직 그가 아시나니
나를 단련하신 후에는 정금같이
나오리라 욥의 고백이다

주님은 나에게 믿음에 산에 오르라
하신다

주님은 높은 곳에 계시니
높은 산에 오르라 하신다

그 산은 믿음의 산이요
그 산은 정금같이 나를 나오게 한다

결혼식

하늘에서 축복이 내린다
한 분 한 분 축복해 주시는 마음들이
하늘의 눈꽃이 되어
온 세상을 아름답게 한다

첫눈의 축복
신랑 신부의 첫날의 포근함을 가득 담아
함박웃음을 짓게만 한다

하늘의 선물로 하얀 드레스를 입은 신부는
마냥 행복하기만 하다

첫눈 내리는 날 결혼식
평생의 단 한 번 느끼는 감동이기에
더욱 값지고 아름답다

뒤뚱뒤뚱 엄마 아빠

엄마는 사랑을 뱃속에 담고
아빠는 사랑을 가슴에 담는다

엄마의 걸음은
뒤뚱뒤뚱 사랑을 담고
아빠의 걸음은
느린 템포로 사랑을 담고 걷는다

엄마 아빠의 마음속에 설렘, 기대
그리고
행복 주머니로 가득 채워지고
아기의 행복 주머니는 이웃들에게 흘러가니
모두가 웃음꽃이 피어난다

바다 소리를 듣다

(탄도항 바닷가에서)

바닷길을 걸으며 이야기 소리 꽃피우고
바람 소리 새소리
뱃속에 있는 사랑이 춤을 춘다

모랫길을 걸으며 웃음소리 꽃피우고
파도 소리 모래 소리
뱃속에 있는 사랑이 발길질로 화답한다

멀리서 들려오는 뱃고동 소리 행복 소리
오늘은 어떤 행복이 그물에 걸려 올까?
바람 따라 좋은 소식 들려온다

바다의 소리 하늘의 소리
우리 가족 친구가 되니
탄도항에 사진 한 컷 남기고 가네

김성은

–

꿈꾸는 웃는 울보

김성은 - 꿈꾸는 웃는 울보

평생 뼈를 쑤시도록
깊이 파고든 아픔

내가 고등학교 입학시험을 치른 후, 중학교 마지막 겨울방학이었다. 당시 고등학교 입학시험 성적은 지필 200점, 체력장 20점 합해서 220점이 만점이었다. 나는 200점에 가까운 높은 점수를 받았다. 틀린 문제의 개수는 10개 미만이었다. 나는 공부 잘하는 애들과 시험지를 맞춰 보고, 선생님께서 풀이해 주신 문제들과도 맞춰 봤다. 그럴수록 틀린 문제가 몇 개 되지 않아 거의 완벽에 가까운 것 같아 기분이 엄청 좋았다. 내 얼굴은 맞는 문제의 개수가 많으면 많을수록 점점 발그레해졌고, 엄청 뿌듯했었다. 무엇보다도 체력이 약했던 내가 체력장 20점 만점을 받은 것은 더 자랑스러웠다. 나는 초등학교 6년 동안의 학업 성적표는 '수우미양가'로 평가받았을 때, 모든 과목들이 '수'였으나, 체육 과목만은 한 번도 '수'를 받아 본 적이 없었기 때문이다.

나의 몸은 늘 뜨거울 때가 많아 두통과 몸살이 나는 경우가 많았다. 게다가 코피도 자주 흘렸다. 코에서 한번 피가 흐르기 시작하면 무려 1시간 이상 코피가 잘 멈추지 않았다. 그때마다 백혈병인가 싶어 늘 긴장했었다. 코피가 코에서 머물다가 시간이 흘러 약간 응집되면, 콧속에서 목구멍으로 넘어가는 중간 지점에 응집된 핏덩어리가 생겼다. 그러면 혀로 목구멍을 막아 그 핏덩어리가 목구멍 안으로 쑥 미끄러져 내려가지 않도록 늘 막고 있었다. 가끔씩 목구멍 안으로 그 핏덩어리가 미끄럼틀 타듯 쑥 내려가면 또 새로운 피가 코에서 계속 나와 계속 그 피비린내를 맡아야 했다. 나는 그게 너무 싫어서 목 안으로 피가 내려가지 않게 하기 위해 억지로라도 코안에 코피를 머물게 하였다. 그러기를 반복하며 코를 휴지로 틀어막고 있다가, 틀어막은 휴지를 빼서 버리고, 또 새로 갈아 끼우기를 반복하며 그저 코피가 멈추기만을 바라면서 긴장을 풀고 움직이지 않았다. 긴장하면 코피가 목 안으로 흘러가지 않고, 오히려 코 밖으로 솟구쳐 오르기 때문이다. 그런 일들이 반복적으로 일어나서 나는 한 번도 개근상을 받아 본 적이 없었다. 나는 초등학교 졸업할 때까지 꼭 한 번이라도 개근상을 받고 싶었다. 그래서 '아파도 학교 가서 죽어야 한다'고 다짐하며, 죽기를 각오하고 학교를 다녀서 얻은 상이 초등학교 6학년 첫 개근상이었다.

나는 고등학교에 들어가서 고득점과 상위권을 유지하고 싶었다. 남보다 뒤처지지 않기를 바랐다. 그래서 고등학교 들어가기 전 겨울 방학 동안, 고등학교 교과서를 미리 예습하고 싶었다. 고등학교 들어가면 수업이 배로 어렵고, 내용도 깊게 들어가서 반 등수가 두 배로 떨어진다고 선생님께서 말씀하셨기 때문이다. 상위권 친구들이 그때 유명한 입시학원을 다니면서 영어는 '성문기본(문법책)', 수학은 '정석(두꺼운 문제집)'을 풀고 있는 걸 본 나는, 아무런 공부도 하고 있지 않은 나만 고등학교 때 반 등수가 많이 떨어질까 봐 걱정되었다. 그래서 아빠에게 학원 수강증을 끊어 달라고 말하고 싶었다. 하지만 말해 봤자 안 해 줄 게 뻔했기 때문에 차마 말을 하지 못했다. 아빠는 용돈은커녕 필요한 돈이 있어도 제대로 주지 않아서 나는 울고불고 한 적이 많았기 때문이다. 그리고 뭘 해 달라고 했을 때도 한 번도 해 준 적이 없었다. 나는 아무것도 안 해 줄 아빠한테, 비굴하게 뭘 해 달라고 하는 자체가 너무 싫었다. 그래서 친구에게 속사정을 이야기했다. 내 친구가 말하기를, '우린 중학교 3학년 졸업생이니까 아르바이트를 할 수 있다'고 했다. 나는 '그래? 그럼 차라리 내가 벌어서 그 영어 교재 성문 기본과 수학 정석 책을 사는 게 속이 편하고 빠르겠다'는 생각으로 아르바이트 공고를 찾아 눈을 부릅뜨고 며칠 동안 부산 국제시장을 샅샅이 뒤졌다. 내가 찾은 게, 국제시장 신발가게와 옷가게가 밀집돼 있는 건물 지하에 '호산나 양분식'이라는 식당이었다. 그 시절엔 레스토랑 같은 것이 없고, 좀 고급스럽게 외식하는 수준이 양 분식점에서 돈가스를 먹는 거였다. 외식한다고 하면 톱니처럼 생긴 양식 칼로 돈가스를 바둑판 모양으로 썰어 그 한 점을 포크로 찍어 소스를 발라 먹는 것이다. 외국 사람들이 레스토랑에서 외국 음식을 먹는 것처럼 분위기 잡고 먹는 거였다. 나도 돈가스를 칼로 썰어 포크로 한 입씩 집어먹는 영화배우처럼 고상하게 먹고 싶었지만, 한 번도 그래 보질 못했다. 나에게 당장 필요한 것이 책을 사는 게 우선이었기 때문에 기꺼이 그러한 호사를 포기하였다.

1987년, 중학교 3학년이었던 나는 추운 겨울방학인데도 아침 10시부터 밤 10시까지 일하고, 밤 10시 반쯤 집에 들어갔다. 나는 하루 일당 3,000원을 벌었는데, 일주일 뒤에 21,000원을 벌어 책 두 권을 살 수 있단 생각에 설렜다. 몸은 바로 누우면 바로 잘 정도로 피곤했으나, '내가 돈을 벌 수 있다'는 것만으로도 어른이 된 것처럼 무척 흥분되고 뿌듯했다. 그 양 분식점에서 아르바이트를 5일 정도 했을 무렵, 16살짜리 여자애가 아침에 나가 한밤중에 집에 들어오니 아빠는 나를 수상히 여겼다. 나에게 어디 갔다 오느냐고 물었다. 거짓말을 못하는 나는 말하기 싫어서 그냥 입을 꾹 다물고 '올 것이 왔구나!' 하고 속으론 두려움에 떨고 있었다. 나는 계속 말을 안 하고 침묵으로 버티며 무릎 꿇고 앉아 있으니, 아빠는 아빠 말에 대답 안한다고 갑자기 흥분해서 매를 들고 때리기 시작했다. 결국, 나는 아빠의 거침없는 가속도가 붙은 매질의 아픔에 견딜 수가 없어 사실대로 말하고야 말았다.

아빠는 "누가 너보고 돈 벌어 오라 했냐?" 하면서 튼튼하고 단단한 나무로 된 빗자루 몽둥이로 미친 듯이 세게 때렸다. 몽둥이가 지그재그한 모양으로 두 동강이로 부러졌고, 나의 허벅지와 종아리엔 보라색, 빨간색, 노란색 피멍뿐만 아니라 빨간 실핏줄들이 거미줄처럼 군데군데 보였다. 나는 일어서려 해도 허리를 꼿꼿이 세우지도 못하고 일어날 수가 없었고, 잘 걸을 수조차 없을 정도로 죽기 직전까지 맞았다.

'아르바이트한 일이 이렇게까지 죽도록 맞을 일인가? 오히려 나한테 고마워해야 할 일 아닌가? 다른 집은 비싼 학원도 보내 주는데 난 안 보내 줬잖아. 그래서 학원에서 쓰는 책이라도 사서 공부하려고 책 사게 돈 달라니까, 그 돈도 안 주고! 그래서 내가 돈 벌어 책 사겠다는데, 그게 이렇게 혼날 일인가? 그것도 못 해 주면 차라리 낳지나 말지. 왜 날 낳아서 호강은 못 시켜 주면서 이런 고생까지 시키고, 고통스럽게 살게 하지?'

나는 나의 울음소리가 집 밖으로 퍼져 나가지 않게 하려고, 목까지 차오르는 울음소리를 꾹꾹 누르며 울었다. 너무 분하고 억울해서 울음을 그칠 수가 없어서 계속 울음이 나왔기 때문이다. 소리가 안 들리게 꾹꾹 누르며 운 이유는, 내가 집 밖을 나갈 때 누가 알아볼까 봐 창피하기도 했고, 이 집은 아빠가 자식을 엄청 때리는 학대하는 집이라는 걸 들키지 않게 하기 위해서였다. 나는 매를 맞으면서도 남들이 생각하는 나의 아빠의 이미지를 생각해서 배려한 행동이었다.

나는 화산 폭발할 듯 이글거리는 눈에 고인 눈물이 쏟아져 내리는 걸 참아 내느라고 힘들었다. 나는 나의 아빠가 정말 이해가 되지 않았다. 무엇 때문에 내가 맞아야 하는지 그 이유를 설명하지도, 말하지도 않았으니까. 아빠한테 울음소리라도 들키면 더 매 맞을까 봐 가슴속으로 울음소리를 넘기느라 가슴이 조여 오고, 답답하고, 숨을 못 쉬어 죽을 것만 같았다. 너무 울어서 어지럽기까지 했다. 정신이 혼미했으나, 밖으로 나와 2층 할머니 방과 미닫이로 연결된 나의 방으로 겨우 몸을 끌고 올라갔다. 할머니 방에 나의 울음소리가 들릴까 봐 이불을 덮어쓰고 이불 속에서도 입을 손으로 꽉 막으며 '으윽' 하며 울어 댔다. 이러한 내 처지가 너무나 처량하고 불쌍했다.

'그 옛날에 4년제 대학교를 졸업한 아빠가 자식에게 책 한두 권도 못 사 줬다는 괜한 자존심 때문인가? 그렇다면, 무슨 일을 해서라도 돈을 벌어 사 주면 되지 않은가? 왜 그렇게 할 생각은 못 하는 거지? 다른 건 몰라도 자식이 공부하겠다면 무엇을 해서라도 어떻게든 공부하는 책 정도는 사 줘야 하질 않는가?'

6남매 중 첫째인 아빠는 유일하게 4년제 대학교를 졸업한, 소위 배운 사람이다. 그런 사람이 자식을 이 정도로 심하게, 죽도록 몽둥이질을 한다는 게 나를 더 창피하고 수치스럽게 만들었다.

그다음 날, 나는 양 분식점 사장님께 아빠가 아르바이트를 못 하게 해서 할 수 없이 그만둬야 한다고 아쉬움이 섞인 눈물을 흘리며 말했다. 사장님은 일 잘한다고 나를 좋게 보셔서 며칠 일하는 동안 총 15,500원을 벌었는데, 500원 더해 16,000원을 내 손에 쥐여 주시며 '그동안 수고했다. 잘 가거라.'라고 따뜻하게 말씀해 주셨다. 나는 눈물이 핑 돌았다. '다른 사람들도 이렇게 나를 좋게 평가하고 인정해 주는데, 아빠는 왜 그렇게 생각 못 할까?' 하고 한심스럽게 생각하기도 했다.

나는 비록 피멍 든 다리를 끌고 다녀야 하고, 발을 살짝 땅바닥에 내려놓는 것조차 힘들었지만 그 16,000원을 보고 희망에 찬 얼굴로 '성문 기본(영문법)'과 '정석 수학'을 사러 곧바로 보수동 책방 골목을 향했다. 내 생애에 내가 처음으로 번 돈으로 사고 싶은 소중한 책들을 살 수 있어서 온몸이 짜릿하고 기뻤다. 내가 돈을 벌어 산책이라 그 후로 매일매일 기쁜 마음으로 열심히 공부했다.

나는 지금, 그 시절 16세였던 나와 같은 나이의 자녀를 키우고 있다. 하지만 아직도 부모로서 이해가 가지 않는 게 있다. 그때 아빠가 어떤 심정으로 왜 나를 때렸을까 하는 게 아직도 의문이다. 그땐 아무런 생각이 안 났지만, 지금 와서 생각해 보니 아빠가 그렇게 가혹하게 나를 때린 건 '혹시 자격지심 때문은 아니었을까'라는 생각이 든다. 가장으로서 큰소리는 치고 싶지만 실제론 가장의 역할을 제대로 하지 못하니 매질을 해서라도 무조건 복종시키는 가장이 대장이란 위엄을 보여 주겠다고 그런 건가?

그것만이 아니다. 아빠를 이해하지 못하는 건 또 있다. 그렇게 혼자 똑똑하고 혼자 잘나고 강해서 모든 가족을 통제하고, 가족들이 약간의 돈만 생기기라도 하면 가족의 돈도 다 빼앗아 가는 등 앵벌이들의 돈을 다 빼앗는 대장 앵벌이처럼 사시던 아빠가 저 세상엔 왜 그리도 빨리 가셨는지. 악한 사람은 오래 산다던데. 그렇게 밥상머리에서 나보고 늦게 먹는다고 빨리 먹으라고 야단치시고, 아빠는 5분 만에 밥 한 그릇을 국에 말아서 빨리 드시더니, 결국 위출혈과 위암으로 돌아가셨다. 아빠는 잘못된 습관을 예의랍시고 가르쳐 주셨던 것이다. 오히려 천천히 꼭꼭 씹어 먹는 게 좋은 습관이었는데. 아이였던 내 말을 무시하고 사시더니, 결국 그렇게 빨리 저세상에 가시게 됐다. 아빠는 이렇게 남의 말은 전혀 받아들이질 않는 성격이셨다.

나는 아빠가 살아 계시면 정말 물어보고 싶은 게 많다. 내가 듣고 싶고, 그 정도의 말은 꼭 들어야 한다고 생각하는 말들이 있다. 그런데 평생 한 번도 들어 보지도 못하고 아빠가 돌아가신 게 분하고 억울해 죽을 것만 같다. 나는 아빠에 대해 생각하면 생각할수록 가슴이 너무나 답답해지고, 마치 고구마 먹고 목이 메어 가슴에 박힌 고구마가 내려가지 않아 체한 것과 같은 느낌을 느낀다. 아빠한테 꼭 듣고 싶었던 말! '그동안 미안했다. 그래서 고마웠다. 그래서 사랑한다.'

아빠가 돌아가시기 직전에 내가 있었더라면 칠십 평생 살면서 아빠는 왜 이 중 한마디도 나한테 안 해 줬냐고 따졌을 것 같다. 난 그런 말을 들을 충분한 가치가 있는 아인데. 그걸 진정 아빠는 몰랐을까? 그런 생각을 할 때마다 가슴 치며 통곡하고, 내 눈에선 말없이 뜨거운 눈물이 펑펑 쏟아져 내렸던 것 같다.

내 인생의 터닝 포인트

1990년 겨울, 나는 지원했던 대학교에 합격 여부를 확인하기 위해 갔다. 합격자 명단에 내 이름이 있었다. 그러나 기쁨은 금세 사라졌다. 합격한 다른 애들은 엄청 기뻐서 날뛰었지만, 난 등록금이 걱정되었던 것이다. 어떻게 해결해야 할지 엄청 고민하다가, 난 휴학계를 내고 4년 동안의 등록금을 다 벌고 나서 대학교를 다니겠다고 아빠한테 말씀드렸다. 아빠는 골똘히 뭔가를 생각하시다가 그냥 다니라고 하셨다. 난 속으로 '어? 등록금 정도는 아빠가 마련할 수 있나 보네. 말만 그렇게 하고 책임 안 지는 거 아니겠지?' 이렇게 의심할 수밖에 없었다. 아빠는 늘 그랬으니까.

입학하기 전인 1991년 1월부터 2월까지 난, 대학교 교과서는 학교 들어가서 받는다는 말을 들었다. 난 대학교 교과서가 없어서 미리 예습할 수도 없어 다른 사람보다 학업에 뒤떨어질까 봐 2월까지 아무것도 안 하고 걱정만 했다. 또 한편으로는 아빠가 등록금을 마련 못 할까 봐 불안도 했다. 그러던 어느 날, 엄마가 6인

가족(할머니, 아버지, 어머니, 나, 남동생, 여동생) 빨래를 추운 겨울에도 손으로 하는 걸 봤다. 그래서 세탁기 하나 사려면 얼마 정도의 돈이 있어야 하냐고 물어봤다. 엄만 한 50만 원이면 좋은 걸 산다고 하셨다. 난 엄마에게 세탁기를 꼭 사 드려야겠다고 생각했다. 추운 겨울 손을 호호 불어 가며 손빨래하는 엄마를 위해 아르바이트를 해서라도 꼭 사 드리겠다고 결심했던 것이다.

나는 그 즉시 행동으로 옮겼다. 아르바이트 공고를 보려고 눈에 쌍불을 켜고 힘을 줘 가며 부산 국제시장을 다 뒤졌다. 지금도 생각난다. 부산 메리놀병원에서 내려와 국민은행 사거리의 국민은행(현 KB국민은행) 맞은편에 바른손팬시 도소매점이 있었다. 거긴 그 당시엔 부산 전체 문구점 사장님들이 아침 일찍 학용품을 도매로 구입하러 오시는 곳이었다. 그곳이야말로 '학용품 만물 백화점'이라고나 할까? 그 시절 학교의 새 학기가 시작되기 전, 바른손팬시 학용품들이 한창 인기 있을 때여서 주문량이 늘 많았다.

새벽에 그 바른손팬시 도매점에 5톤 트럭 2-3대가 오면, 나는 그 학용품이 담긴 박스들을 통째로 허리에 지고 3층까지 계단을 오르내리며 날라야 했다. 그러다 문구점 사장님들 몇십 명이 가게로 들이닥치면 난 3층에서 2층, 2층에서 1층까지 한 박스당 기본 5~15kg 정도 되는 노트 박스, 지우개 박스, 필통 박스들을 날라야 했다. 그중에 지우개 박스의 부피가 제일 작지만, 제일 무거워서 허리가 부러질 것만 같았다. 그다음으로 무거운 건 노트 박스였다. 그렇게 많은 박스를 3층에서 2층, 2층에서 1층까지 빨리빨리 쉬지 않고 날라서 학용품들을 풀어 놓아도 언제 갖다 풀어 놨느냐는 듯 순식간에 바로 다 나가 버리니, 밑 빠진 독에 쉬지 않고 물을 붓는 것 같았다. 그럴 때마다 학용품들은 딸렸었고, 난 허기가 져서 기진맥진했었다.

아침 9시에 출근해서 학용품 박스들을 나르고 점심때가 되면 그 박스 위에 주저앉아 싸 온 점심 도시락을 후다닥 먹고 바로 일하다가 한번 허리를 펴면 밤 9시였다. 밥 먹는 10분 정도의 시간 외엔 쉬는 시간도 없었다. 난 매일매일 일하는 동안 학용품 박스를 1층에서 3층까지 오르내리며 나르느라 햇빛을 거의 보지를 못했다. 허리에 무거운 박스를 얹어서 3층까지 날라선지 집에 오면 허리가 뼛속까지 무척 아팠다. 종아리도 뻣뻣하고 발바닥도 너무 아파 잘 걷지도 못할 정도였다. 공부만 하던 내가 엄마한테 세탁기를 사 줄 수 있단 생각에 '이 정도는 젊으니까 얼마든지 참을 수 있어. 젊어서 고생은 사서도 하는 거야.'라고 나를 다독이며 그 통증과 고통을 참아 냈다. '인내는 쓰나, 그 열매는 달다.'고 프랑스 철학자 루소가 말했다. 그런 철학 사상이 나에게 저절로 힘이 솟아나게 해 주었고, 그걸 꼭 이루고야 말겠단 생각에 내 마음은 흥분되고 춤을 추며 즐거웠다.

1991년 1월 당시, 아르바이트 월급이 여자는 28만 원에 점심 도시락을 싸 와야 했고, 남자는 35만 원에 점심 제공이었다. 매일 오전 9시부터 밤 9시까지 남자나 여자 똑같은 시간 동안 쉬지 않고 일하는데 여자 월급이 남자보다 7만 원이 적다는 게 무척 억울했다. 또 남자는 빈손으로 출근해도 되는데, 여자는 도시락을 싸 들고 와야 하는 것도 불공평했다. 그렇게 두 달을 꼬박 채워 일해서 난 56만 원을 벌었다. 그때 처음으로 사회에서 남녀 차별을 느꼈다. 똑같은 일을 했는데, 남녀 월급이 다르다는 걸 그때 처음 알았다. 무척 억울했다. '이게 남녀 차별, 남존여비 사상이구나!' 이런 불공평한 제도는 정책적으로 없어져야 한다고 생각했다.

나는 받은 월급을 한 푼도 안 쓰고 고스란히 엄마에게 갖다 드렸다. 내가 청바지를 빨려고 추운 겨울에 찬물에 손 담그며 빨아 보기도 했고, 잘 안 돼서 솔로 문질러서 빨아도 봤지만 청바지는 빨기 힘든 옷이다. 더군다나 겨울엔 손 시린 걸 참아 가며, 호호 손을 불어 가며 찬물에 옷을 빤다는 건 도저히 인간적으로 할 짓이 아니었다. 어쩌면 엄마의 수고를 덜기 위해 세탁기를 사 드리고 싶은 이유도 있지만, 내가 손가락 뼛속까지 시리는 고통을 참아 가며 빨래를 못 할 것 같아서 사고 싶기도 했던 것이다.

나중에 엄마를 통해 아빠에게 실망한 일이 또 있었다. 당시 대학교 입학금 20만 원과 1학기 등록금 50만 원을 합하여 총 70만

원이 당장 필요했었는데, 엄마는 내가 벌어서 갖다 드린 56만 원 중 50만 원은 등록금으로 냈고, 6만 원으로 중고 세탁기를 구입했다고 했다. 그 말을 듣고 눈물이 주르르 흘러내렸다. '그럼 아빠는 내가 4년간의 등록금을 다 벌어 놓고 대학교에 다닐 거라고 말했을 때 그냥 다니라고 했으면서, 내 등록금을 구하기 위해서 두 달 동안 한 푼도 벌어 오지 않았다는 것 아닌가! 우리나라에서 우대받는 남자이자 가장인 아빠가 어떻게 이렇게 무책임할 수가 있을까? 자기가 뱉은 말에 대한 책임도 지지 않고.' 남자답지도, 아버지답지도 않은 모습이 난 정말 싫었고, 크게 실망했다. 엄마에게 나머지 입학금 20만 원은 어떻게 구했냐고 여쭤보니 할머니가 해 주셨다고 했다. 그 말을 들은 난 할머니가 고작 20만 원을 보태 주고 얼마나 위세를 떨지, 날 얼마나 부려 먹을지 걱정이 몰려왔다. 아버지와 할머니는 내게 그런 분들이었다.

아빠는 내가 초등학교 5학년 1학기까지 전라도 ○○에서 예식장과 사진관을 운영하셨다. 이후 사업을 접고 우리 가족은 부산에 계신 할머니에게 신세를 지었다. 할머니 소유의 집 세 채 중 한 채를 차지하고 있는 상황이었다. 아파트라고 불렀지만 한 층에 4가구가 있는 빌라 같은 주택이었다. ○○에 살 때, 여름 방학 때마다 부산의 할머니 댁에 놀러 갔었는데, 5학년 1학기 마치고 갈 때도 할머니 댁에 놀러 가는 줄만 알았던 것이다. 부모님은 우리 삼 형제 몰래 전학시키고 나서 전학됐다는 걸 알려 줬다. 그래서 난 친구들과 이별의 시간도 갖질 못했고, 친구 주소나 연락처 하나 받아 오지 못한 게 분하고 원통해서 한동안 엄청 외롭고 슬퍼서 우는 날이 많았다. 부모님이나 형제들은 모를 것이다. 티 안 내려고 몰래 숨소리조차 안 내면서 몇 날 며칠 울었으니까.

할머니 집은 4층으로 된 16가구가 있는 맨션아파트였다. 그중 1층, 2층, 4층에 한 채씩 가지고 계셨는데, 그중에 1층을 우리가 차지하게 됐고, 할머니는 2층에 나와 일하는 고모랑 거주하셨고, 4층은 전세를 주고 계셨다. 각 한 채가 미닫이문으로 나뉜 방 2칸에 실외 부엌만 있는 아주 작은 열몇 평의 집이었다. ○○에 살았던 우리 집은 약 100평이었는데, 1층에는 사진관과 안쪽으론 살림집이 있었고, 2층에는 예식장과 디귿 자로 둘로 싼 화단과 화분실외 화장실이 있고, 3층에는 조그만 다락방 같은 창고가 있는 집이었다. 그렇게 큰 집에서 살다가 그 모든 짐을 부산의 불과 열몇 평짜리의 방 두 칸짜리 집에 구기듯이 집어넣으려니 짐이 모두 들어가지도 않아 예식장에서 쓰던 그 비싼 조명등, 고급 소파와 응접실 세트 등을 다 버리거나 친척들에게 갖다주었다. 커다란 신발장 역시 집 밖 복도에 내놓고 살았다. 여기저기 살림살이가 두서없이 뒤죽박죽 꾸깃꾸깃 들어가는 대로 집어넣어진 그런 상태의 살림살이 속에 살았다. 도저히 정리라는 개념 자체가 없는 그런 집이었다. 큰 집에 살다가 작아도 너무 작아 꾸깃꾸깃 짐들을 집어넣고 나서, 남은 공간에 사람이 겨우 발 뻗고 자는 공간의 집이라고도 할 수 없는 집에 살게 되니 하루아침에 우리가 거지가 된 기분이었다. 난 그때 어린 12살이었지만, 할머니께서 큰소리치시며 우릴 하인 부리듯 하는 게 우리가 왠지 할머니 집에 얹혀사는 느낌이 들었고, 그게 못마땅했다. 엄마가 첫째 며느리라 명절 때마다 음식 장만하는 것을 내가 도와드리러 할머니 집에 갈 때면 둘째 숙모, 셋째 숙모의 말씀들 속에, 어린 나이에도 느껴지는 비수 같은 게 있었다. 숙모들도 우리가 할머니 집 한 채를 차지하고 있는 것이 못마땅한 듯 말했다.

할머니는 손자, 손녀를 조건 없이 잘 보살펴 주고 맛있는 걸 사주거나 해 주는 그런 할머니가 아니었다. 손자, 손녀를 어떻게 노예처럼 부려 먹을까 늘 궁리하시는 할머니라 눈도 안 마주치고 싶은 사람이었다. 돈 천 원 용돈을 주셔도 그건 그 당시 천만 원짜리 옥돌로 만든 장롱을 엄청 자랑하시며, 잘 구할 수도 없는 비싼 왁스를 뿌려 윤기 나게 잘 닦아야 주는 천 원이었기에, 용돈이 아니라 지독스럽게 일을 시키고 짜게 주는 대가였다. 그 장롱은 왁스를 뿌린 천으로 닦으면 잘 미끄러져 잘 닦이는 게 아니라 호호 불어 가며 닦아야 하고, 또 마른 깨끗한 천으로 수시로 바꿔 닦아야 했다. 2~3시간 동안 온몸에 땀을 흘리며 닦아야 닦이는 장롱이라 동생들도 닦기 싫어했다. 그래서 할머니를 만나도 절대 눈을 마주치지 않으려고 애썼다. 그래도 내가 제일 잘 닦는다고 꼭 나를 부려먹었다. 그 외에도 학교 갔다 오면 나에게 손빨래를 시키려고, 할머니는 매일 세숫대야의 물에 속옷을 담가 놨다. 할머니는 날 노예 취급 했다.

내가 빨래를 다 하고, 밤에 공부하려고 스탠드 불을 켜면 불 끄고 빨리 자라고 했다. 그 불빛이 천장을 비춰 유리 미닫이로 연결된 할머니 방 천장에 반사되어 나 때문에 잠을 못 자겠다고 큰소리로 압박했다. 할머니는 여자가 많이 배워도 소용없다면서, '여자 팔자 뒤웅박 팔자'니 남편 잘 만나면 된다는 둥 듣기 싫은 소릴 늘 해 댔다. 그때마다 난 눈에 눈물이 이글거린 채로 '여기서 벗어나기 위해서라도 난 공부 열심히 해서 돈도 많이 벌어 보란 듯이 잘 살 거야.' 하고 굳은 의지를 다지며 공부했다.

1991년 3월, 합격한 상위권 4년제 국립대학교를 가려고 차비를 달라고 아빠한테 말을 하였다. 아빠는 이불 뒤집어쓰고 자는 척하였고, 못 들었나 싶어 계속 차비 달라고 해도 "시끄럽다. 나가라." 하고 강압적, 강요의 말투로 한마디 던지고 차비 줄 생각 자체를 하지 않으셨다. 거의 30분 이상 무릎 꿇고 기다리고 애원해 봐도 아무런 대답 없이 침묵만이 흘렀다. 지각할 것 같아 더 이상 못 기다리고, 스르르 말없이 쏟아지는 눈물만 훔치며, 치를 떨면서 소리 죽이고 나온 적이 많았다, '대학교 다니라고 해 놓고 차비도 안 주면 어쩌라는 거지?' 난 씩씩거리며, '그러면 그렇지, 내 이럴 줄 알았다. 대학교 가는데 차비도 안 주는 부모가 부모냐? 차비도 안

줄 거면서 대학교는 왜 그냥 다니라고 했는지? 그 정도도 안 해 줄 거면 왜 낳았나? 아예 낳지나 말든지. 다른 애들은 대학교 합격했다고 비싼 만년필 같은 축하 선물도 사 주고, 금목걸이, 금팔찌 같은 것도 해 주던데, 우리 부모는 아무것도 없고. 오히려 없는 내 쌈짓돈마저 더 빼앗아 가려고만 하고.' 무슨 속셈인지 또 속은 것 같아 분노가 치밀었고, 차비를 못 받은 난 몇 년 동안 모아 놓은 세뱃돈 비상금을 털어 토큰(버스 티켓)을 구입해 버스를 타고 학교에 갔다. 거의 매일 버스 안에 있는 약 한 시간 내내, 얼굴이 눈물범벅이 되도록 울면서 등교했다. 내 처지가 처량하기 그지없었다.

그러기를 두 달 반 정도 됐을 무렵, 더 이상 나에게 남은 돈이 없어 차비부터 벌어야겠다 싶어 마음 편한 컴퓨터 동아리 방에서 죽치고 있다가 선배들이 나타나면 난 돈을 벌어야 하니, 아르바이트 자리 하나 알아봐 달라고 했다. 누군가에게 부탁한 게 처음이었고, 내 처지가 안 좋은 게 들켜 좀 창피하긴 했다. 별로 친하지도 않는데, 일단 보이는 사람마다 말했던 것 같다. 내가 학교를 다니냐 마느냐가 달려 있기 때문에 절실했다. 대부분 아르바이트를 알아봐 준다는 말만 하고 정말로 알아봐 주는 사람이 없었다. 그러다 누가 바로 위 선배 중 한 명이 전자공학과 선배가 롯데리아에서 아르바이트를 하는데, 한번 물어보라고 했다. 그 선배가 언제 오냐고 물으니 언제 올지는 모른다고 했다. 연락처와 이름도 모르는 선배를 매일 수업 마치고 동아리 방에서 기다리기를 한 달여

됐을 때 결국 만나게 되었는데, 아르바이트 자리가 없다고 했다.

그 말을 듣고서 여태까지 희망을 품으며 기다렸던 한 달여 시간이 헛수고가 된 게 무척 실망스러웠고 힘이 쫙 빠졌다. 한 줄기 빛이 그땐 그것밖에 없다고 생각했기 때문이다. 그 선배 왈, 지금은 아르바이트생을 구하지 않는다고 했다. 난 나를 그 점장님한테 보여 주기라도 하라고 부탁했다. 난 당장 학교에 수업을 받으러 갈 차비가 없어서 무조건 돈을 벌어야 하니, 나한테 한번 일을 보시라고 점장님께 물어봐 달라고 그 선배에게 애원했다. 그 후 1주도 훨씬 넘어 그 선배가 동아리 방에 왔을 때, 내가 지나가다 그냥 한 말인 줄 알고 점장님께 알아보지 않았다고 했다. 그 말에 엄청 실망스러워 와락 눈물이 쏟아졌다. 난 아르바이트를 못 하면 학교도 못 다니기 때문에 절실하게 얘기하고 기다린 건데, 그렇게 쉽게 생각한 것에 매우 실망스럽고 기분이 나쁘다고 말했다.

그 선배는 그 말을 듣고 미안하다고 했다. 점장님께는 말씀 안 드렸지만 그 선배가 아르바이트하는 롯데리아에 일단 한번 가 보자고 했다. 다시 희망을 품고 무작정 그 선배를 따라나섰다. 그날 난 큰 심호흡을 하고 용기를 내서 점장님께 말씀드렸다. 현장에서 바로 나한테 일 시켜 보라고, 잘할 수 있다고 적극적으로 말했다. 하루만 아르바이트해 보기로 했다. 그날 내가 일하는 걸 지켜보던 점장님이 그다음 날부터 계속 나오라고 했다. 합격한 것이다. 난 그 말을 듣고, '내가 일 잘한다는 걸 인정받았구나!'라고 생각했다. 구하지도 않는 아르바이트생으로 합격했으니 더 기분 좋았다. 천하를 다 얻은 것처럼 껑충껑충 날뛰는 내 심장을 티 안 내고 자제시키느라 엄청 애썼던 것 같다.

그 기쁨도 잠시였다. 우려하던 아빠한테서 태클이 들어왔다. 매일 학교 갔다 아르바이트하다 밤늦게 11시에서 11시 반쯤 집에 오게 되니 아빠가 왜 그렇게 늦게 다니냐고 캐물으셨다. 난 아빠가 차비를 안 주니 내가 벌어서 학교 다니려고 아르바이트를 한다고 했다. 사실 아르바이트하기 전엔 학교 수업이 오후 5시에 마치면 집에 오후 6시까지 무조건 들어와야 했다. 나보다 7살 어린 초등학교(그 당시 국민학교) 6학년인 여동생보고 매일 내가 몇 시에 집에 들어왔는지 시간 확인해서 아빠한테 보고하라 했다. 제대로 보고 안 하면 여동생이 몽둥이로 맞기 때문에 거짓말을 할 수가 없었다. 북한의 연좌제처럼 말이다. 내 수업시간표도 아빠가 갖고 있었기에 빼도 박도 못했다. 매일 집과 학교 외엔 갈 수 있는 곳이 없어서 다람쥐 쳇바퀴 도는 듯했다. 답답하고 숨을 쉴 수가 없었다. 이건 사람 사는 게 아니라 개, 돼지를 우리에 가둬 놓고 키우는 것처럼, 사람을 집에 가둬 놓고 키우는 거랑 뭐가 다른가 싶었다. 그나마 숨통이 트일 수 있는 계기가 된 게 차비, 책값, 용돈벌이를 위한 롯데리아 아르바이트였기에 나로선 절대 포기할 수가 없었다.

아빠는 차비도 안 주면서 나보고 아르바이트하지 말라고 강요와 협박 투로 말했다. 대책 없이 한 말이기 때문에 그렇게 못 한다고 버텼다. 그런 날 보고 자기 말을 안 듣는다고 약 지름 3cm 정도 되는 나무 빗자루 몽둥이로 아빠는 나를 죽기 직전까지 때렸다. 이젠 20살 성인이니 왜 때리냐고 대들었다. 차비, 책값도 필요한데 왜 안 주냐고 대들었다. 내 양쪽 허벅지에 보라색 피멍과 번갯불이 번쩍거리는 모양의 실핏줄 같은 것이 보일 정도로 맞았다. 맞은 다음 날엔 양쪽 허벅지와 종아리에 손바닥 크기의 언덕만 한 피멍이 중간중간 볼록하게 튀어나와 있었다. 보라색, 남색, 파란색, 피색이 엉켜 있는 그런 멍의 언덕들이 단단하게 부어 있었다. 중학교 3학년 때도 그 정도로 심하게 죽일 듯이 때리더니 20살이 된 성인인데도 그렇게 때렸다. 아빠 같지가 않았다. 정말 사람 같지가 않았다.

한 발짝 한 발짝 걸을 때마다, 허벅지에 바짓가랑이가 조금씩 스칠 때마다 온몸이 소스라치게 찌릿찌릿했다. 한 걸음씩 걷기가 너무 힘들었다. 엉엉 울면서도 소리를 안 내려고 입술을 꽉 깨물면서 엄마한테 다가가 보여 주었다. 엄마도 아빠의 몽둥이질을 막으려야 막을 수 없었다는 걸 난 안다. 아빠를 막으면 힘없는 엄마도 같이 두들겨 맞으니까. 아빠의 몽둥이 매질은 아무도 못 말린다. 아빠의 몽둥이질을 막아 주지 못한 게 미안한 엄마는 올록볼록 튀어나온 멍들의 언덕들을 가볍게 스치듯 손으로 만져 보았다. 이 정도의 멍은 그냥 문지르기만 해서 가라앉지 않는다 했다. 약을 발라 주고 파스도 붙이고, 소염제를 먹어야 가라앉는다면서 아빠 몰래 먹는 약을 사다 주셨다. 시장비를 매일 아빠한테 타서 쓰는 엄마는 약값도 없었을 텐데, 그 돈이 어디서 났는지도 안 물어봤다. 생활비에서 조금 떼서 썼을 게 뻔하고, 그 정도는 딸 약값에 써야 한다고 생각했다. 반찬 수나 양이 줄어들어 아빠가 눈치챌까 봐 아빠를 두려워했던 엄마를 볼 때마다 눈치 보이고 속상했다.

특별히 잘못한 것도 없는데 나를 학대했던 아빠는 사람이 아닌 짐승만도 못한 사람이었다. 약 2주 동안 소염제를 먹고 울음을 속으로 꾹꾹 참아 가며 매일 아침 안 없어지는 허벅지와 종아리의 피멍들을 끌어안고 등교하는 것이, 햇살이 더 밝게 비칠 때마다 더 분하고 서글펐다. 화창한 밝은 햇살이 날 비추면 비출수록 세상은 이렇게 밝은데, 내가 사는 세상은 왜 이토록 서글프고 비참한지, 너무 대조됐기 때문이다. 남들은 밖에서 돈 버는 게 정말 힘들다는데, 난 밖에서 돈 버는 게 훨씬 쉽다고 뇌에 되새겼다. 아빠한테서는 10원 한 장 절대 안 나오니까. 그 이후로 아빠한테서 듣는 수많은 가슴에 비수 꽂는 말들도 꾹꾹 참고 버틸 수 있었던 것은, 내가 어떻게든 계속 돈을 벌어서 무슨 일이 있어도 이 집을 빨리 나가야겠다는 한낱 실오라기 같은 희망을 품고 살았기 때문이다.

대학교 1학년 땐 수업과 아르바이트를 병행하고, 또 부총대로 뽑혀 그 임무도 수행했다. 오전엔 무료로 배울 수 있는 컴퓨터 강의, 영어 회화 동아리에서 오전 공부를 한 후, 오전 9시부터 본격적인 학교 수업에 돌입했다. 수업을 마치면 얼른 컴퓨터 동아리, 동문회 방을 오가며 인사한 후 사람들을 많이 사귀었다. 그 일과가 끝나면 광안리 롯데리아에 아르바이트를 하러 즐겁고 경쾌한 발걸음을 재촉했다. 내 하루 일과는 시계가 재깍재깍 돌아가듯이 시간별로 해내야 하는 일들이 많아 그렇게 재깍재깍 긴장하며 돌아갔다.

학교 수업 후 많이 지쳐 있었는데도 불구하고 지치지 않았던 건 다시 희망을 품을 수 있으니, 내 발걸음은 가볍고 랄랄라 즐거웠다. 광안리 롯데리아로 출근하는 길은 다른 재미있는 세계로 나를 옮겨 놓는 거니까 흥얼흥얼 노래하면서 깡충깡충 뛰기도 하고, 걷기도 하는 등 마냥 즐겁게 노래 부르며 일터로 향했다. 약 5만 원, 8만 원을 벌어도 엄마 용돈 1만 원, 한 달 토큰 1만 5천 원, 동생에게 용돈 1만 원 정도를 주고 나니 내 얼굴에 바를 로션 하나 살 돈도 없이 몇 년 동안 차비만 갖고 살았다. 내가 번 돈으로 아빠가 주지 않는 엄마와 여동생의 용돈을 줄 수 있어서 행복해했다.

난 대학교 4년, 즉 8학기 중에 B와 C 장학금을 합쳐 총 5번 받았다. 수업 마치고 아르바이트하고 집에 오면 거의 밤 12시인데, 공부할 시간이 없는 나에게는 학교 수업 시간이 빌 때만 공부한 것치곤 아주 잘한 것이었다. 그래도 A 장학금을 한 번쯤은 받고 싶었는데, 아쉬웠다. 나보다 더 시간을 많이 투자해서 공부하는 이들이 있었으니 그 애들이 A 장학금을 받는 건 당연하다고 생각했다. 차비라도 벌어야 하는 난 더 이상 공부할 시간을 만들 수가 없으니까 그 시간과 맞바꾼 것이다.

여름 방학과 겨울 방학 땐 풀 타임으로 또 아르바이트 자리를 알아봐야 했다. 롯데리아에서 하는 4~5시간 정도의 아르바이트로는 그때 필요한 경비들로 다 소비되어 한 푼도 남아 있질 않았기 때문이다. 학기가 바뀔 때마다 등록금을 벌어 내야 하는 나로서는 그게 늘 부담이어서 방학 때 남들이 토플, 토익 강의 들으러 학교 가는 것이 무척 부러웠다. 대학교 졸업 후에도 문제였다. 졸업 후, 직장을 다녀 월급을 받는 족족 은행에서 다 찾아서 아빠한테 상납하도록 강요받았고, 그 압박에 억울해하면서도 다 드릴 수밖에 없었다. 안 드리면 집에서 나가라고 하거나 몽둥이질 당하니까. 대학 4년 동안 꾸준히 벌었어도 부족한 등록금과 차비, 책값을 쓰느라 남는 돈이 하나도 없었다. 본격적으로 돈을 모을 수 있을 거라 생각한 게 졸업 후 직장 생활이었는데, 이마저도 아빠는 돈을 전액 상납하길 원했다. 60만 원 월급을 받으면 내 용돈으로 가져갈 만큼 떼고 나머지를 드린다고 말했는데, 일단 다 갖고 오라고 압박하여 피멍 들게 또 맞을까 두려워서 월급을 다 갖다 드렸다. 거기서 10만 원을 용돈으로 떼어 주셨다. 그건 출퇴근 차비밖에 안 되는 돈이었다. 직장인이 되어도 옷 하나, 화장품 하나 못

사는 용돈을 받는다는 것이 억울했다. 내가 벌어 온 돈인데, 내가 마음대로 규모 있게 쓸 수 없다는 것이 화가 났다.

이렇겐 약간의 여윳돈도 모을 수 없어 안 되겠다 싶어 더 월급을 많이 주는 직장으로 옮겨야겠단 생각을 했다. 그러니 직업 자체를 바꿀 수밖에 없었다. 처음엔 무역회사에서 60만 원밖에 받지 못했지만, 1년을 채우고 그만두고 나서 초·중·고등학생을 가르치는 학원에서 영어 강사로 직업을 바꾸고 나서 80~90만 원 정도의 월급을 받았던 것 같다. 강사 생활을 하고 보니 아침만 겨우 먹고 점심도 제대로 못 먹고 출근했다. 저녁에도 15~20분 정도 쉬는데, 그 시간에 애들 질문에 답해 주고, 화장실에 갔다 오면 계속해서 저녁까지 굶게 되었다. 집에 오면 밤 12시에서 새벽 1시 정도 되었고, 회식이라도 하면 귀가 시간이 새벽 두세 시였다. 이것도 사람 사는 게 아니었다. 몸은 피로가 누적되고 제때 못 먹고 다니면서, 많은 시간 강의하면 어지러웠다. 버스를 타고 다닐 때도 토할 것 같고 어지러워 힘이 쫙 빠질 때가 많아 도저히 다닐 수 없어 그만두었다.

그러던 어느 날, 대학교 동문 동기가 학습지 교사를 하면 잠깐 10분 정도 가르쳐 주고 월급은 더 많이 받는다고 자랑하기에 '그래? 너도 할 수 있으면 나도 할 수 있겠네.' 하고 한번 도전해 보기로 했다. 최소 120만 원 정도의 월급을 받으면, 아빠한테 60만 원 정도는 떼어 줘도 나도 60만 원 정도의 쓸 돈이 생기니 차비와 약간의 용돈을 빼고도 나도 저축이란 것을 해 볼 수 있겠단 생각에 흥분됐다. 그걸 모아 목돈을 만들어 어떻게든 이 집을 나갈 오피스텔을 하나 장만해야겠단 꿈을 늘 가슴에 새기면서 품고 있었기에 직장을 바꾸는 데 미련이 없었다. 어차피 애들을 가르치는 건 매한가지니까. 1997년 늦가을, 눈높이 교사 연수를 마치고 눈높이 학습지 어문교사로 재직하여 국어, 영어, 한자를 유아부터 초·중·고등학생까지 가르치게 됐다. 몇 년 동안 재직 중에 몇 번 길바닥에 쓰러져서 같은 회사의 어문교사 집에 실려 가 하룻밤 신세를 진 적도 있었다. 영업 스트레스와 압박에 시달렸고, 월경통이 있는 기간엔 온몸이 식은땀으로 뒤덮여 앞이 깜깜하고 제대로 서 있지 못해 주저앉아 버리는 일들이 매월 생겨났었다.

연년생인 남동생이 군대에 가고 여동생은 고등학생인 시절, 아빠는 허리가 아파 별다른 일은 못 한다면서도 사진동호회 강사로서 활동하고 계셨다. 아빠의 수입이 얼마나 되기에 내 월급을 몇 년 동안 계속 다 뜯어 가나 싶어서 엄마한테 캐물어보니, 거기서 나오는 수입은 거의 없다고 했다.

가끔씩 중고 카메라를 사 와 고쳐서 재판매하는 수입으로 생활비를 하는 거였고, 전라도의 옛날 예식장 건물은 너무 커서 잘 팔리지 않아 1년에 300만 원 정도 연세로 받는 수입이 전부인 것 같다고 했다. 월 25만 원 정도이니, 4~5인 가족 생활비가 턱없이 부족했었다. 내가 몇 년 전인 20살에 하루 종일 아르바이트해서 번 돈이 28만 원이었는데, 정말 어이가 없었다. 아빠가 이렇게밖에 못 벌면서 나한테 큰소리치고 욕하면서 내 월급을 깡패처럼 다 뜯어 가다시피 했나 생각하니 정말 비참하기 짝이 없었다. 아빠가 집안 사정이 어려우니 얼마씩 내줬으면 좋겠다고 좋게 부탁하듯 얘기했더라면 오히려 억울하지도 않았고 가계에 보탬이 되므로 좋은 마음으로 드렸을 것이다. 아빠한테 뜯길 생계비와 나도 비상금을 모아 놔야 결혼 자금이라도 모으겠다 싶어 더 벌어야겠단 막중한 책임감이 내 어깨를 짓눌렀다.

내가 할 수 있는 일, 돈을 더 벌 수 있는 일을 찾다 보니, 아이들을 가르치는 일이 적성에 맞는 것 같고, 그 이전 아르바이트로 학원 영어 강사를 했었기에 친구가 학습지 교사를 하면 월급을 더 많이 번다기에 학습지 교사에 도전하게 되었다. 1997년 11월인가 12월에 근무를 시작했었다. IMF를 직격탄으로 맞아서 정신없이 여기저기서 회원이 떨어져 나갔다. 회원 수가 줄면 그 수당이 줄어들기 때문에 월급도 줄어드는 구조였다. 또 매일 일찍 나가서 밤늦게까지 무거운 짐과 교재 가방을 들고 돌아다니며 아이들을 가르치다 보니 저녁을 먹지 못할 때가 많았다. 당연히 기력이 달렸다. 그럴 때마다 어지럽고 매스꺼운 상태로 참고서 집에 도착할 때가 많았다. 내 몸은 녹다운이 되어 화장을 지우지 않은 채 한두 시간 누워 있다가 피곤해서 눈을 감고 있다 떠 보면 아침인 적도 많았다.

나는 취미 생활은커녕 다른 사람 만날 시간도 없었다. 늙어 처녀 귀신이라도 될 것만 같았다. 이전 직장보다는 많은 수입 때문에 쉽게 그만둘 수 없었지만, 사람 나고 돈 나지 돈 나고 사람 나는 게 아니란 생각이 들어서 건강상의 이유로 난 그 직장을 그만두게 되었다. 친구의 말만 믿고 쉽게 생각했다가 이런저런 스트레스로 내 몸은 만신창이가 되었기 때문에 나를 위해 그만두자 싶어 3년 정도 근무하다가 그만뒀다. 그 후 생계비 때문에 내 몸을 돌보며 쉴 수가 없었다. 영어를 평생 기억하고 놓지 않고 영어를 활용할 수 있는 직업을 찾다 보니 나이 서른이 되어 수출입하는 무역회사에 들어가 보자고 도전하게 됐다. 그저 월급이 적더라도, 저녁이 되면 제때 밥을 먹고 싶고 근무 시간도 정해져 있어서 밤 11시에서 12시보단 좀 일찍 마치고 집에 들어올 수 있어서다.

2000년, 우여곡절 끝에 수출입을 하는 무역회사에 입사하게 됐다. 그러나 생각만큼 정각에 퇴근할 수 없었고, 항상 퇴근 시간이 눈치 보며 연장됐었고, 주말도 토요일은 오후 3시 반까지 일했었다. 좀 연장하면 토요일도 거의 오후 5시에 퇴근할 때도 있었다. 내가 들어간 회사는 내가 황무지를 개간해서 일구어야 하는 일들이 많아 내가 해야 하는 노동의 시간과 직무가 아닌 일도, 다양한 현장 관리 직무까지도 해내야 했다. 하루하루가 끝이 없이 바쁘게

만 지나가다 몇 년이 훌쩍 나도 모르게 지나가 버렸다. 외국의 회신을 기다려야 하는 일이 많아서 시차가 다르다 보니, 정해진 시간에 퇴근할 수 없는 일들이 대부분이라 거기서 받는 스트레스의 양이 어마어마했었다. 그걸 끝내 놓고 퇴근하지 않으면 완결하지 못한 것에 대한 찜찜함과 그다음 날 사장님의 완결됐을 걸로 요구되는 무언의 압박이 강했기에 퇴근 시간이 지나도 주어진 일들을 끝내야만 했다.

그렇게 혼신의 힘을 다해 일하다 보니 점점 몸에 힘이 없어 한의원에 찾아갔었다. 원장님이 맥을 짚어 보시더니, 내 몸 안의 에너지를 내는 핵이 없어졌다고 하셨다. 그 맥은 어쩌다 한 번씩 뛰는 맥이라, 살아 있는 사람한테 드문 맥이라고 하셨다. '그럼, 내가 살아 있지만, 거의 죽은 시체나 다름없단 얘기 아닌가? 살아 있어도 살아 있는 게 아닌? 그럼 난 죽어 가고 있는 몸으로 겨우 살아가고 있단 것인가? 집안을 일으키기 위해 몸이 좀 아파도 참고, 최선을 다해 쉬지 않고 일하며 열심히 살아왔는데. 그런 나한테 하느님도 무심하시지.' 내 안의 깊은 우물 속에 잠겨 있던 눈물의 회오리바람이 우물 밖 저 높이 용솟음쳐 올라가는 것만 같았다. 그 회오리를 타고 올라간 사자가 성질나서 울부짖듯이 눈물샘이 폭발하여 내 얼굴은 어느새 눈물로 버무림이 되었다. 뒤에서 한 방 얻어맞은 듯 멍하니 뚜벅뚜벅 한의원을 걸어 나오면서 이젠 어떻게 살아야 할지를 몰랐다.

돈은 쉬지 않고 벌었으나 아빠한테 다 뺏겨 내가 나를 위해 돈을 써 보지도 못했고, 직장인의 삶에 지쳐도 충분히 쉬지도 못했다. 내가 가족 생계비의 도구로 쓰이고 있고, 아무리 벌어도 내 손안엔 아무것도 쥐어지는 게 없는 '밑 빠진 독에 물 붓기'이니 해도 해도 끝이 없는 내 비참한 처지가 불쌍했다. 여태까지 가족을 위해 희생만 하고, 날 돌보거나 나에게 보상 한번 없었으니, 열심히 일한 나에게 이번에 '특별 보상금'이라도 주지 않으면 이런 식으로 살다가는 영원히 나에게 못 줄 것만 같았다. 내가 힘이 없고, 에너지를 낼 핵이 없는 상태가 된 몸을 살려 보려고 처음으로 한약 한 재를 지어 먹기로 큰 결심을 했다. 부모님이 눈에 밟혔지만 돈 벌어 오는 사람은 나이고, 내가 건강해야 생계비를 벌 수 있으니 눈 딱 감고 나만 한약을 먹어 보기로 했다. 왜냐하면 벌어 온 돈을 다 뺏기니 부모님 한약 해 드릴 돈까진 없었으니까. 아니나 다를까, 하루 이틀 부모님 몰래 한약 먹는 걸 안 들켰었는데, 힘이 없다 보니 신경을 덜 써서인지 엄마한테 들키고야 말았다. 철이 없는 엄마는 그걸 보고는 "우리 것은 없고, 너만 먹니?"라고 말하며 내 가슴에 비수를 꽂았다. 내가 힘없어서 집에 오자마자 쓰러져 눈 감고 있는 것도 많이 봤을 텐데도 엄마는 그렇게 말했다. 정말 그렇게밖에 말할 줄 모르는 엄마의 인성이 상상 이상으로 실망스러웠다. 엄마는 내가 5살 때 초등학교 교사직을 그만두었지만, 그래도 교사였던 인성이 그것밖에 되지 않은 것에 대해 더 실망스러웠다.

'자식이 힘없어 여러 번 쓰러져 있는 걸 보고도 그런 소릴 하다니.' 그런 모습을 여러 번 봤으면 오히려 내가 한약 몰래 먹기 전에 돈 없어서 한약 한 재 못 지어 줘서 미안하다면서, '네가 돈 번다고 힘든가 본데 네 돈으로라도 한약 한 재라도 사 먹어라.'라고 해야 하는 것 아닌가? 정말 엄마답지가 않았다. 여태까지 살면서 실망스러웠고 창피하기까지 했던 아빠보다 내 처지를 이해해 줄 줄 알았던 엄마가 더 실망스러웠던 건 왜일까? 온실 속의 화초로만 살아왔고, 세상 물정 하나도 모르는 철없는 엄마가 난 정말 싫었다. 천진난만한 아이들 같은 부모를 모시고 살아야 하는 것에 짜증 났다. 말을 할 때도, 내가 부모 같고 어른 같은 생각이 들 때가 더 많았다. 그러다 보니 내가 힘들어도 이해는커녕 세상 돌아가는 사정을 일일이 다 설명해 주고 이해를 시키는 것부터 시작해야 말이라도 들을 수 있는 수준이 되니, 쓸데없이 에너지가 많이 소비돼 힘 빠지고 귀찮기도 했다. 목이 아파 말하기 싫을 때도 많았다. 애써서 그렇게 설명해 주어도 공감이나 이해를 받기가 매우 어려웠다. 너는 너고 나는 나라는 느낌을 받을 때가 많았다. 정말 내가 아무리 힘들어도 마음 둘 곳이 없어 가족이 있어도 나만 홀로 독도에 떨어진 것같이 처량해 보일 때가 많았다. 그런 생각을 할 때마다 내 눈엔 항상 눈물이 가득 고여 떨어지고 있었다.

2006년 추석쯤, 난 잘 다니던 수출입회사를 내 주가가 높을 때 과감하게 그만두었다. 아마 35세였을 것이다. 멋진 커리어우먼을 꿈꾸며 전력 질주 하여 그 나이까지 달려왔다. 애인도 없었다. 사실 날 마음에 두는 남자들도 여럿 있었다. 내가 가족의 생계비 때문에 일에 더 열중해야 했기에 내가 먼저 작별을 고했다. 결혼 얘기까지 나온 시기에 내가 아파서 누워 있을 때였다. 아빠가 중간에 전화를 가로채 그 남자 누나의 목소리가 마음에 안 든다고 헤어지라고 난리 쳐서 헤어진 적도 있었다. 서른이 되기 직전엔 마음에 드는 7살 연상인 남자가 있었으나, 자기 몸이 아프고 약 3천만 원의 빚이 있어 나랑 끝까지 함께하지 못하겠다고 이별을 고하고 떠난 경우도 있었다. 아빠는 이 남자도 나이 많다고 또 반대했었다. 아빠는 늘 내가 하는 일과 사랑 모두 반대했던 것 같다.

그 후로는 열심히 일에만 열중했다. 나이가 결혼 적령기를 넘어서 35세가 되다 보니 그 나이 때 애를 낳아도 노산이란 뉴스를 보게 되었다. 남들 다 하는 결혼도 못 해 보고 애도 한번 못 낳아 보고 죽을 수도 있겠단 생각이 들었다. 이런저런 일로 많이 지쳐 있었을 때, '열심히 일한 당신, 떠나라!'라는 TV 광고의 문구가 머리에 쏙 박혀 자꾸 내 뇌리에서 되새김질되고 있었다. 나도 어디론가 떠나고 싶었나 보다. 19살부터 일을 시작했으니 거의 16년 동안 일만 했다. 부모, 형제에게 힘들게 번 돈을 다 빼앗기면서 내가 나에게 보상 한 번을 못 하고 산 것이, 내가 너무 불행해 보였다. 통장 잔고를 볼 때마다 그렇게 살아온 나 자신을 생각하면 이제 내 친구가 되어 버린 눈물이 얼굴을 내민다.

'그동안 벌었던 돈 중 용돈 빼고 아빠한테 빼앗긴 돈을 그대로 저축했더라면 그 당시 25평짜리 아파트 한 채는 샀을 돈이었는데, 그게 다 어디로 갔지? 벌기도 많이 벌었는데…….' 다 가족을 위해 빼앗겼다. 안 내놓으면 아빠한테 죽도록 맞아야 했으니까. 월급날마다 용돈을 따로 빼고 아빠에게 주겠다고 말하면, '네가 돈맛을 알아서 부모를 부모로 안 본다. 나가라!'란 욕지거리를 들어야 했다. 솔직히 아빠가 나가라고 할 때 정말 나가서 혼자 잘 먹고 잘살고 싶었으나, 모아 놓은 쌈짓돈도 없고 조그마한 오피스텔 살 돈도 없어서 집 나올 엄두가 나질 않아 손에 주먹을 쥐고 부르르 떨었었다. 그때 난 혼자 집 밖에 나가서 살려면 오피스텔을 꼭 사야 하는 줄 알았기에 작은 오피스텔을 갖는 게 꿈이었다.

그러한 내 삶이 지긋지긋하였다. 아무리 열심히 일해서 돈을 벌어도 내 수중에 남는 돈이 하나도 없으니, 해도 해도 끝이 안 보였다. '끝도 안 보이는 이 깜깜한 긴 터널을 난 언제 벗어날 수 있을까? 어떻게 해야 벗어날 수 있을까?' 부모가 있어도 내가 소녀가장이나 다름없으니 내가 왜 이렇게 살아야 하는지, 정말 싫었다. 부푼 희망을 품고 열심히 벌어도 아무것도 없는 허탈한 느낌?

사실 아빠로부터 벗어나고 싶고, 성적도 되니까 대학도 서울 쪽으로 가고 싶었다. 결국 집 구할 돈이 없어서 포기하게 됐다. 서울 사시는 외숙모에게 얹혀살 생각도 해 봤지만 거긴 식구가 줄줄이 아홉이라 나까지 포함하면 열 명이다. 폐를 끼치게 되니 차마 말할 엄두가 나지 않아서 말을 못 했다. 또 부모님과 그리 친하게 왕래나 연락도 없었기 때문에 더 말을 할 수가 없었다. 결국 돈이 없어 서울에 있는 대학에 갈 성적이 됐는데도 포기하고 부산에서 대학을 나와 살게 됐다. 직장 생활을 하다 보니 어느덧 부모님의 나이가 60세가 되었다. 혹여 부모님이 아프기라도 하면 병원도 내가 모시고 가고, 약이라도 사다 드려야 하는 것이 아닌가 하는 생각에 부모님 곁을 떠나지 못했다. 남동생과 여동생은 결혼해서 이미 출가한 상태였다. 35세의 장녀인 나 혼자 부모님과 살고 있으니 더더욱 쉽게 부모님을 떠날 수가 없었던 것이다.

한 살 아래인 남동생은 창원에 있는 대기업에 다니고 있었고, 50평대 아파트에 살고 있었다. 동생의 아내는 50평 정도 되는 규모의 어린이집을 운영하고 있었는데, 욕심을 내서 한 군데 더 운영하려고 남동생을 통해 나한테 삼천만 원만 빌려 달라고 했었다. 정말 어이가 없었다. 연봉도 나보다 훨씬 많은 남동생은 장남이면서 부모를 모실 생각을 하지 않았다. 내가 아빠에게 매달 월급을 거의 다 빼앗겨서 취미 생활은커녕 화장품이나 옷 하나 사지 못하는 동안 남동생네는 매주 캠핑이나 여행을 가는 여유도 있었다. 나보다 배로 많이 벌었던 동생은 한 번도 부모님께 생활비를 주지 않았다고 아빠는 말했다. 또 내가 번 돈을 아빠에게 전부 뺏기고 어떻게 사는지도 알고 있었고, 누나가 돈이 없어서 결혼도 못 하는 처지에 있는 것도 잘 알고 있었다. 그런 나에게 한두 푼도 아니고 삼천만 원을 빌려 달라니, 당시 삼천만 원이란 돈은 보통 여성의 평균 결혼 자금이었다. 동생이 생각이 있는 인간인가 싶을 정도로 화가 극에 달하기도 했었다.

비슷한 시기에 7살 아래인 여동생은 가출한 지 3년 동안 연락 한번 없다가 갑자기 연락이 왔다. 여동생은 전문대를 졸업하고 사업을 했는데, 사업이 부진해서 카드 돌려막기까지 했다가 신용불량자가 됐다. 처음엔 500만 원 정도 빚이 있다고 해서 빌려주고 매달 10만 원씩 이자를 받기로 했으나, 한두 번 이자가 들어오더니 어느 순간 이자도 원금도 갚질 않고 사라졌다가 나타난 것이다. 아빠한테 가출한 여동생이 돌아온 걸 알렸는데, 아빠는 막내가 보고 싶었는지 혼내지 않을 테니 무조건 만나자고 했다. 불같은 아빠를 여동생도 무서워했기 때문에 내가 먼저 만나 그동안의 자초지종을 들었다. 그때도 여동생은 바로 내일모레 갚아야 할 카드빚이 몇백만 원이 있다고 했다. 오랜만에 만난 여동생이 안쓰러워 또 갚아 줬다. 이런 식으로 시작된 여동생의 빚은 며칠 후 몇백만 원 또 며칠 뒤 천만 원, 삼천만 원 등 빚이 더 있다고 했다. 나중에는 아빠도 알게 되었다. 그래서 아빠랑 같이 있을 때 총 얼마냐고 물었었는데, 물을 때마다 갚아야 할 돈의 단위가 자꾸 늘어서 심장이 땅바닥에 쿵 떨어지는 듯했다.

처음엔 엄청 화가 났지만, 여동생은 채권자에게 가족이 피해를 볼까 봐 주거지도 숨기고 연락도 안 했던 것이라고 했다. 3년 정도

밖에서 살면서 행색도 초라하고 홀쭉하게 말라 뼈대만 남은 것이, 얼굴도 몰라볼 정도로 턱도 뾰족하게 변해 있었다. 그 모습을 보니 밥도 제대로 못 먹고 살았겠구나! 미뤄 짐작할 수 있었다. 나도 모르게 갑자기 눈물이 폭발했었다. 하염없이 울었다. 밤새 폭포수 같은 눈물이 턱에서 모여 뚝뚝 떨어졌었는데, 멈출 수가 없었다. 그래서 떨어진 눈물로 인해 바지가 흠뻑 젖었다. 그래도 여동생이 그 성격에 죽지 않고 살아 줘서 그나마 다행이라 생각했다.

이렇게 여동생이 많은 빚을 안고 있단 사실은 아빠와 나만 알고 있었다. 엄마는 무슨 일이 있어도 밤 10시 정각이 되면 4층에 바로 올라가서 혼자 주무셨기 때문에 모르셨다. 여동생은 2층에 거주하는 아빠와 나에게 한밤중에 몰래 들어와 빚이 있다는 것을 실토하였던 것이다. 아빠는 엄마가 심장이 약하니 이 소식을 들으면 놀라서 어떻게 될지 모른다고, 말하지 말라고 했다. 아직도 이 사실은 가족들에게 비밀에 부쳐지게 됐고, 정확히 아는 이는 돌아가신 아빠와 나뿐이었다.

지금도 가끔 그때를 생각해 보면 아찔하다. 당시 카드 대출 상환일이 하루라도 늦어지면 카드 연체 이자가 약 30% 정도까지 육박했던 걸로 기억한다. 그때 신용불량자가 많이 배출되었던 걸로 뉴스에서 들어 기억한다. 사람과 돈 중에 택하라고 한다면 난 사람을 택하겠단 결론을 냈다. 사람 목숨 하나 구한다 생각하고 그동안 고민을 많이 하다가 총 약 삼천만 원 정도의 돈을 해 주었다. '이건 빌려준 돈이니 꼭 갚아야 한다'고 말했었다. 그 후 2~3개월 정도 지났을까? 이번엔 남동생이 나한테 삼천만 원 정도 빌려달라고 했던 것이다. 정말 어이가 없어서 없다고 말하고 바로 전화를 팍 끊어 버렸다. 이 집을 빠져나가기 위해 아빠 몰래 아끼고 아껴서 모은 내 전 재산이자 결혼 자금이라고 주지시켰다.

나는 혹시라도 여동생이 그 돈을 못 갚을까 봐 많이 걱정됐다. 여동생이 신용불량자라 자기 이름으로 통장을 못 만들기 때문에, 내 이름으로 된 통장과 이천만 원짜리 수표 한 장을 여동생에게 건네줄 때였다. 정말 여동생이 이 돈을 안 갚으면 난 또 십 년 정도 부모 밑에 앵벌이로 살면서 돈을 모아야 하고, 그러면 난 마흔 후반이 될 것이고, 그러다 보면 평생 남들 다 하는 결혼 한번 못 해 보고 죽을 수도 있겠다는 생각이 불현듯 스쳐 지나갔다. 수표에서 내 손이 떨어지지 않았다. 간신히 넘겨주면서 이 돈을 나한테 못 갚으면 난 평생 너 때문에 결혼 못 한다고, 여동생에게 꼭 갚아야 한다는 책임감을 다시 한번 주지시켰다. 염려대로 여동생은 내 돈을 갚지 않았다. 오히려 할머니가 세금을 아끼기 위해 여동생 이름으로 들어 놓았던 예금 이천만 원마저 다 찾아 빚 갚는 데 써 버렸다.

나는 '우리 형제들은 이렇게 돈으로 산산조각 나는구나! 형제애는 온데간데없고, 서로를 이용할 생각밖에 안 하는구나!'란 생각이 들자 비참했다. 이런 상황까지 오게 되니 손이 부르르 떨려 회사 일도 잘 잡히지 않았고, 꼭 잊지 않고 기억해야 할 일들에선 자꾸 실수가 생겨 사장님께 많이 혼났었다. 이미 내 혼은 나간 것 같았고, 몸만 덩그러니 회사 안에 존재하는 것 같아서 누가 무슨 얘길 해도 귀에 잘 들어오질 않았다. 가족만 생각하면 숨을 쉬고 살 수가 없었다. 그래서 더 이상 집 탈출을 미루면 안 되겠단 생각이 강하게 들기 시작했다. 어떻게든 빨리 이 집을 나갈 계획을 세워 행동 모드로 돌입했던 것이다. 보기 좋게 이 집을 떠나는 방법은 돈이 없으니 결혼해서 나가는 것뿐이었다. 그것도 마음대로 되질 않았다. 중년의 직장 여성이 결혼할 남성을 만나기가 정말 하늘의 별 따기인 것 같았다. 다들 일을 열심히 하고 사니 늦게 마치는 날도 불규칙적이고, 쉬는 날도 일정이 잘 맞질 않았다. 하다 하다 옆 사무실 언니에게 중매 아줌마 전화번호 좀 구해 달라 해서 맞선을 몇 번 본 적이 있지만, 남자들도 몇 명 안 되니 이 사람 저 사람을 통해 맞선 보게 해 달라 해도 그 남자가 그 남자였다는 걸 나중에 알게 됐다. 그래서 맞선 보는 걸 그만두기로 했다.

사실 맞선을 봐서 내가 마음에 든다는 남자가 생겨도 문제였다. 16년 동안 번 돈을 가족들한테 다 털리고 없으니 기가 죽을 수밖에 없었다. 마음에 드는 사람이 있어도 소극적일 수밖에 없었다. 난 내가 마음에 들고 나를 마음에 들어 하는 남자가 아니라, 무조건 '내가 돈이 없어도 나와 결혼할 수 있는 남자'를 만나야 했다.

내가 미워하는 할머니뿐만 아니라 직장 사장님과 그의 친구분들, 거래처 사장님들도 누가 야무지고 멋진 커리어우먼인 나와 결혼할지 기대된다는 말과 함께 내 배우자가 누가 될지 꼭 보고 싶다고 했었다. 그런데 약 삼천만 원이란 돈에 팔려 가야만 하는, 효녀 심청이 인당수에 퐁당 뛰어들 듯 결혼을 해야 하니 이런 생각을 할 때마다 너무너무 자존심 상하고 손과 가슴이 부르르 떨리면서 하염없이 눈물이 나왔다.

한동안 혼이 나간 상태로 아무 생각 없이 회사를 다녔다. 그때 온라인 카페에서 누가 올려놓은 유럽의 멋진 세계문화유산과 풍경 사진을 보았다. 살아생전에 나도 유럽 여행 한번 가 봤으면 하는 충동이 생겼었다. 그 당시 대부분의 싱글들 왈, 결혼하기 전에 해외여행을 가 보지 않으면, 결혼하고선 애 낳고 살다 결국 늙어서 다리에 힘 빠져서 가 보지도 못한다고 하였었다. 난 결혼 적령기도 지났고, 사람을 만나면 결혼해서 애를 낳아 길러야 하는 급한 나이였다. 해외여행 가는 것은 꿈도 못 꿀 것이니 결혼보다 유럽 자유여행이라도 한번 다녀와야겠다고 생각했다. 그땐 유럽 여행을 가는 것이 유행인 듯했다. 열심히 일해 온 나에게 보상을 주기 위해 해외여행을 떠나고 싶었다. 나를 위한 보상과 위로 차원에서. 가고는 싶은데 외국 초행길을 혼자 가기가 무섭고 두려워서 망설였었다. 온라인 카페에 가입해서 이것저것 알아보다 모르는 사람들끼리 모여서 유럽 여행을 가는 게 있었다. 카페에 누군가가 자기 포함 4인 자유여행 모집 공고를 띄워 놨기에, 한번 용기 내서 가 보기로 마음먹었다. 다행히 다들 직장인 여성이었다. 서울 1명, 부산 3명 이렇게 넷이 모여 서울 본사여행사에 가서 사전 미팅도 가졌고, 여행 책자와 지도를 받아들고 비행기가 뜰 때까지 서유럽인 영국, 프랑스, 스위스, 이탈리아, 독일, 체코와 홍콩을 들렀다 오는 16일 코스를 배낭여행 책자를 보면서 열심히 공부했다.

회사 일이 바빠서 3박 4일 여름휴가를 사용하지 못한 것과 징검다리 연휴와 월차 그리고 생리휴가까지 합쳐 약 10일 정도 휴가를 쓸 수 있었다. 추석 연휴가 일주일이라 전부 붙여 쓰면 16일의 휴가를 낼 수 있었다. 사장님께 휴가를 쓰겠다고 말했더니 오른팔인 내가 없으면 회사가 안 돌아간다고 말씀하시며 휴가를 못 쓰게 했다. 난 과감히 직장을 그만두기로 했다. 그렇게 날 귀하게 여긴다면 몇 년 동안 쉬지 않고 잔업 수당도 안 받고 일한 대가 정도는 줘야 하는데, 주지도 않았으면서 내가 마땅히 갖는 휴가를 낼 권리도 행사하지 못하게 한다면 진정으로 날 생각하는 게 아니라고 판단했다. 나는 내 주가가 가장 높을 때 기분 좋게 사직서를 제출했다. 집에서도 약 15~16년 동안 내 한 몸 부서져라 일해 가며 번 돈을 다 뜯겨 가며 희생했어도 인정받지 못했고, 회사에서도 역시 회사에 뼈를 묻는 마음으로 최선을 다해 일했지만, 사람을 귀하게 여기지 않았다. 이러한 것들이 학습이 되니 사직서를 제출하는 데 걸리는 시간은 속전속결이었다.

내겐 이때가 온몸을 던져 용기를 낸, 내 인생의 첫 터닝 포인트였다. 이 지옥 같고 깜깜하고 희망도 없는 집에서 탈피하고 싶은 마음이 워낙 컸기 때문에 용기를 낼 수 있었던 것 같다. 그 정도는 여태 고생한 나 자신에게 보상해야 한다 생각했고, 이런 낙이라도 있어야 내가 숨을 쉬고 앞으로 살아갈 수 있을 것 같았기 때문이다. '나를 생각해 주는 사람은 오직 나밖에 없다.'라고 크게 깨우친 시점이기도 했다.

어렵게 떠난 유럽 여행은 첫날부터 우여곡절을 겪었다. 영국에 도착했을 때는 이른 아침이었다. 그래서 호텔에 짐을 맡길 수 없어 짐을 끌고 투어를 해야 했다. 투어를 마치고 체크인 할 호텔을 찾아 나설 땐 이미 깜깜한 밤이었다. 그러나 호텔을 찾지 못했다. 마침 비까지 부슬부슬 내렸다. 비를 맞고 4명이 약 35kg의 각자의 짐을 들고 4시간 동안이나 거리를 헤맸다. 옷은 비에 젖고 땀 냄새가 올라왔다. 기침을 많이 해선지 피 냄새까지 올라왔다. 저녁도 먹지 못해서 속이 엄청나게 쓰렸다. 자정이 되어서야 간신히 호텔을 찾아 들어가자마자 쓰러졌다. 더 기가 막힌 일도 있었다. 캐리어 안에 돈과 여권을 집어넣고 자물쇠를 채워 버렸는데, 비밀번호를 까먹어서 결국 호텔 직원을 불렀다. 직원이 망치로 자물쇠를 부수고서야 긴장하고 불안했던 마음을 안정시킬 수 있었다. 그것만이 아니었다. 영국 런던은 버스가 쉬는 날이 있다. 버스를 타고 이동해야 하는데, 마침 버스가 쉬는 날이라 못 가게 되어서 부랴

부랴 일정을 변경한 일이나 멤버들 중에 하루 1회 운행하는 야간 열차 표를 잃어버린 사람이 있어 4명 모두 다른 나라 국경을 넘을 수 없게 될 뻔해 당황한 적도 있었다. 밤새 야간열차를 타고 이탈리아에 도착해선 아침에 빵 1개와 탄산수를 줘서 먹었는데, 탄산이 들어 있는 물이라 목이 따끔거려 먹지 못했다. 열차를 타게 되어 좌석을 찾고 있는 사이에 갓난아기를 안은 여자에게 소매치기 당할 뻔한 일도 있었다. 화가 나서 창문에 대고 손가락으로 처음 욕했다. 모두가 힘겨웠던 추억이다. 16일간의 일정 동안 매일매일 어려웠던 순간들에 부딪쳤다. 그 어려움을 해결하고 극복하였기에 한국에 돌아왔을 땐 그 어떠한 일이 나에게 닥쳐도 다 해낼 수 있다는 자신감이 생겼다. 약 17년이 지난 지금도 힘든 일이 있을 때마다 그때를 떠올리면서 잘 이겨 내고 있다.

내 아픔까지
사랑하고 밀어붙이다

내 성격의 장점은 뭔가를 목표로 해서 시작하면 만족스러울 만큼 책임감 있게 끝내는 것이다. 마감 기한이 정해져 있거나 제한된 시간 내에 뭔가를 해내야 한다면 그런 면에서는 약점을 보인다. 아무튼 마감 기한에 구애받지 않는다면 완성도를 높일 수 있다. 이런 성향은 학창 시절에 나타났다. 중·고교 시절 미술 시간에 그림을 언제까지 제출하라 하면 완성이 덜 되어서 하루 늦게 제출하거나, 마감 기한을 넘어 제출했다. 당시 그런 성향을 알고 배려해주신 미술 선생님이 고마웠다. 그런 덕분에 실기는 늘 만점을 받았던 것 같다. 또 중간고사나 기말고사 등 단 한 번도 시험 범위를 다 공부하고 시험을 쳐 본 적이 없다. 책을 정독하다 보니 시험 범위를 다 못 봤어도 본 부분만이라도 다 맞혀 보겠다는 주의였기 때문이다. 내 머리의 용량의 한계를 느꼈던 것 같다. 대입학력고사 시험을 칠 때도 책이나 참고서를 다 공부하지 않고 쳤다. 지금 생각해 보니 내가 머리가 좋긴 좋았나 보다. 과목별 시험 범위도 다 공부 못 하고 대입시험을 쳤으니까. 그렇다고 모든 과목을 다 잘하는 것도 아니었는데, 부산의 4년제 상위권 국립대학에 한 번에 합격했으니 말이다.

대학 졸업 후 수출입 무역회사에 다닐 때는 내 이러한 단점 때문에 곤욕을 치렀다. 시간 내에 꼭 해내야 하는 일들이 많아 초긴장하면서 다녀야 했던 것 같다. 물건을 해외에 수출하기 위해서는 물건의 패킹(Packing, 포장)이 엄청나게 중요하다. 실제 물건의 부피보단 실제 물건을 두꺼운 종이 상자로 싸느냐 나무 상자로 싸느냐에 따라 가로, 세로 부피가 달라진다. 조금의 흠집이나 찌그러짐이 있어선 안 되는 물건을 배에 실어 수출하는 경우에는 비용이 많이 들어도 나무 상자로 싸야 한다. 미리 수출 서류를 다 작성해 놓아도 물건을 해외로 가는 상선에 싣기 직전에 Packing List(물품포장명세서)를 작성해야 하는 때가 대부분이라 그때마다 피가 말랐다. 작성 후 바로 그 서류를 해운사와 관세사에 전달해야 했고, 수출을 허가하는 수출면장(수출 허가하는 문서)이 나와야 해외로 가는 상선에 실을 수가 있는데 그 수출면장이 바로 나오는 게 아니라 검사 후 며칠 뒤에 나올 수도 있어 마냥 전전긍긍하며 24시간 대기 중이어야 했다.

특히 새로운 물품이 수출될 때는 수출면장이 나올 때까지의 시간이 오래 걸린다. 또 거기에 따라 창고 보관 비용이 더 추가되기도 한다. 단계별 비용이 추가되지 않게 하기 위해서 이 모든 단계가 매우 정확하고, 빠르게 진행되어야 했다. 시간이 돈이니까. 큰 컨테이너에 우리 물건만 싣는 게 아닐 땐 더 그랬다. 게다가 중간에 빠진 품목이 있거나 수정해야 하면 수출하는 그날 당일 모든 걸 처음부터 다 다시 진행해야 해서 다른 물품까지 실은 상선을 가진 해운업체에서도 그걸 기다려 주느라 피가 바짝바짝 말랐었다. 다른 여러 회사의 물건들까지도 수출을 못 하는 상황이 생기기 때문이다.

가끔 해운업체 현장에서 수출면장이 바로 나올 줄 알고 미리 적재했다가 그 위의 타 회사 물건 상자들을 실었다면, 다시 다 꺼내고 다시 우리 물건을 수정해서 실어야 하는 이중 일들이 발생하기도 한다. 그렇게 되면 작업하는 시간이 더 걸려서 요금이 더 가중될 뿐만 아니라 아예 수입업자와 계약한 날짜에 수출할 수 없게 될 수도 있다. 그로 인한 큰 위험을 감당해야 하므로, 곤란하고 복잡한 일들이 더 많이 생기기 때문에 온몸에 촉각을 곤두세우지 않을 수가 없었다. 수출 절차의 각 단계에서도 한 치의 오차도 없이 Invoice(물품 청구서), Packing List(물품 포장명세서), 수출면장(수출허가증) 등을 다 수정해서 해운업체와 관세사에 보내는 것까지 절차대로 5-10분 내로 해내야 할 때가 많았다

사장님의 변덕스러움 때문에 마지막 절차까지 하루에도 최소 3번에서 5번 정도는 수정하는 일이 허다했다. 해운업체나 관세사에

서 서류를 받아 주는 마감 시간 때 극도로 초긴장해서 피가 바짝 바짝 마르고, 스트레스를 온몸으로 받았던 것 같다. 수출할 때마다 늘 그런 일이 발생해서 처음엔 스트레스였지만, 언제부턴가 아예 이중 일을 한다 생각하고 일을 진행하니 마음이 조금은 편해져 갔다. 그래도 늘 긴장했지만 그게 경력자의 약간의 여유가 아닌가 싶다.

이제는 결혼해서 아들을 키우느라 주어진 시간 내에 뭔가를 꼭 해내야 하는 그런 스트레스는 없다. 대신 그 자리는 남편과 아들로 인한 또 다른 형태의 스트레스로 채워졌다. 살면서 느끼는 것인데, 뭔가를 비우면 꼭 뭔가로 채워진다. 신기하다.

최고의 인테리어는 '비움'이라던데 주어진 시간 내에 꼭 해내야 하는 스트레스를 비웠더니 다른 스트레스로 채워진다. 최고의 행복도 '욕심을 비움'인 것 같아 마음 비우기 연습을 매일 한다. 남편과 아들 덕에 나는 매일 '마음의 도'를 닦고 있다. 그래선지 50대인 요즈음, 만나는 사람마다 '더 예뻐졌네.' 하는 소릴 40대 때보다 훨씬 많이 듣는다. 마음을 비우면서 사니까 얼굴이 평안해 보이나 보다. 그런 소릴 들을 때마다 벽에 걸린 거울을 한 번씩 쳐다보며 '내가 봐도 더 예뻐졌네.' 하고 목을 빳빳이 세우고 어깨를 으쓱거리기도 한다. 43세부터 갱년기가 와서 여러 가지 통증과 병마로 싸우느라 내 얼굴이 점점 늙어 가고 못생긴 얼굴이 보기 싫어 거울을 안 볼 때도 많았다. 좋은 풍광이 나타나면 내 얼굴을 들이밀고 사진 찍는 것도 좋아했었는데, 언젠가부터 싫어졌었다. 피자집을 운영하면서 나이 50이 넘었는데도 불구하고 오히려 예쁘단 소릴 모르는 사람한테서 더 많이 들었다. 기분이 묘하기도 하고, 더 좋았다. 그로 인한 힘을 얻기도 한다. '아, 인생이 이런 거구나! 행복하네! 여자는 늙어도 예쁘단 말을 평생 듣고 싶구나!'

얼마 전 장을 보면서 삶은 꼬막과 채소가 같이 팩에 담겨 있는 걸 봤다. 보는 순간 꼬막 비빔밥을 해 먹고 싶었고, 지금이 아니면 꼬막이 들어가서 안 나올 철인 것 같아 혹시 이것도 할인하는지 물어봤었다. 주인아저씨가 말하기를, "예쁘니까 내가 좋은 걸로 골라 줄게요."라고 하셨다. 난 "요즘 장사하시는 남자분들이 여자분들한테 하는 말이 아주 좋아요. 다 장삿속이지만, 뭐." 그랬더니, "아, 예쁜 걸 예쁘다고 말하지 뭐라고 말해요?"라고 웃으면서 말씀하셨다. 덕분에 나도 덩달아 웃으며 기분 좋게 한 팩 살 걸 두 팩 샀다. 깻잎 2묶음, 냉면 양념 한 순갈, 참기름 한 순갈, 깨, 사과 식초, 발사믹 식초를 더 넣어서 새콤달콤하게 무쳤더니, 역시 사 먹는 것보다 엄청나게 맛있었다. '역시 내 양념은 완벽해!' 하고 만족스러워했다.

남편과 아들은 해산물을 별로 안 좋아해서 그래도 혹시 몰라 조금만 남겨 놓고 나 혼자 이틀 동안 하루 종일 먹었다. 양념이 자연적인 새콤달콤한 맛이라 아주 맛있어서 질리지 않았다. 남편한테 꼬막무침을 해 놨고, 오늘 안 먹으면 상하니까 꼭 먹어야 한다고 문자를 했다. 김에 싸서 먹으면 깻잎 채와 사과 채가 어우러져서 향긋하면서도 감칠맛이 배가되어 훨씬 맛있다고도 문자를 했다. 답장이 오기를, "네, 감사해요. 술안주로 최고네요. 굿! 하트." 이렇게 왔다. 웬일? 내가 먹고 싶어서 산 건데 흐뭇했다.

나의 17년 결혼 생활은 남편과 아들 위주로 돌아갔다. 그 생활이 길어질수록 나를 위해 할 수 있는 능력 자체에 대한 용기를 내기가 쉽지 않은 것 같다. 10년의 세월이 지나면 강산이 변한다는데, 요즈음은 인터넷과 스마트폰의 보급과 발달로 1년이면 강산이 변할 정도로 세상이 빨리 변하고 있다는 걸 느낀다. 그로 인해 많이 나락으로 떨어졌던 자기 효능감과 자존감을 일으키기는 더더욱 어렵다. 17년 넘게 사회와 거의 단절되었다고 보면 된다. 그만큼의 차이를 메우기 위해 기하급수적으로 빠른 속도로 내가 따라가야 세상이 변하는 속도와 비슷하게 달릴 수 있기 때문이다. 30분도 걷기조차 힘든 발바닥을 가지고 오래 서서 일하면서 종아리와 발목, 발바닥, 엄지발가락까지 우뚝 솟아 내려가지 않는 근육통의 불안에 매일 시달리면서, 머리끝부터 발끝까지 안 아픈 데가 없는 아픈 몸을 이끌고 피자가게를 인수한 건 정말 참 잘한 것 같다. 죽기 전에 꼭 하고 싶은 버킷리스트 중 하나를 이룬 거니까. 일하다 근육통 생기면 주저앉아 종아리와 발바닥을 주물러 마사지하기를 6년이 넘게 지금도 매일 하고 있다. 날씨가 추워지면 더욱 심하기에 혼자 객사할까 봐 요즘은 매우 두렵기도 하다.

지난 겨울밤 12시쯤, 눈과 얼음으로 꽁꽁 얼어 있는 땅을 밟으며 퇴근하던 길이었다. 발바닥이 찬 기운을 느끼면 발바닥 근육통이 생기고 마비가 될까 두려웠다. 하지만, 주말 밤은 12시에 오는 막차를 타고 퇴근하니 어쩔 수 없이 그 시간에 버스 정류장을 향해 아장아장 걸어갔다. 냉한 땅의 기운을 발바닥이 느끼지 않게 하기 위한 나름의 조치였다. 그런데도 염려하던 양쪽 발바닥과 오른쪽 엄지발가락이 솟아올라 내려가지 않는 근육통 때문에 어찌할 바를 몰랐다. 순간 당황스러워 그 추운 날씨에도 식은땀이 났다. 어떻게든 찬 바람이 불지 않는 곳으로 우선 들어가야 했다. 큰 상가 건물 안으로 절뚝거리며 들어갔으나, 영하 17~18도에 건물 안 사방이 통로라 새 찬바람이 휘몰아쳤다. 도움을 청하려 해도 가장 추운 겨울밤 12시쯤이라 지나가는 사람이 한 명도 보이지 않아 불안했다. 정말 '이대로 다리 부분이 다 근육통으로 굳어 죽는 게 아닌가'라는 끔찍한 생각까지 들었다. 종아리를 주무르고, 신발을 벗으면 발이 더 시려서 신발을 신은 채로 발 앞볼과 발가락들을 주무르려니 양쪽 손가락에도 마비가 왔다. 잠깐 주무르다 마지막 버스를 놓치면 이 엄동설한에 얼음 눈길을 밟으며 1시간 동안 밤새 걸어갈 생각을 하니 무서웠다. 그럼 더 객사할 확률이 높다고 생각했다.

나쁜 생각을 버리고 아픔을 참아 가면서, 절룩거리며 막차 버스를 놓치지 않기 위해 죽을힘을 다해 버스정류장으로 향했다. 식은 땀이 등줄기에서 흘러내려 더 추위를 느꼈다. 신호등에 걸려 기다리는 시간이 세찬 바람 때문에 더 길게 느껴졌다. 바람이 너무 차가워 기침도 많이 했는데, 뱃가죽에까지 근육통이 올라와 심한 기침과 호흡 곤란이 와서 쓰러질까 봐도 걱정됐다. 그 순간 아들이 말해 주었던, 기침이 심하면 나오는 침을 모아 물처럼 삼키면 좀 괜찮다고 한 말이 생각났다. 그렇게 했다. 겨울엔 하루하루가 생사를 오가는 일들이 매일 벌어지다시피 하니 학창 시절엔 눈사람 만들고 눈싸움을 하는 낭만적인 것들을 생각했다면, 이젠 내 목숨이 어떻게 될지 몰라 겨울이 매우 두렵다. 그런 통증들의 정도가 점점 심해지는 걸 느끼기에 이제부턴 더 적극적으로 내 몸부터 보살피고 챙겨야겠단 마음이 더 강하게 들었다. 그래서 정한 나의 삶의 모토(Motto)는 두 가지다. 하나는 사지 육신 멀쩡한 남편과 아들은 이제 그만 생각하고 언제든지 객사할 수 있는 나부터 생각하자는 것이고, 또 하나는 인생은 아직 끝나지 않았으니 내 목숨이 다할 때까지 끝날 때까지 끝난 게 아니라는 말대로 열심히 살자는 것이다. 그렇게 아파 죽을 몸을 하고도, 눈도 멀어져 가고, 씹을 이도 다 빠지고 했어도, 이래 죽으나 저래 죽으나 누구나 죽는 게 매한가지라면 죽기 전에 내가 하고 싶은 일들을 빨리 해야겠단 생각들로 머릿속을 가득 채웠다.

내가 좋아하는 일, 하고 싶은 일, 할 수 있는 일의 공통점을 찾다 보니 나는 맛집 탐방을 좋아하고, 그 음식이 맛있으면 나도 그 음식을 만들 수 있다고 생각하고, 집에 와서 그 맛을 생각하며 만들어 보는 걸 좋아한다. 음식을 맛있게 만들어서 먹이고 싶은 욕구가 강한 것 같다. 피자가게를 해 보고 싶은 것도 죽기 전에 해 보고 싶은 버킷리스트 중의 하나이다. 여태까지 내가 먹어 본 피자는, 먹을 땐 기분 좋은데 먹고 나서 속이 더부룩하고 거북해서 화장실을 자주 가야 하는 번거로움도 있었고, 무엇보다 먹고 난 후, 배에 가스가 많이 차서 방귀가 많이 나오니까 좋지 않았다. 방귀 냄새도 별로였고. 그때마다 난, '우리나라 쌀도 많이 남아돈다는데 차라리 쌀가루로 만들면 안 되나?' 하는 생각을 늘 품고 있었다. 없다면 내가 쌀로 만든 피자를 개발하고 싶었다. 그러던 차에 지역 화폐 가맹점 신청서를 받아 오는 '지역 화폐 서포터즈'라는 아르바이트에 도전하였다. 약 1년 남짓 1일 4시간 반 정도 계약직으로 일하다 특정 동에 있는 피자집이 마음에 쏙 들어왔다. 그 주인한테 지역 화폐에 대해 설명해 드리고, 가맹점에 가입시키면서 그 피자에 대한 궁금한 점을 물어봤다. 순순히 답해 주질 않았다. '한 번 찍어 안 넘어가면, 열 번이라도 찍어 보자'는 생각으로 그 지역을 방문할 때마다 또 물어보고 또 물어봤다. 그 피자가게를 인수할 마음이 없으면 궁금한 것을 말해 주지 않겠다고 했다. 궁금한 게 해소되어야 인수할지 말지를 결정하는데, 말도 안 되는 소리였다.

난 평소에 내가 해 먹는 음식 재료는 국산만 사서 쓰기 때문에, 피자 재료에 대해 국산을 쓰는지가 제일 궁금해서 이것저것 물어 봤다. 쇠고기, 돼지고기, 닭고기 등의 피자에 들어가는 육류는 다 국산만 쓴다고 했다. 내 맘에 쏙 들었다. 대부분 질기고 싼 수입산 고기를 쓰거나, 싼 밀가루 반죽만 엄청나게 크게 늘리고 이상한 고기 같지 않은 토핑을 쓰는 저질 재료와 넓게 밀가루 반죽 크기만 늘린 걸로 승부하는 피자도 있기 때문이다. 물론 그런 곳은 치즈 역시 가짜 치즈, 즉 합성화합물에 치즈 향이 나는 합성 착향료가 들어 있는 걸 쓰기 때문에 바로 구웠을 때만 치즈와 같지 씹으면 씹을수록 질겅질겅 오래 씹은 껌 같은 느낌이 난다. 그런 저 퀄리티의 피자는 전자레인지에 돌려 보면 불에 타다가 만 눌어붙은 비닐처럼 쫙 달라붙어 더 이상 늘어나지 않는다. 자칭 미식가인 난 먹어 보면 안다. 실험도 해 보았다. 어쨌든 첫째로 국산 고기를 쓴다는 점에서 내 마음의 합격 점수를 받았고, 도우(빵) 역시 밀가루가 아니라 국산 쌀 100%를 사용한다고 해서 순간 눈이 돌아갔다. '어? 내가 만들고 싶은 피자인데?' 치즈 역시 국산 치즈를 쓴다고 했다. 치즈는 수입산이라도 선진국에서 들어오는 건 좋으니까 괜찮다고 생각했는데, '어? 더 좋은데?' 하는 생각이 들었다. 내가 생각하고 있는 몸에 좋은 웰빙 피자가 여기 있었다니, 믿기지 않았다. 그래서 인수할 마음이 들었다.

조금씩 나아지고는 있는 것 같았지만 발바닥, 종아리, 목, 어깨

등 아픈 곳이 많은 채로 피자집을 인수해서 한다는 건 좀 무리인 듯했다. 더군다나 아들이 아직 초등학교 5학년, 12살! '학교 갔다 오면 아들 간식과 밥은 누가 챙겨 주지?' 하는 생각에 망설여졌었다. 아들이 중학생 정도는 되고 나서 피자가게를 하면 좀 안심이 될 텐데……. 아직 엄마 손이 필요한 초등학생이라 좀 이른 감이 있었지만, 지금 주인이 넘길 생각 있을 때 인수할 수 있지 그렇지 않으면 다른 사람에게 뺏길까 봐 걱정됐다. 이때가 아니면 나이로 보나 저질 체력으로 보나 몸에 좋은 웰빙 피자를 내가 운영할 기회를 영원히 놓칠 것만 같았다. 그래서 아들을 설득하기로 마음먹었다. "엄마가 피자가게를 하면 비싼 피자도 실컷 먹을 수 있어 좋을 것 같은데 아들은 어때?"하고 물었더니, "응, 좋아!" 하고 흔쾌히 답했다. 역시 아들은 먹는 걸 좋아하니 넘어올 줄 알았다. 웃으면서 "알았어, 그럼 엄마가 피자가게 하는 거 찬성하는 거지?" 하고 말했다. 그렇게 초등학교 5학년 아들의 찬성과 남편의 동의를 얻어 피자가게를 인수하였다. 온전히 계약금과 권리금 모두 내가 번 돈으로 말이다. 그러니 남편은 반대할 이유도 없었다. 단지 자기가 밥 차려 먹기 불편할 뿐!

지역 화폐 서포터즈로 일한 것은 매일 4시간 반 동안 걸으면서 다리 근육을 기르기 위해서 한 거였고, 오랫동안 아파 누워 있는 엄마를 아들이 무시하는 것 같아 아픈 엄마도 당당히 일어서서 밖에 나가 돈을 벌 수 있고, 사회생활을 할 수 있다는 걸 보여 주기 위해서 꼭 해야 했다. 내가 일곱 번 쓰러져도 여덟 번 일어나면 된다는 '칠전팔기(七顚八起, 송나라 때 범엽이 저술한 후한서에 나오는 이야기)'의 각오로 발바닥과 종아리의 근육통을 이겨 내 가며 내가 하고 싶었던 피자집의 꿈을 이루게 됐다.

현대 그룹 故 정주영 회장의 자서전의 한 문구가 생각난다. 정주영 회장이 직원들한테 사막에 건물을 지으라고 하니 거의 모든 직원이 불가능하다고 반대했었다고 한다. 그런데 정주영 회장은 '해 보기나 했어?'라고 반박했었고, 밀어붙였다. 결국 이루었다. 나는 '해 보고 싶은 게 나타나면 한번 해 볼까? 해 보고는 싶은데 불가능할 것 같거나 가족이 반대할 땐, 해 보기나 했어? 해 보고 싶어서 자꾸 눈에 아른거릴 땐 한번 해 보지 뭐!'라는 문구를 떠올리곤 한다. 지금은 난 '해 보기나 했다.'라고 대답하고 싶다. 그것도 매일 아픈 통증을 가진 몸으로! 이렇게 고대 그리스 철학자 소크라테스의 '너 자신을 알라.'는 말처럼, 난 나를 알아 가고 있다.

죽기 직전까지 하고 싶은 건
도전해 보는 거야!

10년 뒤에 바다를 바라보며 내가 서 있다면. '여기까지 참 잘 살아왔다. 이만큼 해 온 것도 나로선 기적이다. 앞으론 내 건강만 생각하고, 잘 관리하자. 나에게 행복한 일, 기쁜 일만 만들면서 행복한 삶을 살다 가자.'라고 다짐하면서 서 있을 것 같다. 지난 과거의 힘들었던 고비들이 파노라마처럼 파도에 투영돼 회상하고 있을 것 같다.

29세의 추운 겨울날, 온몸이 마비되어 눈만 깜빡거리고 화장실에 소변을 보러 가려 해도 몸을 일으키는 것만도 한 시간 넘게 걸렸었고, 허리가 찌릿찌릿 아파 한 걸음도 걷지 못했지. 이때 중국인이 침을 잘 놓는다는 소문을 들었고, 이렇게 죽으나 저렇게 죽으나 죽는 건 매한가지란 마음으로 그 중국인이 운영하는 한의원에 택시를 불러 갔어. 다행스럽게도 그 한의원에서 침을 3번 정도 맞고 나니 허리가 구부러지고 몸이 돌아가고 움직여졌지. 그 순간 '아, 살았구나!' 하고 눈물이 났던 기억이 떠오르네. 그런 몸인데도 생계비가 걱정되어서 몸을 돌보며 쉴 수가 없었지. 영어를 끝까지 기억하고 놓지 않으려고 영어를 활용할 수 있는 직업을 찾았고, 서른이 다 되어 무역회사에 들어가는 도전을 했던 일이 기억나네.

여태까지 가족을 위해 희생만 하고, 날 돌보거나 나에게 보상 한 번 없었으니 열심히 일한 나에게 이번엔 '특별 보상금'이라도 주고 싶어도 돈 많다고 돈을 더 뜯어 갈 사람들만 있는 가족이 싫었던 것도 기억이 나네. 지긋지긋한 책임감과 의무감만 있는 내 가족에서 탈피하고 싶은 마음이 강렬했기에, 미지의 세계로 용기 있게 도전하는 건 그리 어렵지 않았었지. 내 생애 첫 자유여행을 유럽(영국, 프랑스, 스위스, 이탈리아, 체코, 독일)과 홍콩으로 16일간 자유롭게 날아갔다 왔었지. 그 기간 고생도 많이 하고 우여곡절이 많았지만, 난 내가 무사히 우리나라에 돌아온 것이 대견하고 대단하게 여겨졌었지. 그 어떤 어려운 일이 나에게 닥쳐도 뭐든 할 수 있을 것 같은 용기가 많이 생겼었지. 또 외국에 가 보니 우리나라가 좋은 나라라는 걸 깨닫는 애국심도 더 생겨났었던 기억이 나네.

그 후 가족과 같은 타인을 위해서가 아닌, 나도 나의 삶을 살아봐야겠단 용기를 가지고, 2007년도에 부산의 집을 나와 서울에 있는 왕래도 없던 외숙 집에 들어가 결혼 안 시켜 주면 안 나간다고 외숙모한테 무언의 압박을 하여 결혼도 하게 됐지. 그 용기도 해외여행이 나한테 가져다준 용기였지. 결혼을 하기 위해 부산에서 집을 나와 서울로 올라간 도전은 내 인생에서 두 번째 터닝 포인트였고, 지금 생각해도 정말 잘한 일이라 생각되네. 왜냐하면, 아무리 내가 16여 년을 벌어도 아빠한테 다 빼앗겨 내 통장엔 들어 있는 돈이 없었고, 부모님 나이는 60대에 접어드니 또 보살펴야 하는 '효심'이란 유교 사상에 발목 잡혀 부모님 슬하를 탈피할 수 없었기에 그렇게라도 용기 내지 않으면 '결혼'도 못 하고 평생 부모님 '생계비 도구' 역할로만 살다가 저세상에 가야 할 것 같았기 때문이지. 부모님은 내가 결혼 적령기가 넘어도 날 결혼시킬 생각조차 하지 않았지. 오직 언제든지 돈을 인출할 수 있는 입출금기라고나 생각했을까? 어쨌든 난 그 상황을 벗어나려면 이것저것 볼 필요도 없이 눈 딱 감고 억지로라도 결혼을 해야겠단 생각뿐이었지. 나의 용기 있는 두 번째 도전으로 그렇게 결혼을 하게 됐지. 아들 손자를 보고 싶은 시어머니의 소원도 들어주었지. 이젠 이기적인 인간들의 소원을 다 들어주었으니, 그들은 내버려 두고 나만 잘 보살피며 나를 위한 돈을 모으고, 나를 위해 행복하게 살아야겠단 생각이 들었지. 숨 가쁘게 꾸준한 도전을 하고 나니 벌써 반백 년이 넘어 버렸네.

나는 몇 세까지 살게 될지 모르지만, 여태까지 마음고생이 많았었는지 이곳저곳 아픈 곳이 많아지는 걸 느끼네. 들숨이 안 쉬어져 목숨이 위태로운 적도 몇 번 있었고, 몸의 여러 군데 근육통이 생겨 굳어서 안 움직여지는 날도 아주 많아지고 있지. 손가락이 안 움직여져서 접시를 잡으려 해도 안 잡혀서 미끄러졌고, 발가락도 안 움직여져서 균형 잡고 서지 못한 적도 많았고, 눈이 전체적으로 흐릿해서 안 보여 답답한 적도 있었지. 난 살아 있는 동안 그 누구보다 행복하게 살다 갈 가치가 있는 사람이야.

나는 노후에 먹고 살 소일거리 하나쯤은 있는 게 정신적, 육체적으로 좋다고 생각한다네. 건강이 허락하는 한 청소년뿐만 아니라 어른들에게도 힘들 때 '용기와 힘'을 북돋워 주고, '꿈과 방향'을 제시해 줄 수 있는 영향력 있는 '부모 교육 인기 강사'가 되고 싶네. 내가 살아오면서 겪고 극복했던 얘기들을 함께 공유해서 누군가에게 위로와 꿈과 희망을 줄 수 있다면, 그 또한 보람되고 의미 있게 산 인생일 것이네. 그렇게 멋진 60대를 꿈꾸며 나는 지금도 여러 강의를 듣고, 책을 읽고 깨달으면서 개인 역사책을 만들기 위해 글쓰기에 도전하고 있네.

수리수리 마수리
내 인생

나는 43세에 완경기가 왔다. 보통 사람보다 10년이나 빨리 찾아왔다. 그래선지 몸의 여기저기서 아픈 신호가 온다. 그 아픔은 약 10년의 내 인생을 빼앗아 갔다. 혹여 내 인생을 자기 마음대로 조절해서 살 수 있다면, 제일 먼저 평생 몸이 좋지 않았던 것을 정상의 몸으로 만들고 싶다. 건강한 몸이 있어야 내가 하고 싶은 일을 할 수 있기 때문이다. 내게 건강만 있다면 오직 내가 하고 싶은 욕구 충족만을 위해 원 없이 꿈을 펼치며 살 것 같다. 나는 건강한 몸 상태로 50세가 되기 전까지 계획했던 목표를 다 이룰 것이다. 난 오롯이 나 자신에게만 시간을 투자하며 하고 싶은 꿈을 향해 도전하고, 건강 관리와 취미 생활로 인생을 즐기면서 남은 인생을 살고 싶다. 물론 여러 사람들을 위한 일도 하고 싶다. 왜냐하면 그것이 결국 나를 위한 일이기도 하니까. 뷰티풀 라이프를 살고 싶다.

50대로 접어든 후 3년 정도 지났을 무렵, 비슷한 나이 또래의 삶, 더 나이 든 사람들의 삶, 나이는 나보다 어리지만 내가 겪어 보지 않은 치열한 삶들이 보였다. 그들로부터 다양한 삶들의 존재를 인식하고 깨닫게 되면서 나는 여태까지 계획한 삶만이 정답이 아니라는 것을 알았다. 다양한 삶들을 우연히 또는 간접적으로 접해 보니 인생은 정말 정답이 없다는 걸 알았다. 다만, 인생이란 그때 그 시절 그 상황에서 어떻게 대처를 했느냐만 존재하는 것 같다고 느꼈다. 그러한 기록들이 나의 역사가 되지 않을까 생각한다. 모든 기록을 엮어서 많은 사람들에게 선한 영향을 주고 싶다.

그다음은 나의 중학교 3학년 아들과 남편이다. 아들에게는 지혜로운 엄마가 되고 싶다. 아들이 스스로 공부를 열심히 하고 자기가 하고자 하는 일을 반드시 이룰 수 있게 옆에서 돕고 싶다. 아들이 게임 시간을 조절할 수 있는 마법, 자기 시간 관리를 잘해서 성공하는 마법을 걸어 주고 싶다. 한마디로, 크게 신경 안 써도 되는, 스스로 잘 성장하는 아들로 만들고 싶다. 남편은 내 말에 경청하는 사람으로 만들고 싶다. 지금은 내 말에 경청하지 않는 남편을 마법을 걸어서라도 내 말에 경청하게 하고 공감을 갖게 하며, 나를 배려하는 충실한 남자로 바꾸고 싶다. 이 두 사람이 크든 작든 나를 찾지 않고 스스로 자신의 일을 알아서 해결한다면 나는 자유 부인이 되어 내 꿈을 펼치러 훨훨 날아갈 수 있을 것만 같다.

수리수리 마수리 내 인생! 훨훨 날아라!

고맙고,
사랑한다!

하이! 나야, 나! 요즘 어떻게 지내고 있어?

매일 게임만 충실히 하는 중학교 3학년 아들이 이번 달 말 지필 시험이라는데, 아들은 공부 잘하고 있나? 아들과 남편을 신경 쓰지 않고 네 인생을 잘 살아 보기로 했는데, 잘 실천하고 있지? 남편에 대한 신경은 덜 쓰일 수 있지만, 아들 일에는 조금씩 흔들릴 수도 있으려나? 그래도 아들 대신 네가 공부해 줄 수 없고, 아들 대신 네가 시험을 치를 수도 없으니 굳건히 '너부터 생각하는 삶'을 잘 지켜 나가길 응원할게. 그러기 위해선 건강을 잘 지키고 유지해야겠지? 난 네가 너의 주어진 삶을 살아 내기 위해서 매일 아침 화장대 거울을 보며 스 50개와 '나부터 생각하자, 파이팅!' 하면서 4kg짜리 아령을 양손에 쥔 채 10번씩 4세트 하는 것을 보고 참 대단한 사람이라고 생각해. 원래 '21일 법칙'이라 21일만 하기로 했는데, 하다 보니 한 달이 넘어가데. 정말 대단하다!

그런 끈기와 참을성이 있기에 이런저런 통증과 질병에도 잘 견디고 있는 것 같아 매우 대견해 보여. 약간의 한기에도 발가락, 발바닥, 발등, 발목, 종아리, 허벅지, 뱃가죽까지 올라오는 근육통과 약간의 담배 연기, 꽃가루, 배기가스에도 반응하는 천식 기침도 잘 견뎌 보려고 느릅나무껍질, 생강, 계피, 산수유 등을 매일 끓여 마시기를 3년 반 동안이나 노력하고 있는 것도 참 대견해! 사랑니 4개와 큰 어금니 2개를 발치하고 씹을 수 있는 이라곤 땜질한 큰 어금니 2개뿐이라는 것도 알고 있어. 모든 사물이 흐릿하고 글씨도 잘 안 보여서 버스 정류장에서 버스 번호를 보려다 차에 치일 뻔한 것도 알고 있지. 눈을 회복해 보려고, 근육을 늘리고 식단까지 병행하고 있다는 것도 알고 있어. 목, 어깨 결림과 어지럼증, 구토증에 매일 시달려서 누군가가 목덜미와 어깨를 주물러 주지 않으면 눈 뜨고 앉아 있기조차 힘들고, 잘 돌아가지 않는 오른팔 때문에 대변을 보고도 뒤처리조차 하기 힘든 몸으로 피자집을 인수하여 혼자서 365일 연중무휴로 만 4년 가까이 운영하고 있다는 게 나는 네가 매우 대단하고 자랑스러워.

더군다나 그 4년은 무사 안일한 4년이 아니라, 코로나19 1년 차가 끝날 무렵, 전 세계적으로 코로나19가 더 깊이 확산한 시점에서 피자집을 인수해, 거리엔 아무도 안 지나가는 고요하고 암흑 같은 시간을 홀로 꿋꿋이 버텨 냈잖아? 오늘 가게 문을 닫아야 하나? 내일 닫아야 하나? 매일매일 고민하면서 운영해 온 것이 1년도, 아니, 3개월도 못 할 것 같았는데 벌써 만 4년 가까이 되어 버렸다는 사실에 난 네가 매우 대단해 보여. 코로나19 확산이 심해질 때 피자를 사러 오신 은평구 파리바게트 빵집 사장님도 그러셨지. "사장님, 여기 목이 좋아 권리금도 비쌀 텐데, 직원도 없이 혼자서 버티시는 게 엄청 대단하시네요. 저는 제빵사 월급 맞춰 주느라고 다달이 미치겠어요."라고 말씀하시며, 힘내라고 용기를 북돋워 주시고 가셨을 때, 내 마음을 읽어 주신 것 같아 엄청 눈물 글썽거려도 참았었지? 약해 보일까 봐 눈물을 참았고, 누군가에게 인정받았다는 사실에 감동하였었지. 그동안 넌 잘 참아 내면서 잘 운영하고 있었어. 피자집을 인수하고 두 달 정도 매출 추이를 보고 직원 월급, 내 월급은커녕 장사를 유지하기도 힘들 수가 있을 것 같아 엄청나게 고민 많이 했었지. 고임금의 직원을 어쩔 수 없이 해고해야겠는데, 차마 말을 못 꺼내서 두 달 동안 걱정만 하다 세월 지나갔었지? 그래도 직원 앞에서 눈물 흘리더라도 더 이상 월급을 줄 수 없는 상황에 이르렀다고 말했던 건 정말 용기 있는 행동이었어. 안 좋은 얘길 남에게 한다는 것이 내 심장을 엄청나게 떨리게 했었지. 그러지 않고 말을 못 해 계속 미적거렸다면, 피자집을 인수하자마자 그때 가게 문을 닫아야 했으니까.

그런 일이 있어도 남편한테 말을 못 했었지. 안 그래도 내가 힘들다고 한두 번 말할 때마다 남편은 위로해 주는 말이나 도움을 주기는커녕 화내고 흥분해서 큰소리로 당장 때려치우라고 했었고, "네가 하는 일이 다 그렇지." 하고 비아냥거리곤 했었지. 자존심 때문에 말도 못 꺼내고 하루하루 답답해 미치는 줄 알았지. 그렇다고 장사도 안 되는데 무조건 밀고 나갈 수도 없는 노릇이고. 이러지도 저러지도 못해 매일매일 극심한 스트레스에 시달려선지 인수한 지 두 달 만에 몸무게가 13kg이나 빠졌었지. 네 생애 처음 있는 일이었잖아.

인수한 지 두 달 만에 크리스마스이브는 연중 피크인데 건물 전체 불이 꺼져 그날 장사도 망쳤었고, 그다음 날인 25일 성탄절에는 주방 바닥이 물에 잠겨 있었고, 주방과 이어진 뒷문 밖 복도에까지 물이 꽉 차 있었지. 먼저 출근한 다른 가게 사장님들과 청소 아줌마가 잠긴 복도의 물을 퍼내서 겨우 뒷문을 통해 주방으로 들어갔으나, 전기난로가 곧 잠길 듯한 걸 발견하고 2차 감전 사고까지 이어질까 봐 어지럼증도 참고 숨 가쁘게 물 퍼내느라 발이 다 젖어 얼었었는지도 몰랐었지. 안 그래도 발이 추우면 발에 근육통이 생겨 움직이지도 못하고 고함지르고 난리 날까 봐 빨리 양말을 벗고, 전기난로에 발을 갖다 대 따뜻하게 말리기부터 했었지. 그런 후 주방에 가득 찬 물이 냉장고, 냉동고 등 가전제품에 물이 안 닿기를 바라면서 숨도 안 쉬고 퍼냈었지. 다행히 피해가 적었던 것은, 바닥이 너무 차면 생기는 발바닥의 근육통을 방지하기 위해 주방 바닥에 박스를 펴서 깔아놓은 것이 물을 머금고 있어서 물이 전기 콘센트 높이까지는 닿지 않아 천만다행이었었지.

안 그래도 매일 발바닥을 땅에 닿게 할 때마다 엄청 아파 걷기조차 힘들어했었잖아. 목, 어깨도 너무 결려 어지럽고 매스꺼워서 버스 안에서도 힘이 쫙 빠져서 몸을 가눌 수도 없을 때가 많았었지. 멀미해서 집에 도착하면 씻지도 않고 한두 시간 정도는 누워 있다 일어나야 정신 차릴 수 있었잖아. 하루걸러 생기는 근육통 때문에 마사지건으로 마사지를 매일 하고 자야 했었지.

돌아보니 너는 43세 이른 나이에 뜻하지도 않게 너무 빨리 완경기가 너한테 찾아와서 갱년기 증상을 벌써 11년째 겪고 있네. 이게 평생 죽을 때까지 계속된대. 아무도 이런 증상이 갱년기 증상이라고 말해 준 적이 없어서, 몰라서 눈물 흘렸었고, 가족의 어떤 도움도 못 받아서 서러워했었지.

45세쯤 넌 발바닥 통증이 너무 심해서, 마룻바닥에 발을 딛는 순간 '으악!' 고함을 지를 정도로 아파서, 발을 딛을 수조차 없었지. 용변을 보기 위해 화장실까지 기어 다녀야 했고, 변기 앞에선 발을 바닥에 딛고 한 번은 일어나야 좌식변기에 앉을 수 있는데, 심한 발바닥 통증으로 인해 몇 번을 '으악, 으악!' 고함 지른 후에야 변기에 앉을 수가 있었지. 그렇게 되기까지가 약 30분은 걸렸었지. 그러면서 그런 네 저질 체력의 한계에 부딪혀 울고 말았었지. 그때가 아들이 8살 때였고, 아들을 굶기지 않기 위해 밥을 하려고 싱크대 압력솥이 있는 데까지 기어갔었지. 그다음은 발을 바닥에 딛고 일어서야 하는데, '악, 악!'거리며 발바닥 통증을 참고 일어나야 했었지.

오직 아들 밥 안 굶기겠다는 의지 하나로 그 아픔을 참아야만 했었지. 어릴 때 잘 먹여야 성장하는 데 지장이 없으니까. 그럴 때마다 눈물이 너의 얼굴을 먹어 삼켜 버린 것 같았어. 사지 육신이 멀쩡한 남편은 그런 내 건강 상태를 보고도 자기 피곤하다며 반찬은커녕 밥 한 번, 죽 한 번을 해 준 적이 없었지. 그래서 아들만 챙기기로 비장한 결심을 했었지! 남편이 아들 밥도 안 챙기고 자기 밥만 챙기니까. 그때 넌 남편에 대한 분노도 가득했고, 그대로 죽음을 맞이해야 하는가 하고 삶의 의지가 없었는데, 네가 건강해져야 아들을 먹여 살릴 수 있다는 걸 깨달았었지. 그러기 위해선 일어서서 걷기도 힘드니, 누워서 할 수 있는 운동이라곤 다리와 몸통만 반대로 뻗는 스트레칭과 심호흡, 앉아서 종아리와 발바닥 마사지를 하면서 다시 살아야겠다는 의지를 이글이글 불태웠었지. 남편과 아들 뒤치다꺼리로 생긴 면역력 저하와 근육 저하로 인한 여러 가지의 통증과 질병을, 오직 남편과 좀 컸다고 아픈 엄마를 얕보며 대드는 아들에 맞서 싸우기 위해서, 그리고 널 그 사람들로부터 지키기 위해서, 꼭 살아야겠단 의지를 강하게 불태웠었지.

조금씩 발바닥을 바닥에 딛는 연습을 하면서 아픔을 참아 보고, 실내화도 푹신한 걸로 바꿔서 걸어도 보고, 오늘 10분, 그다음 날은 15분, 또 다음 날은 30분까지 걸어 봤었지. 그게 성공하면 신발을 신고 밖으로 나가 30분 걸어 보고, 걷다가 중간에 근육통이 생길 것 같으면 좀 주무르다 빨리 집으로 돌아오기를 반복했었지. 더 욕심부려 멀리 나갔다간 객사할 수도 있겠다는 두려움 때문에 아이가 걸음마 하듯이 연습했었지. 그때 '어른도 아프면 걸음마 연습을 하는구나' 하고 생각하곤 했었지. 그럼에도 불구하고 갱년기의 아픔을 자가 치유 하면서 피자가게까지 열고, 오직 너 혼자 365일 연중무휴로 운영해 오고 있다는 건 정말정말 대단한 일을 해내고 있는 거야. 보통의 건강한 사람도 코로나19 시기에 사업을 한다는 건 대단한 용기를 내지 않으면 못 하는 일이거든.

50대 때는 체력은 따라 주지 않아도 인생 경험이 많으니 지혜와 깨달음을 많이 얻었잖니? 조금만 더 힘냈으면 좋겠어. '하늘은 스스로 돕는 자를 돕는다.'고 하잖아! 넌 할 수 있어! 영원히 널 믿고 응원하는 내가 있다. 그거 잊지 말길 바란다. 아자, 아자, 파이팅!

황재혁
–
두란테

황재혁 - 두란테

아주 어렴풋한
세 가지 기억

사람마다 어린 시절에 대한 기억은 조금씩 다를 것이다. 나의 어린 시절을 돌아보면 행복했던 기억과 슬펐던 기억이 어렴풋하게 남아 있다. 아무래도 일상적인 사건보다는 비일상적이었던 사건에 대한 기억이 더 또렷이 마음에 남는 것 같다. 그 비일상적인 사건이 어른이 되어서 돌아보니 지극히 소소하지만, 그 당시에는 무척이나 큰일처럼 여겨졌다.

1988년에 부천으로 이사 오고 나서 근처에 있는 시온성교회에 온 가족이 함께 다녔다. 시온성교회 목사님의 딸이 나와 동갑이었는데, 이름이 아마도 한나였던 것 같다. 어느 날 교회에 가서 한나와 여러 놀이를 하는 중에 우리는 같이 자전거를 타게 되었다. 내가 세발자전거를 운전하고, 뒷자리에 한나가 탔었다. 내가 페달을 밟으며 앞으로 똑바로 가야 하는데, 핸들이 한쪽으로 기울어지면서 순간적으로 우리가 탄 자전거가 길가의 도랑으로 빠지고 말았다. 그 도랑에는 물이 거의 흐르지 않았던 것으로 기억한다. 다행스럽게도 교회 어른들이 바로 구조해 주어서 우리는 크게 다치지 않았다. 그러나 이날의 자전거 사고는 내가 기억하는 가장 오랜 기억으로 남아 있다.

내가 병원에서 수술받은 기억도 어렴풋이 난다. 아마도 편도와 관련된 수술이었던 것 같은데, 부천의 성가병원에서 전신 마취를 하고 수술을 받았다. 5살 혹은 6살 무렵의 나는 수술실에 들어가고자 침대 위에 누워 있었다. 양옆에는 의료진과 부모님이 있었다. 시간이 되어 수술실로 들어가려고 내가 누워 있는 침대를 사람들이 끌었다. 수술실에 가족은 출입하지 못하고 마스크를 쓴 의료진과 함께 들어갔다. 들어가니 그 안에도 많은 사람이 대기 중이었다. 수술대의 밝은 조명이 내 눈을 비추자 나는 전신 마취로 인해 서서히 의식을 잃었다. 다시 눈을 떠 보니 나는 수술실에서 일반 병실로 돌아와 있었다. 그 모든 수술 과정이 한순간의 꿈과 같았다.

막내 삼촌이 우리 집에서 이사 가던 날도 기억난다. 내가 7살 때였는데, 오랫동안 함께 살았던 삼촌이 이제 독립한다고 하며 짐을 다 챙겨서 이사를 갔다. 당시 우리가 살던 집은 방 3개의 좁은 빌라였는데, 이사 가기 전까지 삼촌이 방 1개를 차지하고 있었다. 평소에 자주 들어갈 수 없던 그 방은 삼촌이 이사 간 이후에야 자유롭게 드나들 수 있었다. 삼촌이 떠나자 그 방에서 무엇인지 모를 쓸쓸함이 느껴졌다. 방이 비자 엄마는 그곳에 재봉틀을 가져다 놓고 부업을 하기도 했다. 이후에 그 방에서 거북이를 작은 수조에 담아 키웠는데, 여름 수련회를 며칠 다녀오니 그 거북이가 무더위로 인해 죽고 말았다. 거북이 사체를 어떻게 치워야 하는지 몰라서 변기에 거북이 사체를 넣고 물을 내렸다.

자전거를 타다가 도랑에 빠진 기억, 수술실에 들어간 기억, 삼촌이 집을 떠난 기억을 다시 돌아보니 특별할 게 전혀 없는 평범한 기억이란 생각이 든다. 이러한 기억이 과연 무슨 의미가 있을까? 그런데 내가 예전에 소설가 김영하의 유년기 이야기를 들은 적이 있다. 그는 어릴 적에 연탄가스를 마시는 사고를 당한 후, 몇 살 이전의 기억이 전혀 없다고 했다. 기억은 아무리 사소하더라도 그것이 내가 누구인지를 알려 주는 단서가 된다. 기억상실증에 걸려 아무런 기억이 없는 것보다는 지극히 소소한 기억이라도 가지고 있는 것에 감사하며 살아야겠다.

비가 오면
우산이 되어 줄게

어린아이들을 양육하다 보면 배우자랑 종종 다투게 된다. 양육 과정에서 상대방에게 생긴 여러 불만을 말할 때 서로의 감정이 상하고 다툼이 유발된다. 그러던 어느 날, 나는 우리가 최선을 다해서 육아하는데, 왜 항상 육아에서 공백이 생기는지 질문해 보았다. 그 질문은 내가 여태껏 의도적으로 외면하고자 했던 처가의 여러 문제를 다시 떠올리게 했다. 나는 사실 처가다운 처가가 없다. 퍼즐 조각이 절반이나 없는 상황에서 아무리 퍼즐을 맞추려고 노력해도 퍼즐은 절대 완성될 수 없다. 처가의 부재로 발생한 공백은 육아에서 크고 작은 어려움을 일으켰다.

우리 가정에 믿고 의지할 만한 처가가 없는 이유는 장인과 장모가 사망했기 때문은 아니다. 장인과 장모는 배우자가 아주 어릴 때 이혼했다. 그 이혼의 사유는 장인의 가정 폭력 때문이었다. 이혼 후에 장모는 재혼해서 새롭게 가정을 이루었다. 얼마 지나지 않아 장인 역시 재혼하였다. 나의 배우자는 당시 중·고등학생이었는데, 장인이 재혼했다는 이야기를 듣고 조부모를 떠나서 장인과 함께 살길 원했다. 그래서 부산에서 조부모와 살던 배우자는 아버지의 새살림이 차려진 분당으로 이사 갔다. 그러나 장인의 새로운 아내는 장인의 자녀를 가정에 맞이할 마음이 없었던 것 같다. 그런 상황에서 분당에서 세 가족이 같이 사는 건 재앙에 가까웠다. 얼마 지나지 않아 장인의 심각한 가정 폭력이 발생했고, 가정은 산산이 조각나 버렸다. 장인은 두 번째로 이혼했고, 다시는 가정을 제대로 세우지 못했다.

분당에서 큰 상처를 입은 배우자는 다시 부산으로 돌아와 조부모 밑에서 고등학교에 다녔다. 배우자는 수험 기간 동안 이를 악물고 공부해 수능 시험에서 좋은 성적을 거두었다. 그 덕분에 배우자는 교대에 전액 장학금을 받고 입학할 수 있었다. 교대에 입학하고 선교단체에서 활동한 배우자는 우연한 계기로 나와 연애를 시작했고, 결국 결혼에 이르렀다. 나로서는 배우자와 연애할 때 처가의 여러 문제가 그리 심각하게 느껴지지 않았다. 그런데 실질적으로 결혼을 준비하며 결혼식을 어떻게 진행해야 할지 많은 어려움이 있었다. 결혼식에 장인은 올 수 있는데, 배우자를 낳아 준 생모는 올 수 없는 상황이었기 때문이다. 불가피하게 배우자가 고모라고 부르는 장인의 여동생을 장모의 자리에 앉히고 결혼식을 진행했다. 이렇게 힘겹게 결혼식을 치르고 나니 처가와는 가족이라고 부르기 애매한 그런 관계가 되었다. 배우자는 나와의 결혼 이후에 어릴 때부터 자신에게 상처를 준 장인과 거리를 두었다. 연락처를 바꾸고 장인에게 이를 알려 주지 않았다. 장인과 연락이 없으니 만남도 없고, 만남이 없으니 '이게 과연 가족인가'라는 생각이 들었다.

가족끼리 상처와 가시를 주고받기 위해서는 어느 정도의 연락과 만남이 있어야 한다. 권투 시합에서 선수들이 100m 이상 떨어져 있다면 상대방에게 아무런 타격을 줄 수 없을 것이다. 그저 허공에 대고 주먹질할 뿐이다. 개인적인 입장에서는 처가로부터 아무런 지원을 못 받는 상황이지만, 처가로 인해 스트레스받을 일이 거의 없으니 자유로움을 느낀다. 처가가 없기에 우리 부모님이 그 빈자리를 채우고자 많이 애쓰셔서 그저 감사할 따름이다. 나중에 우리 아이들이 자라서 "왜 우리는 외갓집이 없어?" 혹은 "외할아버지와 외할머니는 어디 계셔?"라고 물으면 내가 어떻게 답변해야 할지 아직 잘 모르겠다. 비록 우리 아이들이 외갓집으로부터 충분한 사랑을 받고 자라지는 못하지만, 부모가 줄 수 있는 최대한의 사랑으로 아이들을 키우고 싶다. 순간의 분노로 가정을 파괴하여 자녀에게 씻을 수 없는 상처를 주는 아버지가 아니라 거친 비를 막는 우산 같은 아버지가 되어 아이들을 끝까지 지키고 싶다.

인생의 변곡점에서 인생 영화를 만나다

나는 영화를 즐겨 보는 편은 아니다. 1년에 영화관과 TV를 통해 끝까지 보는 영화는 아마도 5편이 안 될 것이다. 그런데 내가 영화를 즐겨 보지 않는 이유는 영화를 싫어해서가 아니다. 나는 영화를 단지 엔터테인먼트(entertainment)가 아니라 일종의 예술(art)로 생각하기에, 한 편을 보더라도 신중하게 보는 편이다. 그래서 끝까지 볼 만큼 가치 있는 영화를 엄선하다 보니 인생 영화라고 할 수 있는 좋은 작품을 여러 편 만날 수 있었다. 아무래도 영화 한 편 보았다고 인생이 통째로 바뀌었다고 말하는 것은 지나친 과장이라고 생각한다. 다만 좋은 영화 한 편이 인생의 중요한 순간에 지혜로운 선택을 하는 데 도움을 줄 수 있다고 믿는다. 내 인생의 변곡점에서 나는 〈동주〉, 〈피아니스트의 전설〉, 〈다키스트 아워〉, 〈지니어스〉라는 영화를 만났다. 이 영화를 곰곰이 되새겨 보니 이 영화 속 주인공의 직업이 모두 알파벳 'p'로 시작했다. 우연처럼 보이지만 p로 시작하는 주인공의 직업을 이번 기회에 고찰해 보는 것도, 내 마음의 소리를 듣는 데 도움이 되지 않을까 싶다.

나는 지난 2016년에 영화 〈동주〉를 영화관에서 봤다. 이 영화의 주인공은 직업이 poet, 즉 시인이었다. 대한민국에서 가장 유명한 시인 윤동주가 영화 〈동주〉의 주인공이다. 내가 이 영화를 보았을 때에는 개인적으로 미래가 보이지 않았던 암울한 시기였다. 내가 오랫동안 몸담았던 일터에서 일방적으로 해고되다시피 쫓겨났기 때문이다. 갑자기 일을 그만두게 되니 무엇을 해야 할지 어디로 가야 할지 삶의 갈피를 잡지 못했다. 그런 시기에 영화관에 가서 홀로 영화 〈동주〉를 보았다. 영화 〈동주〉는 특이하게도 흑백 화면으로 제작되었다. 이는 이준익 감독이 시인 윤동주가 살아가는 일제 강점기의 암울함을 시각적으로 표현하기 위함이었다. 영화 〈동주〉의 어두컴컴한 화면과 당시 나의 미래가 다르지 않았다. 익히 알려진 것처럼 시인 윤동주는 일본 감옥에서 생체실험을 당하여 젊은 나이에 생을 마감하였다. 삶의 마지막 순간까지 시 쓰기를 멈추지 않았던 그의 모습을 보며, 비록 나의 미래가 암울하게 보여도 내게 주어진 길을 끝까지 걸어가야겠다고 다짐했다.

이어서 지난 2020년에 나는 영화 〈피아니스트의 전설〉을 영화관에서 봤다. 이 영화의 주인공은 영화 제목에 나오는 것처럼 pianist였다. 이 영화는 〈시네마 천국〉의 음악감독으로 유명한 엔니오 모리꼬네가 음악감독을 맡았고, 영어 원제는 <The Legend Of 1900>이다. '나인틴 헌드레드'가 주인공의 이름인데, 이는 그가 유럽과 뉴욕을 오가는 대형 선박에서 고아로서 1900년에 태어났기 때문이다. 그는 어릴 적부터 대형 선박에서 지내며 유럽과 뉴욕을 시계추처럼 왔다 갔다 하였다. 다른 여행객에게 대형 선박은 목적지로 가기 위한 교통 수단이었지만, 그에게 대형 선박은 그 자체가 목적지였다. 그는 배에서 피아노 치는 법을 어깨너머로 배워 피아니스트로서 화려한 연주를 선보였다. 그러나 시간이 흘러 대형 선박을 폐선 처리 해야 할 때가 가까이 왔다. 그를 제외한 모든 사람은 대형 선박을 떠나 그 바깥에서 새로운 삶의 터전을 마련하지만, 그는 배를 떠나지 못했다. 결국 사람들이 배를 폭파할 때 그는 배 안에 끝까지 남아 있다가 배와 같은 운명을 맞게 되었다. 이 영화를 극장에서 보고 주인공 '나인틴 헌드레드'가 참으로 가엽게 느껴졌다. 유럽과 미국 그 어디에도 정착하지 못하고 바다에서 떠도는 그의 모습에 깊은 동질감을 느꼈다.

시간이 조금 흘러 지난 2021년에 나는 넷플릭스로 영화 <다키스트 아워>를 봤다. 영화 속 주인공의 직업은 politician, 즉 정치인이었다. 영화 <다키스트 아워>는 영국의 수상을 역임한 윈스턴 처칠의 이야기를 주로 다룬다. 제2차 세계대전이 발발해 영국을 제외한 대부분의 유럽 국가가 나치 독일의 군사력에 굴복한 시점에 처칠은 영국의 수상이 되었다. 처칠은 영국의 수상이 되었다는 정치적 영광을 누릴 겨를도 없이 나치 독일과의 본격적인 전쟁을 마주한다. 히틀러의 미친 카리스마와 나치 독일의 화끈한 군사력은 섬나라 영국이 전쟁에 본격적으로 뛰어들기도 전에 영국을 주눅 들게 하였다. 처칠을 제외한 대다수 정치인은 더 늦기 전에 히틀러와 화친을 맺어 전쟁을 벌이지 말아야 한다고 믿었다. 그러나 처칠은 종말적 분위기에 굴하지 않았다. 오히려 처칠은 나치 독일과 하늘에서도 바다에서도 땅에서도 싸울 것이라고 국회에서 연설하였다. 처칠이 연설 막바지에 "We shall never surrender!"라고 외치자, 거기에 있던 의원들이 환호성을 질렀다. 열렬한 환호성을 뒤로하고 처칠이 국회를 퇴장하는 장면으로 영화 <다키스트 아워>는 막을 내린다. 나는 이 영화를 보며 승리의 희망을 품은 사람만이 가장 어두운 시간을 가장 눈부신 시간으로 바꿀 수 있음을 배웠다.

최근에 나는 TV에서 영화 <지니어스>를 봤다. 이 영화의 주인공은 직업이 publisher, 즉 출판인이었다. 1929년에 뉴욕의 출판사 '스크라이브너스'의 출판인 맥스 퍼킨스는 무명의 소설가 토마스 울프를 만나게 된다. 당시 토마스 울프는 수많은 출판사에서 거절당한 소설 원고를 들고 오는데, 맥스 퍼킨스는 그 소설 원고를 보고 전격적으로 출판을 결정한다. 출판의 천재인 맥스 퍼킨스와 소설의 천재인 토마스 울프의 환상적인 컬래버레이션은 토마스 울프를 무명의 소설가에서 헤밍웨이와 피츠제럴드급의 유명

소설가 반열에 이르게 한다. 그러나 토마스 울프는 자신의 문학적 성공을 스스로 성취한 게 아니라 맥스 퍼킨스의 공로인 것처럼 사람들이 여기는 것에 불만을 느꼈다. 이후 토마스 울프는 맥스 퍼킨스와 심한 갈등을 겪고 그를 등진다. 문학적 홀로서기를 시도한 토마스 울프는 급작스러운 뇌종양으로 인해 쓰러지고 다시 병상에서 일어나지 못했다. 토마스 울프는 죽기 직전 병원에서 맥스 퍼킨스에게 편지를 썼는데, 이 편지가 장례식이 다 끝나고 맥스 퍼킨스에게 전달된다. 맥스 퍼킨스는 이미 고인이 된 토마스 울프의 편지를 받고 눈물을 흘린다. 그의 남몰래 흘리는 눈물과 함께 영화는 마무리된다. 출판에 대해서 나는 전문가는 아니지만, 영화를 보며 출판이 작가의 재능과 출판인의 감각 모두를 필요로 한다는 사실을 깊이 느낄 수 있었다.

나는 현재 poet, pianist, politician, publisher와 같은 직업에 종사하지 않는다. 어찌 보면 나의 일상과 조금 동떨어진 직업이지만 영화를 통해 이 직업의 속살을 볼 수 있어서 흥미로웠다. 영화를 보며 잠시나마 poet의 감성과 pianist의 감동과 politician의 감내와 publisher의 감각을 간접 체험 할 수 있어 유익했다. 앞으로 나는 살면서 몇 번의 인생 영화를 만날 수 있을까? 그 영화 속 직업의 주인공도 알파벳 p로 시작할까? 나의 삶을 풍요롭게 만드는 인생 영화를 다시 만나기 위해 모든 영화를 향해 늘 열린 마음으로 살아야겠다.

숨을 쉬고 있는 한,
나는 여전히 희망한다!

나는 몇 년 전부터 잠들기 전에 짤막하게 몇 줄이라도 일기를 쓰고 있다. 평소 일기를 쓸 때는 그날 있었던 사건만 간략하게 쓰고 일기장을 덮는다. 어쩌다가 마음에 여유가 있을 때는 과거에 내가 썼던 일기를 조금씩 들춰 본다. 내가 옛날에 쓴 일기를 보면 당시에는 크게 걱정했지만 이제는 다 해결된 문제도 있고, 반드시 이루어지길 바라며 도전했던 것이 끝까지 이루어지지 않은 일도 있다. 나의 일기장에는 내가 직접 경험한 성공과 실패, 행복과 불행, 기쁨과 슬픔의 기억이 잘 저장되어 있다. 이처럼 날마다 일기를 쓰는 나의 성격에 가장 근접한 단어가 있다면 그것은 바로 일관성(一貫性)인 것 같다. 표준국어대사전에서는 일관성을 '방법이나 태도 따위가 한결같은 성질'이라고 뜻을 풀이하였다. 일관성의 반의어로는 변덕(變德)이 있다. 변덕은 '이랬다저랬다 잘 변하는 태도와 성질'이라는 의미이다. 어찌 보면 일관성 있는 사람이 꾸준히 일기를 쓰고, 꾸준히 일기를 쓰는 사람이 일관성을 가진다고 할 수 있다.

나에게 일관성은 일기 쓰기에만 국한되지 않은 것 같다. 오히려 나에게 일관성은 삶의 전 영역에 골고루 스며들어 있는 편이다. 현재 나의 배우자는 내가 성인이 되어 처음으로 사귄 첫사랑이다. 나는 나의 첫사랑과 2014년에 연애를 시작하여 2019년에 결혼했다. 또한 나는 2014년부터 지금까지 서평 전문 블로그를 운영하여 대략 1,000권이 넘는 책을 직접 읽고 서평을 작성했다. 이러한 독서 편력을 인정받아 나는 신생 언론사가 시작할 때 창간 기자로 합류할 수 있었다. 그래서 나는 창간 원년인 2018년부터 지금까지 '독서 순례'를 맡아서 7년째 정기 연재 하고 있다. 작년에 나는 '독서 순례'의 정기 연재를 이제는 그만둘까 생각했다. 그동안 충분히 글을 썼다는 생각이 들었기 때문이다. 그런데 작년에 오히려 언론사에서는 내게 '독서 순례'뿐 아니라, '설교자의 리딩누크'도 새롭게 맡아 달라고 부탁했다. 의외의 부탁을 수락하여 지금도 일관성 있게 언론사에 서평을 기고하고 있다.

어릴 때부터 혼자서 잘 놀다 보니 나는 성장하고 나서도 인간관계에 크게 연연하지 않는 사람이 되었다. 이게 내 성격의 단점이라면 단점일 수 있겠다. 나는 타인과 희미하게 연결되길 바란다. 내가 누군가에게 크게 영향을 주거나 내가 누군가에게 크게 영향받는 걸 원치 않는다. '시절인연(時節因緣)'이라는 노래의 제목처럼 나는 지난 시절의 인연에 얽매이지 않고 새로운 시절의 인연에 늘 열려 있다. 가는 인연 잡지 않고, 오는 인연 막지 않는다. 그래서 새롭게 만나는 사람의 얼굴과 이름은 잘 기억하는데, 오히려 과거에 만났던 사람의 얼굴과 이름은 잘 까먹는다. 지금은 나와 교류가 끊어진 친구들의 얼굴과 이름이 거의 기억나지 않는다.

나는 나만의 인생 철학을 내가 직접 만난 사람이 아니라 내가 직접 읽은 책을 통해서 형성했다. 지난 6월 초에 세상을 떠난 신학자 위르겐 몰트만은 1964년에 『희망의 신학』이라는 책을 출판했다. 이 책은 아마도 지난 60년간 전 세계에서 가장 많이 팔린 신학책 중에 하나일 것이다. 위르겐 몰트만은 『희망의 신학』의 서문에서 다음과 같은 라틴어 경구를 인용한다.

"Dum spiro-spero!"

이를 번역하면 "숨을 쉬고 있는 한, 나는 희망한다!"라는 뜻이다. 1926년에 독일에서 태어난 위르겐 몰트만은 제2차 세계대전에 독일 군인으로 참전했고, 전쟁 막바지에 전쟁 포로로 영국에 끌려가 포로수용소 생활을 했다. 20대 초반의 나이에 가장 비참한 시기를 보냈던 그는 포로수용소에서 우연히 성경을 읽으며 새로운 희망을 발견했고, 그 희망을 따라 신학을 전공했다. 신학자가 된 위르겐 몰트만이 가장 먼저 집필한 책이 바로 『희망의 신학』이었고, 그는 이 한 권의 책으로 세계적인 신학자가 되었다. 숨을 쉬고 있는 한, 우리에게는 희망이 있다. 누구도 알 수 없는 미래를 굳이 비관적으로 바라볼 필요는 없다. 골치 아픈 미래의 일은 미래의 내가 처리하도록 맡기자. 그러니 항상 희망을 품고 살자. 희망이 우리를 떠나거나 외면하지 않을 때까지 말이다.

그랜드 투어를 그리다

현재 2024년을 기준으로 10년이 지나면 대략 2034년이 된다. 그때가 되면 만 4살과 만 1살인 두 아들도 각각 14살과 11살로 성장하겠지. 나는 그날이 오면 두 아들과 함께 유럽 여행을 다녀오고 싶다. 유럽 여행 중에서도 특히 이탈리아에 오랫동안 머물고 싶다. 이탈리아는 오랫동안 유럽에서 종교, 문화, 예술의 중심지로서 자리매김했다. 이탈리아를 패키지 관광으로 잠깐 맛보기에 그곳은 너무 웅장하다.

이탈리아에 여러 도시가 있지만, 나는 피렌체를 가장 먼저 방문하고 싶다. 흔히 피렌체는 '꽃의 도시'라고 불리는데, 아마도 피렌체라는 도시의 이름이 꽃과 관련 있어서 그런 것 같다. 나는 피렌체를 방문하여『신곡』을 집필한 단테 알리기에리의 흔적을 찾아보고 싶다. 피렌체는 단테가 태어나고 성장한 도시였지만 그는 인생의 후반부에 피렌체에서 추방되어 여기저기 떠도는 신세가 되고 말았다. 그렇지만 피렌체에는 여전히 단테의 생가, 성당, 무덤 등이 남아 있다고 한다. 그런 점에서 피렌체는 단테의 도시이며, 단테는 위대한 피렌체인이라고 말할 수 있을 것이다.

이탈리아에서 나는 피렌체 다음으로 로마를 방문하고 싶다. 로마는 로마제국의 찬란한 수도였고, 지금까지도 로마와 관련된 다양한 속담이 남아 있다. '로마는 하루아침에 이루어지지 않았다.' 그리고 '모든 길은 로마로 통한다.'와 같은 속담은 인류 역사에서 로마가 차지하는 높은 위상을 그대로 보여 준다. 로마에는 수많은 문화유산이 남아 있지만, 개인적으로 가장 가 보고 싶은 곳은 바티칸 시국에 위치한 시스티나 성당이다. 시스티나 성당의 천장화는 미켈란젤로가 그린 '천지창조' 그림이고, 서쪽 벽에도 미켈란젤로가 그린 '최후의 심판' 그림이 있다고 한다. 책이나 인터넷을 통하여 이 그림을 간접적으로 봤을 때도 그림의 위용에 압도되는데, 실제로 이 그림을 현장에서 직접 본다면 어떤 느낌일지 잘 상상이 되지 않는다.

역사적 기록에 따르면 독일의 대문호 요한 볼프강 폰 괴테는 30대 후반에 모든 것을 내려놓고 남몰래 이탈리아로 여행을 떠났다고 한다. 그리고 그는 이탈리아에서 머물며 자신이 느낀 바를 글로 표현했는데, 그게 『이탈리아 기행』이라는 책으로 출판되었다. 당시 괴테가 정확히 어떤 여행의 동기를 품고 이탈리아 여행을 떠났는지는 알 수 없다. 다만 그는 당시 부자들 사이에서 유행하던

'그랜드 투어'의 영향으로 이탈리아로 여행을 떠난 게 아닌가 싶다. 수 세기 동안 유럽에서는 어린 부잣집 자제를 가정 교사와 함께 프랑스와 이탈리아로 여행하게 하는 '그랜드 투어'가 인기를 끌었다. 부잣집에서는 '그랜드 투어'를 통해 부잣집 자제가 프랑스와 이탈리아의 풍성한 문화예술을 직접 보고 배우며 교양 있는 신사로 자라길 기대했다. 역설적이지만 '그랜드 투어'가 부잣집 자제에게 항상 좋은 결과만 가져다주지는 않았다. 오랜 여행길에 부잣집 자제가 건강을 상하기도 하고, 매춘과 도박의 유혹에 빠져 일생을 망치기도 했다. 그렇지만 대다수 부잣집은 이러한 위험 요소에도 불구하고 문화 대국으로 '그랜드 투어'를 보낼 만한 가치가 있다고 믿었다. 배는 항구에 머물 때 가장 안전하지만, 항구에 머물기 위해서 만들어진 것은 아니기 때문이다. '그랜드 투어'가 무척 고생스러웠기에 이 과정을 무사히 마친 젊은이는 사회의 리더가 될 자격을 갖춘 것으로 여겨졌다.

만약에 내가 10년 후에 두 아들과 함께 이탈리아 여행을 한다면 이는 유럽의 '그랜드 투어' 전통을 우리 가문이 계승하는 것과 마찬가지이다. '그랜드 투어'를 통해 두 아들은 이탈리아의 풍성한 문화예술을 직접 보고, 듣고, 맛보고, 느끼며 더욱더 성숙한 인간으로 자랄 수 있을 것이다. 생각해 보니 지금부터 돈을 잘 저축한다면 2034년의 '그랜드 투어'가 그리 불가능한 것만도 아니다. 교육 효과도 불분명한 사교육비를 지금부터 차곡차곡 저금하면 10

년 후에는 여행비가 충분히 마련되지 않을까? 미국의 사상가 랠프 월도 에머슨은 '천 그루 숲도 도토리 한 알에서 시작된다.'라고 말했다는데, 10년 후 그랜드 투어 역시 사교육비를 매달 저금하는 것에서 시작된다고 믿는다. 그러니, 자, 떠나자! 이탈리아로!

나는 오늘도
두란테 하우스를 꿈꾼다

우리 주변에는 인생을 자신의 마음대로 살지 못하는 사람이 다수 있다. 그런데 자신의 마음대로 인생을 살지 못한다는 건 사실 마음의 문제가 아닌 힘의 문제이다. 마음대로 인생을 살아갈 재력(才力), 체력(體力), 지력(知力), 경쟁력(競爭力), 영향력(影響力)을 갖추지 못했기에 자신의 마음대로가 아니라 타인의 마음대로 인생을 살게 된다. 누구든지 자신의 마음대로 살고 싶다면 가장 먼저 자신을 총체적으로 파악하여 날마다 힘을 길러야 한다.

나는 현재 힘을 기르는 과정에 있기에 나 또한 인생을 오로지 내 마음대로 살지는 못하고 있다. 그렇지만 언젠가 충분한 힘을 갖춘다면 나는 꼭 '두란테 하우스'를 설립하고 싶다. '두란테 하우스'는 전체 3층 건물로, 1층에는 '살롱 드 엠피레오'라고 불리는 라운지가 있고, 2층에는 '두란테 서원'이라고 불리는 도서관이 있고, 3층에는 나와 가족이 지내는 사택이 있을 예정이다.

'두란테 하우스'의 '두란테(Durante)'는 나의 필명인데, 이는 『신곡』의 저자 단테 알리기에리에게 영향을 받아 내가 지은 이름이다. 단테의 원래 이름이 두란테였는데, 그 뜻은 '견디는 자' 혹은 '인내하는 자'라고 한다. 나는 여태껏 읽은 책 중에서 단테의 대표작인 『신곡』에 가장 큰 영향을 받았다. 그래서 현재 나의 이메일 아이디인 '엠피레오 퍼스트(empireo1st)' 역시 『신곡』과 관련 있다. '엠피레오'는 최고의 하늘이라는 뜻으로, 『신곡』에서 신이 머무는 곳으로 묘사된다.

아마도 '두란테 하우스'는 나의 신학, 음악, 문학에 대한 관심사가 집대성된 복합 문화공간이 될 것이다. 1층에 마련된 '살롱 드 엠피레오'의 안쪽에는 무대와 그랜드 피아노가 있어 사람들은 소파에 앉아 편하게 담소를 나눌 수 있다. '살롱 드 엠피레오'에는 항상 잔잔한 클래식 음악이 흘러나오고, 사람들은 자신이 듣고 싶은 음악을 매니저에게 직접 신청하면 된다. 2층에 마련된 '두란테 서원'에는 주로 신학, 문학, 예술 관련 도서가 서가에 잔뜩 꽂혀 있을 예정이다. 사람들은 이곳에서 개인 공부, 독서 모임, 글쓰기 수업 등을 할 수 있다. 3층의 사택에는 우리 가족이 함께 살고, 가족 모두 두란테 하우스에서 격조 있는 삶을 살아가리라 기대한다.

'두란테 하우스'에서는 매년 여름과 겨울에 신청자들과 함께 세계로 그랜드 투어를 떠날 것이다. 나는 인솔자로 참여하여 세계

교양인이 되기 위해 반드시 가야 할 여행지를 안내할 예정이다. '두란테 하우스'의 궁극적인 목적은 인재를 양성하는 것이다. 대한민국이 저출산으로 인해 앞으로도 계속 인구가 줄어들 것이라고 한다. 대한민국의 지속 가능한 미래를 위해서 일당백(一當百)의 인재를 양성하는 교육기관이 필요하다. 인재 양성의 요람이자 복합문화 공간으로서 '두란테 하우스'가 자라나는 날까지 나의 관심을 여기에 쏟고 싶다.

역하인리히 법칙을
떠올려 봐

안타깝게도 우리나라는 대형 사고가 종종 발생해. 이런 대형 사고가 발생하면 많은 사람이 죽거나 다치지. 지난 2014년에 일어난 세월호 침몰도 그렇고, 지난 2022년에 일어난 이태원 사고도 생각해 보면 귀한 생명이 참으로 허망하게 목숨을 잃었어. 이런 대형 사고가 발생하면 언론에서는 종종 하인리히 법칙을 언급해. 대형 사고가 한 번 발생하기 전에 소형 사고가 스물아홉 번 발생하고 매우 작은 징후가 삼백 번 발생한다는 게 바로 하인리히 법칙이야. 1:29:300의 비율이지. 즉, 그 어떤 대형 사고도 아무런 징후 없이 갑자기 발생하지는 않아. 충분히 관심을 기울이고 소형 사고에 민감하게 반응할 수 있다면 막을 수 있는 게 대형 사고지.

그런데 말이야, 이 하인리히 법칙을 한 번 거꾸로 해석하면 어떨까? 한 번의 대박 성공을 이루기 위해서는 그전에 스물아홉 번의 중형 호재가 발생하고, 삼백 번의 소박한 성공이 있다고 말이야. 300:29:1의 비율. 나는 이를 역하인리히 법칙이라고 이름 붙이고 싶어. 역하인리히 법칙으로 세상을 바라보면 지금 네가 해야 할 일이 무엇인지 더 분명해질 거야. 지금 네가 해야 하는 일은 한 번의 대박 성공을 바라보며 단 한 개의 씨를 뿌리는 게 아니라 삼백 개의 씨를 마구 뿌리는 거야. 삼백 개의 씨 중에서 어느 씨가 자라서 30배, 60배, 100배의 열매를 맺을지는 아무도 몰라. 일단 씨를 최대한 많이 뿌리고 보는 거야.

신약성경의 복음서에 보면 예수는 제자들에게 씨 뿌리는 농부 비유를 여러 차례 이야기했어. 농부가 씨를 뿌렸는데, 어떤 씨는 길가에, 어떤 씨는 돌밭에, 어떤 씨는 가시밭에, 어떤 씨는 좋은 밭에 떨어졌다는 내용이지. 그래서 좋은 밭에 떨어진 씨만 풍성한 열매를 맺고, 길가와 돌밭과 가시밭에 떨어진 씨는 아무런 열매를 맺지 못하였어. 그런데 이 비유가 사실 한국적인 정서에서는 잘 이해가 되지 않아. 농부가 씨를 심을 때 처음부터 좋은 밭을 골라서 거기에만 땅을 파고 씨를 심으면 되는 것 아닌가? 이렇게 말이야. 사실 이 비유를 올바로 이해하기 위해서는 이스라엘 지역에서 농부가 어떻게 씨를 뿌리는지 먼저 알아야 해. 이스라엘 지역에서 농부는 씨앗 하나를 정성껏 심지 않고, 씨앗 자루에서 손에 잡히는 대로 무작위로 씨를 흩뿌려. 그러니 그 씨가 어디에 떨어질지는 아무도 모르는 거야. 때때로 어느 농부는 작은 구멍이 난 씨앗 자루를 나귀에게 매달아서 나귀가 이리저리 움직이도록 내버려 둔다고 해. 결국 어떤 씨는 길가에, 어떤 씨는 돌밭에, 어떤 씨는 가시밭에, 어떤 씨는 좋은 밭에 떨어지겠지.

이스라엘 지역의 농부가 과연 역하인리히 법칙을 알았을까? 그렇지 않을 거야. 하인리히 법칙이 발견된 건 아직 100년도 되지 않았으니까. 그러나 그 지역의 농부는 이미 알고 있었어. 정확히 어떤 씨가 열매를 맺을지는 모르지만, 일단 많은 씨를 뿌려야 많은 열매를 거둘 수 있다는 걸 말이야. 어느 정도의 양이 채워져야 어느 정도의 질을 보장할 수 있어. 양이 충분하지 않은 상황에서 질을 논하는 건 무익한 시간 낭비야.

그러니 아무리 열심히 노력해도 삶에 변화가 없다고 느낄 때 역하인리히 법칙을 떠올려 봐. 네가 뿌린 삼백 개의 씨앗 중에서 무엇이 열매 맺을지는 아무도 몰라. 항상 씨를 뿌리고, 쉬지 않고 씨를 뿌리고, 범사에 씨를 뿌려 봐. 그러면 언젠가 너의 계절이 올 거야. 너의 계절이 왔을 때 네가 뿌린 씨는 반드시 싹이 트고, 꽃이 피어, 열매를 맺겠지. 어쩌면 그 열매만 보고 누군가는 네게 천부적 재능이 있다고 칭찬할지 몰라. 그러나 너는 결코 그 달콤한 말에 속아서는 안 돼. 천부적 재능이란 손에 잡히지 않는 아지랑이에 가까워. 춤은 추기 전까지 춤이 아니고, 재능은 갈고닦기 전까지 재능이 아니야. 천부적 재능만 믿고 아무것도 하지 않는 사람이 많은 시간이 흐른들 무얼 성취할 수 있겠어? 너는 부디 게으른 천재처럼 살지 말고, 성실한 바보처럼 살길 바랄게. 혹시 나중에 역하인리히 법칙을 그대로 실천하여 대박 터트리면 나의 은덕을 기억해. 그리고 너보다 훨씬 어린 친구들한테 몰래 알려 줘. 300:29:1의 황금 비율을 말이야.

2024년 10월 3일
황고개 아래에서
황재혁 보냄

민혜미
-
미내미

민혜미 - 미내미

버려진 지갑

살다 보면 자꾸만 곱씹게 되는 기억이 있다. 아무리 시간이 흘러도 떨쳐 내지지 않는 기억. 그 자체로 생명력을 지니게 되어 지금까지 영향력을 행사하는 현실 같은 기억. 내가 지금 말하려고 하는 기억도 그런 것이다.

초등학교 2학년 때로 기억한다. 나는 학교를 마치고 집으로 돌아가는 길이었다. 무섭게 퍼부어 대던 소나기는 언제 그랬냐는 듯 시치미를 떼고 있었다. 이따금 한 번씩 큰 물방울이 정수리에 시원한 감촉을 새기고 관자놀이로 흘러내렸다. 철벅거리며 달리는 차들의 마찰음을 들으며 나는 인도 위에 생겨난 물웅덩이들을 바라보았다.

얼마 전, 얕은 물 위 삐딱한 보도블록 하나를 밟았는데, 블록이 딸깍 뒤집어지면서 깊은 웅덩이로 변해 내 발목을 삼켰다. 그때의 당황스러움과 찝찝함이 떠올라 한 걸음 한 걸음이 더욱 신중해졌다. 우산으로 찔러 의심스러운 웅덩이는 풀쩍 뛰어넘었다. 웅덩이 감별에 흥미를 잃어 갈 때쯤 건너가야 할 횡단보도에 다다랐다.

축축하게 물기 어린 바닥에 허름한 지갑 하나가 떨어져 있는 것이 보였다. 길을 건너려는 사람들은 많았지만, 그 지갑을 의식하는 사람은 아무도 없어 보였다. 나는 점점 지갑 속사정이 궁금해졌다. 온 정신이 지갑에 쏠렸고, 어떻게 하면 자연스럽게 주워 갈 수 있을지 궁리하기 시작했다. 한편으로는 지갑을 모른 척하고 싶은 마음도 들었다. 만에 하나 내가 땅에 떨어진 지갑을 줍는 모습을 같은 반 친구가 보기라도 한다면. 생각만 해도 창피했다.

이윽고 파란불이 켜졌고, 나는 제자리에 서서 사람들이 지갑과 멀어지는 모습을 잠시 지켜봤다. 뒤돌아보는 사람이 없는지 거듭 확인한 후에 잽싸게 지갑을 주워 빠른 걸음으로 길을 건넜다. 인적 없는 골목길에 접어들어서야 사람들의 눈을 완전히 피했다는 확신이 들었고, 터질 듯 쿵쾅거리는 심장도 차차 진정되었다. 나는 손에 꼭 쥔 지갑을 내려다보았다. 성경책처럼 삼면이 지퍼로 되어 있었는데, 아줌마들이 이런 지갑을 갖고 다니는 걸 본 적 있었다. 묵직하니 무게감이 느껴지자 진정되었던 심장이 다시 쿵쾅거렸다. 이번에는 하지 말아야 할 일을 했을 때 오는 긴장 때문이 아닌, 백 년 묵은 보물 상자를 여는 듯한 묘한 흥분 때문이었다.

'너무 기대하지 말자'.

기대가 큰 만큼 실망도 크다는 불변의 진리를 깨우쳐 가고 있던 터라 최대한 마음을 비우고 지퍼를 열어 보았다. 반쯤 열었을 때, 무언가 들어 있는 것이 보였다. 어두컴컴한 미지의 세계가 나에게 손짓하고 있었다. 나는 떨리는 손으로 그 초대에 응답했다. 완전히 모습을 드러낸 지갑 속에는 놀라고 펄쩍 뛸 만큼의 큰돈이 들어 있었다. 만 원짜리 지폐 여섯 장, 오천 원짜리 지폐 한 장, 천 원짜리 지폐 세 장 그리고 동전 열댓 개.

아홉 살 인생을 살아오면서 이렇게 큰돈이 수중에 들어온 건 처음이다. 동전 몇 개만 들어 있었더라도 큰 기쁨을 느끼며 행복한 하루라고 단정 지었을 것이다. 그랬으면 일이 더 쉬웠을 텐데, 큰돈을 보자 머릿속이 복잡해지고 더럭 겁이 났다.

'이걸 어쩌지? 경찰서에 가져다줘야 하나? 아빠한테 가져다줘야 할까? 주인을 찾을 수 있을까? 못 찾으면 내가 가져도 되는 건가?'

생각만큼 발걸음도 빨라졌다. 헐레벌떡 집까지 뛰어왔건만 나를 도와줄 사람은 아무도 없었다. 나는 일단 나보다 두 살 위인 친언니에게 이 일을 알려야겠다고 마음먹고 언니를 찾아 나섰다. 언니는 언제나처럼 우리가 자주 가는 동네 오락실에 있었다.

"언니! 언니! 나 지갑을 주웠는데 거기에 돈이 엄청 많이 들어 있었어!"

나는 언니에게 지갑을 열어 보여 주었다.

"언니! 이거 어떻게 해야 해? 경찰에 가져다줘야 하나?"
"경찰에 가져다줘도 아마 주인도 못 찾고 경찰들이 가져갈걸."
"그럼 어떻게 하지? 우리가 그냥 가져야 하나?"

"그래야지. 괜찮을 거야. 너, 이거 아무한테도 말하지 마!"
"응, 알겠어!"

마음이 조금 찝찝하긴 했지만 이게 최선이라는 합리화를 마쳤기 때문에 거리낌은 없었다. 만 원짜리는 셀 수 없이 많은 백 원짜리로 바뀌어 내 호주머니를 가득 채웠다. 당시 오락 한판에 백 원이었는데, 평소 수중에 백 원만 생겨도 나는 잽싸게 오락실로 달려갔다. 그리고 가장 오래 버틸 수 있는 게임을 했다. 그나마도 실력이 안 되니 얼마 못 가 다음 사람에게 자리를 내주고는 다리가 저려 올 때까지 옆에 서서 구경만 하다 오곤 했다. 그런데 이제 동전이 넘치게 있으니 그곳은 그림의 떡도, 감칠맛 나게 애태우는 곳도 아닌 그 어느 곳보다도 삐까뻔쩍한 환상의 나라였다. 못 해 본 게임도 실컷 하고, 무한 리필 동전으로 보스들을 물리치며 시간 가는 줄 모르고 정신없이 오락을 즐겼다. 슬슬 게임이 질려 남은 돈으로 간식이나 사 먹으려 하던 찰나, 갑자기 언니가 나타나더니 지갑 주인이 나타났으니 남은 돈을 다 가져오라는 것이었다. 나는 어리둥절했지만 일단 언니를 따라갔다.

오락실 밖, 중학생쯤으로 보이는 어떤 오빠가 우리를 기다리고 있었다. 나는 언니 재촉에 떠밀려 내키지는 않았지만 그 오빠에게 있는 돈을 몽땅 털어 주었다.

"지갑 네가 주웠어?"

"네……."

"이게 다야?"

"네……."

"뒤져서 나오면 죽는다?"

"네……."

나는 그 오빠의 당당한 태도에 점점 주눅이 들었다. 곁눈질로 언니를 보니 언니도 두 손을 모으고 공손한 태도였다. 그 오빠는, 너희가 주운 지갑은 자신의 아빠가 잃어버린 지갑이며, 우리가 그 돈 일부를 써서 책임을 져야 하므로 자신을 따라오라고 했다.

내 기억으로는 언제부터 동생이 함께 있었는지 잘 모르겠다. 동생들 특성상 항상 언니나 오빠를 따라다니므로 의식하지 못했을 뿐, 아마도 계속 내 옆에 붙어 있었던 것 같다. 내 여동생은 나보다 2살 어리다. 그러니 당시 7살쯤 되었을 것이다.

우리는 셋이 손을 꼭 붙잡고 그 오빠를 졸래졸래 따라갔다. 마음이 조마조마하고 머리가 어질어질했다. 경찰한테 잡혀갈까 봐 너무 무서워서 가슴이 조여 오고 눈물이 나오려고 했다.

"언니, 우리 도망칠까?"

"아니야. 막내는 느려서 잡힐 거야."

5분 정도 걸었나, 아니, 더 걸었는지도 모르겠다. 어느새 그 오빠의 집에 도착했다. 어떤 허름한 집이었는데, 우리 보고 따라 들어오라고 했다. 우리는 방에 들어가서 그 오빠 앞에 셋이 쪼르륵 마주 앉아 무릎을 꿇었다. 방에서는 진한 남자 스킨 냄새가 났다. 한쪽에는 이부자리가 널려있었다.

"너희가 이 돈을 썼으니까, 보상해야 해. 경찰서 갈래?"

그러자 그동안 침착하게 잘 버텨 오던 언니가 갑자기 눈물을 흘리며 죄송하다고, 한 번만 봐 달라며 빌기 시작했다.

"한 번만 봐주세요. 다시는 안 그럴게요. 흑흑."

언니는 늘 비는 걸 참 잘했다. 아빠한테 맞을 때도 손이 발이 되도록 싹싹 빌었다. 언니의 그 모습은 어린 내가 보기에 불쌍하고 처절하기도 했지만, 좀 우스꽝스러운 면도 있었다. 그래서일까, 나는 맞으면 맞았지 볼품없게 잘못했다고 비는 건 죽어도 안 했다. 한마디로 나름 자존심이 있는 아이였다. 그런데 지금은 아빠한테 몇 대 더 맞는 문제가 아니다. 자칫하면 감옥에 갈 수도 있는 문제다. 이럴 때 싹싹 잘 비는 언니가 있어서 다행이었다. 나는 쓸데없는 자존심 때문에 싹싹 빌지는 못하지만 최대한 불쌍하게 보이기 위해 함께 눈물을 흘렸다. 그 지갑을 주웠던 일이 너무 후회되었다. 줍자마자 경찰 아저씨에게 가져다줬으면 이런 일이 없었을 텐데. 우리가 의지할 사람은 아빠뿐이었지만, 지금은 크게 도움이 되지 못했다. 아빠가 이 사실을 안다면 화가 머리끝까지 날 테고, 우리는 또 몽둥이 찜질을 당하겠지. 아빠의 무서운 얼굴과 몽둥이도 무섭고, 경찰한테 잡혀가는 건 더 무서웠다. 옆에 있는 동생은 무슨 일인지도 모르는 것 같았다.

우리의 간절함이 통했는지 그 오빠는 '알겠다. 경찰한테는 데려가지 않겠다. 하지만 너희 중 한 명은 여기 남아라.' 했다. 나는 그 순간 뭔가 싸함을 느꼈지만, 경찰서만 가지 않는다면 무슨 일이든 시키는 대로 해야 한다고 생각했다. 언니가 내게 말했다.

"네가 남아."
"싫어. 언니가 남아."
"네가 남아."
"싫어!"
"그럼 막내보고 남으라고 하자."
"알겠어."

나는 동생을 두고 가는 게 싫었다. 하지만 내가 남는 건 더 싫었기 때문에 동생을 남기는 수밖에 없었다.

"막내가 남을게요."
"알겠어. 그럼, 얘만 두고 너네는 가도 돼."

"막내야, 잠깐 여기 있어. 이따가 언니가 데리러 올게."

막내는 아무것도 모르고 멀뚱멀뚱했다. 우리는 막내를 잘 타이르고 후다닥 빠져나오려고 하는데, 막내가 울기 시작했다.

"아앙, 언니, 어디 가아. 나도 갈래."
"아니야, 막내야. 너는 여기 있어야 해. 이따가 데리러 올게!"
"싫어, 언니, 나도 갈래. 아앙~"

그렇게 실랑이를 벌이고 있는데, 그 오빠가 안 되겠는지 우리 보고 그냥 다 가라고 했다. 우리는 그 오빠의 마음이 변할까 봐 얼른 막내를 데리고 후다닥 빠져나와 뒤도 안 돌아보고 집까지 뛰어왔다. 집에 도착해서 마음을 안정시킨 후에야 침착하게 지난 일을 되돌아볼 수 있었다.

도대체 그 오빠는 그 지갑을 어떻게 알고 찾아온 것일까? 알고 보니 언니가 돈을 많이 가지고 있는 걸 보고 언니에게 접근해서 돈이 어디서 그렇게 많이 났냐, 경찰에 신고하기 전에 사실대로 말하라고 다그쳤고, 언니는 처음에는 발뺌하다가 경찰이 무서워서 술술 다 말해 버렸다. 그 오빠는 지갑을 주웠다는 말을 듣고 돈을 가로채려고 자신의 아버지가 잃어버린 지갑이라고 말했다. 나중에 생각해 보니 내가 주운 지갑은 분명 여자 지갑이었는데, 그 오빠는 지갑을 본 적이 없으니 그렇게 둘러댄 것이다.

한동안 나는 우리가 너무 바보 같고 순진하게 넘어간 게 억울하고, 뺏긴 돈도 아까웠다. 하지만 그런 마음보다도 계속해서 나를 괴롭히는 게 있었는데, 그곳에 동생을 두고 오려고 했다는 사실이다. 언니와 나는 자기만 살겠다고 아무것도 모르는 어린 동생을 처음 본 사람의 집에 두고 오려고 했다. 나는 아마도 그곳에 남겨지면 어떤 무서운 일을 당할 수도 있다는 걸 직감했는지도 모른다. 그런데 그런 무서운 곳에 어린 동생을 두고 오려고 했다는 사실이 시간이 지날수록 더욱 소름 끼쳤다.

나는 사실 그 일을 떠올릴 때마다 마음이 무척 힘들었다. 어린 동생을 지켜 주지 못했다는 죄책감. 나만 아니면 된다고 여긴 천박함. 결여된 양심과 용기. 이런 게 내 천성이 아닐까 하는 의구심. 나는 그 일을 곱씹으며 그곳에 동생이 아닌 내가 남는 상상을 여러 번 했다.

그 이후로도 자라오면서 나는 이기적이고 미숙하게 행동한 적이 수도 없이 많다. 그런데 다른 일들은 다 용서되는데, 왜 이 일만은 용서가 안 되는지 모르겠다.

있었는데
없었습니다

내가 가족에게 받은 상처와 내가 준 상처를 한참 생각했다. 그런데 내가 받은 상처는 여러 가지 기억이 나는데, 내가 준 상처는 잘 떠오르지 않았다. 왜 그럴까, 곰곰 생각해 보니 그건 당연한 일이었다. 내가 받은 상처 또한 그걸 준 사람은 모를 수 있다. 그러니 내가 누군가에게 상처를 주었다고 해도 나 자신은 모를 수 있는 것이다. 물론 일부러 다른 사람에게 상처를 주는 사람도 있겠지만, 대부분은 자신도 기억 못 할 정도로 본의 아니게 상처를 준다.

나는 나에게 상처를 받은 사람이 "네가 이렇게 했을 때 상처받았어."라고 말해 줘서 이 글을 잘 마무리하고 싶은 마음이 간절해졌다. 인터뷰라도 해야 하는 걸까? 아니, 어쩌면 나는 누구보다 상처를 준 일을 잘 알고 있다. 단지 나의 방어 기제가 '너는 정당했고, 그럴 만한 이유가 있었어.'라며 자기 합리화를 통해 죄책감의 영역에서 정당방위의 영역으로 슬쩍 기억을 옮겨 놓았는지도 모른다. 생각이 거기에까지 이르자 거짓말처럼 기억 하나가 떠올랐다.

얼마 전, 남편이 나 때문에 상처받았다고 했다. 내용은 이랬다.

"내가 아팠을 때 나는 분명히 느꼈어. 당신은 내가 죽거나 말거나 신경도 안 쓰는 사람이란 걸."

나는 그 말에 콧방귀 끼는 척을 했지만, 속으로는 크게 동요했다.

1년 전 이맘때, 남편은 공황 장애에 시달렸다. 잘 먹지도, 자지도 못하고 매 순간을 불안해했다. 남편은 사소한 일에서도 생명의 위협을 느꼈다. 워낙 예기 불안이 높은 기질이라 불안이 한번 점화되면 더 타오르면 타올랐지 쉽게 사그라지지 않았다. 남편은 숨이 막힌다며 밤낮없이 밖으로 뛰쳐나갔다. 귀에서 이상한 소리가 들린다, 명치가 떨린다며 하며 안절부절못했다. 늦은 밤 갑자기 남편이 호흡 곤란을 일으켜 아이들까지 다 태우고 응급실을 간 적도 있다. 응급실은 공황 장애의 응급 처치에 야박하다는 것을 처음 알게 되었다. 현재 그곳에서 딱히 해 줄 게 없다는 게 그 이유였다. 남편은 집에 오는 길에 아이들 몰래 눈물을 흘렸다. 줄타기를 보는 것처럼 긴장된 하루하루가 이어졌다.

남편은 CT, MRA, 피검사, 뇌파검사, 초음파, 각종 내시경 검사 등 증상의 원인을 찾기 위해 병원 곳곳을 전전했다. 어디에 좋다는 건강식품들을 잔뜩 사들이기도 했다. 나는 남편 스스로 불안을 돌볼 수 있도록 몇 시간이고 대화를 나누었다. 내 앞에서 많이도 울었다. 남편이 가장 힘들었겠지만 나 역시 힘들었다.

내가 가장 힘들었던 건 매 순간 불안을 표출하는 것이었다. 남편은 눈만 마주치면 자신의 증상을 이야기했다. 한곳이 괜찮으면 다른 한곳의 병이 발발하는 식이었다. 처음에는 다 받아 주었지만 나도 점점 지쳐 갔다. 남편은 자신의 증상 외에 모든 일은 뒷전이었다. 그런 건 아무래도 괜찮았다. 그런데 매일 매 순간 반복되는 증상의 나열, 그리고 깊어지는 불안을 지켜보는 일이 너무 힘들었다. 나는 어느 순간 제발 그만하라고 소리쳤다.

"그런다고 안 죽어! 사람 그렇게 쉽게 죽는 줄 알아? 제발 그만 좀 해!"

평소의 남편 같으면 바로 맞받아치는 말이 나와야 했는데, 남편은 마치 총알받이처럼 내 총탄 같은 말들을 온몸으로 흡수했다. 남편이 상처받았던 것을 그 순간 느꼈다. 하지만 말은 이미 뱉어졌고, 어쩔 수 없었다. 그날 이후 남편은 내게 말하는 것을 조심했다. 그리고 나 역시 남편과의 대화를 피했다.

적절한 치료와 관리로 지금은 거의 완쾌되었지만 남편에게는 그때 그 일이 상처로 남았던 것이다. 지금 생각해 보면 상처를 주려는 의도가 아니었다. 답답한 마음에 남에게 의지하지 말고 스스로 극복했으면 하는 바람이었다.

이제 내가 가족으로부터 상처를 받은 일을 이야기할 차례다. 그 전에 이 이야기를 해야 할 것 같다.

내가 가장 힘들었던 때는 2017년부터 2020년까지. 둘째를 낳고 나서부터다. 산후 우울증과 여러 가지 힘든 상황들이 겹쳐서 매우 힘들었다. 그때의 일기장을 보면 지금도 눈물이 나온다. 그때 내 생각의 끝은 항상 '죽고 싶다'가 아니라 '어떻게 죽을까?'였다.

당시 나의 마음속은 항상 화와 분노로 들끓었다. 나의 모든 에너지는 그걸 표출하는 일, 혹은 꾹 참는 일에 쓰였기 때문에 늘 기진맥진했다. 표출하고 나면 나 역시 오롯이 상처받아 자책감에 시달렸고, 참으면 그 압력에 납작하게 짓눌려 눈앞이 뿌옇게 보였다.

데이비드 허버트 로렌스의 작품 『아들과 연인』에 이런 말이 나온다.

> 그는 화를 내면 그것이 다른 사람의 마음을 상하게 하기보다는 자신의 마음을 상하게 하는 그런 종류의 사람이었다.

내가 바로 그런 종류의 사람이었기에 나는 점점 병들어 갔다.

그때 나의 단 한 가지 소원은 마음이 평온해지는 것이었다. 매일 밤 맥주를 마시며 스트레스를 풀었는데, 마실 때만 좋고 다음 날은 몸이 힘들어져 감정 조절이 더욱 어려웠고, 악순환이 반복되었다. 나는 벼랑 끝에 다다랐다. 더 이상 이렇게 살아서는 안 된다는 생각에 마음을 다잡고 독서, 명상 등을 하며 나를 알아 가기 시작했다. 마음이 복잡하고 어지러울 때마다 다음 블로그에 비공개로 글을 쓰며 나의 심연을 들추어 보았다.

어느 날, 그 안에서 중요한 것을 발견했다. 바로 내게 깊이 뿌리박혀 있던 피해의식이란 놈이었다. 나는 내 주변 거의 모든 사람에게 피해의식을 느끼고 있었고, 가장 가까운 사람에게 그 증상이 더 심하게 나타났다. 그들은 항상 가해자였고, 나는 무고한 피해자였다. 나는 늘 그들이 나를 화나게 한다고 느꼈고, 그들이 상처 준 일들을 머릿속으로 수백, 수천 번 재생했다. 그 일은 내게 단 한 번 일어났지만, 그걸 반복 재생 하며 잔인하게 상처 주는 사람은 바로 자신이라는 것을 깨달았다.

내가 사랑하는 책, 바이런 케이티의 『네 가지 질문』에서 그녀는 이렇게 말한다.

> "용서란 사실은 용서할 것이 존재하지 않는다는 것을 깨닫는 일입니다."

상처는 어느 누가 아닌 나 스스로 주고 있었고, 내가 가해자라고 낙인찍은 사람들은 사실 아무 상관이 없었다. 아빠는 나를 상처 주려는 의도 따위 없었고, 남편도 나를 일부러 힘들게 하려던 게 아니었다. 그들은 나름의 위치에서 할 수 있는 최선을 다하고 있었다. 다만 내가 그들이 나를 일부러 상처 준다고, 그렇다고 믿을 뿐이었다. 그 사실을 깨닫고는 내 안에 있던 크고 작은 상처들이 스르륵 녹아내렸다. 어쩌면 나는 그 일을 계기로 상처받지 않는 영혼이 되었는지도 모른다. 누군가 내게 상처를 주었다고 판단한 일도 나중에 이르러서는 칼자루는 내가 쥐고 있었다는 것을 깨닫는다.

몇 년 전, 거의 30년 만에 자식들을 두고 떠난 엄마와 연락이 닿았고, 내 손으로 아빠와 엄마 두 분을 법적으로 이혼시켜 드렸다. 엄마가 이제는 자식을 버렸다는 죄책감을 버리고 홀가분하게 사시길 바랐다. 얼마 후, 엄마가 지금 함께 사시는 분과 혼인 신고를 하셨다는 소식을 들었다. 엄마가 혼인 신고를 하든 말든 나랑 상관없는 일인데, 그 말이 계속 머릿속에 맴돌았다. 나는 자기 연민에 빠질지 말지, 엄마를 너무한 엄마로 결정할지 말지 선택의 갈림길에 서 있었다. 나는 판단을 보류했다. 그 일로 상처를 줄지 말지 칼자루는 아직도 내가 쥐고 있다.

내 안에 상처가 없다고 말하고 싶은 것이 아니다. 다만 그것들은 타인이 아니라 순전히 나의 의지로 크게 부풀었다는 이야기를 하고 싶은 것이다. 그러니 그 부피는 다시 내 의지로 꺼뜨릴 수 있다.

나에게 상처를 줘서 유죄 판결을 받았던 사람들은 많다. 그러나 그들은 모두 풀려났다. 아니, 어쩌면 내가 복사해 놓은 분신들이 내 마음 깊숙한 곳에 숨어 있는지도 모른다. 그러나 나는 안다. 내가 그걸 보았을 때 허깨비는 사라져 버릴 거라는 걸. 적어도 사라지게 할지 말지는 내 선택에 달렸다는 걸.

폭풍의 눈을 찾아서

내 인생의 터닝 포인트는 결혼과 출산이다. 사전적 정의에 따르면 터닝 포인트라 함은 '어떤 상황이 다른 방향이나 상태로 바뀌게 되는 계기 또는 그 지점'을 이야기한다. 결혼과 출산을 하고 내 인생이 180도로 바뀌었고, 또 지금도 진행형이니 내 인생 터닝 포인트는 결혼 그리고 출산이다.

남편과 결혼으로 백년가약을 맺었다. 결혼 생활 5년 정도 되었을 때, 이 결혼이 사기 결혼이었음을 확신했다. 나만 그런 건 아니고, 서로 그랬다. 그 세부 사항에 대해 일일이 열거하고 싶지는 않다. 다 알 만한, 당사자만 속 터지고 남들에게는 우스갯소리 같은 이야기니까.

5년 만에 그 중대한 사실을 깨달았다고 해서 무를 수 있는 상황은 아니었다. 이미 아빠의 유전자만 물려받은 듯한 첫째와 내 유전자만 물려받은 듯한 둘째가 한집에 살고 있었기 때문이다. 그런 중대한 사실은 아이가 태어나기 전에나 중대한 사항일 뿐, 우리 관계는 두 아이가 태어남에 따라 함께 사는 부부에서 자식 농사를 함께 짓는 사업 파트너로 변모해 있었다.

지금도 가끔씩 크게 싸우고 이혼 서류에 도장을 찍네 마네 하며 위기를 맞기도 하지만, 아이들이 헤어지지 못하게 강력 접착제 역할을 해 주고 있다.

나는 결혼 전 내가 꽤 괜찮은 사람이라고 생각했다. 그게 착각이라고 깨닫기 전까지는 말이다. 8살 때부터 밥을 짓고 연탄을 갈았고, 혼자서 밥과 김치를 넣고 도시락을 싸서 학교를 다녔다. 중·고교 시절엔 내 교복은 내가 빨아 입었다. 공부는 말할 것도 없다. 고등학교 1학년 때 학교에 적응하지 못해 아빠와 선생님께 자퇴를 하려고 상의했는데 뜻대로 되지 않았지만, 2학년 때부터 정신을 차리고 혼자 공부해서 반에서 5등을 했다. 공부만이 아니라 실무 관련 자격증도 7개를 취득했다. 심지어 나는 운전면허도 학원을 안 다니고 땄다. 25살 이후부터는 집의 가계를 내가 맡아서 했다. 보증금, 월세, 대출, 이사, 공과금, 장보기 등. 내가 아빠에게 가장 많이 하던 말은 "내가 알아서 할게."였다.

이렇듯 혼자서 잘해 왔고, 앞으로도 잘해 나갈 자신이 있었다. 나는 세상 모든 일은 내가 하기 나름이며, 내 뜻대로 통제 가능하다고 생각했던 것이다. 지금 남편을 만나기 전 오래도록 만난 사람과 헤어진 이유도 결혼에 실패하기 싫어서였다. 나는 기분대로 행동할 때도 많았지만, 선택에 있어서는 신중하고 단호한 사람이었다.

꽤 괜찮다고 생각했던 내가 보기 좋게 구겨지게 된 계기는 '첫째, 제멋대로인 남편을 만난 것, 둘째, 제 마음대로인 아이들을 낳은 것'이다. 사실 지금까지 누군가를 통제하는 삶을 살아 본 적이 없으니 내 맘대로 되지 않는 이 생명체들을 이상하게 여긴 건 어쩌면 당연하다. 그러나 또 한편으로는 누군가가 나를 마음대로 통제할 수 없듯이, 남편이나 아이들도 마찬가지라는 단순한 사실을 알아챌 법도 한데 그러지 못했다.

나는 내 방식이 가장 경제적이고, 효율적이고, 도덕적인 방법이라고 굳게 믿고 있었다. 남편은 늘 한번에 끝낼 일을 주의하지 않아 여러 번 했고, 나중을 생각하지 않고 일을 처리해서 또 다른 일을 키웠다. 그걸 수습하느라 돈과 시간을 낭비해야 했다. 나는 결국 그런 비효율적인 남편의 방식을 경멸하기에 이르렀다. 그리고 내 방식대로 할 것을 강요했다. 그런데도 남편은 늘 자기 마음대로 일을 처리했다. 나는 내 말에 따라 주지 않는 남편을 미워했다. 그리고 남편이 하는 일에서 조그마한 결점을 발견할 때마다 여봐란듯이 지적하고 비난했다. 그럴 때마다 남편도 지지 않고 내 실수나 결점을 들추어냈다.

남편은 항상 자신의 큰 잘못과 나의 사소한 실수를 퉁치려고 했다. 나는 그런 남편을 이해할 수도 없거니와, 비열하다고 생각했다. 정말 이상한 점은 누가 봐도 이건 내가 98% 억울한 상황인데, 남편은 자기가 더 억울하다고 하거나 제삼자에게 심판의 권한을 주었을 때도 '둘 다 잘못이 있다'라고 한다는 것이었다. 나는 그 심판도 남편과 한패거나 제정신이 아니라고 생각했다.

내 주변에는 이렇게 행동하는 사람이 많았다. 아빠도 그렇고, 언니도 그렇고, 동생도 그렇고, 내가 좋은 방법을 알려 줘도 자기 방식을 고집했고, 그 결과는 나를 고통스럽게 했다.

내 마음에는 하루하루 억울함과 분노가 쌓여 갔다. 그나마 아이들이 통제되지 않는 것에 대해서는 버겁긴 했어도 화가 나진 않았다. 아무것도 모르고 하는 행동이라 여겼기 때문이다. 다만 내 마음속 억분이 끓어오를 때마다 나도 모르게 아이들에게까지 신경질적이 되었다. 이대로 가다가는 내 분노의 화염이 아이들까지 덮칠 것이 뻔했고, 그것은 시간문제였다.

'정말 나에게 문제가 있는 걸까?' 자꾸만 이런 일이 반복되자 나는 스스로에게 의심을 품었고, 진실을 알기 위해 내 마음을 공부하기 시작했다. 책을 읽고, 명상을 하고, 자신을 향해 글을 썼다. 이 과정에서 나는 내 피해의식의 패턴을 발견했고, 진짜 진실은 '나만 빼고 다 비정상'이 아니라 정확히 그 반대였다는 걸 깨닫게 된다.

나는 누군가 통제하는 삶을 살아 본 적이 없는 게 아니라 항상 모든 것을 통제하려 하고 있었고, 내가 맞는다고 믿는 모습에서 벗어나 있는 모든 사람을 비난하고 있었다. '남편은 나를 힘들게 하지 말아야 해', '아빠는 자식들한테 기대지 말아야 해', '언니는 자식들을 책임져야 해', '동생은 자기 앞가림을 잘해야 해', '자신들의 (비효율적인) 방식을 고집하지 말아야 해'.

그들을 향한 분노로 미칠 것 같던 어느 날, 글로 내 뾰족한 마음을 토해 내던 중에 그들에게서 본 모든 피해의식의 근원이 바로 나였다는 걸 깨닫고는 놀라 까무러칠 뻔했다. 알고 보니 그 비난의 내용은 그들의 것이 아니라 내 모습의 투영이었다.

'나는 아빠에게 기대지 말아야 해', '나는 내 자식들을 책임져야 해', '나는 내 앞가림을 잘해야 해', '나는 남편을 힘들게 하지 말아야 해', '나는 내 방식을 고집하지 말아야 해'.

나는 결혼 전에도 아빠나 가족들에게 이런 피해의식을 느끼며 힘들어했다는 사실을 마침 맞게 떠올릴 수 있었다. 모든 진실의 퍼즐이 맞춰지기 시작했다.

내가 미워한 모든 사람에게 사실은 죄가 없다는 것과 그들에게 한 요구가 사실은 나를 향한 요구였다는 것을 깨닫게 되자 미움이 슬금슬금 제자리를 찾아갔다. 그건 이제 내 안에서 해결할 일이었다. 쓰고 있던 색안경을 내려놓자 비로소 있는 그대로의 모습을 한 사랑스러운 가족들의 모습이 보였다.

고맙고 미안했다. 내 못난 모습 비추어 주는 수고를 해 주어서 고맙고, 내가 받을 미움을 대신 받아 줘서 미안했다.

그걸 깨닫기까지 나의 30대는 폭풍우가 휘몰아치듯 지나갔다. 그리고 그것들이 잠잠해진 지금은 비교적 편안하다. 이제 누군가에게서 찾아내는 결점이 내 결점이라는 것을 안다. 나는 남을 통해 나를 볼 줄 알게 되었고, 내가 느끼는 모든 것이 내 책임이라는 것을 배우게 되었다.

내가 결혼과 출산을 통해 폭풍우를 만나지 못했다면, 그래서 고요의 중심인 폭풍의 눈으로 들어가는 방법을 찾지 못했다면 나는 아직도 폭풍 속에 휘말린 채 뱅뱅 돌아가고 있을 것이다. 아무것도 변한 것은 없다, 나 말고는. 그러나 모든 것이 변했다.

해 뜨기 전이 가장 어둡다는 말이 있다. 하나 더, 신은 선물을 줄 때마다 고통이라는 포장지로 싸서 준다는 말도 있다. 나는 해가 뜨지 않을 것 같은 가장 어두운 시간을 지나왔고, 고통이란 포장지를 힘겹게 벗겨 마침내 신의 선물을 받았다. 앞으로도 어두운 시기가 올 것이고 또 고통으로 싸여 있는 선물을 받겠지만, 이때의 경험을 떠올리며 달갑게, 심지어 은근한 기대를 품고 받을 것이다.

주먹을 너무 꽉 쥐지 말자

나의 강점 첫 번째는 솔직한 것이다. 어려서부터 거짓말에 소질이 없어서 다 티가 났다. 지금까지 살면서, 보는 사람이 애처로울 정도로 티가 나는 거짓말을 몇 번 한 적 있다. 그때를 생각하면 지금도 수치심을 느낀다. 나는 겉과 속이 유리처럼 드러나는 사람이기 때문에 어쩔 수 없이 내면을 가꾸기 위해 노력하는 것도 있다. 사람을 사귈 때도 솔직함이 중요한 기준이 되기도 한다.

두 번째는 생각과 태도가 유연하다는 것이다. 그래서인지 사람들과 갈등이 잘 생기지 않는다. 30대 초반까지만 해도 대쪽 같은 면이 있어서 생각이 다르면 누군가는 틀린 것으로 생각했다. 대화는 의도치 않게 자주 논쟁으로 흘러갔다. 지금은 늘 생각 바탕에 내가 틀릴 수도 있다는 것을 염두에 둔다. 내가 틀렸다는 생각이 들면 곧바로 인정하고 사과를 한다.

세 번째는 유머러스한 면인데, 개그 욕심이 있는 편이다. 내향적인 성격에 반해 어디에 데려다 놓아도 분위기를 잘 맞춘다. 가끔은 '내가 관종인가?'라는 의심이 드는데, 부정은 못 하겠다.

7살 유치원생 때 선생님께서 “앞에 나와서 친구들에게 지어낸 이야기를 들려줄 사람 있나요?” 했을 때 손을 번쩍 들었다. 나는 앞에 나가서 “옛날옛날에 사냥꾼이 살았는데… 살았는데… 살았는데…” 하다가 선생님이 그만 들어가라고 해서 들어간 적이 있다. 고등학교 축제 때는 선생님들의 성대모사를 해서 학우들을 웃게 했고, 번화가에서 열리는 장기 자랑에도 몇 번 나가 봤다. 고등학생 때 송파구에 있는 한 복지시설에서 지적 장애우분들을 가르치는 봉사 활동을 했었는데, 송년 축제 때 무대에서 배꼽티를 입고 이효리 〈텐미닛〉을 추었다. 지금 생각해 보면 왜 그렇게까지 했는지 잘 이해가 되지 않는다. 혈기 왕성 할 때는 기회가 있으면 무리해서라도 돋보이려고 했는데, 지금은 간간이 던지는 개그로 비교적 점잖게 돋보이려고 하고 있다.

나의 단점 첫 번째는 행동력이 떨어진다는 것이다. 지나치게 신중한 탓인지, 생각이 정리되어야 비로소 움직이는 편이다. 아침에 기상할 때도 할 일이 떠올라야 몸이 일어나지지, 아니면 누워서 계속 생각만 하고 있다. 글쓰기 과제도 기한이 다 될 때까지 주구장창 생각만 하다가 막바지에 쓴다. 나에게 모든 일이 그런 식이다. 일을 못 마치는 경우는 거의 없지만, 모든 일을 계획적으로 하지 못하기 때문에 성과의 질이 떨어질 때가 많다. 그나마도 강제성이 아예 없으면 생각만으로 그쳐 결과물이 없는 경우가 대부분이다. 그래서 글을 쓰고 작가가 되려고 하는 일에도 고민이 깊다.

글은 써야지 늘고 써야지 결과물이 있는 건데, 구상한다는 핑계로 막상 쓰기로 이어지는 경우가 많지 않다. 실행력을 갖춘 사람이 가장 부럽고 대단하게 느껴지는 요즘이다.

두 번째는 공감 능력이 떨어진다는 것이다. 독서 모임을 하면서 공감 능력이 많이 향상된 건 사실이다. 그럼에도 다른 사람들한테 큰 관심이 없다 보니 내 흥미가 동하는 일이 아니면 잘 공감하지 못한다. 내 흥미가 동하는 일이란 그 사람한테서 뭔가 반면교사할 점이 있어서 내게 필요할 때다. 이러한 성향의 기초에는 '누구도 나를 처음부터 끝까지 온전히 이해할 수 없다'라는 좌절이 깔린 것 같기도 하다. 나는 실제로 그렇게 생각한다. 나 역시 누군가를 온전히 이해할 수는 없다고 생각한다.

세 번째는 관계를 잘 이어 가지 못한다는 점이다. 나는 대부분의 관계에서 수동적인 편이다. 게다가 실행력까지 떨어지는 인간이라 그 사람이 생각나고 보고 싶은 마음이 들어도 생각만 하고 연락을 잘 안 한다. 마음을 열지 못하는 것이 아니다. 사람을 좋아하고 생각하면서도 먼저 만나자는 약속을 안 할 뿐이다. 그 깊은 속내에는 만남에서 오는 피로감을 피하려는 수작도 있는 것 같다. 나는 내향인 이라서 혼자 있는 걸 더 좋아한다. 그러나 일단 만난 자리에서는 상대방에게 집중하며 나 역시도 즐겁게 시간을 보낸다.

내 삶의 모토는 '신은 나를 사랑한다', '삶은 친절하다'다. 종교는 없지만 스스로 신앙인이라고 여긴다. 때때로 삶의 모든 것에서 신의 사랑을 보고 느낀다. 신의 사랑은 항상 나를 향하기에 내가 그것을 마주 보려 한다면 언제 어느 때고 느낄 수가 있다.

신이 나를 사랑한다는 확신은 '삶은 친절하다'로 귀결되는데, 어떻게 보면 그 말이 그 말이다. 신은 현실이고, 현재에 일어나는 모든 것이다. 신이 나를 그토록 사랑하는데 내게 나쁜 것을 줄 수는 없다. 부모는 자식에게 최고의 것만 주고 싶어 한다.

한때는 종교에 빠져 살기도 했다. 종교에 빠진 이유는 신의 의도를 알고 싶어서였다. 왜 나한테만 엄마를 주지 않았고, 아니, 줬다가 뺏었고, 무능력한 아빠를 주어서 힘들게 살게 했고, 언니와 동생을 비롯한 모든 사람에게 의지할 수 없는 환경을 만들어 두셨는지. 신은 모두를 사랑한다면서 누구에게는 좋은 부모, 좋은 환경을 주고 나에게는 그 반의반도 주지 않았는지 그 이유를 알아야 했다. 지금은 나름의 답을 찾았다. 신이 어린 시절부터 내게 의지할 어떤 것도 주지 않은 이유는 바로 신을 보게 하기 위함이었다. 그리고 그렇게 되었기 때문에 의심할 여지가 없다.

신은 나를 사랑하고 삶은 친절하다는 것을 알면 나빠 보이는 일에서도 신의 미소를 본다. 왜냐하면 그것이 지금 내게 필요한 일이고, 겪어야 하는 일임을 알기 때문이다. 이런 확신은 예외 없이 모든 삶을 긍정적으로 보게 만든다. 비록 종종 관성을 지닌 무의식이 '너는 잘되긴 틀렸어. 신은 너를 벌주고 있는 거야.'라는 생각을 머릿속에 띄우지만, 내 삶의 모토는 그 벌레 같은 생각들이 번

식하지 못하게 막아 준다.

내 인생철학은 '주먹을 너무 꽉 쥐지 말자'다. 이 말은 내가 2023년 1월에 읽었던 책, 비욘 나티코 린데블라드의 『내가 틀릴 수도 있습니다』에서 나온 내용을 보고 마음에 담아 두었던 말이다. 주먹을 세게 쥔다는 것은 내가 확신한 것과 현실이 일치하지 않을 때 현실과 싸우겠다는 의지이다. 나는 주먹을 느슨하게 펴기까지 현실과 치열하게 싸우면서 살아왔다. 모든 것이 제자리를 찾기를 바라며 그것들을 끼워 맞추기 위해 고군분투했다. '남편은 거짓말을 하지 말아야 해', '양말을 뒤집어 벗지 말아야 해', '내게 간섭하지 말아야 해', '애들은 떼 부리지 말아야 해'. 현실은 내가 그것들과 싸우던 그때나 지금이나 크게 변함이 없지만, 나는 더 이상 그 일로 고통받지 않는다. 모든 것이 이미 제자리에 있다는 것을 깨닫고 주먹을 느슨하게 폈기 때문이다.

나는 확신을 경계한다. 모든 것들에 가능성을 열어 둔다. 외계인이 지구 어딘가에 살고 있다든지, 사람이 천 살까지 산다든지 하는 것도 가능한 일이라고 생각한다. 경계하는 것은 내 생각의 확신이다. 내 생각이 너무 확고해서 누군가를 통제하고 싶어질 때면 나는 내 생각을 의심한다. 이게 진실인가? 대부분 거짓으로 밝혀진다. 주먹을 느슨하게 펼 때다. 안타깝지만 그럼에도 모른 척, 습관대로 살아갈 때가 많다. 나는 습관을 잘 이겨 내지 못하고 있다.

나는 한때 내가 꽤 괜찮은 사람이라고 생각하고 살았다. 그리고 그걸 증명하기 위해 남 탓을 해야 했던 때도 있었다. 나에 대한 환상을 다 걷어 내고 나니 초라한 내가 있었다. 그 모습을 마주 보는 건 큰 용기가 필요한 일이었다. 용기를 낸 건 잘한 일이다. 더 이상 생각 속에 존재하는 나와 있는 그대로의 나 사이의 괴리로 인해 고통스럽지 않다. 그 간극을 메우기 위해 남 탓 할 필요도, 내 탓 할 필요도 없다. 이 세상이 무한한 가능성을 품고 있듯이, 나라는 사람도 무한한 잠재력을 지니고 있다. 인생에서 가장 즐거운 일은 자신을 알아 가는 일이다.

주먹을 너무 꽉 쥐지 말자. 주먹을 꽉 쥐지 않는 건 삶을 무한히 신뢰하며, 삶이 주는 건 무엇이든지 받겠다는 의지의 표현이다. 왜냐하면 삶은 언제나 내게 친절하니까.

홀로서기는 지금부터 시작이야

비즈니스석이라 조용하고 편안하다. 자리에 앉자마자 핸드폰을 열었다. 급하게 봐야 할 메일을 보고 일정까지 체크하다 보니 비행기가 움직이기 시작했다. 이륙한 지 20분 정도 지났다. 우연히 창밖을 보는데, 아주 작게 섬 같은 도시들이 눈에 들어왔다. 그 순간, 10년 전 기억을 간직한 기억 세포가 섬광을 일으키며 재생되었다.

우리 집 식탁에 앉아 거실 창을 내다보면 비행기가 파란 하늘을 가르며 유유히 지나가곤 했다. 나는 비행기를 볼 때마다 그 안에 타고 있는 나를 상상했다. 상상 속의 나는 지금의 나처럼 편안하고 설레는 마음으로 지상을 내려다보았다. 그때는 막연함과 함께 '언젠가…….'라는 기대감이 전부였는데, 그게 지금은 현실이 된 것이다.

그 시기에 나는 아이들과 시간이 날 때마다 자전거를 탔다. 자전거를 타고 동네를 돌았다. 그럴 때마다 참새가 방앗간에 드나드는 것처럼 꼭 들르던 복권 가게가 있었다. 나와 아이들은 늘 한 명당 두 장씩 즉석 복권을 긁었다. 나도 재미있었지만, 초등학생 아이들에게 복권 긁기는 최고로 재미있는 이벤트이기도 했다. 평소처럼 내 몫의 복권을 손에 들고 아무 생각 없이 쓱쓱 긁는데 '헉!' 내 눈앞에 아른거리는 숫자와 글자, 그것들이 의미하는 바가 믿기지 않았다.

'행운의 숫자 5', '당첨 번호 5', '당첨 금액 5억 원'

심장이 두방망이질 치고 손이 파르르 떨려왔다. 아이들은 자신에게 할당된 복권을 긁는 일에 푹 빠져 있었다. 나는 표정을 감추며 태연한 척했다.

"엄마는 끝!"

아이들이 눈치채지 못하게 이 말을 내뱉고는 손을 탁탁 터는 시늉을 하며 자연스럽게 복권을 챙겨서 주머니에 넣었다. 발이 땅에 닿았는지 떠 있었는지, 꿈속을 헤매는 듯한 기분으로 집에 왔다. 어떻게 하루가 지나갔는지 모르겠다. 일과를 척척 해내면서도 나의 온 정신은 외투 주머니 속 복권에 쏠려 있었다. 며칠을 그렇게 보냈다.

당시 5억 원은 큰돈이긴 하지만 그렇게 어마어마한 돈은 아니었다. '이 돈을 어떻게 할까?' 나는 결국 남편에게 털어놓았고, 머리를 맞대고 이런저런 궁리를 한 끝에 생각만 하고 시도조차 못 하고 있던 사업을 일으켜 보기로 했다. 그건 바로 호떡 가게 프랜차이즈화 사업이었다. 그때 우리는 호떡 반죽 공장을 하고 있었는데, 적당히 먹고살 정도의 매출이었다. 그러나 계절 식품이다 보니 여름에는 매출이 줄어서 남편이 투 잡을 하기도 했다. 사업을 더 확장해 보려고 해도 당시에 애들 보육과 교육 문제도 있고, 자본금도 없어서 아예 시도도 안 하고 있었다. 그런데 이제 자본력이 빵빵하게 생겼으니 도전해 보기로 한 것이다.

일단 목 좋은 자리에 하나의 매장을 얻어서 시스템을 완벽하게 구축했다. 인테리어, 메뉴, 레시피, 맛, 마케팅, 직원 관리까지. 크고 작은 시행착오를 겪긴 했지만, 처음에 생각했던 것보다 더 많은 부분을 최고의 수준으로 끌어올릴 수 있었고, 매출이 오른 만큼 맛있는 호떡집으로 유명세를 치르기 시작했다. 직영점을 세 곳까지 늘리고 나서 프랜차이즈 사업을 앞두고 있을 때 또 하나의 큰 그림을 그리게 되고, 그게 엄청난 성공을 거두게 되면서 회사는 일사천리로 급성장하게 되었다.

그 큰 그림이란 호떡은 계절 음식이라 여름 매출이 항상 문제였는데, 그 문제를 해결할 방법을 생각해 낸 것이었다. 사실 이 문제 역시 자본력이 없던 시절에 미리 생각해 둔 것이었다. 그런데 이때가 돼서야 실행할 수 있는 여건을 갖추게 되었고, 내 생각이 틀리지 않았음을 확인할 수 있었다.

우리 회사는 결론적으로 다른 기업과 손을 잡게 되었는데, 이것이 신의 한 수였다. 이 당시에 '쥬씨'라는 생과일주스를 파는 매장이 있었는데, 이곳은 우리와 반대로 항상 겨울 매출이 문제였다. 여름 매출이 문제인 우리는 '쥬씨'에 협업을 제안하게 된다. 새로

입점을 희망하는 점주들을 상대로 우선 시범적으로 호떡과 생과일주스를 접목해 판매하게 되는데, 비수기가 없으니 점점 매출이 오르는 성과를 보이게 되고, 입점을 희망하는 점주도 점점 많아지게 되었다.

경제적 자유란 물질적 자유뿐 아니라 그 물질을 누릴 수 있는 시간적 자유도 포함하는 것이다. 나는 이 일이 대박 남에 따라 그 두 가지를 전부 얻게 되었다. 물론 그 안에 갈아 넣은 내 영혼, 시간, 땀, 노력, 거기에 더해 아이들의 희생이 있었기에 가능했다. 아이들과 시간을 더 많이 보내 주지 못한 일이 안타깝긴 하지만 그래도 나는 그 상황에서 두 마리 토끼를 놓치지 않기 위해 최선을 다했다.

전에는 매번 생각만 하고 여건이 받쳐 주지 않아 시도 한번 못해 본 채 의욕이 점점 희미해지기 일쑤였는데, 생각한 대로 바로바로 시도해 볼 수 있으니 일이 너무 재미있어서 힘든 줄도 몰랐던 것 같다.

마지막에 그린 큰 그림 덕분에 전국에 매장을 500개까지 늘리게 되고, 해외에도 진출하게 되면서 더 전문적인 운영이 필요해지게 되었다. 나는 유능한 CEO를 영입하고 경영에서 한 발 물러나게 된다.

그리고 프랜차이즈 사업을 구상하던 때부터 중요하게 생각했던 직원 교육과 복지의 틀을 잡는 일에 몰두한다. 그 쾌거로 2029년 〈타임지〉 선정 '한국에서 가장 복지가 좋은 회사 톱 3'에 들어가게 되고, 그 일을 계기로 나는 전반적인 회사 운영에 대해서는 거의 모든 부분 손을 떼었다.

그로부터 5년이 지난 2034년 현재, 기업 가치 5천만 달러로 추정되는 우리 회사는 지금까지 내가 없어도 잘 굴러가고 있다.

내가 회사에 올인 한 시간은 딱 5년이었다. 회사에서 한 발 물러난 이후 이 비행기에 타기 전까지의 나의 일과는 이랬다.

일주일에 하루나 이틀 정도는 회사의 업무 보고를 받고 피드백을 준다. 그리고 그 시간을 제외한 나머지는 거의 도서관에서 시간을 보냈다. 애들이 중학생, 고등학생이 되고 손이 점점 덜 가게 되면서 나도 내 시간을 더 많이 가질 수 있게 되었다. 10년 전에 우스갯소리로 내 장래 희망은 '도서관 죽순이'라고 말하고 다녔는데, 그 말을 하고 5년 만에 진짜 도서관 죽순이가 되었다.

도서관에서의 시간은 대부분 오랜 습관인 필사를 하거나 글을 쓴다. 나는 5년 동안 도서관을 드나들면서 장편 소설 초고를 완성했다.

10년 전 배곧 도서관에서 '마음의 소리'라는 강의를 들었었다. 이 강의를 들으며 내 안에 있는 많은 것들을 꺼내어 볼 수 있었다. 이 전에 내가 쓰는 글은 누군가 읽으라고 쓰는 글이 아니라 나의 마음을 뱉어 내는 용도였다. 그러니 글이 더없이 솔직할지언정 잘 정돈된 느낌은 아니었다. 그런데 제시해 주는 글감으로 누군가가 읽는다고 생각하고 글을 쓰게 되니 이런저런 부연 설명을 붙이게 되고, 방 청소를 하듯 정리 정돈을 하게 되었다. 그리고 그 과정에서 있는 줄도 몰랐던 내 안의 작은 조각들을 발견할 수 있었다.

사실 힘겹게 과제를 완성하고도 어떤 이유에선지 그 글은 제쳐두고 다른 가벼운 글을 써서 낸 적도 있었다. 그런 과정들은 나조차도 몰랐던 나의 일면들을 조명해 주었다. 내보이고 싶은 마음과 숨고 싶은 마음, 이해받을 수 있을 것이라는 희망과 절대 그러지 못할 것이라는 절망. 그것들을 극복하기 위해, 아니, 어쩌면 영원히 숨기 위해 소설을 쓰기로 마음먹은 것인지도 모른다. 내가 소설을 쓰는 건 혼자서 줄 인형극을 하는 것과 닮아 있다. 나는 손가락을 이용해 인형들을 앞세워 내 이야기를 한다. 그렇게 해서 이 소설이 탄생했다. 누군가 평가를 한다면 매우 자전적인 소설이라고 평가할 듯한.

내 손에는 얼마 전 완성한 나의 첫 장편 소설 초고가 들려 있다. 그리고 지난날을 회상하면서 이 글을 쓰고 있는 나는 샤스타산을 가기 위해 캘리포니아행 비행기에 타고 있다. 샤스타산은 『마스터의 제자』라는 책에서 처음 알게 되었는데, 신비를 품고 있는 산이라 언젠가 꼭 한번 가 보고 싶었던 곳이다. 몇 시간 후 그 산을 마주하게 된다고 생각하니 가슴이 뜨거워진다. 책에서 읽었던, 그곳에서 일어난 신기한 일화들이 머릿속에 스친다. 누군가는 상상이나 공상, 거짓말이라고 할 이야기들을 나는 믿는다. 세상에는 상상하지 못할 일들이 펼쳐지고 있지만 우리가 그 사실을 모를 뿐이다. 따분한 사람들은 자신들이 속속들이 아는 따분한 이야기들만 틀림없는 사실이라고 단정 짓는다. 그곳에서 나는 샤스타산의 정기를 받으며 몸과 마음을 단련하고, 소설의 퇴고도 마칠 생각이다.

어쩌면 긴 여행이 될지도 모를 이번 여행에 남편이 따라오려고 하는 걸 기어코 말렸다. 나나 남편이 없어도 회사가 잘 돌아가고, 애들도 다 커서 신경 쓸 게 없지만, 그래도 무슨 일이 생길지 모르니 한국에 있으면서 봐 달라고 했다.

요즈음 남편은 내 말을 잘 듣는다. 원래도 착하고 순한 사람이었는데, 사는 게 팍팍할 땐 종종 나를 못살게 굴곤 했다. 책 읽고 글 쓰는 일이 먹고사는 데 무슨 도움이 되냐며. 그런데 이제는 본인이 그렇게도 원하던 경제적 자유를 얻어서 그런가, 그걸 이루는 데 내가 일조한 덕분일까 내가 하는 일을 전적으로 믿고 지지해 준다.

남편은 전에 없던 행복감을 느끼고 있다고 했다. 10년 전에 몸과 마음이 크게 아프고 나서 하루하루 사는 게 행복하고 감사하다고 했던 남편이었는데, 그런 감사한 마음이 지금 더 감사할 일을 불러들인 것이 아닐지 하는 생각도 든다. 50살에 은퇴한다더니 이제 은퇴 이야기는 쏙 들어가고 일을 더 열심히 하는 것 같다.

'무소의 뿔처럼 혼자서 가라.'

불교 경전에 있는 이 말씀이 새삼스레 머리에 떠올라 전율을 일으킨다. 나는 늘 혼자라고 생각하며 살았는데 이제 보니 혼자가 아니었음을 절실히 깨닫는다. 내 남편과 아이들이 항상 나와 함께였다. 지금 이 순간, 무소의 뿔처럼 혼자서 가라는 그 말을 삶으로 살아 내려 하는 진짜 혼자인 내가 있다.

그래서일까? 새로운 인생의 국면을 맞이하고 있는 기분이 든다. 왠지 전에 없던 새 삶이 펼쳐질 것만 같다. 내가 다시 돌아왔을 때 이전의 나는 없을 것이다. 10년 전 내가 지금 나와 다르고, 어제 내가 오늘 나와 다른 것처럼.

나는 작가다

나는 작년부터 새로운 꿈을 꾸기 시작했다. 그건 바로 작가가 되는 것이다. 생텍쥐페리의 『어린 왕자』나 루리의 『긴긴밤』처럼 단순하지만 울림이 있는 이야기를 쓰는 소설가가 되고 싶다.

4년 전, 동네 작은 도서관에서 운영하는 고전 읽기 모임에 참여하면서부터 문학을 읽기 시작했다. 평소에도 책을 좋아하고 즐겨 읽기는 했지만, 소설을 잘 읽진 않았다. 소설은 그냥 이야기책이라는 견해가 강했다. 나는 고전을 읽고 싶어서 들어간 게 아니라 그냥 사람들과 책 이야기를 해 보고 싶다는 마음 하나로 그 모임에 들어갔다.

모임에서 처음 읽은 책은 리처드 바크의 『갈매기의 꿈』이었다. 다들 학창 시절에 한 번씩은 읽어 본 책이라고 하셨다. 모두가 아는 책을 나만 모르는 것 같았다. 그만큼 나는 고전에는 문외한이었다.

어떤 이야기를 나눌 수 있을까? 설레는 마음으로 책을 펼쳤다. 나는 그 책을 지하철에서 읽기 시작했는데, 터져 나오는 울음을 참느라 안간힘을 써야 했다. 갈매기 조나 단은 생계와 이상 사이에서 방황하는, 꼭 외로운 내 모습 같았다. 그 경험은 강렬했고, 고전이라 불리는 책 안에는 뭔가 또 다른 보물 같은 것이 숨겨져 있을 것 같았다.

톨스토이 『사람은 무엇으로 사는가』, 도스토예프스키 『죄와 벌』, 헤르만 헤세 『데미안』, 하퍼 리 『앵무새 죽이기』, 에밀 아자르 『자기 앞의 생』, 조지 오웰 『동물 농장』. 읽는 책마다 내가 있었고, 또 내가 미처 알지 못했던 누군가가 있었다. 이야기의 힘은 실로 대단했다. 나는 책 한 권을 읽을 때마다 다른 여러 개의 생을 살아본 것 같은 착각이 들었다. 게다가 책을 읽고 여러 사람들과 이야기를 나누니 이야기 하나가 사람 수만큼 늘어나 여러 권의 '사람 책'을 동시에 읽는 기분이었다.

2주에 한 번 모임으로는 성에 안 차 모임을 여러 개로 늘리고 한동안 책과 모임, 글과 사유에 파묻혀 지내다시피 했다.

읽다 보면 쓰고 싶어진다고 누가 그랬던가. 그 불씨는 내 마음에도 예외 없이 날아들어 천천히 불을 지폈다. 나를 울리고, 웃기고, 혼내고, 위로하고, 내가 몰랐던 나의 일면을 보여 주고, 잘하고 있다고 칭찬해 주고, 내 평생 가 보지 못한 곳을 데려가는(심지어 과거 또는 미래) 신통방통한 책의 세계. 누군가는 고심해서, 또 누군가는 신바람 나게 썼을 세상의 많고 많은 이야기.

사람들의 내면세계를 무한히 확장해 주는 소설가라는 대열에 나도 끼고 싶어졌다. 나도 누군가에게 위로가 되고, 지혜가 되고 싶어졌다. 나도 누군가에게 그가 살아 보지 못한 하나의 생을 선물하고 싶어졌다. Why not?

책의 작가 소개를 보다 보면 자신의 경험이 곧 글의 소재가 되고는 한다. 비행사였던 생텍쥐페리도 그렇고 선원이었던 허먼 멜빌, 의사였던 안톤 체호프도 그렇다. 그리고 작가들은 집필 중간중간 견문을 넓히기 위해 여행도 많이 다닌다. 내가 겪은 것들을 글로 녹여내기에 내 인생은 부피가 퍽 얄팍하다고 할 수 없지만, 그렇다고 퍽 두텁지도 않은 것 같다. 나는 인간이 경험할 수 있는 모든 경험을 해 보고 싶다. 물론 그건 물리적으로 불가능할지도 모른다. 내가 경험하고 싶은 건 결국 감정이므로 나는 이 세상의 모든 감정을 온전히 느껴 보고 싶다.

데이비드 호킨스는 『의식 혁명』에서 인간의 의식 수준을 수치로 측정해 제시한 바 있다. 0에 가까울수록 낮은 의식 수준과 감정 상태이고, 임계점인 1000 사이에 인간이 가질 수 있는 모든 의식 수준과 감정이 들어있다. 20은 수치심, 100은 두려움, 175는 자부심, 200은 용기, 350은 수용, 500은 사랑, 700 이상은 깨달음의 상태이다.

지금까지 살아오면서 200 아래 해당하는 수치인 죄책감, 증오, 슬픔, 두려움, 욕망, 분노 등의 감정들은 많이 경험해 보았다. 200과 350 사이에 해당하는 용기, 중립, 자발성, 수용도 경험하고 있다. 하지만 350 이상에 해당하는 이성, 사랑, 기쁨, 평화, 깨달음의 경험은 아직 해 보지 못했다. 좋은 작가가 되기 위해서는 모든 감정을 경험해 봐야 한다고 생각한다.

데이비드 호킨스는 그의 다른 저작 『진실과 거짓』에 저자들의 문필 작품에 대해 의식 수준을 측정해 두었는데, 매우 흥미롭다. 도스토예프스키 465, 마크 트웨인 465, 빅토르 위고 455, 셰익스피어 500, 안톤 체호프 460, 오스카 와일드 440, 존 헤밍웨이 400, 찰스 디킨스 540, 톨스토이 455.

흔히 알려진 것 외에 그들이 어떤 삶을 살았는지 우리는 모른다. 심지어 우리가 알고 있는 셰익스피어는 그 작품들의 진짜 저자가 아니라는 말도 있다. 그러나 이 수치들로 유추할 수 있는 건 그들이 0부터 그들 의식 수준 사이에 해당하는 감정과 태도 모두를 경험해 봤을 것이라는 점이다.

보통 사람들의 의식 수준이 200 전후에 해당한다는 사실을 염두에 두었을 때, 우리가 왜 그들 작품에서 번뜩이는 삶의 통찰이나 지혜를 엿보며 감탄하게 되는지, 왜 그걸 캐내 자신의 호주머니에 소중히 간직한 채 필요할 때마다 때때로 꺼내어 보는지 알 수 있을 것이다.

나는 그런 보물 같은 글은 의식 수준이 낮은 사람에게서는 나올 수 없다고 결론 내렸다. 그래서 나는 의식 수준이 높은 사람, 사랑을 넘어 기쁨과 평화, 깨달음의 수준에 도달한 사람이 되고 싶다.

이 글을 펼쳐 내보일 마당이 되어 준 글쓰기 강의 <마음의 소리>에서 백대현 강사님은 강의 중 '글쓰기는 영혼의 영역'이라고 몇 번이나 강조해서 말씀하셨다. 나는 그 말씀을 듣고 '아, 내 생각이 틀리지 않았구나' 하고 안심하며 온전한 영혼이 되어야겠다는 결심을 여러 번 했다.

좋은 작가가 되는 일, 그리고 그러기 위해 좋은 사람이 되는 일. 그게 지금 내가 가장 이루어 내고 싶은 삶이다.

언젠가 '좋은 부모란 무엇일까'에 대해서 고민한 적이 있다. 세상 모든 어려운 문제가 그렇듯 이에 대한 답 역시 자신을 향했다. 좋은 부모가 되고 싶으면 자식 입장에 서서 생각하라 했고, 좋은 자식이 되고 싶으면 부모 입장에 서서 생각하라고 했다. 내가 우리 부모님께 바라는 건 '자신의 인생을 멋지게 사는 일'이라고 숨도 쉬지 않고 대답할 수 있다. 우리 아빠는 젊은 시절 배우의 꿈을 이루지 못했다고 아쉬워하셨다. 그 꿈을 이루셨다면 얼마나 좋았을까? 아빠만큼, 아니, 아빠보다 내가 더 안타까웠다.

그렇다면 우리 아이들도 마찬가지 아닐까? 우리 아이들도 그 누구보다 엄마, 아빠 자신들의 인생을 멋지게 살아가길 바랄 것이다. "내 꿈을 선택했다면 너를 이렇게 키우지 못했을 거야."라고 말하며 자신의 무능을 희생인 듯 포장하는 말보다 "엄마 멋지지? 너희들도 너희의 인생을 멋지게 살아." 하고 당당하게 말하는 부모의 모습을 더 자랑스러워할 것이다. 그래서 아이들의 행복을 위해, 좋은 부모가 되기 위해 그 어떤 것을 해 주기보다 내 인생을 멋지게 살아 내는 모습을 보여 주려 한다. 다른 부분에서 많이 부족한 부모일지라도 말이다.

작가라는 꿈이 없을 때는 내 인생에 대한 설렘이 없었다. 그런데 작가라는 꿈을 꾸며 이 글을 써 내려가고 있는 지금, 가슴속에 자그마한 풍선 하나가 들어 있는 것처럼 부푼 느낌이다. 소풍 가는 날 5일 남은 느낌이다.

사실 지금 나는 벌써 작가다. 이 글은 책이 되어 나올 거고, 남편은 이미 휴대폰 속 내 번호를 '민 작가님'이라고 저장했다. 그게 순수한 응원은 아니라는 게 조금 걸리긴 하지만 말이다.

남편은 나에게서 정유정 작가님의 사례를 듣고 나서 태도가 돌변했다. 정유정 작가님은 원래 간호사였는데, 남편에게 '집을 장만하고 나면 일을 그만두고 글을 쓰겠다.' 하고 못 박아 두었다고 한다. 5년 만에 집을 장만했고, 약속대로 일을 그만두고 글만 쓰기 시작했고, 작가님 남편은 6년 동안 뒷바라지를 해 주었다. 11번의 고배 끝에 공모전에 당선되어 작가로 등단하여 이후 많은 사람에게 사랑받는 소설들을 출간한다. 나는 판매 부수를 검색해 대략적인 인세 수입을 남편에게 일러 주었다. 그리고 얼마 지나지 않아 나의 칭호는 '민 작가님'이 되었다. 엎드려 절 받는 것 같고 속이 빤히 보여 핀잔을 줄까 하다가 "좋아, 잘하고 있어. 계속 그런 식으로 하라고." 하며 넉살을 떨었다.

글이라는 건 참 신묘하다. 이 글을 시작할 때는 작가가 바람이었는데, 이 글을 끝맺는 지금은 이미 작가가 되어 있으니 말이다.

아무튼 나는 작가다.

이미 이루어진 소원

안녕, 혜미야. 너는 지금 스터디카페에 앉아 글을 쓰고 있어. 과제로 제출했던 글이 있지만, 새롭게 쓰려나 봐. 글쓰기 강의에 열심히 임하긴 했어도 책은 고사하던 너였는데 왜 갑자기 마음이 변한 건지 궁금하다. 하지만 너의 꿈은 작가였으니 결국에는 그런 선택을 한 게 아닐까 해.

지난 금요일, 출판 계약을 하러 가기 전까지 별생각이 없어 보였는데 다녀와서 마음가짐이 달라진 것 같아. 네가 이렇게 열정을 갖는 모습 오랜만에 본다. 역시 너는 발등에 불이 떨어져야 움직이는 사람이야.

혜미야, 이렇게 너를 보고 있자니 네가 살아온 모든 세월이 그 속에 담겨 있다는 게 믿기지 않는다. 나는 너의 모든 순간을 기억하고 있어.

세상에 태어나 첫울음을 터뜨리고 네가 아장아장 걸어 다니던 모습. 자다가 깬 새벽, 집 나간 엄마가 돌아와 있는 걸 보고 다시 나갈까 봐 엄마 배 위에 올라가 자던 너의 모습. 5살 때 엄마 보고 싶어서 울었다가 아빠에게 호되게 맞고 꺼이꺼이 울음을 삼키던 너의 모습. 머리에 피도 안 마른 6살 때 동네 슈퍼에서 바짓가랑이가 빵빵해지도록 도둑질하던 모습. 그리고 경찰차만 보면 무서워서 숨던 모습. 아빠 심부름으로 외상술 사러 갔을 때 입이 안 떨어져 우물쭈물거리던 너의 모습. 7살 때 유치원에 가기 싫다고 원장님이 찾아와서 가자고 타일러도 끝까지 배 깔고 누워 있던 모습. 10살 작은고모 댁에 살 때, 오랜만에 찾아온 아빠랑 해수욕장에 다녀와서 잠에서 깼는데도 계속 자는 척하던 모습. 기어코 업혀 가는데 최대한 자연스럽게 행동한답시고 뚝딱거리던 너의 모습. 새엄마가 생긴 게 너무 좋아서 만난 지 하루 만에 용기를 짜내어 엄마라고 부르던 너의 모습. 아빠랑 헤어져서 새엄마는 이제 남이 되어 버렸는데 배가 고파지면 새엄마가 살던 집을 기웃거리던 너의 모습. 엄마가 그리운 건지 필요한 건지 헷갈려 이불을 뒤집어쓰고 숨죽여 울던 네 수많은 밤.

하지 말라는 못된 행동은 다 하고 다닌 정신없었던 너의 중학생 시절. 15살, 가출한 지 한 달째 되던 날 공중전화에서 아빠에게 전화를 걸어 "아빠. 나 들어가도 돼?" 하고 묻던 지친 너의 모습. 16살, 중학교 2학년으로 복학한 학교 복도에서 너를 괴롭히던 복학생과 맞짱 뜨던 모습. 고등학교 2학년 교내 감사 편지 쓰기 대회에서 아빠에게 보내는 편지로 금상을 타서 전교생 앞에서 엉엉 울며 편지를 낭독하던 너의 모습. 지각하지 않으려고 매일 매일 뛰어서 등교하던 너의 모습.

21살에 얻은 첫 직장에서 겁도 없이 베트남 지사 3개월 출장행을 선택해서 향수병에 시달리며 매일 밤, 주먹을 입에 물고 울던 너의 모습. 너의 아빠는 그때 이메일 보내는 법과 메신저 하는 법을 배워 외로워하는 딸을 달래 주었고, 너는 그때만큼 아빠한테 사랑한다는 말을 많이 한 적이 없었지.

어릴 때부터 겁이 많아 외로움과 무서움에 벌벌 떠는 날이 많았던 10대와 20대. 그 외로움과 무서움으로부터 도망치기 위해 스스로가 아닌 타인에게 의지하고 집착했던 너의 꽃다운 시절. 너는 참 예뻤고, 그래서 혼자인 적이 없었지만 늘 외로워했어. 그 외로움이 어디에서 비롯되었는지 너도 잘 몰랐기에.

30살, 첫째를 낳고 너는 이 세상에 아이와 둘만 남은 것 같은 이상한 기분에 사로잡혔어. 아이는 너를 보고 웃는데 너는 부쩍 눈물이 많아졌지. 남편에게 소리를 지르는 날도 많아졌어. 둘째를 낳고 너는 더욱 많이 힘들어했어. 언제나처럼 너를 돌보는 사람은 없지만 네가 돌보아야 할 사람들은 많아졌지.

1살, 3살 아이들이 7살, 9살이 될 때까지 낮에는 공장에서 반죽과 씨름하고, 오후에는 두 아이를 홀로 돌봐야 했던 6년이란 시간. 도저히 끝이 없을 것 같은 힘겨운 하루하루를 버거워하며, 네 주변에는 온통 너를 괴롭히는 사람밖에 없다는 피해의식과도 싸워야 했던 지리멸렬하던 30대. 하얀 바탕에 마주 앉아 눈물을 줄줄 흘리며 타자를 두드리던 수많은 날. 그 어두웠던 시기, 죽을 만큼 힘들긴 했어도 지금의 너를 있게 한 가장 중요한 시기였다고 너는 생각하고 있어.

너는 요즘 거울을 볼 때마다 흰머리를 헤아려 보곤 해. 나이 마흔을 넘어가니 네게 속해 있던 젊음이 하루가 다르게 희미해지며 자취를 감추고 있다는 생각을 하지. 그런데 나이 든다는 게 서글픈 것이 아니라 지난한 40년을 살아온 자신이 참 기특하고 대견하다고, 엉덩이를 팡팡 두들겨 주고, 꽉 안아 주고 싶을 정도라고 너는 생각한다.

네가 어릴 때 너는 너랑 꼭 닮은 친구를 사귀고 싶어 했어. 얼마나 간절했으면 달님에 대고 소원까지 빌었지. '달님, 달님, 제발 저랑 생긴 거랑 생각하는 게 완전히 똑같은 친구 한 명만 보내 주세요.' 기대는 항상 실망을 가져왔고, 애초에 그런 소원은 이루어질 수 없는 소원이라는 걸 깨달은 너는 네 안에서 타인을 향한 마음의 문을 철컥, 걸어 잠가 버렸어. 더 이상 누군가에게 실망하지 않아도 되는 삶은 얼마나 편했던지. 네 심장이 딱딱하게 굳는 것도 모르고 말이야.

너는 사람을 좋아했지만 사랑하지 못했고, 사람을 믿었지만 언제든 믿음이 깨질 수 있다는 것도 믿었다.

그런 네가 지금은 달라졌어. 그 소원이 이루어질 수 없는 소원이 아니라 이미 이루어졌다는 걸 깨달았어. 심지어 그 소원을 품기 전부터 그 친구는 늘 너와 함께였지. 네가 힘들 때마다 묵묵히

네 이야기를 들어 주었던 하얀 바탕 속의 나, 네 지난 삶의 기억을 떠올려 이 글을 쓰고 있는 내가.

나와 함께라는 걸 깨달은 너는 더 이상 외롭지 않았어. 외로움은 타인의 부재가 아니라 자신의 부재에서 비롯된 것임을 깨달았기에. 비록 너는 대부분 힘든 시기를 지날 때 나를 찾곤 했지만, 내 앞에서 실컷 울고 다시 파이팅을 외치며 떠나는 네 모습을 보는 일은 내게 기쁨이었다. 나는 너를 정말 사랑해. 너도 알겠지만.

너는 이제 또 한 걸음 나아갈 준비를 하고 있어. 네 한때 소원이 '자신을 진심으로 사랑할 수 있게 해 주세요.'였던 거 기억하지? 그 이유도 당연히 기억할 거야. 누군가를 진심으로 사랑하기 위해서는 자신을 먼저 사랑할 줄 알아야 한다는 게 바로 그 이유였지. 너는 이제야 그럴 준비가 갖춰지고 있다는 걸 조금씩 느끼고 있어. 네 예감이 맞아. 모든 건 너라는 거, 이제는 너도 잘 알잖아. 타인을 사랑한다는 건 결국 자기 자신을 사랑하는 일이라는 걸.

세상의 빛과 소금 같은 존재가 되겠다는 그 다짐, 너는 이기심을 우선하면서부터 사라져 버렸다고 생각하고 있지만, 그거 아직 네 안에 있다. 자신을 진정으로 사랑하는 일은 타인을 진정으로 사랑하기 위한 발판이었고, 타인을 진정으로 사랑할 줄 알게 되면 너는 너라는 빛, 너라는 소금이 필요한 사람들을 위해 쓰이게 될 거야. 그러니까 내가 하고 싶은 말은, 너 지금 정말 잘하고 있어.

숙제한다는 핑계로 너랑 오래도록 함께하니 좋다. 그러니까 자주 나를 찾아 줘. 힘들 때 위로해 주기가 내 전문이지만 기쁠 때도 누구보다 기뻐해 줄 수 있어. 너의 말도 안 되는 장난, 농담, 공상 다 받아 줄 수 있다고. 아, 참, 너 작가 된다고 했지? 그렇다면 나를 더욱 자주 찾아와야 할 거야. 블랙박스 같은 내 기억이 필요할 거거든.

앞으로 축하할 일이 많아질 것 같은 예감이 들어. 맞아. 이 말은 네가 듣고 싶어 해서 한번 해 본 말이야. 마냥 입에 발린 말은 아니지. 네 꿈을 찾은 거 축하해. 지금까지 살아온 거 축하해. 좋은 사람들을 만난 거 축하해. 책 내는 거 축하해.

다시 한번 말하지만, 힘들 때뿐만 아니라 기쁠 때나 즐거울 때 그리고 아무 때나 좋으니 자주 찾아와야 해, 알겠지? 헤어지지도 않았는데 벌써부터 보고 싶다. 사랑해, 내 친구. 그럼, 안녕!

김경주

-

안녕경주야

김경주 – 안녕경주야

눈물 실은 은하철도

'나의 부모님은 내가 열 살 때 이혼하셨다.'란 문장을 적고 나서 눈을 감았다. 내 마음 깊숙이 채웠던 자물쇠도 부쉈다. 그러자 기억의 문이 열렸다.

열 살의 여름날이었다. 당시 내가 살던 서울의 아파트 입구 앞에 커다란 이삿짐 트럭 한 대가 주차되어 있었다. 우리 가족의 짐을 싣기 위해 대기하고 있었던 것이다. 짐을 나르던 중 엘리베이터 안에서 동생과 나눈 대화가 생생히 떠올랐다. 나는 혼잣말로 "왜 엄마 옷은 하나도 없을까?"라고 말하며 의문을 품었다. 그 작은 소리를 들은 동생은 천진난만한 얼굴로 "엄마는 오늘 이사 가려고 옷을 많이 껴입었나 봐."라고 말했다.

그 의문의 답을 찾기도 전에 이삿짐을 다 실은 트럭은 부산으로 향했다. 4명이었던 가족은 부산에 도착한 뒤로 5명이 되었다. 엄마 없이 할머니, 아빠, 삼촌, 나, 동생, 이렇게.

나와 내 동생은 엄마와의 마지막 인사도 없이 부산에서 살게 되었다. 어른들은 어느 누구도 그 이유를 설명해 주지 않았다. 단지 우리 둘은 서울에서 일하는 엄마가 곧 부산으로 내려오면 함께 살게 될 거라는 희망을 갖고 있었다.

그 후 몇 개월이 지났다. 연락 한번 없던 엄마가 학교로 갑자기 찾아오셨다. 수업 중이던 나와 내 동생을 조퇴시키고 놀이동산에 데려가셨다. 어린 우리는 오랜만에 만난 엄마와 하루가 저무는 줄도 모르고 신나게 놀았다. 저녁 늦게 엄마와 헤어지고 집에 들어갔다.

대문을 열자, 우리를 본 할머니는 불호령을 내렸다. 학교에서 이미 연락을 받았던 것 같다.

"너희가 이런 식으로 몰래 엄마를 만나면, 아빠랑 할머니는 너희를 키울 수 없다. 엄마한테 가서 살고 싶으면 살아라. 그런데 너희가 알아야 할 것은 그 여자는 너희들 못 키우겠다고 버리고 간 여자다. 그래도 가고 싶다면 어디 한번 가서 살아 봐라."

엄마가 우리를 버렸다는 사실보다 엄마를 만나면 할머니, 아빠와 같이 살 수 없다는 점에서 더 충격이었다. 그래서 나와 동생은 울면서 싹싹 빌었다. 잘못했다고, 다시는 엄마를 만나지 않겠다고. 그날 이후 우리는 어미에게 버림받은 불쌍한 아이들이 되었다.

할머니는 우리에게 틈만 나면 자식을 버리고 간 나쁜 여자라고, 미쳐도 단단히 미쳐야 할 수 있는 짓이라고 자주 이야기하셨다.

초등학교 저학년이면 많은 기억을 가졌을 나이임에도 불구하고, 나는 방어 기제라도 작동한 듯 엄마에 대한 기억을 지워 나갔다. 엄마가 어떻게 생겼었는지, 엄마 냄새가 어땠는지, 엄마랑 어떤 추억이 있었는지 다 잊어버리려고 했다. 그저 할머니에게 들은 것처럼 저주하고 미워했다. 정말로 나쁜 사람이라고. 우리를 버린 대가를 톡톡히 치르고 있을 거라고.

그래선지 그리운 감정도 없었다. 내가 다시 마주해서는 안 되는 아주 나쁜 사람. 그래서 생각도 하면 안 되는 사람이었기 때문이다. 앞으로도 영영 보게 되는 일은 없을 거라고, 나를 버린 이유조차 변명일 테니 듣고 싶지 않다고 믿으며 자랐다. 그렇게 지워버린 엄마라는 사람을 오래도록 싫어한다고 그렇게 믿고 살았다.

2년쯤 지나 아빠의 재혼으로 새엄마가 생겼고, 이후로 동생 둘도 더 태어났다. 나는 남들이 보기에 그저 늦둥이 동생들이 있는 금실 좋은 집안 맏이처럼 보였고, 진짜 그런 듯이 나를 속이며 살았다. 새엄마를 엄마라고 부르면서 나를 낳아 준 엄마는 내게서 지워졌다. 그렇게 나는 다시 평범한 가정을 되찾았다고 스스로 속이고 있었다.

나는 스물다섯 살에 결혼했다. 결혼식 날, 처음으로 엄마가 생각났다. 그리움도 몰려왔다. 정확히는 엄마가 그리웠던 것은 아니다. 당시 나는 엄마의 얼굴을 그려 보기조차 힘들었기 때문이다. 내가 그리워하는 대상은 그저 나를 낳아 주고 아껴주며 키웠을, 남들에게는 당연해 보이는 온전한 엄마 그 자체를 그리워했던 것이다.

사회자가 신부 입장을 소개했다. 대기실 문이 열리고, 아빠의 손을 잡고 한 발짝 내딛는 순간, 나는 나도 모르게 좌우를 두리번거렸다. 얼굴도 모르는, 내 결혼 소식조차 알지 못할 엄마를 찾고 있었나 보다. 그때 나는 엄마가 나타나기만 해도 모든 것을 용서할 수 있을 것 같았다. 나의 결혼식에서 엄마를 보게 된다면 나를 정말로 버리지 않았다는 반증이 될 거라고 생각했다.

나는 주례사 앞에 설 때까지 엄마를 찾을 수 없었다. 그래선지 이전보다 더 많이 엄마를 미워하기 시작했다.

결혼식을 마치고 보름쯤 지나서 혼인 신고를 하기 위해 구청에 갔다. 그날 다시 한번 나를 낳아 준 엄마의 존재 자체를 부정할 수 없다는 사실을 마주했다. 남편과 함께 혼인신고서의 빈칸인 부·모 자리에 인적 사항을 적기 시작했다. 내가 쓴 서류를 컴퓨터에 입력하던 구청 직원이 모의 이름과 인적 사항이 잘못되었다고 했다. 나는 아빠와 정식으로 혼인 신고를 하고 자식을 둘이나 더 낳고 사는 엄마가 왜 서류상으로 나의 엄마가 아닌지에 대해 따져 물었다. 구청 직원은 짧게 한마디 했다.

"우리나라 법이 그래요."

그 말에 속이 울렁거렸다.

생모의 이름 말고는 아무것도 아는 게 없어서 적을 수 없다고 말했다. 구청 직원이 별일 아니라는 듯 주민등록번호와 본적지 같은 것들을 불러 주었다. 머리가 텅 빈 바보처럼 앉아 직원이 불러주는 숫자들을 적어 넣었다. 자식을 버리고 간 여자의 인적 사항을 새로 시작하는 나의 혼인 신고서에 적어 넣어야 한다니. 그렇게 수정테이프로 지우고 덧칠한 글자들을 보는데, 참담한 심정이었다. 괜히 구청 직원에게 화풀이했다. 무슨 놈의 법이 기억도 못 하는 날 버린 엄마를 이렇게 다시 떠올리게 하냐, '남'의 개인 정보를 이렇게 술술 불러 줘도 되냐 하고 따져 물었다. 직원이 말했다.

"엄마잖아요."

빰이라도 한 대 맞은 듯 얼굴이 화끈거렸지만, 여전히 엄마를 부정하고 싶었다.

혼인 신고까지 마친 뒤로는 이제는 정말 다 끝이라고 생각했다. 엄마를 미워하는 마음을 떠올리게 하는 할머니에게서 멀어지게 된 것도 있었지만, 더는 누군가에게 나의 가족사를 들키지 않아도 된다는 안도감 때문이었다. 학창 시절, 학교에 가족 관련 서류를 제출할 때면, 내가 재혼 가정인 게 드러나지는 않을까 항상 불안했었다. 결혼하고 남편과 나 둘이 본인과 배우자로 찍힌 말끔한 주민등록등본을 받았을 때 누구에게 숨길 것도 설명할 것도 없는 서류상 완벽한 가족을 이루었다는 사실에 만족했다. 그래서 나는 이제는 정말 꼭꼭 숨겨 온 엄마 이야기를 더 할 일이 없어졌다고 믿었다. 어린 시절에는 이혼 가정이라는 사실을 나의 치부처럼 여겼고, 성인이 되어서는 내가 사실 엄마에게 아주 많이 상처받았다는 것을 마주할 용기가 없어서 더 숨기려고 한 것 같다.

'모전여전'. 나는 이 말이 제일 싫었다. 할머니는 내 인생에 모전

여전은 절대 없어야 하는 말이라고 입버릇처럼 말씀하셨다. 할머니 말에 따르면, 내 엄마 또한 그렇게 버림받은 사람임에도 나를 버린 사람이었다. 바람나서 자식까지 버리고 혼자 살기를 택한 사람이라고. 나중에 결혼하고 아이를 낳아도 절대 그것만은 닮지 말라고 신신당부했다.

자주 그런 말을 듣다 보니 나는 오히려 내가 정말 그런 사람이면 어쩌나 두려워졌다. 부정하고 싶지만 내 속에 엄마의 피가 흐르고 있는 것은 사실이다. 내가 결혼해서 혹시 바람이 나면? 그래서 자식을 버리고 싶어지면? 그런 생각을 하면 무서웠다. 절대로 그렇게 살아서는 안 된다고 다짐하면 할수록, 그냥 사람들 자체를 잘 이해하지 못했다. 나를 버린 엄마를 미워하는 것을 시작으로 자식을 두고 이혼하는 여자들을 욕했고, 바람이 나서 부부 관계를 파탄 내는 사람들을 증오했고, 이혼해서 자식에게 상처 주는 사람들도 싫어했다. 엄마만이 아니라 나와 상관도 없는 세상 온갖 사람들이 미워졌다. 나에게는 어떤 이유도 중요하지 않았다. 표면적으로 보이는 그 상황들만 보였고, 그게 전부 내 이야기가 되어 나는 가시를 바짝 세운 고슴도치가 되었다.

지금 생각하면 부끄럽지만, 나의 해결되지 않은 상처가 다른 사람에게 또 다른 가시가 되었던 것이다.

더는 엄마 부재라는 상처를 끌어안고 사는 어린아이로 살고 싶지 않았다. 어른이 된 나는 엄마의 자리를 지키는 엄마가 되기로 했다.

스물일곱 살에 출산이 임박해졌을 때, 남편이 출장 중에 애가 나올까 봐 유독 불안해했다. 아이의 아빠이기 때문에 당연히 출산을 함께 하고 싶은 사람이라서 그렇다고 믿었다. 아이를 낳던 날 깨달았다. 남편이 아이의 아빠로, 나의 남편으로서 옆에 있어 준 것만이 나에게 위안이 되는 전부가 아니라는 것을.

나는 이 산고의 고통을 누구보다 깊이 이해할 엄마가 보고 싶었다. 엄마에게 이야기하고 싶었다.

"엄마, 나 너무너무 아프고 힘들었어. 죽을까 봐 무서웠어. 그래도 내 아이가 보고 싶어서, 궁금해서 힘을 낼 수밖에 없었어."

이 이야기를 들으며 나보다 더 아파하고 함께 울어 줄 엄마가 필요했다.

그리고 곁에 엄마가 있었다면 이렇게 말해 주고 싶었다.

"엄마도 나를 이렇게 힘들게 낳았겠지? 엄마도 많이 아프고 무서웠어? 엄마 그런데도 나를 낳아 줘서 고마워."

이 말을 그 순간에 엄마가 내 옆에서 들었다면 뭐라고 말해 줬을까.

"아니. 너를 낳고 너무 행복했어. 이 세상에 태어나 줘서, 나에게 그런 행복을 알게 해 줘서 고마워."

나에게는 그런 엄마가 없었다. 나를 낳아 준 엄마가 보고 싶은 적이 한 번도 없다고 생각했고, 앞으로도 보고 싶지 않다고 원망하고 살았다. 아이를 만난 기쁨과 엄마의 부재가 한꺼번에 밀려왔다. 입은 웃고 눈에선 눈물이 줄줄 흐르는 이상한 날이었다.

나는 더 모질게 다짐했다. 내가 바라던 엄마의 자리 같은 것은 완전히 잊어버리고 내 아이에게 완전한 엄마가 되어 주겠다고. 내 아이의 모든 순간을 함께하고, 그래서 아이를 낳는 순간에도 곁에 있어 주는 엄마가 되고 싶다고 생각했다.

나는 다시 태어났다. 나를 버린 엄마의 딸이 아니라 내 딸을 낳은 엄마로. 그때 나는, 나는 내가 엄마인 게 좋았다. 밤잠을 못 자고, 젖을 먹이느라 가벼운 외출도 혼자 못 하면서도 아이를 바라보는 모든 순간이 좋았다.

아이에 대한 사랑이 깊어지면 깊어질수록 엄마에 대한 미움은 오히려 더 커졌다. 이렇게 사랑스러운 모든 순간을 뒤로하고 어떻게 나를 버리고 떠날 수 있을까. 나는 매일 이 아이의 어제가 아깝고 아쉬운데, 어떻게 그 출산의 기쁨, 십여 년의 그 눈빛과 감동을 뒤로하고 나를 버릴 수 있을까. 나의 열 살이, 스무 살이, 왜 궁금하지 않을까. 그럴수록 나는 아이에게 내가 할 수 있는 모든 것을 다 했다. 내가 갖지 못한 엄마가 나였으니까. 아이를 먹이는 것, 재우는 것을 남편에게조차 부탁하기를 꺼렸고, 네 살에 어린이집을 보내기 전까진 하루도 남의 손에 맡겨 본 일이 없이 그렇게 무식하고 용감하게 키웠다.

나는 내가 육아에 굉장한 소질이 있는 사람인 것 같았다. 육아에 있어서는 누구나 놀랄 만큼 인내했고, 스스로 육아 스트레스가 없다고 여겼다. 다른 사람들은 왜 엄마가 되기로 했으면서 그렇게들 자기를 찾고 싶어 하는지, 육아에서 벗어나고 싶어 하는지 잘 이해하지 못했다. 육아는 상처받은 나의 어린 시절을 위로해 나가는 과정이었고, 나는 아이를 잘 키우고 있는 엄마라는 역할만으로도 족했다.

그러나 문제는 다른 곳에서 생겼다. 아이가 태어나고부터 남편은 뒷전이었다. 내가 바라 온 그런 엄마를 내 아이가 온전히 독차지하게 하고 싶어서 둘째를 낳는 일도 꺼렸다. 점점 나와 아이 둘만의 섬에 고립되어 가고 있었다. 내가 아이에게만 몰두할수록 남편은 우리에게서 소외되었다고 느끼기 시작했고, 집 안에서보다 바깥에 있는 시간을 더 편하게 느끼는 것처럼 보였다.

어느 날 늦게 들어온 남편에게 화가 폭발했다.

"내 결혼 생활 임계점이 10년이야. 내 부모가 끝내 넘지 못했던 그 10년이라고. 그 10년은 지나야 꼭 결혼 생활이 실패로 끝나는 것만은 아니라는 믿음이 생길 것 같았어. 그리고 내가 엄마 같은 사람이 아니라는 걸 증명하는 데 필요한 시간이 10년이라고 생각했어. 10년 이후부터가 진짜 시작이라고. 내가 진짜 온전한 엄마가 되는 거로 생각했다고. 그래서 최소한 10년만큼은 아이에게서 한시도 떨어지고 싶지 않았어. 당신도 그런 나를 은연중에 이해할 거라고 믿었고. 우리는 아이에게 최선을 다하는 것만으로도 결혼 생활을 잘하는 거라고 생각했어. 내 엄마, 아빠처럼 싸우고 찢어져서 아이가 상처받게 하는 일은 절대로 하지 않겠다고 다짐했어. 그런데 이게 뭐야. 내가 어떤 마음으로 아이를 키우는지는 하나도 모르면서 밖으로 돌기만 하고, 결국 이렇게 큰소리치고 싸우다 서로 지쳐서 이혼하겠지. 내 아이가 너무 불쌍해."

엉엉 울었다.

연애부터 결혼까지 긴 시간은 아니었지만, 그래도 가장 가까운 사이라고 생각했음에도 막상 이렇게 직접적으로 내가 가지고 있던 상처를 내보인 적은 없었다. 남편도 나의 가정 환경에 대해서 어느 정도 알고 있었지만, 이런 나의 속마음을 제대로 들은 적이 없었다. 유독 아이에 대한 애착이 심하다고만 생각했을 것이다.

내 말을 들은 남편이 말했다.

"나도 나름대로 할 수 있는 걸 하는데도 인정은커녕 계속 잔소리만 하고, 애 이불 끄트머리 밟았다고 소리 질렀잖아. 내가 애 이불보다 못한 존재인가 싶을 때도 있었어. 집에 와도 편하지 않고, 쉬고 싶은데 마음 편히 쉴 수가 없었어. 나를 보는 눈빛이랑 애를 보는 눈빛이 너무 달라서 나도 외로웠어."

남편의 그런 진심을, 그를 안 이후로 처음 들었다. 그래서 무서웠다. 그 진심이 외로움이라니. 결국 나도 실패하는 건가. 외롭다는 남편에게 내가 뭘 해 줄 수 있을까. 아이를 키우는 일 외에 다른 것은 아무것도 하지 못할 것만 같았다.

평소에 나는 신경질적이고 예민한 사람이었다. 나와 다른 사람은 이해하지 못하고, 이해하려는 노력조차 해 보지 않는 사람이었다. 내가 봤던 괜찮은 부부 사이는 소설이나 드라마 같은 허구뿐이었다. 그래서 이 관계를 회복할 자신이 없을 것 같았다.

"이혼하자. 난 못 하겠어."

남편이 되받아쳤다.

"이혼 그거 쉬운 줄 아냐? 그런 말 함부로 하는 거 아니야. 우리가 뭘 했다고 이혼을 해. 내가 이제부터 노력할게. 너도 노력해 줘. 우리가 있어야 아이도 있는 거지. 나는 누가 물어봐도 아이보다는 네가 소중해. 네가 있어야 우리 아이도 있는 거잖아. 그러니까 너도 나를 소중하게 대해 줘. 우리 둘이 좋아야 아이도 행복한 거야."

나는 할 말이 없었다. 다 맞는 말이었다. 남편의 말이 아이 이전에 서로를 바라볼 수 있게 제대로 방향을 잡아 주었다. 그날 나는 내 상처와 정면으로 마주하게 되었다. 내가 무엇 때문에 아이 키우는 일에만 그렇게 애를 썼는지.

그 뒤로 나는 남편에게 더 자주 엄마에 대해 이야기했다. 조금씩 비추기만 하던 상처를 내가 직접 꺼내 보이기 시작한 것이다. 나를 버리고 간 것이 괘씸하다는 것에서부터 어떤 날은 진짜 이유가 궁금하다던가, 살다가 한 번쯤은 마주치는 날을 상상했던 적도 있다는 마음속 깊은 이야기들을 남편에게 처음으로 꺼내 놓으며 나는 엄마를 다시 생각해 보았다. 남을 통해 들은 엄마 말고, 내가 기억하고 이해할 수 있는 엄마로 말이다.

말을 하면 할수록 기억은 생생해졌고, 생각보다 엄마의 많은 것들을 기억하고 있었다. 단편적인 기억의 파편들이 마구 쏟아졌다. 아빠와 엄마가 큰 소리로 싸우는 일도 많았다. 그 시절의 꿈 중에 아직도 잊히지 않는 꿈이 하나 있다. 자는 동안 싸우는 소리를 들은 어린 나는 아빠가 상 위에 그릇을 가득 쌓아 놓고 집어던지는 꿈을 꿨다. 그런 꿈을 꾼 아침이면, 꿈인지 현실인지 구분이 어려울 만큼 집이 실제로 어질러져 있기도 했었다.

우리는 부산에 사는 할머니 댁에도 자주 갔다. 당시의 봉고 승합차였던 그레이스 자동차 뒷자리를 눕혀 침대처럼 만들고, 고속도로를 달리는 차에서 잠을 잤던 기억이 난다. 사실 지금 생각해 보면 엄마로서는 썩 내키지 않았을지도 모를 시댁행이다. 나는 그런 기억을 떠올리다 엄마라는 이름 뒤에 있었을 한 여자를 떠올렸다. 나의 엄마이기 이전에 한 여자였을 사람. 자신의 상처를 덮어 두고 행복한 결혼 생활을 꿈꾸며 나를 낳았을 것이다. 서울로 분가하던 날, 세 식구만의 단출한 삶을 꾸리길 기대했을 것이다. 그러다 기댈 곳 없이 많이 외롭고, 생각대로 잘되지 않는 삶으로 힘들었을 한 사람을 떠올렸다.

갑자기 이전의 미워하고 원망하던 마음과는 조금 다르게 생각하기 시작했다.

나도 도망치고 싶던 순간에 내 남편이 잡아 주지 않았다면, 그렇게 서로 솔직해지지 않았다면 우리의 결혼 생활이 다른 방향으로 흘러갈지도 모를 일이었다. 한 사람의 의지만으로 되는 일이 아닐지도 모른다.

나를 낳아 준 엄마는 자신을 찾아 나가야 하는 상황에서 길을 잃고 헤맨 건 아닌지, 한 번의 선택으로 너무 많은 것을 잃은 것은 아닌지 엄마의 이야기도 들어 보고 싶어졌다. 시간이 지날수록 더더욱 내가 상상하는 엄마 말고, 다른 이에게서 들은 엄마 말고, 진짜 내 엄마가 생각하고 살아온 엄마의 이야기를 듣고 싶다는 생각을 자주 하게 됐다.

이 글을 쓰기 전까지만 해도 나는 엄마를 마주하는 일이 진짜로 내가 버림받은 사실을 확인하는 꼴이 되어 버릴까 두려워 떠올리지 않으려고 애써왔다.

내가 임계점이라 생각한 10년이 지나 엄마가 된 지 11년이 되었다. 나름대로 홀가분해진 나는 둘째도 낳았고, 아이에게 종종 소리를 지르기도 하는 평범한 엄마이다. 정말로 내가 말한 임계점이 지났기 때문일까? 내가 상처를 털어놓을 수 있게 되어서일까? 내 무한한 육아 인내는 자취를 감추었다.

가끔 아이 때문에 속이 상할 때 나는 "엄마 노릇 하기 쉽지 않네."라는 말을 하기도 한다. 그럴 때 내 딸이 답한다.

"엄마, 엄마가 엄마 안 하고 싶다고 안 할 수 있는 게 아니잖아."

딸에게서 배웠다. 엄마가 설령 우리를 버리고 간 것이라 해도 엄마는 그렇게 벗어던질 수 있는 감투 같은 것이 아니라는 것을. 이제 이유가 무엇이든 상황이 어떠했든지 중요하지 않다.

엄마는 나를 세상에 태어나게 한 것만으로도 엄마였다. 엄마가 어떤 엄마였는지도 중요하지 않다. 내가 살면서 엄마를 떠올렸던 많은 순간에 부재했던 엄마를 용서하기로 마음먹었다. 나의 엄마는 내 곁에 어떤 실체로 존재하지 않았을 뿐, 지금의 내가 있기까지 분명 존재했다. 내가 위로받고 싶었던 순간이나 내가 힘들었던 순간에도, 내가 있었으면 좋겠다고 생각한 그런 어떤 형태로 나에게 남아 있었다.

나는 이제 그런 선택을 하던 순간의 엄마보다 나이가 많아졌다. 그리고 내 딸도 그때의 내 나이를 넘어섰다.

이제야 오랫동안 숨기고 싶었던 어린 시절을, 나를 낳아 줬지만 부정해 온 엄마를 글로 쓰고 있다. 언젠가 엄마를 찾아 엄마의 이야기를 들어 봐야겠다고 다짐한다. 더 많이 늙기 전에.

글을 쓰면서 불쑥 나의 의식 위로 튀어 오른 엄마의 흔적을 조금 더 그려 보고 싶어졌다. 처음으로 내 이름으로 된 가족관계증명서를 떼어 보았다. 지금껏 그런 서류가 필요할 때면 아빠 이름으로 떼곤 했다. 그래야만 키워 주신 엄마와 동생 두 명의 이름까지 더 나오기 때문이다.

모의 자리에 선명하게 기억하지만 말하지 못했던 이름 세 글자와 내가 기억하지 못하는 생년월일이 찍혀 있다. 그 후로 대법원 사이트에서 자식으로서 확인할 수 있는 엄마의 기록을 모두 확인한다. 제적등본부터 혼인 증명서까지. 희미한 기억으로 남아 있던 외할아버지의 이름도 볼 수 있었다. 나 같은 친생자들이 엄마를 찾고 싶어지는 날이 올까 봐 법이 이렇게 만들어졌나 싶을 정도로 쉽게 찾을 수 있었다.

이제까지와 다른 마음으로 엄마의 자리를 확인한 나는 기분이 묘해졌다. 갑자기 엄마가 성큼 나에게 다가온 것만 같다.

이제 나는 엄마를 마주하는 상상을 한다. 열 살 이후로 단 한 번도 마주 보고 불러 본 적 없는 그녀를 "엄마"라고 부를 수 있을까? 그 말이 아니고선 다른 무엇이라 부를 수 있을까? 만나면 어떤 말을 먼저 해야 할까. 보고 싶었다고 말할까. 원망했다고 말을 할까. 왜 그래야만 했냐고 따지게 될까. 너무 많이 울게 되지는 않을까. 그 만남으로 인해 어떤 것이 달라질까.

그런 상상을 쓰며 나는 엄마에게 한 걸음씩 다가가고 있다.

꽁꽁 감춰 둔 상처를 글로 하나씩 벗겨 나가고 보니 이젠 버림받은 아이라는 흉터를 지울 수 있을 것 같다. 나는 엄마가 버린 아이가 아니라 태어난 아이였다. 엄마 없는 아이가 아니라 엄마를 잘 모르고 자란 아이였다.

나는 그게 내 잘못이 아닌데도 이전에는 왜 그렇게 부끄러워했는지 잘 모르겠다. 글로 다 쓰고 나니 나는 이전의 부끄러움보다는 후련한 마음이 든다.

나를 똑같이 빼닮은 딸을 보면서, 더는 '모전여전'이라는 말을 싫어할 수 없다.

그저 내가 엄마로 살아가는 현재를, 내 딸이 엄마가 될 미래를 떠올리며 엄마의 자리를 지켜 나갈 것이다. 오래도록 빈 엄마의 자리로 인해 내가 배운 것이 있다면 훗날 딸이 엄마를 떠올릴 때, 내가 엄마여서 너무 좋았다고, 나는 엄마를 꼭 닮은 엄마가 되고 싶다는 말이 듣고 싶어서 더 행복하게 엄마의 자리를 지킬 수 있게 되었다는 점이다. 앞으로는 과거에 발목 잡히는 일 없이 편안하게 엄마의 자리를 지키려고 한다. 탄생에 대한 부정도, 아이에 대한 집착도 없이.

비밀번호 486

스물넷 겨울, 부산의 한 버스터미널 승차장 앞에서 그를 처음 만났다. 그는 웃으며 손을 흔들었고, 나는 그의 머리 뒤로 눈부신 빛을 보았다. 상투적 표현 같지만, 첫눈에 반했다.

나는 속마음을 숨긴 채 첫 만남부터 영화를 봤다. 저녁을 먹기 위해 고기구이 식당으로 갔다. 그는 집게와 가위를 들고 고기를 구웠다. 고기를 내 쪽으로 밀어다 놓는 그의 배려심이 좋았다. 그는 어색할 수 있는 첫 만남임에도 가족에 대해 이야기했다. 얼굴도 모르는 그의 가족 이야기가 재미있고 친근하게 느껴졌다. 연애를 시작하기도 전에 그날 이 남자랑 결혼하고 싶다고 생각했다.

일주일 뒤 우리는 본격적으로 연애를 시작했고, 유일한 약속은 '이 연애의 끝이 결혼이라고 생각하지 않기'였다. 기약 없는 장거리 연애가 시작되었다.

서울에 살던 그는 주말마다 나를 만나기 위해 부산으로 왔다. 금요일 퇴근 후에 오기도 하고, 토요일 아침 일찍 와서 일요일까지 부산에 머물기도 했다. 장거리 연애였음에도 우리는 매주 만났다. 그때 우리의 데이트는 특별한 건 없었지만 같이 걷고, 좋아하는 음식을 먹고, 마주 보고 웃는 시간이 좋았다. 우리에게는 늘 일주일만큼의 아쉬움이 있었다. 매주 서울-부산을 오가던 연애는 일 년 만에 결혼으로 이어졌다.

결혼 생활이 시작되면서 나는 부산에서 서울 ○○동으로, 그는 결혼 전 살던 신림동에서 ○○동으로 이사했다. 가정에 대한 결핍이 있는 나는 상처를 잊게 해 줄 완벽한 치유책이 결혼이라고 생각했다. 그래서 이전의 삶에서 멀리 떨어진 낯선 곳으로의 이주가 하나도 두렵지 않았다.

첫 신혼집은 오래된 복도식 18평형 아파트였다. 문을 열고 들어가면 주방부터 시작해 집 내부가 한눈에 펼쳐져 보이는 집이었다. 현관을 들어서자마자 오른쪽 작은방에 퀸 사이즈 침대 하나가 꼭 맞게 들어가고, 작은 주방이 복도처럼 이어져 냉장고는 거실에 둬야 했다. 그나마 가장 큰 거실도 붙박이장과 TV, 소파를 놓으면 꽉 차는 그런 아담한 공간이었다. 나는 작은 신혼집이 너무 좋았다. 아침에 남편이 출근하면 매일 그 작은 신혼집을 돌보는 게 일상이었다. 냉장고 정리 용기를 사서 식료품들을 정리하고, 가구들을 이리저리 옮겨 보기도 했다. 베란다 창문틀에 먼지 하나 용납하지 않고 정성스럽게 닦았다. 집안일이 끝나면 집 근처 도서관에 가서 책을 빌려다 읽거나 새로 이사 온 동네를 구경하며 걸었다. 그리고 저녁이 되면 남편이 돌아오기만을 기다렸다.

그 시절 남편의 퇴근 시간은 늦었다. 그때만 해도 회사에서 신입인 축에 속했기 때문에, 여섯 시 정각에 퇴근하기 어려웠다. 여섯 시를 넘겨 사무실에서 나오면 신혼집까지는 지하철로 한 시간이 훨씬 넘게 걸렸다. 어쩌다 회식을 하거나 본가 근처에서 친구라도 만나면 새벽이나 돼야 들어올 만큼, 신혼집은 남편에게도 익숙한 곳과 멀었다. 부산에서 결혼과 동시에 남편만 바라보게 된 나의 생활은 단조로웠다. 연고가 없는 서울에 남편밖에 없었지만, 함께 있을 시간은 생각보다 적었다. 반년 정도 지나자 동네도 익숙해질 만큼 익숙해졌고, 식구가 둘뿐이니 해야 할 집안일도 많지는 않았다.

나는 결혼하고 8개월쯤 지나자 하루하루가 무료해졌다. 언제쯤 아이를 갖겠다는 구체적인 계획은 없었지만, 우리 사이에 아이를 낳는 일은 논쟁거리가 아닌 당연한 일처럼 받아들여졌다. 이 무료한 날들을 끝내고 아이를 돌보는 분주함으로 하루를 채우고 싶어졌다. 엄마가 된다는 설렘, 우리를 더 끈끈한 가족으로 엮어 줄 존재에 대한 기대감과 행복감을 떠올렸다. 그래서 남편에게 아이를 갖자고 했고, 다행스럽게도 아이는 금방 와 주었다. 아기가 태어나길 기다리면서 쌔근쌔근 잠자고, 내 눈을 맞추며 방긋거리고 웃는 아기를 날마다 상상했다. 아기가 태어나면 얼마나 행복감에 휩싸일 것인가, 우리가 부모가 되면 얼마나 충만해질 것인가 기대했다.

막상 아이가 태어나자, 충분한 준비 후에 아이를 낳았다고 생각했음에도 예상한 것보다 훨씬 더 쉽지 않았다. 아이가 태어나고 한 달도 안 되었을 때, 나의 상상은 물거품이 되었다.

모유 수유는 아이에게 젖을 물리기만 하면 되는 일인 줄 알았다. 아이가 젖을 물게 되기까지는 가슴이 불에 덴 듯 아프단 사실을, 고열에 시달릴 수도 있다는 것을 내가 그렇게 되기까지 아무도 말해 준 적이 없었다. 멀쩡하던 이가 시리고 손목도 시큰거리게 된다는 것을 아이를 낳기 전까지 알 수 없었다.

아기는 새벽에도 대중없이 배고프다고 울고, 기저귀가 젖었다고 울고, 이유도 없이 자지러지게 울 수도 있다는 것을 이전까진 알지 못했다. 아이가 내 밥그릇을 끌어와 엎을 수 있는 존재라는 것도, 내가 화장실 간 사이에 엄마를 찾아 울어서 마음대로 문을 닫을 수 없다는 사실도 내 앞에 닥치기 전까진 상상조차 해 본 적이 없었다.

그래도 나는 아이를 키우는 일이 보람차고 행복하다고 생각했고, 남편도 같은 마음이라 믿었다. 아이를 낳고 나면 당연하게 의젓한 부모가 되는 줄 알았다. 자식이 생겼다는 것만으로 우리는 어른이 되었다고 착각했다. 우리가 부부라는 사실보다 부모라는 역할이 더 크게 자리하는 것이 당연한 줄 알았다. 나뿐만 아니라 다른 모든 사람도 결혼이나 출산 같은 통과 의례를 거치며 자신에 대해서도, 서로에 대해서도 희미해질 수밖에 없으리라, 세상 모든 엄마는 그렇게 희미한 어른이 되는 것이리라 위로했지만, 가끔 슬펐다.

아이가 다섯 살이 되기 전까지 남편과 참 많이 싸웠다. 나는 나란 존재가 자꾸 희미해지는 것 같은데, 남편은 여전히 자신을 잃지 않고 살아가는 것처럼 보였기 때문이다. 적어도 내 눈에는 그렇게 보였다. 결혼 전부터 다니던 직장을 계속 다니고, 회식도 하고 친구도 만나고, 주말이면 미용실도 가고, 졸업장을 따겠다고 야간 대학에 다니는데, 나는 아이 엄마로 사는 한 가지 삶밖에 남지 않은 것처럼 느껴졌다.

그런 중에도 다행인 것은 아이는 자랐다. 아이는 걷고, 말하고, 기저귀도 떼고, 어린이집도 갔다. 낮에 나 혼자 있는 시간이 조금씩 생기기 시작했다. 그제야 조금이나마 숨통이 트이는 것 같았고, 남편과 다툼도 줄었다. 다툼이 줄어든 만큼 대화도 점점 줄어들었던 것 같다.

우리는 부모가 되면서 서로의 모습보다는 아이에게 더 많이 집중했다. 그사이 둘째가 태어났고, 둘을 키우다 보니 시간은 두 배나 빨리 지나갔다. 그렇게 우리의 30대는 저물어 가고 있었다.

우리의 결혼 생활은 여느 보통 사람처럼 좋은 날만 있지도 않았고, 나쁜 날만 있지도 않았다. 좋았다가 미워졌다가를 반복하며 지냈다. 시간이 지나면서 배운 것이 있다면 싸우지 않는 기술이었다. 최대한 서로의 속을 건드리지 않는 일상의 대화만 하는 것이었다. 어느 순간부터는 마주 앉아 서로에게 집중하기보다는 TV를 틀어 놓고 나란히 앉아 흘러가듯 이야기하는 것이 더 편해졌다. 그래도 잘 싸우지 않으니 겉으로 보기에 사이가 꽤 괜찮은 부부였다. 마흔을 앞둔 결혼 12년 차의 우리는 평범하고 안정된 생활을 하고 있다고 믿었다. 우리가 비밀이 잠긴 수면 위에 떠 있는 위태로운 배였다는 사실은 꿈에도 알지 못했다.

20○○년 4월, 국회의원 선거일이었다. 오전에 투표하고 돌아오는데, 남편이 둘째 아이 낮잠도 재울 겸 유모차를 밀고 산책하러 가자고 했다. 유모차에 둘째를 태우고 집 근처에 개천을 따라 걸었다. 두 바퀴 정도 걸었을 때 남편이 미는 유모차에서 둘째가 잠이 들었다. 집으로 돌아갈까 하는데 남편이 저 길 끝까지만 한 바퀴 더 돌고 오자고 했다. 부탁하는 그의 말투에서 뭔가 어려운 할 말이 있겠거니 짐작했다. 그러자고 발길을 돌려 몇 걸음 떼었을 때 남편이 말했다.

"지금부터 내가 하는 이야기 중간에 끊지 말고 끝까지 들어 줘. 궁금한 게 있더라도, 화가 나더라도 끝까지 다 듣고 물어보든 화를 내든 해 줘."라고 했다. 말을 다 듣기도 전에 심장이 쿵쾅거렸지만, 마음 한구석에서는 내 예상치를 뛰어넘는 말은 아니겠지 했다. 결혼 생활 동안 나름대로 남편을 다 파악했다고 자만했다. 그가 지금부터 할 말도 이제껏 내가 아는 그를 뒤집을 만큼 완전히 다른 이야기라고는 생각하지 못했다.

남편은 제법 긴 산책로를 끝까지 걷는 동안 자신의 숨겨 온 이야기를 했다. 나에게 말하지 않고 주식 투자를 했고, 점점 손실이 커지면서 빚을 지게 되었다고 했다. 누구에게도 말하지 못하고 불안하고 괴로운 시간을 보내고 있었다고 했다. 전혀 짐작도 하지 못한 이야기였다. 그 시작이 언제였고, 그래서 갚아야 하는 돈이 얼마인지 물었다. 자책감이 섞인 힘없는 남편의 목소리를 나는 처음 들었다. 그가 하는 말보다 그의 목소리에 더 눈물이 날 것 같았다.

여러 가지 감정이 한꺼번에 밀려들었다. 처음 이야기를 듣는 동안은 남편이 나 몰래 그런 일을 벌였다는 것에 배신감이 들었고, 나를 2년 넘게 감쪽같이 속일 수 있다는 것이 무서웠다. 내가 그를 다 안다고 착각한 자만이 부끄러웠고, 그를 믿은 내 마음이 허무하게 느껴졌다. 그리고 그 시간 동안 나는 정말 까맣게 몰랐다는 사실에 허탈했다.

눈물이 그렁그렁 차올라 주저앉고 싶어졌지만, 내가 서 있는 곳은 산책로였다. 나는 눈물을 참으며 계속 걸어야 했다. 앞만 보며 나란히 걷고 있는데, 유모차 손잡이를 잡은 남편의 손이 내 눈에 들어왔다. 주먹이 도드라지게 유모차 손잡이를 양손으로 꽉 쥐고 있었다. 나는 그게 마치 우리 가족을 붙들고 있는 남편의 의지 같아서 마음이 아팠다.

4월의 산책로는 나무들이 막 푸르게 자라기 시작했다. 눈부신 초록에 바람도 선선하게 불고 있었다. 날이 좋아서 다행이라고 생각했다. 이상하게 그 순간, 그 길의 풍경이 위안이 되었다. 자연이 주는 위로였을까. 쿵쾅거리던 마음이 조금 가라앉았고, 눈물을 삼키며 걸었다. 집을 향해 걸으면서 남편에게 왜 그렇게 무리하면서까지 투자를 했냐고 물었다. 처음에는 자신이 있었다고 했다. 정말로 잘될 줄 알았다고 했다. 잘되리라 생각하니 욕심이 났다고 했다.

우리는 지금 당신 월급으로도 살 만한데 왜 그렇게 욕심이 났느냐고 물었다. 내가 바라는 만큼 잘살게 해 주고 싶었다고 했다. 내가 갖고 싶어 하는 것들을 다 사 주고 싶었고, 하고 싶다는 것을 다 하게 해 주고 싶었다고 했다. 지금에서야 얼마나 어리석었는지 깨달았다고 했다. 그 허무맹랑한 생각이 가족을 힘들게 했다는 자책으로 돌아와 힘들다고 했다.

내가 남편을 제대로 아는 것이 맞았다면, 그는 그런 말을 하는 자신을 용서하기 어려울 것이다. 그는 애초에 이런 잘못을 사과하는 일이 없도록 항상 잘해야 한다고 말하던 사람이었다. 결혼 초부터 돈은 잘 버는 게 아니라 잘 모으는 거라고 입버릇처럼 말하던 그였다. 그런 그가 다른 것도 아닌 금전적 실책을 인정하고 사과하기까지 얼마나 괴로웠을까. 입 밖으로 내기가 얼마나 힘들었을까.

내가 아는 한 남편은 무엇인가 특별히 욕심내 본 적이 없는 사람이었다. 남자들의 로망인 차를 고를 때도, 집에 가구나 가전을 고를 때도 내 의견을 대부분 따라 줬었다. 반면, 나는 세상 갖고 싶은 것이 많았다. 차도 크고 좋은 차를 샀으면 했고, 흔히 서른쯤이면 최소한 한두 개씩은 가진다는 명품 가방을 사고 싶다고 조르기도 했다. 더 넓은 집에 좋은 아파트, 좋은 것들을 사길 원했다. 허영심이었다. 나의 허영이 남편을 더 욕심내게 만든 것은 아닌가 싶어 마음이 아팠다. 남편이 내 그런 허영을 핑계 삼아 자신의 잘못을 무마하려는 변명처럼 들렸을지도 모르지만, 정말 내가 남편을 그렇게 내몰았는지도 모를 일이다.

눈앞에 있는 남편을 있는 그대로 보기로 마음먹었다. 내가 보고 있는 그는 진심으로 잘못을 인정하고, 사과하고 있는 사람이었다. 내가 그 자리에서 심하게 화를 내고, 비난하며 상처를 주더라도 계속해서 잘못했다고 말할 수 있는 사람이었다. 나는 그의 사과를 받아들이기로 했다. 그 자리에서 바로 그를 용서하겠다고 말했다. 그동안 무겁고 힘들었을 그 마음의 짐을 한시라도 빨리 덜어주고 싶었다. 내가 당연히 화를 낼 걸 예상했던 남편은 나의 반응에 당황했다.

남편에게 화를 낼 수 없었다. 나 때문에 이런 일이 일어난 것 같았기 때문이다. 나한테 말도 못 하고 그동안 혼자 힘들어했을 것을 생각하니 마음이 아프다고 말했다. 진심이었다. 평소 감정에 무지했던 나는, 내가 아닌 타인의 아픔으로도 내 마음이 그렇게 아플 수 있다는 사실을 그날 처음으로 알았다.

그동안 내가 보았던 남편은 내가 보고 싶은 남편의 모습이었다.

남편의 있는 그대로는 보지 못했다. 그저 내 눈앞에서 연신 미안하다고 하며 고개 숙인 남편에게 그동안 너무 당신을 몰라서 미안하다고 말할 수밖에 없었다.

그를 처음 만난 날부터 사랑한다고 생각했지만, 이제야 그를 제대로 사랑하게 되었다는 것을 깨달았다. 그의 모든 감정이 내 감정인 듯 아프고, 또 소중했다. 그가 어떤 사람이어서, 나를 어떻게 대해 줘서가 아니라 그냥 그라는 사람 자체를 사랑하게 되었다.

긴 산책길에서 돌아온 나는 덤덤했다. 울지 않았고, 잃은 돈에 대한 상실감도 들지 않았다. 오히려 안도하는 쪽에 가까웠다. 아무것도 모르고 남편을 잃을 뻔했다. 남편이 다른 선택을 하기 전에 이렇게 나에게 털어놔 줘서 고마웠다. 집으로 돌아와서도 남편은 몇 번이고 진심으로 미안하다고 빌었다. 그렇게 계속해서 미안하다고 말해 주는 것도 고마웠다. 행동보다 말이 어려운 그가 하는 사과가 마음 깊은 진심이라는 것을 직감적으로 알았기 때문이다.

나는 정말로 괜찮았다. 남편이 주식으로 잃은 돈보다, 내가 갖고 싶었던 그 어떤 것보다, 더 간절히 지키고 싶었던 것은 내 남편이었다. 남편이 없으면 그런 것들은 아무것도 의미가 없었기 때문이다. 그동안 내가 당연하게 여겼던 남편의 존재를, 그의 소중함을 새삼 실감하는 시간이었다.

남편은 그동안 자신의 그런 괴로움과 고민 탓에 집안일도 도와 주지 못했고, 아이들도 더 신경 쓰지 못한 것 같다고 했다. 이제 마음 편하게 털어놓았으니 앞으로 가정에 충실하게 살고 싶다고 했다.

그 말을 들으며 나를 돌아보았다. 남편에 대한 내 욕심이 문제였지 남편은 가정에 충실하지 않은 적은 없었다. 딸 둘은 아빠가 소파에 있건 침대에 있건 자석처럼 아빠에게 가서 붙는다. 주말 아침마다 만들어 주는 아빠표 볶음밥은 내가 해 주는 음식을 제치고 아이들이 제일 좋아하는 음식이다. 아이들이 소소한 잘못을 할 때나 훈육해야 할 일이 있을 때도 아이들과 시간을 많이 보내는 나에게 먼저 의논한다. 감정에 휘둘려 멋대로 하는 일도 없다.

나는 이전까지는 남편이 주체적으로 하는 것 없이 나에게 너무 그런 것들을 많이 물어본다고 생각했고, 주말마다 밖으로 나가지 않고 집에 있으려는 게 나가면 돈만 쓰고 자신이 귀찮아서 싫어한다고 생각했다. 남편은 집에서의 가족 구성원으로의 할 일을 배우는 것과 일상을 유지하는 것을 귀하게 여겼고, 아이들 교육에도 주 양육자인 나의 의견을 존중했던 것이었다.

남편이 잘못을 털어놓았던 그날 이후, 남편은 퇴근하고 오면 피곤할 법한데도 이전보다 더 집안일을 도왔고, 아이 씻기고 재우는 일도 전담했다. 그런 남편의 노력에 고마운 마음이 들었다. 남편의 뒷모습을 보면서 짠하게 바라보기도 했다.

남편은 그동안 혼자 느꼈던 중압감이나 들킬까 봐 조마조마했던 감정들도 자주 털어놓았다. 나는 가끔 장난처럼 눈을 흘기면서도 남편의 이야기를 웃으며 들어 줬다. 다 이야기하고 나니 얼마나 마음이 편안하냐며 등을 토닥이기도 했다.

그동안 남편과 싸울 때면 나는 남편을 비난하고 찌른 적이 더 많았다. 아이들을 키우면서 얼마나 힘들었는지, 타지에 와서 얼마나 외로웠는지 털어놓기에 바빴다. 남편은 그런 나를 앞에 두고 잘못을 털어놓기 어려웠을 것이다. 말도 못 하고 시간도 빚도 쌓여 가면서 얼마나 불안하고 힘들었을까. 그 생각만 하면 마음이 아려 온다. 남편에게 말했다. "앞으로는 나를 떠올릴 때마다, 집을 생각할 때마다 편안하고 마음이 놓이는 상태가 되면 좋겠다."고. 그리고 속으로 생각했다, 남편에게 편안한 안식처 같은 아내가 되겠다고. 서로의 짐을 나눠서 지는 인디언 친구 같은 존재이자 아낌없이 주는 나무 같은 아내가 되고 싶다고.

그 일이 있고 일주일 지난 후 〈마음의 소리〉 글쓰기 수업에 처음으로 나갔다. 처음에는 막연히 무언가를 시작해봐야겠다는 마음에서 나갔다. 그러나 수업을 통해 나는 내 안에 오래도록 눌어붙은 나를 꺼내는 기회가 되었다. 그렇게 나 자신을 제대로 보기 시작하면서 남편도 제대로 바라볼 힘을 얻었다.

글쓰기를 통해 내 안의 나와 마주하면서 나는 남편과도 마주 앉아 이야기하기 시작했다. 이전에는 마주 앉아 이야기하면 꼭 마음이 상한 채로 끝이 났었다. 내 안의 해결되지 않은 것들을 외면

해서 생기는 문제였다. 남편의 감정 또한 외면했고, 그렇게 서로의 상처들을 덮어 둔 채 이야기하다 보니 우리는 계속 마음을 다치곤 했다.

〈마음의 소리〉 수업을 시작한 뒤로는 새롭게 느낀 나를 이야기했다. 그리고 나를 찾기 위해 나에게 했던 질문을 남편에게도 똑같이 했다. "여보 어렸을 때 기억 중에 속상한 것이 있어?", "당신은 어떤 것을 할 때 행복해?", "당신은 요즘 마음 상태가 어때?", "10년 후에 어떤 삶을 살고 있을 것 같아?"

남편은 처음에는 "몰라. 그런 건 생각 안 해 봤어."라든지 "그게 지금 와서 뭐가 중요해." 같은 대답만 하다가 나의 끈질긴 물음에 답을 고민하는 시간이 조금씩 늘어 갔다. 대답을 고민하면서 남편도 자신을 조금 더 잘 알아 가기 시작한 듯했다.

대답을 망설이는 남편을 보면서, 나보다 바깥 활동을 많이 한다고 해서 마냥 자유롭지 않았다는 것을 알았다. 남편도 내가 그랬듯 '가장이자 아빠로서 그런 역할에 비중을 더 두고 살았구나' 하고 생각했다.

그런 질문과 대답을 반복하다 보니 서로에게 이전보다 더 솔직해질 수 있었다. 어떤 주제든지 마주 보고 이야기하게 되었다. 심지어 다른 의견으로 얼굴이 벌게지도록 논쟁을 일으키다가도 씩씩대고 있는 나에게 남편이 "난 너랑 이런 이야기 하는 게 너무 재미있어."라고 얘기해 준다.

요즘은 TV를 볼 시간도 없다. 우리는 저녁이 되어 만나면 둘이서 떠드느라 밤이 깊은 줄도 모른다. 지난 일요일 밤도 아이들은 일찍 잠이 들고 침대에 마주 보고 누워 두런두런 이야기했다. 서로의 일상을 미주알고주알 나누는 끝 무렵에 우리는 과거의 우리로 돌아갔다.

내가 느끼던 육아가 고군분투였다면, 그가 생각하는 그 시절은 나 못지않은 치열한 삶의 현장이었다. 남편은 아이가 어렸을 때 자신이 하루에 젖병을 몇 번이나 삶아야 했는지 등의 고충을 이전보다 구체적으로 말하기 시작했다. 그도 마음의 소리를 꺼내기 시작한 것이다.

그때의 나는 남편이 가장으로서 돈 버는 일은 당연한 일이라 여겼다. 미혼이어도 돈은 안 벌 수 없었을 것이라며, 퇴근 후에도, 주말에도 누워 있지 말라고 했다. 남편이 종일 고단한 몸을 잠시라도 쉬려 할 때마다 그렇게 남편을 몰아세웠다. 평일에도 서너 번을 전국으로 다녀야 하는 남편에게 여행이라 생각하라며 오히려 부럽다는 말도 했다.

왕복 세 시간이 넘는 출퇴근길, 사람이 꽉 차다 못해 문으로 터져 나오는 지하철에 몸을 구겨 넣고 타는 남편의 가방이 그렇게 무거운 줄 그때의 나는 몰랐다.

밤에도 두 시간마다 깨서 우는 아이 때문에 남편이 잠을 자지 못해 거실에 나가 자겠다고 할 때도, 지금 나가서 자면 영영 함께 잘 수 없다고 남편을 다그쳤다. 남편은 잠에 관해서는 나보다 훨씬 예민하고 잠들기 어려워한다는 것을 그때의 나는 알지 못했다. 잠귀가 밝은 남편은 아이의 조그만 소리에도 잠을 자지 못했고, 예민해졌다. 나는 수시로 잠에서 깨는 일이 힘들긴 해도 잠에 다시 잘 들기 때문에 남편의 그런 어려움을 이해하지 못했다.

큰 아이 네 살 무렵, 남편이 야간 대학을 다닐 때도 나는 그를 응원해 주지 못했다. 어렸을 때 공부했어야지 왜 지금에 와서 공부하겠다고 해서 나까지 힘들게 하느냐고 타박했다. 외벌이로 일하면서 2년간 다닌 야간 대학을 졸업하던 날, "고생했네."라는 내 한마디에 지나간 설움을 토해 내듯 긴 한숨을 내뱉었다.

남편에게 그렇게까지 상처를 주고 있었다는 생각은 오랫동안 하지 못했다. 나만 상처받고, 힘들고, 아프다고 생각했다. 어쩌면 내가 힘들다는 이유로 다 모른 척했을지도 모른다. 그때는 남편이 나만큼 아이를 사랑하지 않는 듯 보여 미웠다. 아이를 직접 낳지도 않은 남편이 아이가 생겼다는 사실만으로 부성애가 생겼을 것이라고 착각했다. 나는 남편이 스스로 부성애를 깨닫기도 전에 나만큼 꼭 똑같은 크기와 모양으로 아이에게 헌신하기를 강요했다.

글쓰기를 시작하고 내 감정을 제대로 바라보게 되면서 나는 이전의 상처받은 나에게서 자유로워졌다. 스스로 괜찮아지다 보니 남편의 감정도 이전보다 잘 수용할 수 있게 되었다. 그래서인지 요즘 남편도 마음을 자주 꺼내 보인다. 과거에 나로 인해 상처받았던 자신을 꺼내며 마음의 소리를 자주 이야기하고 있다.

10년 넘게 남편과 같이 살면서 목석같은 구석이 있는 사람이라고 여겼다. 그렇게 보인 데는 내가 남편을 넉넉히 포용해 주지 못했던 탓이 더 크다는 생각이 든다.

남편이 진심을 꺼내 이야기할 때마다 남편의 마음이 이제는 편안해지길 바라며 미안하다고 사과한다. 그때의 나는 왜 그랬을까 후회한다. 그래도 남편이 잘 견뎌 주어서, 나를 포기하지 않아 주어서 감사하다는 생각이 든다.

나는 신혼 때부터 남편에게 "나 사랑해?" 하고 자주 물었다. 그럴 때 남편이 시원하게 "응, 사랑해."라고 말한 적은 없다. 사랑한다는 말을 듣고 싶다고 보채는 나에게 남편은 "사랑은 말로 하는 게 중요한 게 아니지. 사랑한다는 말만 하면 다 되는 줄 알아? 사랑은 행동으로 보여 주는 거야."라고 말했다. 나는 그 순간에 능구렁이같이 잘도 넘어간다고 생각했다.

아이를 낳고 나서 "사랑해"라는 말을 생각보다 자주 하지 못했다. 아이들을 그만큼 사랑하지 않아서가 아니라, 사랑한다는 말에 넘치는 내 사랑을 다 담지 못해서였다. 나는 아이들을 마음 깊이 사랑하고 있다. 그런데도 내가 그 말을 자주 하지 못한 것은 그 말이 아이들을 향한 내 사랑을 다 보여 줄 수 없기 때문이다. "사랑해"라는 말 말고도 내가 아이들에게 보여 주는 사랑은 많다. 아이를 바라보는 눈빛, 아이를 꼭 끌어안을 때, 아이의 생일날 카드를 쓸 때, 아픈 아이 곁에서 밤을 새울 때, 서툴고 미숙한 아이를 바라보며 인내할 때, 나는 아이들을 사랑하는 마음이 내 안에 벅차게 가득하다는 것을 느낀다. 내가 꼭 끌어안은 아이들의 마음에도 그 사랑이 번질 수밖에 없을 정도로.

나는 이제는 말하지 않아도 알 것 같다. 남편은 나를 사랑한다. 남편은 지금도 처음 만난 날처럼 고기를 구워 나에게 놓아 주고, 하루에도 몇 번씩 전화를 걸어 밥은 먹었는지, 뭐 하고 있는지 안부를 묻는다. 내가 남편을 향해 두 팔을 벌리면 언제나 나를 꼭 안고 내 등을 토닥여 준다. 나 스스로 불안정한 시간을 보낼 때도 나를 다그치지 않고 기다려 주었고, 내가 주는 가시도 묵묵히 견뎌 주었다. 나의 무한한 인내의 대상이 아이였다면, 남편의 무한한 인내의 대상은 나였음을 안다.

남편이 주식으로 얼마를 잃었는지, 내가 얼마나 배신감이 들었는지 중요하지 않다. 그래도 그 일을 통해 우린 단단해졌다. 이제는 수면 아래에 있던 서로의 마음을 더 많이 꺼내 올릴 수 있게 되었다. 서로를 더 많이 이해할수록, 마음을 더 깊이 끌어안을수록 서로의 마음에 사랑이 잔뜩 번져 스미고 있다는 것을 안다. 나는 남편이 이제는 내가 주었던 상처들을 모두 용서해 주기를 바란다.

"여보, 우리 오래도록 마주 보며 재미나게 살자."

회전목마

"내 인생에 터닝 포인트는 언제인가요?"

이런 질문을 받으면 나는 줄곧 결혼과 출산이라고 답했다. 내 인생에서 그보다 더 큰 변화를 일으킨 일이 있을까 싶다. 결혼과 출산이 격동의 시간이었던 것은 분명하지만, 나는 여전히 똑같은 나였다. 내가 맡은 역할이 많아졌을 뿐이다. 그 외 다른 터닝 포인트가 있었는지 생각해 봤다. 언제였을까? 기억을 더듬어도 특별히 떠오르는 게 없다. 아니다. 지금 글을 쓰고 있는 나 자신이 떠오른다. 어쩌다 나는 글을 쓰고 있을까? 왜 글이 쓰고 싶어졌을까? 궁금해졌다.

7년 전 아이를 어린이집에 보냈을 때다. 아이가 엄마의 손에서 떨어지는 시간만큼 나도 혼자만의 시간이 생겼다. 한 날은 우연히 만화카페에 갔다. 손님이 나밖에 없어서 그랬는지, 기웃거리는 내가 어색해 보였는지, 사장님이 말을 걸어왔다. 당시 나는 만화 카페에서뿐만 아니라 일상에서도 갑자기 생긴 혼자만의 시간에 뭘 해야 할지 몰라 방황하고 있었다. 처음에는 가벼운 인사와 책 이야기 정도로 시작했다가 점점 이야기의 폭이 넓어지고 깊어졌다. 사장님의 나긋한 목소리와 자상한 웃음이 왠지 친근하게 느껴져서 더 그랬다. 대학 시절 제빵 자격증을 따기 위해 열심히 학원을 다닌 적이 있었는데, 그때만큼 행복해 본 기억이 없다는 얘기를 털어놓기도 했다. 나보다 열 살쯤 많아 보이는 사장님도 젊은 시절 무대 디자인을 하다가 사정상 그만두면서 여전히 피가 끓는 무언가를 찾아 헤매고 있다고 했다.

그런 이야기 끝에 사장님이 진짜 하고 싶은 일이 뭐냐고 물었다. 잘하지 못할 것이라는 생각이나 다른 이유를 떠올리지 말고 정말로 마음속으로 생각해 온 하고 싶은 일이 있냐는 질문이었다.

"저는 책을 좋아하고 그래서 언젠가 글을 쓰고 싶어요. 근데 제 일기장을 누군가 읽게 될 것이 두려워서 한 문장도 못 쓰고 있어요."라고 불쑥 마음에 있던 말을 꺼냈다. 사장님은 내게 "자기 검열이 심한 편이군요?" 했다. 그때 처음으로 자기 검열이라는 단어가 내 안에 들어왔고, 그건 줄곧 내가 글을 쓰지 못하는 변명으로 따라다녔다.

이 기억을 떠올리자 당황스러웠다. 무려 7년 전에 글을 쓰고 싶다고 생각했으면서, 이후로도 한참 동안 아무것도 못 썼다. 그 흔한 SNS조차 거의 폐쇄 직전이었다. 조금 더 기억을 뒤져야 했다. 지금 내가 왜 글을 쓰고 있을까, 터닝 포인트라고 할 만한 것이 있을까. 글쓰기 수업을 시작하기 전 꺼내 보았던 옛날 다이어리가 떠올랐다.

'2020' 목표 적어 보기

1. 고전 10권 읽어 보기

2. 책 읽고 서평 몇 줄이라도 남겨 보기

지금 생각해 보면 저렇게 적어 둔 목표가 내 피를 끓게 할 대상이 무엇인지 선명하게 보여 주는 것 같다. 그런데도 나는 여전히 피 끓는 대상을 찾고 있었다. 다행스럽게도 글을 한 줄도 못 쓰던 시절에도 책 읽기를 사랑해서 읽는 것은 놓지 않았다.

2020년, 처음으로 읽은 고전이 『데미안』이었다. 사실 부끄러운 고백이지만 『데미안』을 비롯해 대부분 고전은 나에게 숙제처럼 제목으로만 남아 있었다. 고전은 왠지 재미없을 것 같다는 편견이 있었다. 그 책을 읽기 전만 해도 여전히 자기 검열이라는 변명이 따라다니는 나에게 서평을 쓰는 것은 어려운 일이었다. 새로 펼친 다이어리에 책 제목과 작가 이름, 읽은 날짜, 내용의 짧은 요약이나 감상평 한 줄 정도만 쓰던 게 전부였다.

첫 번째 고전으로 『데미안』을 만난 건 운명이었다. 책을 읽고 나서 전에는 없었던, 무엇이든지 쓰고 싶은 열망에 사로잡혔다. 마지막 장을 덮자마자 곧바로 다이어리를 펼쳐 한 장 빼곡하게 쓰는 것도 모자라 컴퓨터를 켰다. 한글 창에 책의 인상적이었던 구절을 쓰고 내 감상을 덧붙여 적었다. 다 쓰고 보니 그 페이지 수만 열 장이 넘었다. 그때까지의 읽고 쓰는 행위 중 가장 강렬한 기억이었다.

글쓰기 과제를 하기 위해 다시 다이어리를 펼쳤을 때 글의 끝에 이렇게 적혀 있었다.

'더 어린 시절에 이 책을 읽었더라면 나를 조금 더 세심히 봐 주고, 잘 돌보지 않았을까 하는 아쉬움이 남는다. 그러나 지금의 나에게도 늦지 않았을지 모른다. 내 안에서 나를 늘 두드렸지만 덮어 두었던 데미안을 꺼내 보는 것도 좋을 것 같다.'

그러나 나를 들여다보는 데에 어느 정도 거리를 두기로 마음먹은 듯 고전 읽기를 그만두었고, 글은 더더욱 쓰지 못했다. 내 안의 데미안이 불쑥 또 고개를 들까 두려웠기 때문이다. 여전히 용기를 내지 못했고, 가능성의 알을 부수고 나가기에는 아직 부족했다. 그래도 데미안을 읽고 썼던 그 글은, 읽고 쓰는 일이 나에게 굉장한 행복감을 준다는 것을 깨닫게 해 주었다.

이후로도 가끔 글을 써야 한다는 부담감에 시달린다며 메모처럼 끼적이기도 했지만, 무슨 글이든 써 볼까 하면 문장이 겉돌기만 하며 글이 쉽게 써지지 않았다. 그럴 때마다 글을 쓰는 것도 특별한 재능이라고 여기고 포기했다. 나의 데미안이 내 안에서 두드렸지만, 나는 또 쉽게 데미안을 덮어 두는 쉬운 쪽을 택했다. 글쓰기에서 이전보다 더 멀어진 것 같았다.

글쓰기 수업을 시작하고 다시 이 글을 읽어 보니 무언가 막혀 있는 글이라는 느낌을 받았다. 저 글을 쓸 때만 해도 나는 솔직하지 못했고, 내 안의 데미안을 꺼내지 못했다. 그제야 나의 이야기를 쓰는 것이 두려워 쓰지 못하고 있다는 자각을 하기 시작했다. 내 안에 있는 이야기를 구체적으로 꺼내 놓지 않은 감상평 속에는 물음표가 더 많았다. 써야겠다고 생각하면서도 용기 내어 솔직하게 쓰지 못했고, 그래서 나 자신은 글쓰기에 다가갈 수 없었다.

고전 읽기와 서평 쓰기 모두 그만둔 이후로 내 피를 끓게 할 다른 대상을 찾아 기웃거렸다. 필라테스도 등록하고, 꽃꽂이하기도 하고, 글씨체 연습 책과 만년필도 샀었다. 취미 생활로는 좋았지만, 이런 것들이 무슨 일이 있어도 지속하고 싶은 열정의 대상은 되지 못했다. 나는 사춘기처럼 방황했다. 여태껏 나를 잘 안다고 생각하고 살았지만, 사실 하나도 모르고 있었다. 서른도 훨씬 넘어서 '나'를 찾아야겠다고 남편에게 말했다. 그렇게 말은 했지만 어떻게 하면 자아를, 다시 피를 끓게 할 대상을 찾을 수 있을지 알지 못했다. 데미안을 넣어 둔 대가인지 나는 또 방황의 길에 서 있었다.

아이가 초등학교에 들어가고, 학부모 모임에서 한 엄마를 만났다. 세 아이의 엄마이자 군인인 그녀는 아침마다 5km를 뛰었다. 다른 엄마들이 대단하다고 감탄했을 때도 "개 풀어 줘? 뒤에 개가 뛰어온다고 생각해 봐. 그럼 다 뛰게 되어 있어."라고 유쾌하게 받아쳤다. 그녀는 재미있는 에피소드도 많아서 유머러스하고 활발한 인상을 주었다. 나는 상쾌한 느낌을 주는 건강한 그녀가 부러웠다.

그러다 우연히 그녀의 비밀을 알게 된 일이 있었다. 몇몇 엄마들과 맥주를 마시러 가게 된 자리에서 그녀를 만났는데, 이전까지와 너무 다른 모습이었다. 수줍게 웃고, 조곤조곤한 목소리로 말했다. 평소와 다른 인상을 풍기는 그녀에게 "오늘 좀 다르시네요." 했더니, 그녀의 실제 성격은 이렇다고 했다. 수줍음 많고 내향적인 타입이라고. 그동안 모임에서 본 그녀는 너무도 발랄한 이야기꾼이었기 때문에 너무 예상 밖이라 했더니, 옆에 다른 엄마가 그녀의 이야기를 더 알고 싶으면 그녀가 낸 책을 읽어 보라고 권유했다.

나는 깜짝 놀랐다. 내 옆에 앉은 이 사람이 책을 냈다고? 내가 그럼 진짜 책을 낸 작가를 만나고 있다고? 평범한 듯 평범하지 않은 그녀에게 책 제목을 물어 그 자리에서 당장 책을 주문했다. 새벽에 일어나 글을 쓰는 사람들의 책이었다. 그녀의 글을 읽자, 나는 그녀와 몇 번 만나지 않았음에도 그녀를 잘 알고 있는 것 같은 기분이 들었다. 글을 통해 그녀가 왜 그렇게 다른 인상을 주었는지도 이해하게 되었다.

나는 그때까지만 해도 개인적 이야기를 담은 이런 책에 관한 어설픈 반감이 있었는데, 검증되지 않은 한 개인의 글이 누군가에게 영향을 주는 것이 싫다는 생각에서였다. 나도 그런 이유로 글을 못 쓰고 있다고 생각했기 때문이다. 그런데 옆에 있던 사람이 나와 엄청 친해졌을 때 들려줄 법한 이야기를 글로 읽었을 때의 느낌은 또 달랐다. 그녀의 진솔한 이야기가 내 마음에 들어와 그녀를 더 잘 이해하게 해 주었고, 그녀의 성장을 응원하게 되었다. 매일 새벽 일어나 글을 쓰고 운동하는 성실한 그 작가가 내 옆에 있는 평범한 사람이었다는 사실이 나에게 다른 충격으로 다가왔다. 그 책 덕분에 수필에 관한 편견이 완전히 박살 났다. 글쓰기에 대해서도 완전히 다른 시각으로 바라보게 되었다. 진심으로 쓴 글은 읽는 이에게 얼마나 마음 깊이 와닿으며, 어떻게 마음을 울리는지 알게 되었다.

그녀의 책을 읽은 후로 새벽 기상과 글쓰기 두 가지를 실천하기로 마음먹었다. 무엇이라도 시작해 봐야 어딘가에 다다를 수 있을 것 같았다. 책이 나의 심금을 울린 것이다. 3개월 정도 감사 일기를 쓰면서 글쓰기를 본격적으로 시작해 보나 싶었지만, 나에게는 여전히 해결하지 못하는 숙제가 있었다. 나의 일기장 마지막 장에 남았던 단어, 부모였다. 내 안에 용서하지 못한 감정과 숨겨 둔 상처를 안은 채로 나는 더 나아갈 수 없었다. 결국 글쓰기는 돛을 달지 못하고 쓰러졌다. 나의 무의식이 그렇게 나를 계속 글쓰기 앞으로 데려다 놓아도, 나의 의식은 쓸 수 없다고 접게 했다. 그렇게 나는 열망만 가득한 채로 평생의 숙제 같은 글쓰기 그늘에서 뱅뱅 돌기만 했다.

그렇게 자아 찾기는 또 희미해지고, 피 끓는 열정이란 나이가 들면 자연스럽게 사그라진다고 핑계를 대며 시간만 하염없이 흘려보냈다. 그럼에도 무언가 해야 한다고 막연한 생각이 문득 바람처럼 왔고, 때마침 도서관 홈페이지에서 한 강좌를 발견했다.

성인 글쓰기 프로그램 〈마음의 소리〉.

나는 글쓰기 수업이라는 것에 마음을 빼앗겼다. 오래전부터 글을 쓰고 싶었지만, 스스로 재능이 없는 사람이라고 여겼기 때문에 기초 지식이라도 배워 보자는 생각이 들었다. 수업을 신청했다.

글쓰기 기초를 가르쳐 줄 것 같았던 이 수업의 제목은 〈마음의 소리〉였다. 첫 수업에서 선생님은 우리 안에 있는 수많은 무의식, 잠재력, 이 순간에도 잔잔히 흔들리고 있을 내 마음의 결 같은 것에 대해 말씀하셨다. 글쓰기를 시작할 때 한 번도 떠올려 보거나 들어 본 적 없는 생소한 것들이었다.

나는 나를 잘 안다고 생각했다. 내가 기분 좋아지는 법, 좋아하는 것, 싫어하는 것, 신념, 가치관 등. 그러나 그것은 내 전부가 아니었다. 이제야 나를 제대로 바라볼 기회가 주어졌다고, 이번에는 정말 마음의 소리를 꺼내서 나의 자아 찾기 여정을 시작해 볼까 하는 작은 용기를 내 보기 시작했다.

두 번째 과제를 쓰면서 깨달았다. 그동안 쓸 수 없었던 것은 내 마음 깊숙이 넣어 두었던 그 상처를 숨기는 데 급급했기 때문이었다. 포기와 용기의 갈림길에서 나는 마침내 오래도록 감춰왔던 한 문장을 꺼내 썼고, 그날 이상한 해방감과 희열감을 동시에 맛보았다. 펑펑 울면서도 글 쓰는 것을 멈출 수 없었고, 계속 쓰고 있었다. 그동안 내가 써야만 하는 부담감과 쓰고 싶다는 열망에 사로잡혔던 것이 무엇이었는지 깨닫게 되는 순간이었다.

나는 드디어 내 안에 상처를 마주하고 가능성의 알을 깨고 나왔다. 잘 쓴 글인지 좋은 글인지 평가받는다는 압박에서 벗어나 내가 하고 싶은 말을 온전히 쏟아 냈고, 이제 진짜로 나의 이야기를 글로 쓸 수 있는 사람이 되었다. 누군가 나의 글을 보는 것이, 내 상처를 알게 되는 일이 두렵지 않았다. 스스로 달고 다닌 자기검열이라는 꼬리표도 자연스레 뗄 수 있게 되었다.

어린 시절부터 늘 혼란스러웠지만, 전업주부이자 엄마가 되고는 더욱 그랬다. 장래 희망이라도 있을 땐 차라리 무엇인가 되어야 한다는 생각이라도 했건만 이제는 그런 꿈조차 꿀 수 없는 것 같았고, 나의 상처는 늘 내 발목을 잡는 것 같았다. 나는 아무것도 할 수 없을지 모른다는 무력감이 생겼고, 때때로 주부나 엄마라는 역할조차 잘하고 있지 못하다는 자책이 나를 따라다녔다. 그런 시간을 보낼 때 <마음의 소리> 수업을 만났고, 글쓰기를 시작했다. 이제야 왜 그토록 많은 사람이 자신을 찾는 일에 매달렸는지 이해하게 되었다. 웅성거리던 내 마음의 소리에 귀 기울이기 시작했다.

나는 그날 이후로 글을 쓰고 싶어 못 견디는 사람이 되었다. 그동안 내가 마음속에 담아 두었던 이야기들이 사실은 다 글로 적고 싶었던 것임을 깨달았다. 나는 이제 나를 본다. 매일 내 속에 감춰 두었던 이야기를 꺼내 쓰고, 나를 들여다보고, 내가 어떤 사람인지 생각해 본다.

요즘 나는 글쓰기로 인해 행복하다. 글 쓰는 일을 앞으로도 계속해서 하고 싶다. 드디어 피 끓는 일을 찾았다. 이제는 오늘 갑자기 죽더라도 내가 쓴 글을 누군가 읽는 것이 하나도 두렵지 않다. 내가 쓴 글은 그 순간의 나이지 그 글이 나의 전체는 아니라는 것을 알았다. 그 사실을 알게 되자 비로소 누군가의 평가와 영향으로부터 자유로워져서 순간순간을 살아갈 수 있게 되었다.

〈마음의 소리〉 수업과 글쓰기가 현재 내 인생에 무엇을 어떤 점을 달라지게 했는가 하면 아직까진 미미하다. 내가 갑자기 부자가 된 것도 아니고, 유명한 작가가 된 것도 아니기 때문이다. 그러나 상처를 벗어 던지고 나를 바로 보게 해 주었다. 나의 세상이라 믿었던 그 작은 알을 깨고 나와 더 큰 세상을 보여 주었다. 계속해서 열정을 갖고 하고 싶은 일이 글쓰기라는 것도 깨닫게 해 주었다. 그래서 어제와 다른 오늘을 살게 하고 있다.

글쓰기의 그늘을 맴돌던 그 모든 순간이 터닝 포인트의 기회였고, 〈마음의 소리〉 나온 글쓰기 과제가 나의 터닝 포인트가 되었다. 나는 돌고 돌아 글쓰기 앞에 다시 서 있었던 것이다.

나로 말할 것 같으면

'내 성격의 장단점과 인생철학 그리고 삶의 모토'란 주제를 앞에 두고 컴퓨터 앞에 앉았다. 어떻게 써 나갈지 나 스스로도 궁금했다. 철학자 소크라테스는 '너 자신을 알라'고 했다. 사실 나는 나를 너무 모른다. 나는 누구이고, 어떻게 사는지, 이런 질문을 받으면 이상할 정도로 낯설다.

나는 남들이 볼 때는 비교적 말을 잘하는 사람이다. 그래서 외향적으로 보는 사람이 많다. 웃음도 많아서 밝고 긍정적이라는 소리도 듣는다. 그런데 남들이 보는 나 말고 나의 성격을 제대로 생각해 본 적이 별로 없다.

이번 <마음의 소리> 주제는 나를 돌아보게 했다. 이 수업은 솔직하지 못하면 앞으로 갈 수 없는 묘한 프로그램이다. 그래서 이번 기회에 객관적인 나를 꺼내 찾아봐야겠다고 생각했다.

내게는 딸, 언니, 친구, 아내, 엄마, 며느리 등과 같은 역할이 있다. 이런 것들에서 완전히 자유롭지 못하고 나의 성격을 형성해 왔다. 물론 그런 역할에서 보여 준 성격이 내가 아니라고는 할 수 없지만, 스스로 나의 성격을 생각해 본 적이 별로 없다는 점에 대해서는 아쉬움이 든다. 지금껏 나 자신을 잘 모르고 살았던 것 같아 혼란스럽다. 이런 혼란은 내가 이제껏 받아 온 칭찬과 비난 같은 평가들에서 벗어날 수 없었기 때문이다. 부정적인 기억을 숨기고 덮어 두려고 했고, 인정하지 않으려고 했다. 그로 인해 나를 제대로 바라보지 못해서 더 잘 몰랐다는 생각이 든다.

오늘부터라도 나를 잘 봐 주자! 글을 쓰기 위해 시작했지만 결국 나를 알기 위해 저 마음 깊은 곳에 '나'를 끄집어낸다.

내가 생각하는 첫 번째 내 성격은 사랑이 넘친다는 점이다. 하지만 나는 오랫동안 내가 이런 사람이라는 사실을 알지 못했다. 나의 무의식이 자주 튀어나오는 지점은 딸에게 어떤 이야기를 할 때인데, 첫 딸이 다섯 살이 되었을 때부터 나는 이 말을 자주 했다.

"시현아, 엄마가 세상에서 가장 사랑하는 사람이 누군지 알아? 엄마는 나를 가장 사랑해. 시현이도 물론 사랑하지만, 그건 엄마 다음이야. 나 자신을 사랑해야 다른 사람도 사랑할 수 있어. 그러니까 시현아! 시현이도 언제나 너 자신을 제일 많이, 최우선으로 사랑해 줘."

나는 이 말을 하는 순간에도 나 자신을 완전히 사랑하지 못했지만, 내 딸만큼은 그런 사람이 되기를 간절히 바랐다. 이 말은 내가 완전히 실천하지 못해도 진실이라고 믿고 있는 것이었다.

나는 오래전부터 나를 가장 사랑하는 사람이 되고 싶었다. 스스로 귀하게 여기고 사랑할 줄 아는 사람. 그래서 그 사랑을 다른 사람에게도 베풀 수 있는 넉넉한 사람. 그러나 내 안에 오래된 가시들은 나의 그 사랑을 방해하고 가려 왔다.

나도 잘 모르는 '나', 더더욱 잘 모를 수밖에 없는 타인들이 많아지면서 나는 스스로 메마른 사람이라고 여겼다. 정이 별로 없는 냉담한 사람이고, 의리가 없어서 관계를 오래 유지하지 못한다고 여겼다. 내가 만났던 사람 중 일부도 내가 어딘가 까칠한 구석이 있다고 여겼다는 것을 안다.

그랬던 내가 글을 쓰면서 다른 사람들을 미워했던 이유를 알게 되었다. 그것은 내 안에 해결되지 못한 상처가 스스로 찔렀기 때문임을 이제는 안다. 그 이유를 알게 된 순간부터 내 안에 사실은 사람에 대한 호기심과 사랑이 많은 사람이라는 것을 깨달았다. 겉으로 보이는 모습들만 보는 나의 왜곡된 시선으로 인해 사랑을 제대로 하지 못했다.

오히려 사랑에 굶주린 사람처럼 보였다. 늘 사랑에 갈구하는 사람 같았다. 강한 부정은 강한 긍정이 될 수 있다는 말처럼, 표면적으로 보였던 냉담하고 메마른 성격은 사실 그 안에 넘치는 사랑을 제대로 표현할 수 없었음이었다.

'오래 보아야 사랑스럽다. 너도 그렇다.'라는 나태주 시인의 시 구절처럼, 나는 나를 계속 들여다보게 되면서 내 안에 사랑이 많다는 것을 알게 되었다. 다른 사람도 오래 보고 사랑하고 싶은 마음이 생겼다. 누구나 이런저런 역할을 가지고 살아가지만, 소중한 자신을 하나씩 품고 있을 것이기 때문이다. 내가 본래의 나를 사랑하듯, 다른 이도 존재 자체로 사랑받아 마땅한 것이었다. 나는 이 단순한 진리가 나 자신을 알게 된 이후에야 비로소 진심으로 와닿게 된 사실이 놀랍다. 자신을 바로 아는 것만으로도 얼마나 큰 변화를 일으키는지 새삼 깨닫는다.

나는 '나'뿐만 아니라 다른 사람 또한 사랑하고 이해하고 싶어 한다는 점에서 내 안의 넘치는 사랑을 발견한다. 그 사랑으로 다른 사람의 존재 자체의 의미를 찾게 해 줄 수 있다면, 이런 성격이 앞으로 큰 강점으로 빛날 것이라는 예감이 든다.

두 번째로, 나는 집요한 구석이 있다. 오래도록 부정하고 숨기고 싶었던 성격이기도 하다. 지금껏 나의 집요한 성격은 부정적 의미로 많이 평가받았기 때문이다. 꼭 알지 않아도 될 것을 집요하게 알아내려 한다든지, 캐묻는다든지, 그런 부정적 의미로. 그래서 남들에게 보이고 싶지 않은 성격 중 하나였다. 얼마 전 나의 집요함이 드러나는 일이 있었다.

남편이 술을 마시고 집에 돌아오는 길에 택시에 휴대 전화를 놓고 내렸다. 술을 마셔도 단정한 남편은 자신의 예상 범위에 없는 일이었는지, 아침에 깨자마자 우왕좌왕하고 있었다. 전화를 몇 통이나 걸어 보았지만, 받지 않았다. 택시 회사에도 물어봤지만 없다고 했다. 나는 곧장 노트북을 켜 남편의 구글 아이디를 로그인하고 휴대 전화의 위치 조회를 했다.

내 휴대 전화의 위치를 조회해 보니 우리 집 도로명 주소가 찍혔고, 구글 지도 위 빨간 점은 우리 집이 무슨 아파트의 몇 동인지도 알려 줄 만큼 정확했다. 남편 아이디의 빨간 점을 따라가면 휴대 전화를 찾을 수 있겠다는 생각이 들었다. 나의 집요함이 번쩍 깨어나는 순간이었다.

남편의 휴대 전화는 판도라 상자다. 스마트폰이 생긴 이후로 모든 정보를 다 백업해 두었기 때문에 그의 삶 그 자체다. 꼭 찾아야만 한다. 이것은 잃어버린 휴대 전화 찾기가 아니라 우리 가족의 개인정보보호와 같은 사명이 되어 버렸다. 나는 남편 휴대 전화를 찾을 생각에만 몰두해 곧장 차 키와 핸드폰만 챙겨 출발했다.

20분 만에 도착한 곳은 여러 세대가 있는 빌라였다. 마치 내가 사건을 수사하는 탐정이나 형사라도 된 듯, 빌라 주차장을 몇 바퀴 돌며 휴대 전화가 있을 만한 곳을 기웃거렸다. 휴대전화 벨 소리는 들리지 않았다. 포기하고 돌아갈까 하다 혹시나 해 휴대 전화로 마지막으로 전화를 걸었다. 오전 내내 전화를 걸어도 묵묵부답이던 전화를 누군가가 받았다.

"여보세요? 혹시 핸드폰 습득하신 분이신가요?"

"어제 휴대 전화를 택시에 두고 내리셨더라고요."

'그걸 왜 주워 가?' 싶었으나 꾹 참고 말했다.

"네, 저희 남편이 놓고 내렸다 하네요. 제가 지금 위치 조회한 주소에 와 있는데 혹시 어디쯤이세요?" 하고 물으니 동, 호수를 알려 주었다.

통화를 마치자마자 갑자기 정신이 번쩍 들었다. 내가 휴대 전화를 찾겠다는 집념 하나로 혼자 와서는 남의 집 앞까지 가야 한다니.

집요함은 순식간에 두려움이 되었다. 엘리베이터를 타고 올라가서 두리번거렸다.

"여기요."

저음의 남자 목소리를 따라 고개를 돌리니 잠옷 차림으로 부스스한 모습의 남자가 서 있었다. 피부색이 하나도 보이지 않을 만큼 목부터 발목까지 꽉 차게 문신을 가득 채운 남자의 손에 휴대 전화가 들려 있었다. 아침부터 집요한 휴대 전화 찾기는 상상도 못 했는지 귀찮다는 듯이 한 손으로 내밀었다. 나는 고개도 똑바로 들지 못하고 고맙다는 인사와 함께 휴대 전화를 받아 뒷걸음질 치며 빠르게 그곳을 빠져나왔다.

돌아오는 길에 잠깐 차를 세우고 쉬어야 할 만큼 나는 덜덜 떨고 있었다. 집에 도착하니 남편이 현관문에 서서 함박웃음을 지으며 손뼉을 치고 있었다.

"집요한 당신의 성격이 승리를 거두었네!"

그 순간에 내가 얼마나 무서웠는지 아느냐고, 다시는 휴대 전화 잃어버리지 말라고 엄포를 놓았지만, 왠지 모르게 웃음이 새어 나오며 뿌듯한 기분까지 들었다. 나의 집요함이 처음으로 작은 성공을 엿보게 해 주었다.

남편의 휴대 전화를 찾아오고 나서 이제껏 나의 집요한 성격에 대해 다시 생각했다. 내가 끈질기게 무엇을 해낼 수 있는 사람이라는 것을 깨달았기 때문이다. 어릴 적에는 부모님께 '이것저것 손만 대지 무엇 하나 제대로 완수하지 못한다'는 비난을 자주 들었다. 지금 생각해 보면 결과를 내지 못한 것은 내가 목적이나 방향을 제대로 찾지 못했기 때문이지 처음부터 해낼 수 없는 사람이라서 그런 것은 아니었다.

비록 서른을 넘기면서도 어떤 것을 잘하는지 몰랐고, 그래도 끊임없이 원하는 것, 잘할 수 있을 것을 찾기 위해 애를 써 온 것이 사실은 나의 집요함 덕분이었다. 집요함 덕분에 계속해서 잘하는 일을 찾고 싶어 했고, 결국 내가 좋아하는 일이 글 쓰는 일이라는 것을 알게 되었다.

더는 나의 집요함을 숨기지 않을 생각이다. 집요한 성격은 단점도 있지만 글 쓰는 데에는 장점이 될 수 있다고 생각한다.

세 번째는 즉시 실행해야 할 정도로 추진력이 좋다는 것이다. 이번에 핸드폰을 찾기 위해 주소를 확인하자마자 곧바로 출발한 것처럼. 그래서 '쇠뿔도 단김에 빼라', '시작이 반이다' 같은 속담을 아주 좋아한다.

그러나 추진력을 다른 관점으로 보면 조급함이다. 성급한 성격은 내가 타고난 것인지, 자라면서 양육 환경에 의해 그런 것인지 정확히 알 수 없지만, 친가 식구들 모두 성격이 급하고 느긋하지 못한 데가 있는 것을 보면 유전과 환경 모두 포함된 것 같다.

20대에는 소설이나 영화의 결말을 빨리 보고 싶어서 밤을 새운 적이 많았는데, 그것도 성미가 급해서 그랬던 것 같다. 문장 하나, 장면 하나를 느긋하게 즐기지 못하고 결말까지 서둘러 봐야 했다. 약속 시간에도 일찍 정도가 아니라 30분 정도 빨리 나갔다가, 친구가 조금 더 늦으면 훨씬 오래 기다리게 되는 일도 허다했다. 나는 놀기도 전에 기다림으로 지치곤 했다.

그런 나의 성격은 베짱이 같은 남편과 살면서 더 선명하게 확인했다. 아이가 아주 어렸을 때부터 셋이 외출을 할 때면 나는 아기 띠로 아이를 안고, 외출 짐까지 싸서 신발 신고 현관에 서 있으면 느긋한 남편은 한참 후에야 준비를 마치고 나왔다. 계획적인 남편은 자기만의 시간 계획에 따라 약속 시간 몇 분 전에 씻고, 준비하고 등의 계획이 있다면, 나는 아침에 눈뜨자마자 분주하게 움직이고 무조건 서둘러서는 약속 시간보다 일찍 나가곤 했다.

아이 둘을 키우면서도 그렇게 바쁠 필요가 없을 때도 늘 서두르고, 아이들에게도 '빨리빨리'라는 재촉을 많이 했다. 지나고 보면 잠깐만 기다려 줬어도, 5분쯤 늦었어도 상관없는데, 언제나 시계가 가리키는 시간보다도 내 마음의 시계가 더 빨리 울렸다. 계속해서 다음 해야 할 일만 생각했다.

남편과 외출할 때면 신발을 신고 나가서 목적지에 도착하는 순간이 절대적인 목표인 것처럼 그랬다. 아이들과의 하루에서도 '빨리' 양치하고, 먹이고, 씻기고, 재워야 한다며 밀린 숙제를 해치우는 사람처럼 다급하게 굴었다.

한 날은 남편과 아이들과 함께 여행을 떠나기로 되어 있었다. 여느 때와 같이 현관에서 신발을 신고 재촉하는 나에게 남편이 불평했고, 출발과 동시에 싸움으로 번졌다. 가는 내내 차 안은 적막만이 흘렀다. 즐겁게 추억을 만들기 위해서 떠나는 가족 여행을 시작부터 나의 급한 성질머리로 인해 망쳤다. 여행 그 자체의 즐거움은 잊고 도착하는 것만이 목적이 되었다. 가족 여행의 의미는 출발도 전에 퇴색되었다.

내가 모르고 빨리 지나 버린 순간들에 얼마나 많은 것을 놓치고 있었는지 나는 알지 못했다. 아이들에게도 '빨리빨리'만 강조하면서, 아이들의 마음을 한 번 더 들여다봐 주지 못했다. 늘 남보다 시간이 훨씬 부족한 사람처럼 굴었다.

이전에 본 책이나 영화를 읽을 때 중간 내용을 잘 기억하지 못하고 결말만 기억했던 것처럼, 내 추억의 중간은 늘 편집되어 있었다.

추진력이 좋은 것은 장점이기도 하지만, 조급함은 단점이다. 조급한 성격 때문에 어떤 목적을 달성하는 것에만 집중했고, 그것을 행하는 것이 주는 가치나 의미를 깊게 생각해 보지 못하고 지나쳤다. 사소할지도 모르지만 그런 것들이 쌓여서 아이들에게도 영향을 주고 있을 것이고, 남편이 여행을 싫어하게 된 이유가 될지도 모른다고 생각했다.

이런 성급한 성격은 사람들과의 관계에서도 단점으로 드러났다.

나는 이제까지 첫인상이나 내가 아는 단편적인 정보들로 다른 사람들을 판단하는 편협한 사고가 있었다. 그것은 내가 어린 시절 받은 상처 때문이기도 했지만, 이런 성격이 사람을 빨리 판단해 버리는 데에 더 큰 몫을 했다는 생각이 든다.

사람 관계에서 개와 늑대의 시간 같은 애매모호한 순간을 견디지 못하고, 한눈에 나의 적이 될지 동지가 될지 정해 버리는 것으로 선을 그었다.

글을 쓰면서 내 성격의 단점과 그로 인한 갈등을 정확하게 파악했다. 그러나 당장 달라져야겠다고 한다면 그건 거짓말이다. 내가 가지고 있는 나에 대한 부정적인 인식조차도 나라는 것을 인정하는 것이 더 진실하다는 생각이 든다. 그로 인해 타인에 대한 부정적인 면도 다르게 생각해 볼 여지가 생길 것이다. 그래서 어느 것 하나도 그냥 넣어 두고 싶지 않다. 조금 더 천천히 나를, 주변을, 타인을 바라보고 사랑해야겠다고 생각한다.

이제 인생철학이다. 최근 수업 중에 돌아가면서 질문 카드에 대답하는 시간이 있었다. 나는 다른 사람들이 대답한 질문도 다 적어 와 하나씩 나의 답을 적어 보았다. 그중에 '내가 가장 두려워하는 것은 무엇인가?'라는 질문이 있었다.

나는 깊이 생각할 것도 없이 죽음이라고 썼다. 지금껏 나의 가까운 사람의 죽음을 경험한 적이 없고, 죽음은 아주 멀리 있는 막연한 일이라고 생각하는데도 죽음이 두려운 이유가 무엇이었을까. 어린 시절 엄마의 부재를 겪었기 때문일까? 죽음이 주는 부재로 인한 소멸과 상실감이 가장 두렵게 느껴졌다. 내가 죽거나 가까운 사람의 죽음을 떠올리는 것만으로도 심장이 쿵 떨어지는 기분이고, 금방 눈물이 떨어질 정도로 나를 두렵게 만들었다. 그래서 죽음이란 생각을 되도록 하지 않으려고만 애썼다. 그러다 우연히 어쩌면 운명적으로 한 법의학자의 강연을 보게 되었다. 시체를 검안하면서 그가 하는 생각은 죽음이 늘 우리 곁에 있다는 사실이었다. 법의학자가 준 메시지는 '메멘토 모리(Memento mori)', 즉 죽음을 기억하라는 것이었다.

산다는 것은 죽음에 다가가는 것이고, 모두가 그것이 언제가 되었든 죽을 것이 확실하게 정해져 있는 상태이다. 많은 철학자도 공통으로 이야기하는 단 하나의 확실한 명제, 사람은 누구나 죽는다는 것이었다.

그런데 그것이 꼭 정해진 수명대로 산다는 보장이 있었던가? 죽는 날이 오늘이 될 수도, 지금 바로 다음 순간이 될지도 모를 일이다. 우리가 언젠가 죽는다는 사실을 떠올릴 때마다 내가 살아 있음이 소중하다는 것이 더욱 분명하게 다가온다.

나에게 주어진 시간이 얼마인지도 모르면서 오만했다. 언제나 다음이 있을 줄로 은연중에 믿었다. 오늘의 기회를 붙잡기보다는 조금 더 미뤄 두고 넣어 두는 쪽을 택했다. 꿈이든 감정이든 그렇게 외면했다.

그럴수록 죽음은 더 두려워졌다. 나에겐 아직 하지 못한 일이, 나중에 해야 할 일이 아주 많이 남았기 때문이었다. 아이러니하게도 죽음을 두려워하면서, 죽음을 향해 가는 시간을 죽이고 있었다. 죽음이 가까이 있다는 사실이 분명하게 다가오면서, 죽음을 두렵지 않게 맞이하기 위한 준비가 필요해졌다.

그래서 나는 글을 쓰기로 했다. 글로 내가 사랑한 모든 것들을 남기고, 오늘의 나의 감정을 남기고, 나의 모든 것을 글로 남기기로 했다. 언제나 고민하던 아이들에게 물려주고 싶은 가치도 글로 남기고 싶어졌다. 언제든지 내 아이들이 꺼내 읽을 수 있도록. 내가 죽더라도 글은 영원히 남을 것이다.

죽음이 언제나 가까이 있다는 사실을 되새길수록 내가 소중하게 생각하는 것과 당장 중요한 일이 무엇인지 명확해진다. 내일을 위해 살지 않고 오늘 최선을 다해 사랑하고 살아 있는 나를 기록하고 싶어진다. 나에게서 시작된 사랑을 통해 또 다른 사람들을 온전히 바라보고, 사랑하고, 그렇게 관계를 맺으며 살아가고 싶어진다. 나의 인생철학을 '메멘토 모리, 죽음을 기억하라' 이것으로 삼으려고 하는 이유다.

마지막으로, 인생의 모토다. 소중한 나의 인생에서 어떤 글귀를 마음에 담고 살면 좋을까 고민했다. 거짓말처럼 최근에 집어 든 책에서 철학자 마르쿠스 아우렐리우스의 글을 만났다. 내가 주저리주저리 쓰고 싶다고 생각한 이 말을, 이보다 잘 쓸 수 없을 것 같다. 나는 이 글을 보자마자 마음 깊이 꽂혔다. 다음은 그의 글이다.

> "너무 많은 것에 관한 생각이 그대를 압도하지 않게 하라.
> 일어날 수 있을 거라 짐작하는 온갖 나쁜 일들로 마음을 채우지 말라.
> 현재 상황에 집중하고, 극복할 수 없는 어려운 점이 무엇인지 자문하라."[1]

내 하루하루의 모든 순간이 모여 내가 된다. 그것이 나의 성격이 되고, 때로는 그런 성격으로 인해 스스로 미운 날이나 슬픈 날이 있다 해도 그 모든 것들까지도 끌어안는 내가 되고 싶다. 그리고 언제일지 모를 죽음을 두려워하거나 아직 오지 않은 내일을 걱정하기보다는 예쁘고 아름다운 것을 더 많이 마음에 담고, 내가 하고 싶은 글쓰기를 계속하면서 그렇게 살아 있고 싶다. 이런 소망을 마음에 품으며 오늘 하루도 살아간다.

---

1) 마르코스 바스케스, 김유경, 『스토아적 삶의 권유』, 레드스톤, 2021.

Jamais Vu

내 나이가 현재보다 열 살이 많다면 나는 과연 어떤 삶을 살고 있을까? 10년 후는커녕 서른일곱의 현재조차 기대가 없이 살았다. 남은 삶은 그저 '지금처럼만'이 다였다. 나에게는 지금이든 10년 후든 나이가 많아진다는 것 말고는 달라질 게 없을 것 같았다. 나를 둘러싼 인간관계도 누구의 엄마, 누구의 아내로 좁아져 가고 있었다. 내 이름보다 그런 역할들이 더 선명했다. 나라는 사람을 드러내는 것은 사치처럼 여겨졌다. 집에서 남편이 벌어 오는 돈으로 한가하게 있으니 자아 타령이나 하는 것이라고 여겼다. 먹고사는 문제가 바쁘면 나를 떠올릴 시간이, 미래를 계획할 시간이 어디 있겠냐고 생각하기도 했다. 그렇게 나라는 사람은 점점 희미해져 갔고, 그런 인식조차 당연하게 여기고 있었다.

예전에는 장밋빛 미래를 그려 보곤 했다. 늘 계획도 있었다. 중학교 졸업 문집을 만들 때, 20년 뒤를 상상하며 각자 한두 줄씩 적었다. 지금 그 문집은 남아 있지 않지만, '사랑하는 사람을 만나 결혼하고 아이들과 행복하게 살고 있겠지.'라고 적었던 기억이 떠오른다. 중학교를 졸업한 지 올해로 딱 20년이 되었다. 나는 남편과 두 딸과 함께 나름대로 행복하게 살고 있다.

신혼여행 때도 미래를 상상해 볼 기회가 있었다. 마지막 날 밤, 가이드가 풍등을 날리기 전에 결혼 생활의 꿈을 적어 보라고 했다. 신혼여행이라 희망에 부풀었던 것일까, 남편과 나는 꽤 구체적으로 꼭 이루어지길 바라는 꿈들을 적어 넣었다. 얼마 전 사진첩에서 그 풍등 사진을 발견하고 나는 소름이 끼쳤다. 당시 차가 없었기에 내년에는 차를 사자는 약속과 7년 후에는 30평대 아파트로 이사 가자는 계획 등이 구체적으로 적혀 있었다. 당시 미혼이던 아주버님이 결혼해서 이웃 주민으로 살았으면 좋겠다는 바람까지 적혀 있었는데, 신혼여행으로부터 1년 뒤 우리는 정말로 차를 샀고, 정확히 7년 후에 30평대 아파트로 이사했다. 아주버님도 옆 아파트로 이사해 결혼했고, 우리가 지금 집으로 이사하기 전까지 이웃 주민이었다.

신혼여행 당시만 해도 저 계획을 다 이룰 수 있을 거라는 확신은 없었지만 우리는 긍정적 미래를 꿈꾸었고, 구체적인 계획도 세웠다. 물론 오랫동안 그런 계획을 세웠다는 사실을 잊고 있었음에도 꿈은 이미 다 이루어져 있었다. 그 사진을 발견한 이후로 내가 꿈꾸고 계획하는 일은 반드시 이루어진다는 확신이 들었다.

아이들이 클수록 점차 오전 시간에 여유가 생기자, 시간을 허투루 보내고 있다는 생각이 들기 시작했다. 일단 뭐라도 시작해 보자 하는 것이 계획이라면 계획이었다. 그러던 중 도서관에서 <마음의 소리> 글쓰기 수업을 보게 되었고, 망설임 없이 수강 신청을 눌렀다. 결혼 이후에 오롯이 나로서의 첫 시작이었다.

첫 수업 시간에 선생님께서 말씀하셨다. 우리가 글을 쓰려고 할 때마다 여러 가지 방해물이 우리의 쓰기를 방해한다고. 그중 가장 큰 세 가지가 '시간, 가족, 물질(돈)'이라고 하셨다. 처음 이 이야기를 들을 때만 해도 전적으로 동의하지 않았다. 나에겐 시간이 아주 많다고 생각했기 때문이다. 아침에 남편과 아이들이 나가고 나면 오전 시간은 비교적 여유로운 시간이었다. 내가 게으름 피우지 않는 한 수업에 결석하는 일은 없으리라 생각했고, 글을 쓰지 못할 정도로 시간이 부족하다고 여기지 않았다. 그러나 막상 글쓰기를 시작하려니 그동안 혼자 있던 시간에도 나는 완전히 혼자가 아니었다. 오전 시간에 글을 쓰려고 앉으면 몰입하기가 쉽지 않았다. 가전제품이 나를 부르는 소리, 휴대 전화 알림 등이 계속 울렸다. 남편의 점심 먹었냐는 전화부터 아이 친구 엄마들의 채팅창, 학교나 어린이집에서 보내는 전자통신문까지 답하고 집안일도 해야 했다. 그러다 돌아서면 금방 초등학생인 첫째 아이 하교 시간이었다. 평소에는 시간을 재 본 적이 없어 몰랐지만, 생각보다 시간을 많이 요구하는 일이 집안일이었다.

그렇게 글쓰기를 시작하고 한 달쯤 지났을 무렵, 선생님이 말씀하신 방해 요소가 본격적으로 등장하기 시작했다. 첫째 아이의 건강 검진 결과에서 이상 수치가 발견되어 수요일에 대학병원 진료를 받게 되었다. 혈액 검사와 소변 검사를 하고 검사 결과를 기다리며 진료실 앞 기다란 의자에 딸과 앉아 있었다. 갑자기 불안이 엄습했다. 이전의 대학병원 진료에서 갑자기 입원하게 된 경험이 생각났기 때문이다. 혹시 갑작스레 입원이라도 하게 된다면, 다음날 글쓰기 수업을 가지 못하게 될 수도 있겠다는 생각이 순간적으로 머리를 스치고 지나갔다. 내가 딸의 검사 결과를 기다리며 이런 생각을 한다니…….

나쁜 엄마라는 자책감이 몰려왔다. 수업은 이미 정해진 일정이니 그랬을 수도 있다고 생각하며 애써 자책을 삼켰다. 검사 결과가 나쁘지 않기만을 바랐다. 그렇게 혼란스러운 마음들을 감추고 진료실에 들어갔다. 재검 결과 수치는 정상으로 돌아왔다. 다행이었다. 초조했던 마음을 쓸어내리며 내 딸에게 별다른 일이 없어서 내일 수업에도 갈 수 있게 된 사실에 감사했다.

이전에 나였다면 시작하려고 했던 일이 무엇이었든간에, 이런 자책만으로도 포기하려 했을 것이다. 엄마로서의 빈칸을 허락하지 않는 완벽한 엄마가 되려고 애써 왔기 때문이다. 그런데 내일 수업에 갈 수 있게 되었다고 안도하는 엄마로 나는 변해 있었다.

나는 이전과 약간 달라진 것을 느꼈다. 더는 엄마의 역할에만 국한되어 살아가는 내가 아니었던 것이다. 나는 여전히 엄마지만, 온전한 나로서도 살고 싶었다. 그날 이후로 나는 살아 있는 한 언제나 가능성이 열려 있는 사람이라는 당연한 사실을 되새기는 계기가 되었다.

나는 글쓰기를 하면서 내가 하고 싶은 일도 꿈꾸는 사람이다. 아이들의 엄마이기 이전에 책을 좋아하던 문학소녀이자 늘 가슴에 글쓰기에 대한 열망을 품고 있던 사람이었다. 한 걸음 더 성장하고 싶었던 참이었다. 앞서 얘기한 방해 요소에 지고 싶지 않았다. 겨우 글쓰기를 시작하는 것이 십 년이 넘는 시간이 걸렸는데, 여기서 글쓰기를 포기한다면 더 긴 시간을 어두운 터널 속에서 살게 될지도 모른다. 어쩌면 더 오래도록 무엇을 시작할 의지도, 힘도 잃어버리는 나약한 사람이 될 수도 있겠다는 생각이 들었다. 그래서 글쓰기 방해 요소를 이겨 낼 의지를 다져 보기로 했다. 그 첫 번째가 적어도 20회의 글쓰기 수업만큼은 절대로 결석하지 않는 것이었다. 수업을 성실히 참석하고, 과제도 부지런히 쓰면서 쓰기를 얼마나 사랑하고 계속하고 싶은지 나 자신에게 증명해 보이기로 했다.

그런 나를 시험이라도 하는 듯 일주일 만에 또 결석 위기가 닥쳤다. 어린이집에 다니는 둘째가 여름 전염병인 수족구병에 걸렸다. 수요일 아침, 병원을 갔을 때 수포가 아직도 두 개나 남아 있어서 어린이집 등원은 어렵다고 했다. 목요일도 등원을 못 하는 상황이 확정되면서 이번 주 수업은 정말로 갈 수 없게 된 것이 속상했다. 남편에게 이런 사정을 이야기하고 수업에 참여하고 싶었다. 남편은 글쓰기 수업을 내가 얼마나 좋아하는지 이해하면서도 돈도 안 되는 일에 시간을 쏟느라 출근을 못 하는 것은 무리하다고 말했다.

결국 방해 요소가 절대 될 수 없을 거라고 생각한 물질과 맞닥뜨렸다. 사실 글쓰기 수업은 큰돈을 쓸 일도 없고, 글쓰기가 돈이 드는 일이 아니기 때문에 물질이 방해 요소가 될 수 없을 것이라고 섣불리 판단 내린 내가 어리석었다. 앞으로 글쓰기를 계속한다고 해서 돈을 벌게 된다는 보장도 없었기 때문에, 시간을 희생해야 하는 순간이 올 때마다 이제껏 당연히 그래 왔듯 쓰기도 뒤로 밀릴 수밖에 없었다.

갑자기 속상함이 몰려왔다. 여태껏 얼마나 바보 같았는지 깨달았다. 온전히 아이들을 보고 있지 않은 순간에도 나의 시간은 늘 저당 잡혀 있었다. 나를 포함한 모두가 당연하게 내가 그래야만 하는 사람이라고 여겼다고 생각하니 슬퍼지기도 했다. 내가 하는 일이 당장 돈이 되었든 안 되었든, 무조건 그래도 괜찮은 것은 아니었기 때문이다. 지금까지 뚜렷하게 무엇을 하고 싶은지 어떤 사람인지 잘 몰라서 가능한 일인지도 몰랐다. 물론 내가 엄마라는 역할을 다 집어던지고, 아이들이 아프거나 말거나 글만 쓰고, 글쓰기 수업이나 다니고 싶다는 말은 아니다. 아이들이 아플 때면 그 누구보다 마음이 아프고 속상하다. 그리고 여전히 아이들의 많은 순간에 함께하고 싶은 마음도 있다. 하지만 내 삶의 전체를 아이들 중심으로만 살고 싶지는 않았다. 이제는 내가 원하는 일을 하는 데 있어서 돈을 쓰는 일이든, 버는 일이든 연연하지 않고, 당당하게 시간을 낼 수 있으면 좋겠다고 생각했다. 때로는 그런 부분에서 남편도 어느 정도 희생을 감수해 줬으면 좋겠다는 생각도 했다.

다행히 그 주 목요일 수업에 참여할 수 있었다. 글쓰기에 진심인 나를 이해해 준 이웃집 언니가 둘째 아이를 잠시 봐 주기로 했다. 하늘이 내 간절한 마음과 나의 의지를 알고 도와주신 것 같다. 하늘에게도 언니에게도 참 감사한 순간이었다.

나는 여태 살면서 청결하고 깔끔한 집이 나의 훈장이라 여겼다. 집안일은 내 할 일이고, 내가 잘 살고 있음을 증명하는 일이라고 믿었다. 지금까지도 남편에게 세탁기 돌리는 방법을 가르쳐 주지 않았다. 외출 후에 돌아오면 누구라도 씻지 않고는 침대에 눕는 것을 용납하지 않았다. 거실 바닥에 부스러기가 밟히는 것도, 있던 물건이 제자리에 없는 것도, 빠진 머리카락이 방구석 여기저기 날리는 것도 끔찍하게 싫었다. 잘 정리된 공간이 아니라 정리를 위해 사는 것처럼 나만의 기준에 완벽해야 마음이 놓였다. 그런 나의 강박은 남편이 도와주는 집안일조차 못마땅하게 여겼고, 결국 스스로를 더 힘들게 했다.

신기하게도 글쓰기를 시작한 후에는 그런 강박에서 조금 자유로워졌다. 오히려 어지러울 때 조바심이 나서 글을 더 빨리 쓰게 되는 이상한 경험을 하기도 했다. 그런 순간이 많아지면서 이제는 집안일을 내가 꼭 다 하지 않더라도, 스스로 얽매어 놓은 시간 안에 끝내지 못해도 괜찮다는 생각이 들었다. 비록 내 마음에 쏙 들지 않고 조금 서툴더라도 남편과 아이들에게도 집안일이 익숙해지고, 잘할 기회를 주어야 한다고 생각했다.

처음 이 글을 쓰기 시작할 때만 해도 지금의 내가 열 살이 더 많아진 나를 떠올리기가 어려웠다. 공연히 과거를 핑계 삼아 숨고 싶었는지도 모른다. 스스로에 대한 확신이 없었기 때문이다. 그런 고민을 글로 다 쓰고 보니 열 살이 더 많아진 나에 대해 좀 더 구체적으로 꿈꿀 수 있을 것 같다.

첫 번째는 계속해서 글을 쓴다. 가족들도 나의 글쓰기가 꼭 돈이 되는 일이 아니라 해도 쓰는 시간을 존중해 주고, 글쓰기를 하는 나 자체를 응원하고 자랑스러워하길 바란다. 마흔일곱 살 즈음에는 다른 사람의 마음을 위로하고 보듬어 주는 책도 몇 권 낸다. 유명한 작가보다도 오래도록 누군가의 마음을 울리는 글을 쓰는 그런 작가가 되어 있는 나를 상상한다.

두 번째는 글 쓰는 공간을 가진다. 아늑하게 파묻힐 수 있는 1인 소파와 작은 테이블이 있고, 마음에 드는 책들을 모아 두고, 반듯하게 앉아 글을 쓸 수 있는 책상이 있는 나만의 공간을 가지고 싶다. 문도 꼭 달려 있으면 좋겠다. 글 쓰는 시간만큼은 철저히 혼자 있을 수 있게 말이다.

세 번째는 산책이 습관으로 자리 잡는다. 매일 숨을 쉬고 밥을 먹듯 읽고, 쓰고, 사색하고, 산책하는 습관을 꼭 만들고 싶다. 나는 얼마 전 남편에게 힘든 이야기를 들을 때, 우리가 산책하고 있었다는 사실에 큰 위로를 받았다. 그렇게 산책이 주는 큰 힘을 경험했기 때문에 10년 후에는 내게 산책이 숨 쉬는 일만큼 자연스러운 일이 되면 좋겠다. 그래서 건강한 정신과 신체 둘 다 얻고 싶다.

나는 10년 후의 나의 모습을 그려 보면서 내가 오랜 시간 글 쓰는 사람이 되고 싶었다는 사실을 확실히 알았다. 글을 쓰는 사람이 되는 것이 평생을 찾아 헤매던 나의 꿈이고 숙명이라는 생각마저 든다. 글 쓰는 일을 지치지 않고 잘할 수 있도록 체력도 정신도 잘 갖추리라 다짐했다. 나는 마흔이 가까워져 오면서 이제 너무 늦어 버렸다는 생각을 자주 했었다. 계속 무언가 하고 싶어 했음에도 하지 못할 것이라는 생각을 더 많이 했었다. 그러나 누군가는 50대에 문화강좌로 배운 가야금으로 강사가 되고, 60대에 대학을 들어가고, 70대에 시와 그림을 시작하는 모습을 보면서 언제든 너무 늦었을 때란 없다는 것을 알았다. 나이와 상관없이 죽는 날까지, 내가 되고 싶은 '나'는 멈추지 않고 계속 글을 쓰는 사람이다.

조용순
–
은하수

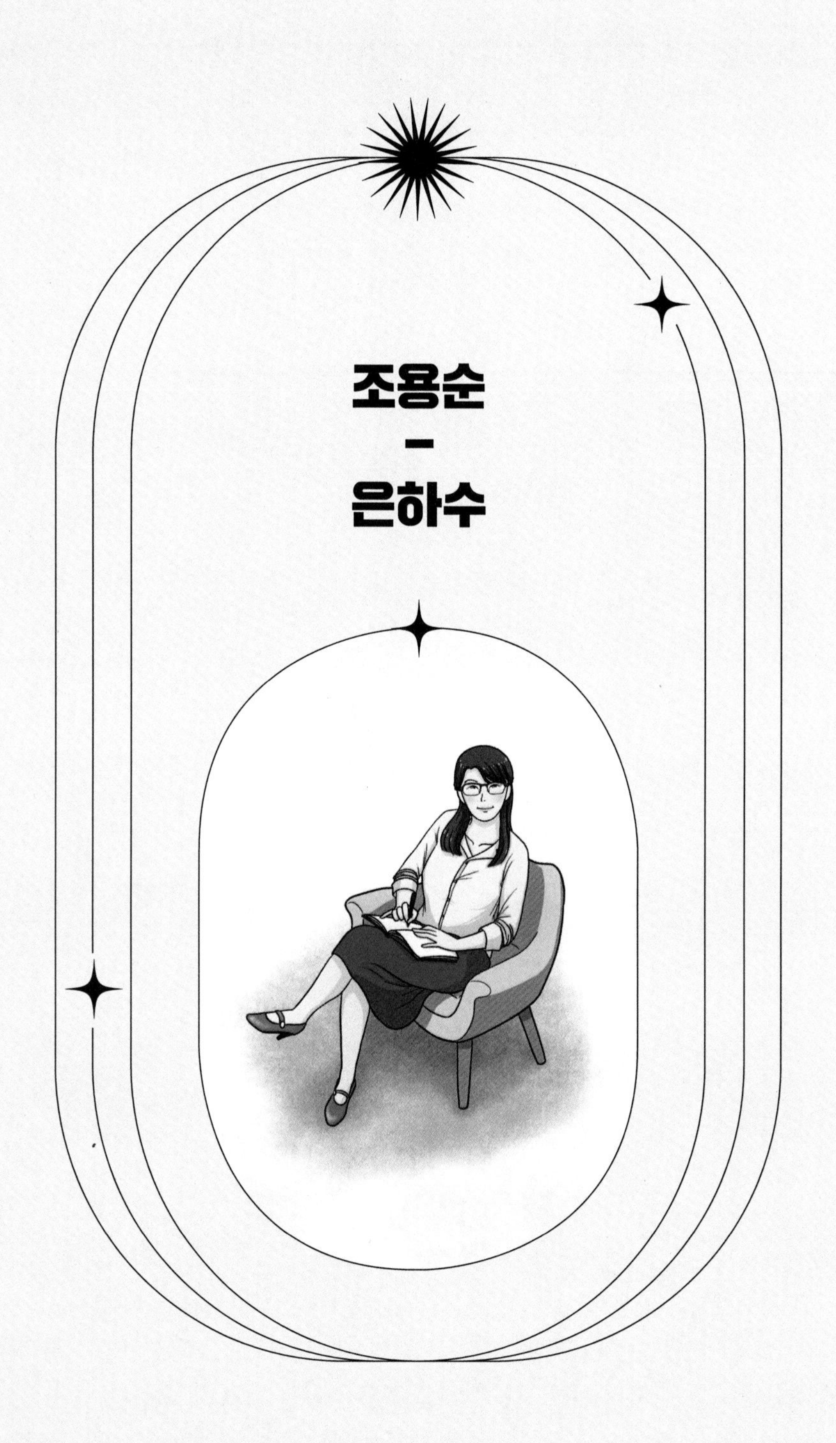

조용순 - 은하수

우리 아버지는

우리 아버지는 1933년 황해도에서 태어나셨는데, 어린 시절에는 주로 증조할아버지와 지냈다. 할아버지와 할머니는 아버지를 낳은 후 헤어졌다고 한다. '할머니가 무식해서'가 그 이유였다고 한다. 헤어질 때는 할머니가 아버지를 데려갔는데, 할머니가 재혼하면서 아버지는 새아버지가 싫어서 다시 증조할아버지 댁으로 돌아오셨다고 한다. 그래서 아버지는 친할아버지가 아닌 큰할아버지의 장남으로 입적되었고, 만주에서 경찰로 근무하던 친할아버지도 재혼을 하셔서 5남매를 낳았다.

가족 잔치가 있을 때 서로 연락은 하지만 삼촌 셋, 고모 둘을 사진에서만 보았을 뿐 제대로 본 적은 세 번 정도에 불과하다. 내 결혼식에는 큰고모가 다녀갔고, 나도 큰고모 자녀 결혼식에 갔었고, 작은고모 과천에도 한번 다녀왔다.

아버지와 관계된 재미있는 일화가 몇 가지 있다. 외할머니가 아버지에게 고기 한 근 값을 주시면서 사 오라고 심부름을 보냈는데, 아버지는 본인이 좋아하는 돼지비계로만 사 와서 혼자 드셨다고 한다. 평상시에도 엄마가 고기를 굽는다든지, 전을 부친다든지 하고 있으면 혼자 전부 드시고는 "또 있는 줄 알았지!"와 같이 엉뚱한 면도 보이셨다.

우리 세 자매는 어린 시절, 고등학교를 졸업할 때까지도 육류를 먹어 본 기억이 없다. 그래서 막냇동생은 지금도 육류를 먹지 못한다. 나머지 둘도 육류를 좋아하지는 않는다. 엄마는 닭백숙이나 닭볶음탕은 잘하고 장사까지 하셨지만 소, 돼지 등의 육류는 요리할 줄 모르신다.

친할아버지는 형에게 아버지를 맡기면서 집 한 채 값을 지불하셨고, 큰할아버지는 그 돈을 노름에 탕진하셨다. 큰할아버지는 있는 돈도 다 써 버렸고, 일을 하지 않으셨고, 가정을 돌보지 않으셨다. 아버지는 고아나 마찬가지였다. 큰할아버지의 자녀로는 2명의 형제가 있었다. 아버지를 포함한 삼 형제가 모두 중학교 정도 그 이하가 배움의 전부인데, 아버지의 친형제 5남매는 모두 대학을 졸업해서 대기업 임원이나 개인 사업을 운영하셨고, 고모들은 학교 선생님을 하셨다.

아버지는 그에 대해 평소 불만이 많았고, 술만 마시면 친할아버지를 찾아가서 신세 한탄을 했다고 한다. 첫 결혼에 실패하고 장애가 있는 7살 딸이 있는 상태로 엄마와 재혼했다. 엄마는 젊은 시절, 위장병으로 10년 이상 고생하다가 회복이 되어 서른다섯 늦은 나이에 아버지와 결혼했다. 아버지는 술만 마시면 폭력 남편이 되었다.

엄마와 아버지는 모두 서울에서 살다가 만나서 내가 다섯 살 무렵, 이 시흥에 정착했다. 농사로 지내다 보니 여전히 힘들었고 가난했다. 아버지가 방수 기술자로 사우디아라비아에 2년 동안 다녀왔지만, 그 돈으로 소를 5마리 사서 소값이 폭락하는 바람에 전부 날렸다. 아버지는 없는 살림에도 당시 텔레비전이나 괘종시계를 샀다.

외할머니가 입버릇처럼 자주 말씀하셨다. 동생 태어났을 때가 1975년이었는데, 밥도 못 먹던 시절에 무려 15만 원짜리 괘종시계를 할부로 샀다고 한다. 아버지의 시계 사랑은 90이 넘은 지금까지도 여전하다. 그때 샀던 괘종시계를 3년 전까지만 해도 사용하셨는데, 이제는 시계태엽 감기가 힘들어서 그만 쓰겠다고 하셨다. 물론 그 시계 말고도 손목시계, 알람 시계, 벽시계 등을 아직도 자주 구입하신다. 아버지의 유일한 취미가 시계를 비롯해 다양한 물건을 구매하는 쇼핑인 것이다. 요즘도 시장에 가시면 옷 가게나 신발 가게 등을 다니시며 자주 구매하신다. 장롱 안을 보면 아버지의 양복, 와이셔츠 등 옷가지와 신발장에는 구두, 운동화 등 다양한 신발류가 딸들만큼 많다. 이불, 베개, 주방 물건 등도 본인 것만 구매하시는 분이다.

아버지는 평소 아침 늦게 일어나면서도 낮잠까지 주무시는 분이었다. 엄마는 커다란 보따리 5개를 만들어서 오후 2시경이면 수인선 협궤 열차를 타고 송도에 가서 장사를 하셨다. 그나마 아버지가 짐 자전거가 있어서 보따리를 실어다 주시기는 했다.

엄마가 막차를 타고 집에 들어오면 보통 8시가 넘었는데, 나는 엄마가 오기 전에 아궁이에 불을 지펴서 가마솥에 밥을 해 놓고는 했다.

그만큼 엄마는 우리 세 자매를 돌볼 시간이 없었고, 아버지는 우리에게 무관심했다. 사실 아버지는 내가 다른 아이들에게 맞고 들어와도 별말씀이 없으셨으면서도 가끔 친구들과 놀다가 늦게 들어오면 늦었다는 이유로 회초리를 들어 때리기도 했다.

같이 살던 외삼촌이 내가 행동이 느리다는 이유로 가끔씩 '미련한 곰'이라고 불렀다. 그러나 지금 생각하면 나는 동네에서 가장 공부를 잘해서 성적이 좋았고, 동창들도 만날 때마다 여전히 공부를 잘했던 아이로 기억해 주고 있다. 동창들하고 수목원에 갔는데 친구들이 사진을 찍다가 내 폰에 있는 도서관 카드를 보고는 "역시." 한 적도 있다. 사소한 일에도 나를 인정해 주는 그런 동창들이 있어서 고맙고 행복하다.

난 학창 시절 학습지나 문고집이 있는 친구가 부러웠고, 학원 다니는 친구가 부러웠다. 난 집 근처로 고등학교 진학을 원했지만, 담임 선생님께서는 인문고는 안양으로 가야 한다고 하셨다. 고등학생 때 2년 반 동안 자취한다고 밥도 제대로 못 먹고 잠도 제대로 못 잤다. 학교 일과는 오전 7시부터 오후 10시까지이고, 도시락 두 개를 싸서 가야 했다. 성적이 오를 리 없었다. 아침은 거의 먹지 못했고, 늦잠을 자는 날이면 점심과 저녁을 육개장 사발면으로 대신했다. 두 끼를 라면으로 때우면 배가 아팠다. 당시는 생수나 정수기가 없던 시절이라서 물을 끓여 가야 했다. 그러나 학교는 수돗물이라 물을 마시지 못했다. 자취하는 집에는 가스레인지도 없었고 밥솥 하나, 전기 팬 하나가 전부였다. 그런 이유로 키도 안 크고 성장이 멈췄던 것 같다.

고등학교 3학년 겨울 방학 때, 졸업을 앞두고 난 외할머니가 계신 기도원에 가게 되었는데, 원장 목사님이 거기서 봉사하며 살라고 하셨다. 부모님도, 할머니도 그러라고 하셨다. 졸업하고 오겠다는 핑계로 벗어날 수 있었다. 지금도 엄마는 "거기서 살면 어땠을까?" 하신다. 사실 부모님은 장애인 언니와 외할머니를 거기에 맡기고 본인들은 편히 지내면서 미안한 마음 때문이었는지 나까지 제물로 바치려고 한 것이다. 외할머니는 같이 살면서 우리 세 자매를 키워 주셨다. 중학교 무렵, 언니는 기도원에 보내졌고, 할머니도 삼촌이랑 분가하셨다.

내가 어릴 적, 할머니가 다쳤는데 내가 얼굴이 노래서 내 약을 지어 주시느라 치료받지 못했고, 시골로 이사했을 때도 할머니 재산을 정리하고 오셔서 살았다. 그런데도 할머니 틀니 할 시기를 놓쳐서 99세 가기 전까지 잇몸으로 밥 한 숟가락 정도의 소식을 하는 삶을 사셨고, 밭일을 놓지 않으셨다. 생각해 보면, 엄마보다 할머니가 더 마음 아프다. 내 나이 마흔이 되기 전까지 할머니의 삶을 제대로 보지 못했다. 서른 초반에 혼자되셔서 삼 남매를 평생 혼자 키우셨고, 일만 하셨다. 엄마는 외할머니가 그랬듯이 젊어서 홀로되신 외할머니가 큰딸을 위해서 희생하며 사셨던 것처럼, 엄마도 큰딸인 나를 위해서 두 아이들을 보살펴 주고 아픈 나를 돌봐주셨다. 내가 아프지만 이만큼 살 수 있었던 이유가 엄마의 희생이었다.

외할머니를 생각하고, 미워하고, 정작 "엄마 감사해요!"라는 말은 못 하고 살았다.

표현이 부족하다는 이유로…….

그러고 보니 나는 초등학교 고학년 시절부터 교회에서 보조 교사를 시작으로 중·고등학교 시절에도 여름성경학교를 위해 강습을 받고, 설교며 율동, 공과 공부 등을 했고, 방학마다 기도원을 갔었고, 3일 금식도 여러 번 했었다. 주일에는 아침부터 어린이 예배 인도를 시작으로 주일예배 후, 점심을 먹고 나면 설거지와 교회 청소를 하고, 저녁 예배 후에야 집에 돌아올 수 있었다. 그때는 당연하다고 느꼈던 일들이다. 같은 또래 남학생이나 남교사는 설거지에서 제외됐고, 여자 어른들이 점심밥을 만들어 냈고, 그러면서도 남자와 여자의 상이 달랐다. 남자 상에는 반찬이 더 많아서 먹고도 남았고, 여자 상에는 가짓수가 적었고, 양도 항상 모자랐다.

나는 국어국문과나 문헌정보학과를 가고 싶었다. 그러나 등 떠밀려 썼던 신학과는 떨어졌다. 내게 별 관심이 없는 줄로만 알았던 엄마는 부천 OO신학대학교에 나와 함께 찾아가서는 합격자 명단을 눈으로 직접 확인하고서야 불합격을 받아들였다. 그때부터 또 다른 고난의 시작이었던 것 같다. 고등학교 졸업 후 난 서울에 본교가 있는 안산의 OO신학교에 입학했다. 선교원 교사를 양성하는 유아 선교학과였다. 커리큘럼은 보육교사도 줄 수 있는 과정인데, 1회 졸업생만 주고 2회부터는 선교원으로만 취업하도록 해서 없앴다. 2회 졸업생이었던 나는 15년이 지나서야 다시 대학에서 보육교사를 받았다.

회사를 다니던 어느 날, 회식 후 귀가하다 동생들과 살던 집에 문이 잠기는 바람에 3층에서 떨어지는 사고를 당했다. 척추 골절로 한 달을 입원했고, 처음에는 밥상도 들지 못했고, 지금도 척추가 굽어서 생활이 불편하고, 무거운 것을 들지 못한다. 10년 후, 둘째 딸이 5살이었을 때 위암 진단을 받고 개복 수술을 받았다. 그 후유증으로 빈혈과 간이 안 좋아져서 항상 피곤하다. 친정에서 함께 살 때는 엄마가 살림도 해 주시고 아이들을 돌봐 주셔서 야간에 대학도 다녔고, 낮에는 인정받는 회사에서 일할 수 있었다. 셋째를 낳고 분가하니 독박 육아로 경력 단절이 되었고, 그동안의 배움이 물거품이 되는 순간이었다. 막내가 4살 무렵, 단시간 경리로 일하면서 보수 교육을 받았고, 초등학교 보육 전담사로 일할 수 있었다. 그 일도 코로나19로 인해 길어진 시간을 체력이 버티질 못했다. 계속 일을 하고 싶었으나 집안일과 병행하다 보니 수술로 약해진 체력 때문에 4시간 이상의 일은 할 수 없었다.

끊임없이 배우고 도전하는 것을 좋아한다. 요즘 문헌정보학과 학사 과정이 눈에 들어왔다. 2년 정도의 과정이었는데, 남편이 반대했다. 반대한 이유는 돈과 시간 때문이다. 내가 배우는 동안 집안일에 소홀할 것이 걱정이었을 것이다. 지금 나이가 많긴 하지만, 생각해 보면 내가 스무 살에 꿈꾸었던 진로이기에 배움의 완성이라 생각했다. 30년 전 꿈꾸던 대학 교정, 생각만 해도 설레고 낭만적이다. 나이에 맞게 대학 생활을 했다면 내 인생은 달라지지 않았을까 생각해 본다.

드라마의 힘!

웹툰이나 웹소설을 다룬 드라마들. <이태원 클라쓰>, <옷소매 붉은 끝동>, <킹더랜드>, <힘센 여자 강남순>, <내 남편과 결혼해 줘>, <눈물의 여왕>, <선재 업고 튀어> 등 로맨스 장르와 타임 루프, 타임 슬립 등을 다룬다. 예전의 드라마들은 과거로 돌아가도 바꿀 수 없었지만, 요즘은 몇 번이고 타임 슬립 해서 원하는 시점으로 돌아가서 위기를 넘기고 행복한 엔딩으로 바꾼다는 것이다. 드라마에 빠져 몰입하는 순간 남주가 달리 보인다. <이태원 클라쓰>의 박서준 배우가 그랬고, <옷소매 붉은 끝동>, <킹더랜드>의 이준호 배우 역시 그랬다. 한동안 2PM 이준호에 빠져 일본 콘서트 노래까지 섭렵했었다. 그리고 이젠 본명보다는 선재가 생각나는 <선재 업고 튀어>의 변우석 배우. 그렇다고 아무 드라마나 모든 드라마를 좋아하는 건 아니다. 어떤 메시지나 감동이 있는 드라마가 좋은 것 같다. 사랑은 생각하는 것과 현실이 다르다는 걸 경험했고, 알기에 더더욱 그런 것 같다. 사랑하는 사람이 단지 오래 살아 주길 바라서 서로 엮이지 않으려고 노력해도 만날 때마다 세 번 모두 사랑에 빠지고 만다. 남자는 매번 여자를 대신해 죽을 만큼 사랑한다.

이렇듯 내가 마음이 아프고 힘들 때마다 인생 드라마가 있었다. 잠시나마 주인공이 되어 마음이 정화되었다. 우리네 인생처럼 드라마에도 항상 역경과 고난이 존재했으며, 해결해야 안정되었고, 행복해질 수 있었다. 최근에도 드라마 <눈물의 여왕>에서 김수현 배우가 부른 '청혼'이란 노래는 멜로디와 가사가 오래된 감성을 깨웠다. 학창 시절, 좋아하는 연예인의 사진이나 포스터를 책받침으로 만들어 주었던 시절에 난 의지할 누군가를 찾았다, 그때는 최수종 배우였다. 그리고 아이들을 키우던 30대에는 배우 송승헌 팬클럽에 가입해서 팬 미팅에 몇 번 갔었다.

나는 가수 중에 임영웅의 노래를 참 좋아한다. 가슴을 울리는 목소리가 좋다. 이 가수의 노래가 좋아서 팬 카페를 들여다보고 콘서트를 가 보려고 하는 정도로 위안을 삼는다. 너무 빠지면 안 되니까. 이런 엄마를 알고 둘째 딸이 임영웅 콘서트 예매에 성공해서 며칠 전 5만 명이 함께한 상암월드컵경기장 콘서트에 다녀왔다. 너무 좋아서 두 번이나 울컥했고, 눈물이 났다. 직접 참여하니 역시나 현장감이 다르다. 그날 나는 뮤지컬에서처럼 망원경을 준비했고, 혼자라 셀카봉도 가져갔다. 함께 공부했던 분의 말씀처럼 이제는 좋은 것을 봐도 기억에 오래 남지 않아서 휴대폰으로 열심히 동영상 촬영도 했다.

그리고 난 김창옥 교수의 강연을 좋아한다. 기억력이 좋은 편이라 같은 영화나 드라마를 두 번을 못 보는 성격인데, 김창옥 교수의 강연은 오랜만에 같은 내용의 강연을 다시 듣고도 눈물이 났다. 외국에서는 어떤 사고가 있었을 때 "괜찮니? 괜찮아, 그만하길 다행이다!" 하고 말한다고 한다.

"Are you okay? No problem."

우리나라에선 어린 시절 갑작스러운 사고에 부모님에게 혼나기 일쑤였다. 나의 어린 시절도 어떤 사고가 있었을 때 위로를 받기보다는 내 잘못이라며 혼나기만 했었다. 그래서 난 내 아이들에게는 속상하고 마음이 아프더라도 이제는 "괜찮아, 그럴 수도 있지!" 한다.

난 몸이 안 좋아지고 나서는 좋은 물건을 가끔 산다거나 먹고 싶은 음식 먹기를 망설이지 않는다. 전에는 휴대폰을 보급 폰만 사용했고, 웬만해선 만들어 먹거나 값싼 음식만 먹었다. 아프고 나서는 아무 음식이나 만족할 만큼 양껏 먹지를 못한다. 먹어도 소화가 잘 되지 않는다. 먹을 수 있을 때 먹어야 했다고 후회한다. 이젠 장거리 여행도 힘들다. 5년 전쯤 홍콩에 다녀온 게 전부이고, 이젠 멀리 갈 수 없어서 그나마 내 발로 갈 수 있을 때 가려고 지난해 가족들과 일본과 남해 여행을 다녀왔다. 성인이 된 아들과 막내딸과 오사카에 갔을 때는 아들의 새로운 모습을 볼 수 있었다. 자유여행을 가자고 아들이 먼저 권해서 패키지여행밖에 갈 수 없는 난 좋다고 따라나섰는데, 숙소 구하는 것을 아들에게 맡겼더니 미처 생각지 못해 시내와 멀리 떨어진 곳으로 구해서, 이동하는 데에 차비와 시간이 많이 들었고, 숙소에서 조식 제공이 되지 않았고, 아이 둘은 늦잠을 자고 점심이 되어서야 맛집을 찾는다며 끌고 다녀서 2시가 되어서야 식사를 할 수 있었다. 심지어 아들은 일정이 무계획이었다. 전철을 타고 한 시간 동안 시내를 나가면서 맛집을 검색했고, 그제야 갈 곳을 찾고 있었다. 난 여행 가기 전부터 일정을 생각하고 교통이나 다양한 정보 등을 찾아보는 성격인데, 외국에선 자유롭지 못했다. 당장 지하철표를 발권하는 것도 무인기에서 헤매고 있었고, 음식점마다 키오스크 앞에서 어쩔 줄을 모르고 있었다. 난 평소 컴퓨터나 전자 기기를 잘 다룬다고 자부했던 사람인데 언어의 장벽이 이리도 클 줄이야. 까막눈이 된 느낌이었다.

엘리베이터에서는 작은 영문보다는 한자가 먼저 눈에 들어왔는데, 아들이 대뜸 "오픈, 클로즈 몰라?" 한다. 한자 '개, 폐자'가 순간 헷갈리고 있던 참이다. 자유여행이라고 기대했는데, 역시나 여행은 취향대로 각자 가야지 생각하게 되었다. 남편하고 막내랑 부산과 남해를 갔을 땐 아이만 챙기고 내겐 걸음이 늦다고 타박했다. 식사 후 이동할 때 소화가 잘되지 않아 컨디션이 좋지 않았었다. 그리고 일행 아주머니들과 이야기하는 것도 싫어했다. 막내가 여행에 재미가 붙어서 자꾸만 여행을 가자고 한다. 올해는 막내와 둘만 여행을 가 보려고 한다. 내겐 늦둥이 막내가 있으니, 당분간은 친구처럼 항상 붙어 다닐 수밖에 없다.

코로나19 시절, 도서관에서 이탈리아 랜선 여행 강좌가 있었다. 설명과 사진만으로도 재미있었다. 그리고 도서관 수업에서 하루씩 여행 가는 일정이 있었다. 강화도와 수목원 등. 강화도는 막내딸과, 수목원은 친구와 가서 뜻깊은 하루를 보냈다. 딸은 강화도 가는 버스에서 먹었던 따뜻했던 백설기를 아직도 이야기한다. 여행은 피곤하기도 하지만 그때의 추억들이 살아갈 힘이 되어 준다.

꿈을 꾸자,
꿈은 이루어진다

어버이날 받은 선물

며칠 전 아들이, 어버이날 선물로 무엇을 원하느냐고 물었다. 딸이 내가 답하기도 전에 "임영웅 굿즈!"라고 말해 주었다. 내심 딸이 내 마음을 알아주는 것 같아 좋았다. 2주 전엔 딸에게 임영웅 콘서트 티켓을 선물로 받았다. 여러 번 티켓팅에 도전했었는데, 번번이 실패하다가 이번에 성공한 것이다. 남편은 번번이 실패하는 것만 지켜보다가 예매 끝난 뒤에 인터넷 속도를 측정해 보더니 다이렉트 선을 구매해 주었다. 딸에게는 임영웅 콘서트 티켓을, 아들에게선 임영웅 굿즈를 선물받으니 오랜만에 너무 신이 난다. 임영웅의 노래를 좋아하지만, 자주 들으면 중독이 되어서 가끔씩 들으며 조절한다.

둘째 딸

둘째 딸은 공부에 관심이 없다. 너무 하기 싫어해서 내내 내 마음이 더 힘들었는데, 신기하게도 관심을 가지는 일들에는 놀라운 집중력이 발휘되어 능력을 보여 준다. 손으로 만들기를 좋아하고, 섬세해서 무엇이든 잘 만들어 내고, 폰이나 게임기 프로그램이 망가졌을 때도 방법을 찾아내서 복구하기도 한다. 일본어에 관심을 보이더니 일본 친구들과 채팅하면서 현지인이 일본에서 살았는지 물을 정도로 프리 토킹 수준의 실력이 되었다. 그래선지 요즘 일본인을 상대하는 호텔에서 일하고 싶어 한다.

꿈에 대하여

나는 꿈을 마음껏 갖되 원대하게 가지라고 한다. 꿈이 현실이 되는 경험을 많이 했기 때문이다. 가수 임영웅도 이런 인터뷰를 한 기억이 난다. "무대에서 처음엔 1만 명, 4만 명, 10만 명 앞에서 노래하리라 꿈을 꾸었다."고 했다.

물론 나는 항상 꾸준하게 배우고 익히며 살았지만, 아직도 온전한 길을 찾지 못했다. 하지만 난 분명 결국엔 뭔가 해내리라, 이루리라 믿는다.

한동안 수술로 아프고 힘든 시간을 보냈지만 아직 포기하지 않았다. 이루어졌다고 믿었던 그 작은 꿈들은 배우자의 만남과 노력 끝에 학교에서 초등 보육 전담사로의 경험을 했고, 정왕동에서 배곧으로 이사하는 게 꿈이었는데, 간절히 바라고 기도하니 이루어졌다.

바다가 보이는 서점

『어서 오세요, 휴남동 서점입니다』이라는 책을 쓴 황보름 작가의 북 콘서트가 있다는 소식을 우연히 들었다. 가 보고 싶었지만 일정이 맞지 않아 참석하진 못했다. 그 아쉬움을 달래려고 읽다 말았던 책을 다시 들었다.

책 표지를 자세히 살펴보니 요즘 동네 서점, 동네 책방 이런 곳에 관심이 생기기도 했고 일러스트 반지수의 그림이라선지 더 눈이 갔다. 숲속에 위치한 2층 서점을 보고 있다 보니 젊은 시절에 일했던 우체국 건물과 비슷하다는 생각이 들었다. 1층은 우체국, 2층은 여자 국장 사택이었다. 그때 나는 계약직으로 근무했는데, 국장이 맘에 든다고 계속 일해 줬으면 했다. 나는 현실주의자여서 급여는 적고 일은 고된 우체국이 일이 싫었다. 지금 생각해 보면, 그 말을 받아들여 오래 했으면 다른 삶을 살고 있지 않았을까도 생각해 본다.

휴남동 서점도 1층은 서점, 2층은 주인공인 서점 사장의 거처로 사용하고 있었다. 책 표지 그림만으로도 이미 책 내용의 반은 상상할 수 있다. 이 책을 선택한 이유가 어쩌면 나의 꿈과도 연결되어 있는 듯해서다. 난 도시를 좋아하지만, 내 주 무대나 쉴 곳은 고즈넉한 안식처와 같은 일터, 일과 휴식이 함께 공존할 수 있는 공간으로 내가 꿈꾸는 가까운 미래와 닮았다. 바로 이 책 표지를 보고는 선택하지 않을 수 없었던 것이다.

내 가게는 바다가 보이는 서점. 중고 서점으로 대여나 판매를 하고 가끔은 북 토크도 하고, 원두 기계로 커피를 내리고, 한쪽은 뜨개질 클래스와 레고블록 조립 방이 있다. 만화방처럼 서점에서 책을 보고, 아이들은 블록을 조립할 수 있다. 언젠가 레고블록 방을 열지도 모른다면서 상자 그대로 모아 두었던 블록들이다. 북 토크와 뜨개질 클라스가 있다. 커피를 마시며 바다 한번 보고 다시 책을 읽어 내려간다. 북 토크가 있는 날이면 미리 공구를 진행한다. 벽에는 내가 좋아하는 고흐의 그림들이 걸려 있다. 〈밤의 카페테라스〉, 〈별이 빛나는 밤〉 등.

부산 흰여울마을에서 1층은 서점으로, 2층은 집으로, 이전에 상상했던 그림 같은 집에서 살고 있다. 주말이면 아들 내외와 딸, 사위가 바람 쏘인다는 핑계로 자주 찾아온다. 우리 가족들은 모두 1층에 모여서 차를 마시며, 바닷바람을 쏘이며, 손에는 책을 들고 있다. 우리 아이들은 나만큼 책에 관심도 없고, 읽지도 않았었다. 막내는 내가 읽어 주면 다른 것을 하면서 안 듣는 듯 무심하게 듣는다. 이제는 가족 모두에게 책을 보게 하려는 나의 큰 그림이 완성되어 기쁘다.

시간을 되돌릴 수 있다면

지금 생각해 보면 내 꿈은 국어 선생님이나 도서관 사서였다. 최근에 도서관에서 일했는데, 책 순서를 맞추는 일이 재미있었다. 나는 갑작스러운 일에 대한 상황 판단력이 빠르다. 배움에 있어서 이해가 빠른 편이고, 집중을 잘해서 기억력이 좋은 편이다. 사고로 전신 마취를 하고 여러 번 수술대에 올랐지만, 아직도 기억력은 좋은 편이다. 한번 갔던 길도, 본 얼굴도, 했던 말도 잘 기억해 내기 때문이다.

어릴 때는 경기라는 병으로 여러 번 쓰러졌고, 혼자 자전거를 타다가 저수지로 떨어지기도 했으며, 스물한 살에는 3층에서 낙상, 삼십 대에는 동해바다에서 고무보트를 타다가 뒤집어져서 겨우 살기도 했다. 그중에서도 가장 힘들었던 시간은 서른네 살에 위암 2기로 개복 수술을 했던 날이다. 나는 위암 수술을 받았는데, 암세포가 있어서 위를 3분의 2만큼 제거하는 수술이었다. 첫 수술에는 무통 주사가 효과가 있어서 견딜 수 있었다. 그러나 뱃속이 제대로 봉합되지 않아서 3일 만에 다시 전신 마취 후 배를 열었다. 다시 봉합하고 깨어났을 때, 흰 천으로 상체가 덮여 있었고 공중에 줄로 연결된 링거가 보였다. 정육점에 고깃덩어리를 매달아 놓은 모습이었다. 마취가 깨고 나니 참기 힘든 고통이 밀려왔다. 그때부터는 무통 주사도 통하지 않았다. 링거는 목에 연결된 채로 금식에 물도 마실 수 없는 상태여서 누울 수도 없었다. 보름 동안을 앉아만 있었다. 왜냐하면 누우면 바위가 배를 누르는 것처럼 통증이 왔기 때문에 잠을 잘 수가 없었던 것이다.

그것만이 아니었다. 온몸이 마비되어 혼자 움직일 수 없었다. 새벽에 화장실을 가는 것도 문제였다. 그래서 엄마가 계시거나 남편이 휴가를 받아 나를 보살피기도 했다. 엄마도 남편도 나를 보살피는 게 힘들었을 것이다. 하지만 당사자가 아니면 고통을 상상할 수조차 없다. 나는 그때 고통스러울 바에 차라리 죽고 싶다는 생각도 했다. 수없이 울면서 기도했던 것 같다. '제발 죽게 해 달라고……'

보름 동안 앉아 있기만 하니 나도 모르게 졸음이 몰려오기도 했다. 설령 정신이 들어 창밖의 파란 하늘이나 바람에 흔들리는 나무들, 보이는 공사 현장에서 사람들이 바삐 움직이는 장면을 보면서도 아무런 느낌도 없었다. 꼭 죽는 날을 받아 놓은 사람 같았다.

한 달 만에 퇴원하고 친정에서 지내다가 6개월쯤 지나 다시 살아야겠다고 생각했다. 근처에서 전산회계 교육을 받았다. 그리고 취업했다. 그 회사는 내 모습 그대로를 인정해 주었다. 3년 6개월 간 즐겁게 일했다. 건강을 되찾아 하는 일은 나 자신에게 자신감이 생기게 했다. 일하면서 야간에 보육교사와 사회복지사 과정을 마쳤고, 실습도 했다. 그래선지 몸에 무리가 오기도 했다.

막내 때문에 큰 아이들 때는 없었던 키즈카페와 키자니아 체험을 원 없이 했다. 요즘 초등학생들이 좋아하는 로블록스 게임도 알게 되었다. 게임 화폐 로벅스를 충전하는데, 아이 아이디로 로그인하지 않고 아이가 보내 준 링크로 접속해서 구글페이로 결제했다가 로벅스 충전이 안 되어 로블록스 미국 본사에 여러 번 메일을 보냈다. 한 달 만에 답변이 왔고, 결제 취소도 해 주고 로벅스 충전도 해 주었다. 쿠폰을 사용해서 오천 원도 안 되는 돈이었지만 문을 두드리니 환불이 되었다. 이와 비슷한 경험으로 인터넷 서점에서 이북 결제를 가끔 하는데, 모바일 버전에서는 구글페이로 하고 PC 버전에서는 일반적인 결제가 되는 것이다.

내 나이 삼십 대 때는 인터넷 검색대회가 유행했다. OO일보에서 주부 인터넷 교육과 교육 후 정보 검색 대회도 열었고, 사이버 기자도 모집했었다. OO일보 인터넷 교육 덕분에 정보 검색 대회도 여러 번 참여해서 상장을 받았고, 잠시 사이버 기자도 체험했다. 그 후로 OO우체국과 OO체신청 정보 검색 대회에서도 수상했다.

텔레비전에서 유관순과 전태일 열사가 나온다. 그들만큼 목숨을 걸고 목숨과 바꿀 만큼의 용기는 아니어도, 불의를 참지 못하는 마음은 표현해야 한다고 생각한다. 그들의 희생이 있었기에 지금의 우리가 있다고 생각하기 때문이다. 평상시의 내 모습도 나서기를 좋아하고 불의를 참지 못하며, 논리적인 주장을 펼치는 성향이다. 몸을 사리고 적당히 했다면 지금 누리는 자유나 지금처럼 근로법이 개선되었을까? 맥락이 있고, 논리적인 주장 그리고 일관성. 재판에서 진술할 때의 일관성처럼 아이 교육에서도 일관성이 강조된다.

현재 내 마음의 맑음은 나의 미래 신세계로의 나의 꿈, 희망, 바다가 보이는 서점이고, 내 마음의 흐림은 아들의 직장, 착한 둘째 딸, 막내딸 공부 고민이다. 누구나 선택과 결정이 있어야 하고, 고집과 인내도 있어야 한다. 글을 쓰면서 오래전 일을 떠올렸고, 상처받았던 일들이 생각났다. 난 자신감이 높다고 생각했는데, 어쩌면 점점 더 숨기고 싶은 상처가 아직도 아물지 않은 상태로 남아 있는 것 같다. 이제는 인생의 절반을 산 나이지만 난 아직 갈 길이 멀고, 원대한 목표와 이상이 존재한다. 그것이 내가 하루하루를 버틸 수 있는 힘이라고 믿는다. 난 아직도 살아 있고, 포기를 몰라서 여전히 아이들에게 잔소리하고 있다. 아이들은 아무 생각이 없어 보이는데 나 혼자 시간이 아깝다고 잔소리를 늘어놓는다. 특히 막내는 어려선지 아직도 밀린 숙제처럼 남아 있다.

아이 방학과 도서관에서 하던 일을 끝내고 최근 한 달 동안 일본 여행을 다녀왔다. 작가 초대 시간을 갖기도 했고, 자체 시(詩) 대회에서 우수상을 받고 거창한 시상식도 치렀다. '난 무엇이든 할 수 있는 사람이지만 생각이 많은 편이라 다양하게 준비해 두자'란 마음을 항상 갖고 있다. 그런 마음가짐 덕분에 상대적으로 많은 경험을 할 수 있었고 딸과도 맘에 드는 사진을 선물 받는 추억을 만들 수 있었다. 최근에 둘째 딸과 함께 찍은 반명함판 사진은 감히 인생 사진이라고 말할 수 있을 정도다.

꿈속에서 가끔 가수 임영웅을 만난다. 함께 공부하는 글쓰기 수업에서 만난 동갑내기 친구를 통해 서로의 남편이 비슷해서 웃기도 하고, 위로를 받기도 한다. 아마 내가 다시 태어난다 해도 지금의 삶과 크게 다르지 않게 살고 있을 것 같다. 내 맘대로 선택하고 살아 볼 수 있다면 난 무조건 대학을 갈 것이다. 과거 지방 대학이라 망설였지만, 지방 대학이라도 내가 원하는 과를 가서 원하는 직업을 선택할 것이다.

드라마에서처럼 원하는 시간을 되돌릴 수 있다면 좋겠지만, '피할 수 없으면 즐겨라' 했던 말처럼 아프지만 내 인생이니까 지금의 상황에서 최선을 다하려고 한다. 끝없는 선택, 오늘도 크고 작은 선택의 기로에 서 있다. 그런 면에서 치열한 내 삶은 오늘도 진행형이다.

혼잣말

용순아,

오랜만에 가수 임영웅의 노래를 듣고 있네? 최근 발표한 신곡 '온기'잖아. 역시 좋구나! 마음이 따뜻해지는 노래를 들으니 젊은 시절이 머리를 스치지? 그땐 무엇이든 도전하고 무엇이든 해 볼 수 있는 나이였잖아.

'내 나이는 황금기(40대)가 지났어.'라고 생각했는데, 지나고 보니 지금도 황금기야. 용순아, 그 말 믿고 새로운 꿈을 꾸어 보렴.

그동안 몸도 마음도 많이 힘들었잖아. 아직도 인간관계 속에서 기뻤다가 슬펐다가, 그래도 이런 게 사는 맛이 아닐까?

너는 앞이 보이지 않았던 20대를 지냈고, 아이 키우며 조금은 안정되었던 30대를 보내기도 했고, 몸이 아파서 힘들었지만 그런 와중에도 배움의 끈은 놓지 않고 열심히 공부했지…….

생각해 보니 너는 배우고, 일하고, 사랑하고, 아팠던 인생을 살아온 것 같아. 사실 30대에 그 모든 일들을 해낸 것 같아. 40대엔 막내를 혼자 키운다고 그 모든 것들을 내려놓았다가 40대 중반부터 다시 일을 시작했지. 그리고 50대, 너 자신을 대면해 보렴.

일과 사랑을 모두 가지고 싶었고, 누구나 꿈꾸는 자아도 실현해 보고 싶었지만 너도 뚜렷한 길을 알지도, 정하지도, 찾지도 못한 것 같아. 물론 건강이 문제지만, 건강만 탓하고 너의 길을 뒤로하고 살기엔 시간이 아깝잖아.

용순아,

아버지 92세, 엄마 88세인데 아직 모두 건강하시지? 할머니는 99세까지 건강하게 사시다 돌아가셨으니 너희 집안은 장수집인가 봐. 얼마나 감사한 일이니?

이맘때면 나를 인정해 주고, 예뻐해 주셨던 이모 생각이 나. 서울 OO시장에 가면 다시 만날 수 있을 것만 같은데. 이모는 해산물 장사를 하셨지. 초등학교 시절, 방학이면 이모네 가서 며칠씩 지냈고, 함께 순대를 먹기도 하고, 집으로 돌아갈 땐 용돈도 듬뿍 받았어.

용순아,

강풀 작가의 만화에 나오는 1980년대 서울에서의 일상들이 머릿속에서 스치네. 자고 나면 느껴지는 도시만의 냄새가 좋았고, 길가의 떡볶이와 달고나를 만들어 먹으며 즐거웠던 기억들.

넌 이곳 시흥에서 어렸을 때부터 살았기에 도시를 많이 동경했었지. 지금도 도시를 좋아하니? 참, 생각해 보니 이모 가신 지 벌써 20년이 훌쩍 지났네. 2002년 월드컵 개최 전달에 돌아가셨잖아. 이모 댁에는 참 많은 책들이 있었지? 명작문고 50권 전집이 있었는데, 너 다 읽었잖아. 그러고 보니 이모는 시간 날 때마다 책을 보고 계셨지. 아무튼 이모 댁에 여러 문고집이 있었던 것을 많이 부러워했던 것 같아.

용순아,

아직도 임영웅의 노래를 좋아하니? 또 목요일이면 김창옥 교수의 강연을 듣곤 했는데, 아직도 듣고 있어? 그 강사님은 힘들었던 시간을 유머러스한 말들로 풀어내셨고, 그 속에 가슴을 울리는 강한 메시지가 있었는데. 아마 너에게도 과거에 다양한 경험들이 있었기에 그의 언어를 공감할 수 있었던 것 같아. 맞아, 몸도 마음도 아팠던 시간이 자주 있었기에 그 가수의 노래와 강사의 강의가 울림을 주었던 것 같아.

용순아,

지금 너의 숙제는 화를 잘 내는 남편과 잘 지내는 방법을 찾는 일이야. 너무 스트레스받아서 방법을 찾던 중 글을 쓰게 되었는데, 글에다 표현하고 꺼내다 보니 마음이 조금은 위로되고 편안해지니? 물론 사람이 쉽게 변하지 않으니 계속 인내하고 기도하고 해 봐. 아직도 남편이 화를 자주 내니? 전엔 하루에도 여러 번 수시로 화를 냈다고 했는데 요즘도 그러냐고? 갑작스럽게 화를 내기 때문에 어느 시점에서 화가 나는지 예측할 수 없어서 많이 당황했잖아. 혹시, 전에 그 일화 있잖아. 본인 실수나 잘못을 가지고 다 네 탓이라고 했던 거. 지금이야 지났으니 웃을 수 있지만 당시에 너도 많이 힘들었지?

본인의 신호 위반도 네가 말을 시켜서 일어난 일이고, 장모님 내리는데 차를 움직인 것도 네가 다른 사람과 말하고 있어서라고 했던 거. 네가 했던 말을 생각해 보니 네 남편은 핵심 단어로만 접근한다고. 문자를 보더라도 한 단어만 보고, 혼자 해석해서 오해하는 경우가 다반사라고. 대화할 때도 "결론만 간단히 말해!" 한다며. 그런데 남편이 자격증 공부도 하고 차에 관한 유튜브는 보는 게 신기하다고 했는데, 지금도 그러니? 가끔 네 이야기를 잘 들어준다고 했는데 지금도 그래? 아무튼 그런 시간이나 기회가 오면 하고 싶은 말을 진심을 담아 해 봐.

용순아,

상당히 더웠던 그 여름이 오늘 일처럼 떠오른다. 에어컨 없이 지내기 힘든 그날. 뜨거운 태양 아래는 더 더울 거라서 망설여졌지만 푸른 바다와 대부도를 거쳐 선재도, 영흥도를 건너는 다리가 머릿속에 그려지고 마음은 이미 영흥도에 가 있었어. 십리포해수욕장은 처음이었지만 소사나무 그늘이 울창한 숲을 이루고 있어서 바람이 너무나 시원하고, 누워서 잠을 청하기에도 안성맞춤이었지. 마음 맞는 사람들과 함께여서 더 즐거웠던 하루였어. 산책로를 걸으며, 이런저런 이야기를 나누면서 소소한 재미도 느꼈지. 돌아오는 길에 선재도 뻘다방을 들러서 커피 한잔하고, 물론 대부도에 있는 핑크색 건물, 불란서빵집을 뒤로했던 거 아쉬웠지. 평소 궁금했던 불란서빵집을 그때도 들르질 못했던 건 지금도 두고두고 아쉬워.

물론 그 후에 남편을 졸라서 대부도에 간 김에 궁금했던 불란서빵집을 들렀고, 포도맛 술빵도 사 왔잖아. 아, 맞다. 대부도의 360도 회전하는 베이커리 카페를 찾았던 기억도 떠오르네. 빵과 음료를 골라 올라가서 회전하는 자리에 앉았는데, 살짝 어지러웠지. 이용 시간은 1시간이어서 금방 일어나야 했지만 거기는 낮보다는 밤에 가면 야경을 보는 재미가 있어서 더 좋았을 것 같아.

그때 남편은 평소 사진 찍기를 좋아해서 여기저기 사진을 많이 찍었지? 필터가 있는 앱 사용에는 좀 서툴렀지만, 사진 자체만으로도 각도나 감각을 잘 살리는 편이야. 사람은 자기가 좋아하는 일에는 관심이 생기면 더 잘하게 되는 것 같은데, 남편의 그런 모습을 한참 쳐다봤던 것 같아.

용순아,

최근 글쓰기를 배운다고 도서관 두 군데에서 공부했지? 몸이 약한 네가 어떻게 그런 적극성이 있었는지. 아무튼 그들과 어울리면서 분위기 있고 낭만적인 문학관도 여러 군데 다녔잖아. 유난히 더웠던 8월의 마지막 날, 당진의 심훈문학관을 다녀왔는데, 어땠니? 글을 배우고 앞으로 쓸 사람인데 뭐 좀 얻어 왔어? 아니라고? 아하, 그날 남편에게서 원망 섞인 문자를 받아서 좋았던 분위기가 깨졌다고 했던가? 그 문자 때문에 헤어질 결심을 하고 답을 보내면서 눈물까지 흘렸잖아. 많이 속상했어, 그치? 남편은 미안하다고 하면 될 일을 그렇게까지 하냐고 했다며? 평소 남편은 사소한 일에도 화를 잘 내기 때문에 요즘 네가 남편에게 조금 소홀해진 일을 쉽게 넘어갈 수 없었다고 생각했나 봐. 아무튼 나중에 네가 미안하다고 해서 풀렸던가? 이어지는 것도 끊어지는 것도, 인간관계는 알 수가 없는데 그 후로 사이는 좋아졌다니 다행이야. 용순아, 네가 참 잘한 것 같아.

문정숙

–

워너비 홀리(Wannabe Holy)

문정숙 –
워너비 홀리(Wannabe Holy)

그 시절 내 별명은 '평화오락실' 둘째 딸

시험을 망쳤어! 오, 집에 가기 싫었어! 열받아서 오락실에 들어갔어!
어머, 이게 누구야, 저 대머리 아저씨…. 내가 제일 사랑하는 우리 아빠.
- 한스밴드, '오락실' 중

이 노래를 들으면 오락실이라는 풍경이 그려지고, 뭔가 아련하고 정겨운 그런 감성이 나지만, 사실 이 노래는 내게 트라우마와 같은 노래다. 이유인즉 어린 시절 우리 집이 오락실이었기 때문이다. 어렸을 때 작은 가게를 하는 집들이 많았는데, 두부가게 딸 ○○, 구멍가게 딸 ○○, 신발가게 아들 ○○, 이런 호칭들로 누군가를 불렀다면 나는 평화오락실 둘째 딸 ○○이었다. 초등학교 4학년쯤이었나, 아빠는 할아버지가 오래 운영했던 쌀가게를 접고 뭔가 당시에 비전이 있어 보였는지 오락실을 하게 되었다. 나는 태어나서 오락실을 한 번도 가 본 적이 없었는데, 우리 집 오락실에 들어오는 엄청나게 큰 오락실 기계가 신기하게만 느껴졌다. 갤러그를 필두로 해서 1942, 보글보글, 너구리, 나중에는 테트리스까지……. 우리 집은 동네 아이들, 특히 남자아이들이 모여드는 오락실이 되었다.

순종적인 딸이자 모범생이었던 나는 아빠의 명을 받아 오락실 집 딸로서 하루 종일 오락을 해야 하는 주된 임무부터 다양한 일을 맡게 되었다. 오락실도 지키고, 돈도 바꿔 주고, 청소도 하고, 가끔 도둑 잡는 일도 했다. 도둑이라 함은 오락을 너무 하고 싶은데 돈이 없는 아이들이 10원짜리 동전 둘레에 테이프를 붙여서 위조 100원을 만들어서 오락을 하는 경우가 있었는데, 의심이 되는 녀석이 나타나면 마치 경찰이 된 것처럼 예의 주시 하던 기억이 난다. 용의자로 지명한 아이가 오면 그 아이가 동전을 넣으려고 할 때 뚫어져라 레이저를 쏘며 동전 넣는 구멍을 쳐다보았다. 오락실 영업이 끝나는 저녁이 되면 오락실 기계들마다 돈통을 열고 돈통에 들어 있는 동전을 세어서 하루 정산을 했다. 어느 오락 기계가 잘 되는지도 관리했고, 동전을 바꿔 주는 일이 일상다반사였다. 오락실을 보는 일 중 가장 많이 한 일은 손님이 없을 때면 하루 종일 오락을 해야 하는 것이었다. 한 명이라도 오락을 하고 있어서 손님이 왔을 때 민망해하지 않게 하려는 일종의 전략이었다. '식당에 갔는데 아무도 없는 것보다는 한 명이라도 식사를 하고 있는 게 낫지 않은가'에서 시작된 아이디어였던 것 같다. 당시에 나는 여러 게임을 섭렵했는데, 너구리라는 게임은 마지막에 천도복숭아까지 가면 끝이 나는데, 일반 아이들은 웬만하면 절대

정복하기 힘든 게임을 나는 마지막 천도복숭아가 나오는 판까지 다 가 보았고 보글보글이라는 게임도 마지막 100판까지 다 깨 보았다. 집에 와서 학교 숙제도 오락실 책상에 앉아서 했는데, 오락은 나에게는 하교 후 일상의 또 다른 시작이자 끝이었다.

남들은 오락실 집 딸이라고 하면 부러워하고, 본인들은 오락을 원 없이 해 보는 게 소원이라고 했지만, 엄청난 문제가 생기게 되었다. 당시 오락실은 청소년들이 절대 가지 말아야 하는 호환 마마와 같은 불량한 장소 중의 하나였다. 오락실에 가는 것을 학교에서 단속했고, 칠판에는 오락실에 간 사람의 이름이 적혀 있었고, 학급 회의 때 오락실에 간 아이는 혼나는 상황도 있었다. 매일 오락실을 거쳐야 집에 들어갈 수 있었던 나는 집에 들어갈 때마다 누가 나를 볼까 봐 마음을 졸일 때가 많았다. 다행히도 당시 초등학교는 여러 동네에서 한곳으로 오는 곳이어서 우리 동네에서 내가 다니는 초등학교에 다니는 아이들이 많이 없었지만, 행여 '같은 반 아이들이 우리 집에 오면 어떡하지'라는 걱정은 초등학교를 다니는 내내 내게 엄청난 걱정과 불안을 가져다주었다. 학교에서 돌아오고 집에 도착할 때쯤이면 나는 걸음을 천천히 걸으며 주위를 둘러봐서 아무도 없을 때 오락실 문을 열고 집에 들어갔고, 비슷한 또래의 아이들이 보이면 일부러 밖에서 좀 더 돌아다니다가 들어간 적도 많았다. 4형제 중 오빠와 내가 오락실로 인한 피해를 가장 많이 보았는데, 당시 학급 회장이었던 오빠는 학급 회의 시간에 오락실에 간 아이에 대해 말할 차례가 오면 늘 긴장하고 수치심이 들었다고 어른이 되어서 이야기해 주었다. 한번은 초등학교 때 나를 좋아했던 남자애가 어떻게 나를 미행했는지 우리 집까지 온 적이 있었다. 여느 때처럼 오락실에 앉아 있었는데, 문을 살짝 열고 들어오는 그 남자애랑 눈이 마주쳤을 때 정말 쥐구멍이 있다면 숨고 싶은 그런 마음이었다. 나는 얼음처럼 얼어서 어쩔 줄을 모르고 있었는데, 그 남자아이는 다행히 가게에 직접 들어오지는 않았다. '다음날 학교에 가서 떠벌리고 다니면 어떡하지'라는 생각으로 잠도 설쳤었는데, 다행히도 그 남자애가 다음날 학교에 가서 떠벌리고 다니지는 않아서 위기는 모면했다. 하지만 초등학교를 졸업할 때까지 아빠의 직업을 얘기하거나 오락실과 관련된 상황이 발생하면 불안과 두려움으로 긴장했던 일들이 여전히 기억이 난다.

중학교 1학년 때 통학버스를 탔는데, 초등학교 때 잘 모르던 남자애가 나를 보더니 옆에 있는 남자 친구들에게 "저 여자애, 오락귀신이야. 오락 엄청나게 잘해! 손이 열라 빨라!"라고 하자 버스에 탄 남자애들이 웅성거리며 자기들끼리 웃던 모습들이 아직도 마음 한구석에 수치심으로 자리 잡고 있다. 지금 같으면 '그래서 어쩌라고. 오락도 못하는 것들이 비웃기는.'이라고 받아쳤겠지만, 당시의 나는 위축되어서 그런 말을 할 생각도 안 했던 것 같다. 다행히도 아빠는 내가 중학교 2학년쯤 새로 나오는 오락 기계를 계속 바꾸는 게 부담이 되기도 하고 장사가 잘 안 되자, 오락실을 정리했다. 오락실을 더 이상 하지 않는다는 소식이 나에게는 '우리의 소원은 통일'보다 더 기쁜 소식이었다. 더 이상 아빠의 직업란에 '오락실'이라는 단어를 쓰지 않아도 되었으니 내겐 최고의 기쁜 소식이었던 것이다.

그렇게 시간이 흘러 성인이 되었고, 대학생 때 오랜만에 동기와 선배들과 함께 오락실에 가게 되었다. 게임의 종류가 많이 바뀌었고 분위기도 예전과는 달랐지만, 내가 어린 시절 수없이 했던 게임들도 몇 개는 남아 있었다. 오락을 잘한다는 선배와 한 게임을 했는데, 예상치 못한 내 실력에 놀라는 것 같았다. 잘하게 된 사연은 따로 얘기하지 않았지만, 그 시절이 확실히 지났다는 생각이 들자 웃음까지 나왔다. 생각해 보면 오락실이 그렇게 나쁜 것도 아니었는데 왜 그렇게 오락실에 가는 것을 범죄자처럼 취급했는지 알다가도 잘 모르겠다. 그래도 오락실이 우리 형제들에게 준 교훈은 상당히 컸다. 오락실에 대한 오명을 지우기 위해 학교생활을 성실히 했고, 오락, 게임의 끝을 봤기 때문인지 그 이후 아무도 게임을 하지 않았다. 내 핸드폰에는 단 하나의 게임도 깔려 있지 않다. 일평생 할 게임을 초등학교 때 다 했기 때문인지 어떠한 미련도 남아 있지 않다. 그게 장점이라면 장점이라는 생각이 든다. 수치스러웠던 과거의 기억이 이제는 가족들이 모이면 재미있는 안줏거리가 되었고, 매번 하는 오락실 이야기는 우물 안의 물마냥 들어도 들어도 재미가 있다. 나중에 안 사실인데, 10원짜리 동전에 테이프를 붙이며 오락실에서 오락을 했던 사람을 만나게 되었는데, 그게 현재 내 남편이다. 남편은 오락을 너무나도 하고 싶었는데 당시 돈이 너무 없어서 남들이 하는 것을 구경만 하다가 우연히 10원짜리 동전에 테이프를 붙이면 동전이 먹힌다는 것을 알고 몇 번 만들어 봤다고 한다. 살았던 지역이 달랐기 때문에 당시에 우리 오락실에 왔던 유력한 범인은 아니었겠지만, 지금은 돌아가신 친정아빠가 사위의 범행을 알게 된다면 뭐라고 하실지 너무 궁금하다.

다시 쓰는
엄마 보고서

10년 전에 돌아가신 아빠의 별명은 '김일성'이었다. 어린 시절 아빠는 정말 무서운 존재였다. 엄마는 4형제를 지켜 내기 위해 최선을 다하셨고, 40년의 세월을 친정에 가는 자유로움이나 친구를 만나는 여유도 없이 자녀를 돌보고 아빠 뒤치다꺼리하면서 사셨다. 아빠는 여러 가지 일들을 벌여는 놓으셨지만 결국 그 일을 해결하고 감당하는 것은 엄마의 몫이었다. 오락실을 할 때도, 갑자기 마늘 장사를 한다는 아빠 때문에 엄청난 양의 마늘을 매일 까야 하는 것도, 작은 식료품 가게를 할 때도, 결국 가게를 정리하고 가게를 지키는 일도 엄마의 몫이었다. 술 좋아하는 아빠의 식사를 챙기고, 4형제의 도시락을 만들고, 아빠가 좋아하는 똥강아지 4마리에게 음식을 주고 뒤처리를 하는 것도 엄마가 계시지 않았으면 할 수 없었다. 아빠는 돌아가시기 전 치매로 고생하셨는데, 대변 실수를 하는 아빠의 이불을 매번 빠는 일도 엄마의 몫이었다. 마지막까지도 아빠는 엄마를 힘들게 하고 떠나셨다. 그런 이유로 자녀들은 엄마의 고생과 희생을 누구보다도 더 잘 알기에 엄마에게 잘하려고 노력했고, 다행히도 특별히 엄마 속을 썩인 자식은 없었다.

지긋지긋한 남편과 살았기 때문에 사별 후 엄마가 이제는 평안히 여생을 보낼 거라고 생각했는데, 엄마는 혼자 남겨진 시간을 보내는 것을 힘들어하셨다. 팽팽했던 부부관계라도 그 관계를 통해 지탱하고 있던 에너지가 있었는데, 싸우면서 살아 내야 할 목적이 있던 그 힘을 잃어버리신 것 같다고 할까, 해야 할 목표가 사라졌다고나 할까. 시원섭섭하더라도 잘 지낼 줄 알았던 엄마는 그렇지 못했다. 혼자 사시게 되면서 생긴 불면증으로 아직도 수면제 없이는 편히 주무시지 못한다. 무한한 자유가 생겼지만 40년간 외부와 소통 없이 지냈기에 그 공백을 지나서 새로운 관계를 만들고 취미 생활 같은 외부 활동을 하는 게 쉽지 않았고, 또 뭔가를 새로 시작하고 배우는 것을 힘들어하셨다. 본인은 이제 할 수 있는 게 없다고 느끼셨고, 용기도 내지 않으셨다. 그래도 바느질하는 것을 좋아하셔서 퀼트를 배우게 되셨는데, 그간 못했던 40년간의 한을 푸는 것처럼 엄마는 엄청난 양의 퀼트 작품을 만들었다. 자녀당 수십 개가 넘는 퀼트 가방을 만들어 주셨는데, 남편은 나에게 비싼 명품하고는 비교할 수 없는 명품 가방이 생겨서 좋겠다고 얘기하곤 했지만 친정에 갈 때마다 선물로 준비가 되어 있는 퀼트 가방들이 부담이 되기도 했다. 엄마는 열정을 다해서 퀼트 만들기에 몰입해서 손 근육들이 너무 아파 오고 눈도 침침해져서 취미 생활을 계속 이어 가는 데 어려움이 들자, 퀼트 만들기를 더 이어 갈 수 없게 되었다.

어린 시절 주일날 엄마는 나를 데리고 교회에 가곤 했는데, 예배를 마치고 집에 오는 길에 시장에 들러서 과자도 사 주고 간식도 사 주곤 하셨다. 그러다가 어떤 날은 이리에 있는 몇 개 안 되는 빵집에 들어가 샐러드빵을 시켜 주셨다. 둘이 별 대화 없이 같이 앉아 있던 기억이 난다. 오래전 기억인데, 그날 먹었던 빵과 풍경 그리고 무표정한 엄마의 얼굴이 생각난다. 40대를 지나는 엄마가 4남매를 키우고 술 좋아하는 남편과 살아가면서 일주일에 유일한 쉼이었던 교회에 다녀오고 빵집에서 잠깐 한숨을 돌리던 시간이 아니었나 싶다. 사실 예배 시간에 엄마는 졸 때가 훨씬 많았다. 집을 벗어나 예배당에는 왔지만 한 주간의 피곤함이 몰려오고 예배당의 편안함에 졸고 있는 엄마를 볼 때면 엄마의 피로가 이해가 되었기에 안쓰러운 마음이 들었다. 그 당시에 엄마가 마음을 돌보는 시간이 있었다면 얼마나 좋았을까 하는 생각이 들곤 했다. 엄마는 어떤 날은 우리 읽으라고 사 놓은 세계 명작 소설전집에서 책을 꺼내 읽기도 했다. 나는 그 책들을 당시엔 읽지는 않았는데, 나중에 보니 그 책들은 『폭풍의 언덕』, 『제인 에어』, 『바람과 함께 사라지다』였다. 엄마는 책 속 주인공들의 삶에서 많은 공감을 받은 게 아니었나 싶다.

당시 우리 집은 찢어지게 가난한 집은 아니었지만, 그렇다고 잘사는 집도 아니었다. 운동화도 당시 유행하는 신발은 신어 보지 못했고 시장에서 짝퉁 비슷한 신발들을 사 주셨는데, 조회 시간에 친구들의 새 신발을 보면 부러워할 때가 많았다. 넉넉한 형편의 가정이 아니었음에도 불구하고 엄마는 무슨 행사가 있으면 돈이 어디서 생겼는지 예쁜 옷들을 한 번씩 사 입으셨다. 운동회, 소풍, 졸업식 때는 옷장에서 보지 못한 엄마의 새 옷을 볼 수 있었는데, 나중에 물어보니 아는 옷집에서 외상으로 옷을 사고 월마다 조금씩 돈을 냈다고 하셨다. 패션에도 관심이 많아서 입고 싶은 옷들도 많았을 텐데, 젊은 시절에 그런 욕망들도 다 누르고 살다가 이벤트가 있는 날에는 자신을 보여 주고 싶은 마음에 새 옷을 입으셨던 것 같다. 엄마는 소위 말하는 금손이어서 손으로 하는 것들은 너무나도 잘하셨다. 엄마가 직접 짜 준 스웨터도 많았고, 중학교 때 자수 숙제는 엄마가 대신 다 해 주었다. 옷을 사면 길이가 안 맞거나 하는 것은 엄마가 재봉틀로 다 수선했다. 엄마가 지금 태어났다면 할 수 있는 게 정말 많았을 텐데, 녹슬어 버린 엄마의 금손이 너무 아쉽다.

조용하고 말이 없는 엄마였는데, 요즘은 한번 전화를 하면 1~2시간도 얘기를 하신다. 최근에는 조울증의 증상이 와서 너무 활발히 활동하고 다니시니까 자식으로서 걱정스러운 마음이 앞선다. 아이들을 키우면서는 수십 권의 육아서를 읽으면서 영아기, 유아기, 청소년기의 발달 특징 등은 배우고 공부하면서 나름 전문가가 되어 가고 있지만, 부모님에 대한 부분은 모든 게 너무 새로운 영역이고, 부모님에 대해 알려고 공부하지는 않았다는 생각이 든다. 나이가 들면 점점 아이가 된다고 하는데, 아이 같은 행동을 하는 엄마를 대하는 게 낯설기도 하다. 어쩌면 사춘기 때 엄마에게 반항했던 시간의 보복 같다는 생각도 든다. 사춘기 딸도 힘들지만 노춘기 엄마도 만만치가 않다. 자녀를 위해 헌신한 엄마의 인생이 너무나도 위대하지만, 때에 따라 본인의 내면을 들여다보고 좋은 인간관계를 맺는 일들을 엄마가 조금 일찍부터 알았다면 얼마나 좋았을까 하는 생각이 든다. 참고 인내하며 누르고 눌렀던 감정들이 화병이 되어 본인을 괴롭게 하고, 결국 눌렀던 것들은 언젠가는 터지게 되어 있다는 것을 엄마의 인생을 통해 보게 되었다.

엄마의 모습을 바라볼 때 슬픔과 안타까움이 몰려온다. 노년의 모습은 좀 더 부드러워지고, 원숙해지고, 지혜가 많은 모습이라고 생각했다. 하지만 영혼과 내면을 돌보지 않은 채 흘러간 시간 속에서의 노년의 모습은 안타까운 마음이 든다. 땅이 꺼져라 걱정하는 부모님의 모습을 알기에 어려서부터 힘든 일들을 얘기하지 않고 잘 지내고 있는 척 살아왔다. 엄마가 젊은 시절 힘들었을 때 나에게라도 속이야기를 하면서 지냈다면 지금의 모습이 달라져 있을까 그런 생각도 해 본다. 하지만 지금의 엄마와 나의 관계를 통해 나의 자녀에게 짐을 주지 않고 어떤 도움을 줄 수 있을까 고민해 보았다. 그래서 젊은 시절부터 썼던 일기를 남겨 놓았다. 블로그에 힘들 때마다 고민하던 문제들에 대해 고민하는 글을 쓰고 있다. 지금은 엄마인 내가 아무렇지 않게 웃으며 보내고 있는 날들의 속사정을 너희들이 언젠가 보게 된다면, '엄마도 그랬구나'를 이해했으면 좋겠다. '실패해도 괜찮고 실수해도 괜찮고 오늘을 잘 살아내면 희망이 있는 내일이 있구나'를 알게 되었으면 좋겠다. 나의 엄마를 향한 안타까움과 슬픔의 마음들이 이제는 나의 세대에서는 끝났으면 하는 마음으로 나의 걱정과 염려 고민의 쓰레기들이 자녀들에게 조금이라도 도움이 되면 좋겠다는 마음으로 매일 매일 조금씩 끼적대고 있다.

엄마는 다시 노년의 일상을 회복하기 위해 오늘도 노력하고 있다. 늙었다는 생각이 들지 않게 하려고 삶의 태도들을 조금씩 바꾸며 새로운 하루하루를 보내고 계신다. 캘리그라피를 배우고, 아름다운 꽃을 화폭에 담아내고, 새로 배운 요즘 뜨개질로 예쁜 핸드폰 가방과 수세미를 만들고 계신다. 잠이 오지 않는 밤이면 그냥 참지 않고 유튜브로 찬송가를 틀어 놓고 아침을 기다린다. 최근에는 눈썹 문신도 하셨고, 눈 아이라인도 예쁘게 만드셨다. 엄마가 다시 시작하는 일상의 소소한 도전들이 감사하다. 식당에 가서 혼밥도 해 보시고, 도서관에 가서 앉아 계시기도 한다. 건강을 위해 주민센터에서 운영하는 헬스장에서 운동도 열심히 하다 보니 체지방은 빠지고 근육이 늘었다고 자랑하신다. 노년에 혼자서 열심히 사시려는 행동 하나하나에 감사하다.

목소리 하나만으로도 나의 상황을 감지하고 위로를 주는 엄마는 하나님이 내게 주신 최고의 선물이다. 보석 같은 자녀들도 중요하지만 한 알의 밀알이 되어 우리를 돌보아 준 엄마의 인생이 아름다운 꽃으로 피어나기를 오늘도 기도한다. 아이가 되어 가는 엄마의 모습을 품어 주고, 어린아이의 얘기를 경청하듯 엄마의 이야기를 듣는 딸이 되고 싶다. 엄마 영혼의 정원에 무성한 잡초들도 하나하나 뽑혀서 이전보다 더 비밀의 멋진 화원의 정원사 같은 엄마가 되기를 오늘도 소망한다.

아빠하고 나하고

어린 시절 아빠의 별명은 김일성이었다. 친구들이 전화하면 "여보세요."가 아니라"어! 어!" 하며 큰 목소리로 화가 난 듯 응대했다. "어!" 하는 말에 친구들은 아빠의 목소리를 들으면 무서워서 전화를 끊기 일쑤였고, 나는 다시 오는 전화벨 소리에 "제 전화인 것 같아요."라고 말하고 긴 전화 줄을 끌어 바로 옆 내 방까지 전화기를 가져와서 전화를 받거나 공중전화로 하곤 했다. 6시가 통금 시간이었는데, 나는 친구랑 놀다가 집에 갈 시간을 놓치는 일이 생기면 집 문 앞에서 들어가야 하나 말아야 하나 고민하며 쿵쾅대는 심장을 부여잡고 아빠의 동선이 어디에 있나 확인하며 집에 들어가곤 했다. 아빠가 술을 드시고 오는 날이면 술기운에 자녀들을 앉혀 놓고 일장 연설을 하셨고, 뭔가 마음에 안 들면 마당에 내복 차림으로 자녀들을 손들고 서 있게 했다. 아빠는 본인의 감정대로 원하는 행동을 했고, 우리 집은 모든 게 아빠의 통제 아래에 있었기 때문에 아빠의 별명은 김일성이었다.

어린 시절 가장 재미있는 만화는 일요일 아침 시간에 했다. 우리 4남매는 〈들장미 소녀 캔디〉, 〈은하철도 999〉를 보려고 텔레비전 앞에 쪼르르 앉아서 일주일 중 가장 기다렸던 시간을 즐겼다. 하지만 아빠는 눈 나빠진다고 말하면서 자연스럽게 자신이 보는 채널로 확 바꾸었고 식사를 하셨다. 미안하다는 말도 없이 자녀들의 마음이라고는 전혀 돌보는 분이 아니었다. 유독 어려서부터 나는 영화를 좋아했다. 토요 명화, 주말의 명화가 최애 프로그램이었는데, 술 드시고 일찍 아빠가 잠이 들면 내 방 바로 옆에 있던 안방으로 들어가 뒤가 볼록 나온 무거운 텔레비전을 낑낑대며 들고 옆방으로 가져가서 긴 은색의 안테나를 이리저리 돌리면서 채널을 맞추고, 숨을 죽이며 동생과 영화를 봤다. 혹시라도 중간에 아빠가 깰까 봐 아빠의 뒤척이는 소리가 나면 불을 끄고 볼륨을 낮추고 기다렸다가 다시 아빠의 코 고는 소리가 나면 다시 켜기를 반복하며 영화를 봤다. 그런 간절함 속에서 봤던 〈로마의 휴일〉, 〈바람과 함께 사라지다〉, 〈닥터 지바고〉, 〈카사블랑카〉, 〈뜨거운 것이 좋아〉 등 그때 본 주옥같은 영화들은 거의 30년이 지났지만, 작은 브라운관에서 더빙으로 본 영화들일지라도 아직도 따뜻한 감동으로 남아 있다.

나는 바깥에서는 완전히 왈가닥 소녀였다. 그네를 타더라도 지붕 위를 넘는 높이로 타다가 떨어진 적도 있었고, 철봉만 보면 양말을 벗고 원숭이처럼 기어 올라갔고, 바깥에서 항상 놀다 보니 얼굴이 까매서 '시커먼스'라고 불리기도 하고, 학교 장기자랑 시간에 나가서 친구랑 유행하는 노래도 부르기도 했다. 하지만 무서운 집안 분위기로 인해 집에서는 착하고 말 없는 순종적인 딸의 역할을 했고, 가면을 쓴 모습을 하며 바깥에서는 지냈다. 아빠가 만든 아빠의 규칙을 따랐지만, 집에 오면 아빠하고는 일체 대화라는 것을 나눈 적이 없었다. 어린 시절 나의 꿈은 눈을 감았다 떴을 때 20살 어른이 되어 있는 것이었다. 어른이 되면 통제가 심한 어두운 집에서 벗어날 수 있고 아빠를 벗어나 자유가 있을 거라는 생각에서였다.

그런데 인생의 첫 독립의 때에 아빠에 대한 존재감이 조금씩 생겨나게 됐다. 고등학교 3학년 때 독서실에 갈 때 어두운 길을 아빠가 데려다줄 때가 있었는데, 아빠하고 나는 아무 말도 하지 않고 그 길을 걸었었다. 성인이 돼서 익산에서 서울로 가는 열차 탑승권을 구할 수 없어서 버스를 타고 가려고 했는데, 아빠가 익산역 매표소 옆에 서서 취소 표가 나올 때까지 하루 종일 기다려서 표를 구해 준 적이 있었다. 고맙다는 말을 못 했지만 아빠는 아빠 나름의 무뚝뚝함으로 자녀를 돕고 돌봤던 것 같다. 결혼식에 가야 해서 처음으로 서울에 온 아빠는 도착하시는 시간을 가르쳐 주지 않았다. 영등포역에서 동생과 나는 다른 출구에서 아빠를 기다렸는데, 서로 핸드폰으로 소통하며 "아직 아빠가 보이지 않는다, 오버." 하면서 아빠를 발견한 사람이 아빠를 먼저 만나고 밖에서 만나기로 계속 전화로 소통을 하던 중, 세상에, 멀리서 아빠를 발견할 수 있었는데, 양복에 운동화를 신고 오셨다. 지금은 정장에 운동화가 일종의 패션이지만 당시에는 상상할 수 없는 조합이었다. 아빠는 젊었을 때 이후로 처음으로 서울에 오게 되었는데 청년 때의 기억을 가지고 영등포역에서 부천역까지 걸어갈 생각으로 오셨다고 한다. 얼마 안 걸린다고 본인이 걸어가겠다는 것을 지하철을 타고 가자고 설득을 하느라 진땀을 흘렸다. 지하철로 이동할 때마다 에스컬레이터를 타야 하는 상황이 생겼는데, 아빠는 에스컬레이터를 처음 타 보게 되어서 그 스텝을 맞추지 못하셨다. 스킨십을 하지 않던 내가 아빠를 어정쩡하게 잡으며 에스컬레이터에서 넘어질까 걱정하며 아빠를 안내할 때 딸들이 알려 주지 않으면 미아가 될 것 같은 아빠의 모습을 보면서 이제는 더 이상 예전의 강한 아빠가 아니라 보호가 필요한 늙고 힘없는 아빠라는 것을 깨닫게 된 순간이었다.

30살까지 나는 이성을 사귀는 게 너무나도 힘들었다. 친하게 지내는 동기들, 남자인 친구들은 많았는데, 연애 감정이 드는 남자친구는 없었다. 없다기보다는 나는 좀 깊은 만남을 갖게 되는 감정이 들면 절대 안 된다는 결론을 짓고 다 끊어 내 버렸다. 가벼운 만남은 좋았지만 상대방이 진짜 관심을 끌게 되면 나는 갑자기 싫어하는 마음이 생겼고, 어떠한 여지도 남겨 놓지 않고 관계를 정리했다. 소개팅을 해도 내가 밥값을 먼저 내거나 반드시 커피는 내가 산다든지 해서 맘에 들지 않으면 다시 만날 여지를 남겨 놓지 않았다. 아빠에 대한 부정적인 시각이 이성을 사귀는 데도 지대한 영향을 준 것이었다. 그런 와중에 30살에 처음으로 남자 친구를 사귀게 되었는데, 결국 헤어지게 되면서 많은 방황을 했고, 밤마다 술을 마시며 폐인 같은 생활을 이어 갔다. 그때 친한 언니의 인도로 온누리교회에 가게 되었다. 내 발로 교회에 간 것은 초등학교 여름성경학교 이후 처음이었다. 지금은 고인이 되신 하용조 목사님의 설교를 처음 듣게 되었다. 2030을 위한 말씀이었는데, 연애와 관련된 주제였고, 목사님의 말씀은 30년 인생에서 처음 듣는 말씀이었다.

"여러분, 먼저 가족과 회복하세요, 여러분 자신을 먼저 사랑하세요. 백만 탄 왕자를 기다리지 말고 그에 합당한 사람이 먼저 되세요."

여러 말씀 중 "가족과 먼저 회복하세요. 가족과 먼저 화해하세요." 그 말씀을 듣는 순간 나는 알 수 없는 눈물을 펑펑 흘리고 있었다. 나는 아빠를 미워하고, 원망하고, 어색함 속에서 가족이라는 끈을 이어 가고 있었는데, 가족과 회복하라는 그 메시지는 내 인생에 알 수 없이 꼬여 있고 막혀 있던 나의 마음을 건드렸고, 이성과의 관계 가운데 어려움을 겪고 있던 나에게 꼬여 있던 실타래의 한 가닥을 딱 끊어 주는 말씀이었다. '그렇구나. 누군가와의 사귐보다 아빠와의 관계의 회복이 우선이었구나. 아빠와의 회복이 시작되면 내가 막연히 갖고 있던 불안함, 이성과의 문제도 풀어지겠구나.'라는 마음의 소리가 들렸다. 그 시간은 나의 아픈 손가락과 같았던 아빠를 이해하려는 첫 단추를 여는 계기가 되었다.

나는 서울에서 일하면서도 주기적으로 친정이 있는 익산에 내려가 아빠와 대화를 시도하고, 난생처음 아빠를 안아 드리고 아빠의 손을 잡고 기도도 해 드렸다. 교회에 한번 모시고 가려고 노력도 했고, 두란노아버지학교에 등록하게 하려고 애도 썼다. 하지만 내가 하는 여러 노력은 불발인 경우가 많았고, 친정집에 내려갈 때마다 알 수 없는 어두운 마음이 늘 나를 지배하고 있었다. '이렇게 한다고 되겠어? 그냥 포기해. 너희 아빠는 절대 바뀌지 않을 사람이야. 봐 봐, 또 술 마시잖아! 너희 아빠는 의지가 없어. 어렸을 때부터 봐서 알잖아.' 나에게는 늘 아빠가 변화된다는 생각과 안 된다는 두 가지의 생각이 49 대 51로 싸우고 있었다. 아빠의 알코올 문제가 남아 있는 그때, 나는 결혼을 앞두고 상견례를 하게 되었다. 상견례 장소를 예약하고 부모님이 오시길 기다리던 중, 바로 전날, 엄마에게 전화가 왔다.

"아빠가 다시 폭음을 하게 되어서 상견례에 못 갈 것 같은데, 어떻게 하면 좋겠니?"

상견례 전날에 상견례를 취소해야 하는 상황이 생겼다. 아빠가 나올 수 없는 상황이 되자 어머니들만 모시고 식사를 하고 어머니들께 마사지를 해 드리는 것으로 계획을 변경했다. 시어머니는 마사지를 받으시고 너무 좋아하셨는데, 친정엄마는 너무 큰 스트레스를 받으셨는지 마사지사의 부드러운 손길에도 몸의 통증이 너무 심하다고 하셔서 제대로 받지 못하셨다. 이렇게 아빠를 이해하려고 해도 이해할 수 없는 상황들이 계속 생기게 되면서 나는 지쳐 가고 있었다. 인간적인 생각으로는 아빠를 이해할 수 없었기에 더욱 기도할 수밖에 없었고, 기도를 하면서 다시 아빠를 사랑할 용기가 생겼다.

그러던 중 아빠가 알코올 중독 증세로 폐인과 같은 생활을 하게 되었다. 아빠는 내가 어려서부터 술을 좋아하셨는데, 할아버지가 돌아가신 이후로는 밥도 안 드시고 폭음을 하고, 일주일이 넘게 술로만 버티는 날들이 많아졌다. 그런 아빠를 돌봐야 하는 엄마가 포기하고 싶은 상태에 이르자 나는 아빠를 강제로 알코올 치료 병원에 입원시켰다. 익산에서 광주에 있는 치료 병원까지 2시간 정도 걸렸는데, 구급차가 오자 아빠는 포획된 사자처럼 나를 죽이려고 했고, 병원으로 가는 2시간 동안 나는 눈물의 기도를 했다.

"아빠가 회복하게 해 주세요. 아빠를 살려주세요. 아빠를 도와주세요. 아빠가 회복해야 저희 가정이 살아납니다."

아빠는 2시간 동안 온갖 살벌한 욕을 나에게 해 댔다. 나는 아무 대응도 하지 않고 구급차 조수석에 앉아서 성경 말씀 한 구절을 붙잡고 울고 또 울었다. 구급차에 타신 분들이 나를 불쌍하게 쳐다보는 눈길이 느껴졌다. 세상으로부터 벌거숭이가 된 기분이었다. 병원에 아빠를 인계하고 3개월 정도 치료를 받았고, 엄마와 나는 매주 1번씩 집단 상담을 받으며 가족들이 어떻게 도와주면 좋을지 배우게 되었다. 알코올 중독은 브레이크가 고장 난 자동차와 같은 질병이기 때문에 환자를 자극하는 행동을 하면 안 되고 옆에서 잘 도와줘야 한다는 구체적인 방법을 알려 주셨다. 그리고 상담을 통해 어린 시절 아빠의 환경을 바라보면서 할머니, 할아버지에게 인정받지 못하고 매번 실패를 반복하며 컸던 아빠의 외로움 속에 술은 유일한 친구가 되어 있었다는 것을 알게 되었고, 술에 의지하게 된 배경을 조금은 이해할 수 있었다.

강제 입원 3개월 후 아빠는 퇴원했고, 다시 일상을 회복하고, 운동도 열심히 하면서 지내셨다. 예전처럼 술을 먹으면 다시 병원에 입원하게 될 수도 있다는 트라우마가 생겼는지 그 이후로는 폭주하는 술을 예전처럼 마시지는 않으셨다. 하지만 오랜 시간 마셨던 술로 인해 몸은 이미 조금씩 망가져 가고 있었고, 여러 번의 뇌경색이 오고 몇 년 후 결국 알코올성 치매라는 진단을 받게 되었다. 치매 증상이 온종일 발현하는 것이 아니라 특정 시간대에 이상한 행동을 하게 되는데, 주간요양 보호를 받게 되고 요양보호사가 잠깐씩 오셔서 봐 주셨지만 그 정도로는 엄마가 감당할 수 없게 되자, 아빠를 결국 요양병원에 입원시켰다. 말이 요양병원이지 아빠가 입원한 병동은 정신병동과 같은 곳이어서 들어갈 수도 없었고, 잠깐 면회만 가능했다. 면회하러 갈 때마다 아빠는 "정숙아, 아빠 집에 좀 데려다줘라. 아빠 해야 할 일이 있어. 아빠가 지금 여기에 있을 때가 아니야. 제발 부탁이다."라고 말씀하셨다. 간곡히 부탁하는 아빠의 손을 뿌리치고 올 때마다 마음이 너무 힘들었다. 과거 본인의 잘못에 대한 대가를 받는 시간이라고 생각했지만, 자식으로서 해서는 안 되는 도리에 어긋나는 일을 하는 것 같은 자책감으로 나 또한 마음의 정신병동에 있는 힘든 시간을 보내게 되었다. 아빠가 요양병원에서 급격히 몸이 안 좋아지시면서 병원에서는 반강제적으로 환자를 데리고 나가라고 통보했다. 더 받아 주지 않게 되어 우리는 수소문해서 요양원을 알아보았는데, 노인 남자분을 받아 주는 시설이 많지 않았다. 다행히 아는 분의 도움으로 함열에 있는 소망요양원에 아빠를 모시게 되었는데, 모두 그곳에서 곧 돌아가실 거니까 장례를 알아보라고 했다. 하지만 소망요양원에서 기적적으로 아빠의 몸이 조금씩 회복하게 되었다.

아빠의 치매는 그대로였지만 50년 넘는 세월을 피워 왔던 담배와 술을 어쩔 수 없이 끊게 되는 환경에서 한 번도 보지 못한 하얀 새살이 붙게 되었다. 아빠의 피부는 항상 술기운이 있는 듯한 홍조 빛에서 뽀얀 아기 같은 피부를 갖게 되었다. 요양보호사님이 아빠 얼굴을 아기를 만지듯이 만지시면서 피부가 너무 고우시다고 얘기하셨는데, 너무나도 낯선 풍경이었다. 우리 형제는 아빠의 병문안을 가면서 망가진 아빠의 뇌로 인해 온전한 대화를 할 수는 없었지만, 아빠가 가지고 있는 기억 속에서 아빠에게 시선에 맞추어 이야기를 듣고 대답해 주었다. 요양원에 계셨던 몇 개월간의 기간은 오빠도, 남동생도, 여동생도, 나에게도 아빠와의 질기고도 힘들었던 관계 속에서 아빠를 조금씩 용서하고 떠나보낼 수 있는 시간을 준비할 수 있게 해 주었다. 내가 마지막 면회를 하고 삼 일 후에 아빠는 결국 폐렴으로 하늘나라로 가셨다. 나는 장례식장에서 슬픔, 기쁨, 섭섭함, 시원함 등 여러 감정이 교차했다. 장례식을 잘 마치고 남편과 간단한 요기차 우동집에서 음식을 기다리는데, 그간의 긴장감이 다 풀리면서 아빠와 제대로 된 의미 있는 식사를 못 해 봤다는 생각이 들면서 우동을 먹는데 그제야 눈물이 쏟아졌다. 치매에 걸린 아빠를 간호하던 중에 나는 아빠에게 쉬기 직전의 김치찌개를 데워서 드린 적이 있었다. 아빠가 가장 좋아하시는 돼지고기 김치찌개였다. '그때 왜 좀 더 신경 쓰지 못했을까' 하고 자책했다. '한 번 더 손잡아 드리고 한 번 더 안아 드릴걸. 마지막에 좀 더 담대하게 기도할걸.' 등 후회되는 생각이 파도처럼 밀려왔다. 돌아가신 아빠 생각에 먹던 우동의 면을 제대로 삼키지 못했다. 그런 와중에도 아빠와의 관계에서 절대 풀어질 수 없을 거라고 생각했던 꼬이고 꼬였던 실타래를 포기하지 않고 인내와 기도를 통해 그 모진 시간을 잘 버텨 낸 나 자신에게 칭찬해 주고픈 마음도 들었다.

나는 '부모와의 관계에서 받은 상처 때문에 힘들게 살았어요.'라고 말하기보다는 상처 입은 치유자가 되고 싶었다. 내 상처는 피가 철철 나고 곪아 있었다. 한 번씩 상처에 소금물을 끼얹는 듯한 쓰라린 아픔도 있었지만, 진물도 나고 딱지도 생기면서 상처가 아물며 이제는 흔적이 되어 남아 있다. 나는 아빠와의 갈등으로 어려움을 겪고 있는 분들에게 일말의 작은 희망이라도 줄 수 있는 용기를 갖게 되었다. 아빠와의 관계 속에서 나는 끊임없이 노력했고, 때로는 절망도 했지만 희망도 있었고, 결국 회복도 있었다. 이제는 평안에 이른 것 같다. 내게 엄청난 악영향을 미친 사람도 아빠지만 내 인생에 가장 큰 영향을 미친 사람도 아빠이기 때문이다.

육아를 하면서 수많은 육아서를 읽었다. 밑줄도 치고 메모도 하면서 아이의 연령별 발달에 대해서는 엄마 전문가가 되어 갔지만, 살면서 부모를 알아 가는 것에 대한 부분은 배우지 않고 살게 되는 것 같다. 아빠를 통해 사랑할 수 없는 사람을 사랑하고 용서하게 되었고, 사랑은 감정이 아니라 내 의지를 다 바쳐서 결단하는 훈련임을 알게 되었다. 한 영혼을 향한 끊임없는 사랑의 감정은 절대 내 의지와 노력으로 이루진 것은 아니었다. 아빠의 모습 속에 있는 태초의 형상에 대한 간절한 믿음이 있었기에 가능한 노력들이었다.

"아빠, 잘 계시나요? 다시 만나면 아빠가 좋아했던 삼겹살 꼭 같이 먹어요. 아빠, 제가 맛있는 김치찌개 꼭 끓여 드릴게요. 아빠, 미안하고, 감사하고, 사랑합니다. 천국에서 다시 만나요."

못 구한 라이언 일병

철없던 시절, '내 마음대로 살 수 있다면 얼마나 좋을까.' 하고 생각해 본 적이 있다. 하지만 삶에서 일어나는 수많은 선택과 결정 앞에서 내 마음대로 결정해서 생긴 오류들이 너무 많아서인지, 성인이 되어서는 내 의지와 생각대로가 아닌 어떤 결정권자의 이끄심대로 살고 싶다는 생각을 하게 되었다. 물론 그때는 맞는다고 생각했는데, 지금은 어떤 선택과 결정이 필요할 때면 그 결정권자의 이끄심을 찾기 위해 두 손을 모은다.

그러나 이 글은 살면서 내 마음대로 되지 않았던 결정과 선택의 여러 문제 속에서 만일이라는 가정으로 이야기를 시작하려고 한다. 결혼이라는 문제를 두고 생각해 볼 때 지금의 배우자가 아닌 다른 사람과 결혼했다면 어떤 삶이 펼쳐져 있을지 상상해 본다. 어떤 삶을 살고 싶다는 wish의 마음보다는 과거의 삶을 돌아보고, 그 과거의 선택이 옳았기에 현재의 내가 있는 이야기를 하고 싶다.

나는 권위주의적이고 강압적인 아버지 밑에서 자랐기 때문에 이성에 대한 마음에 부정적인 부분이 많았었다. 남자를 싫어한다는 문제가 아니다. 그런 것보다는 거리를 두고 바라볼 때는 괜찮은데, 친밀함이라는 부분을 두고 이성과 가까워지면 낯설고 어떻게 해야 할지를 모르는 부분들이 많아서 늘 불편한 무언가가 내 안에 있었던 것 같다. 내가 어색하고 불편한 것처럼 내가 만난 남자들도 이성을 대하는 부분에 있어서 기술이 부족한 면이 있었던 것 같다. 대학교 다닐 때 관심을 보이는 이성분들이 있긴 있었는데, 그분들이 나에게 접근하는 방식들이 나는 너무 싫었다. 한번 만나고, 두 번 만나고, 만남을 이어 가면서 조금씩 알아 가기를 원하는 데 반해 나에 대해 잘 알지 못하면서 상대방들은 초반부터 너무 들이대거나 지나친 관심을 보여서 부담이 되어 더 만날 여지를 주지 못했던 것 같다. 대학교 때 선배 한 분은 진지하게 카페에 앉아서 본인의 신상을 쭉 나열하고 앞으로 미래에 이런 계획을 하고 있다고 말하며 결혼까지도 생각하고 있다고 말하기도 했다. 지금 생각해 보면 그렇게 구체적인 미래의 계획까지 있는 분과 결혼했다면 지금보다는 더 잘 살고 있지 않을까 생각해 본다. 여하튼 처음부터 들이대거나 무작정 집 앞에서 기다리는 등 연애의 기술이 없는 연애 초보자분들과의 만남을 이어 가거나 중단하기를 반복하던 중, 나에게도 영화 같은 일이 일어났다.

나는 영국 런던에서 국제자원봉사자로 1년 정도 지내게 되었는데, 그때의 경험들로 우리나라의 문화를 알리는 일을 하고 싶다는 생각에 한국에 와서 관광통역 가이드 공부를 하고, 자격증을 취득하고, 현장에서 통역 가이드로 일을 했었다. 주로 서울 시내권에 있는 궁이나 박물관, 경기도 DMZ, 민속촌 등을 안내하는 일을 했다. 매일 매일 수많은 사람을 만나고 안내하는 게 주 업무였다. 20대 중 후반이었기 때문에 열정도 많아서 첫 1년은 거의 쉬는 날도 없이 매일 일을 했다. 그런데 사람의 마음이 간사하게도 그렇게 하고 싶은 일이었지만 현장 속에서 부딪히는 예상치 못한 일들로 일에 대한 회의도 많이 들었고, 외근직으로 밖에서 일을 하다 보니 더운 여름과 추운 겨울에 일하기가 쉽지는 않았다. 그렇게 매너리즘이 들 무렵, 손님 중에 라이언이라는 친구를 만나게 되었다. 라이언은 한국에서 태어났는데, 어린 시절 미국에 입양이 된 미국인이었다. 투어를 2번 신청하게 되어서 2번 만나게 되었는데, 손님들의 분위기가 젊은 남녀를 엮어 주려는 그런 분위기를 조성해서 끝날 때 명함을 주고 헤어지면서 서로 연락하자는 의례적인 인사를 나누었다. 연락이 올 거라고 기대하지 않았는데 한 일주일 정도 지나서 라이언에게서 연락이 왔고, 일 끝나고 만나자고 제안을 했다. 라이언이 당시에 전화가 없어서 내가 직접 연락할 방법이 없었다. 일 끝나고 가는데 그날따라 차가 얼마나 막히는지, 약속 시간에 많이 늦게 되었다. 부랴부랴 약속 장소에 갔는데 미안해하는 나에게 라이언이 괜찮다고 연신 얘기하더니 갑자기 장미꽃다발을 건네주었다. '오 마이 갓.' 나는 살면서 한 번도 남자한테서 직접 꽃을 받아 보지 못했다. 외국 영화에서나 꽃을 주는 장면을 보았고, '꽃을 든 남자'라는 화장품 광고에서 꽃을 든 남자는 봤을 뿐 실제 장미꽃을 들고 누군가가 나를 기다리는 장면은 처음이었다. 그런 경험이 없어서였을까. 얼떨결에 꽃을 받고 꽃을 계속 들고 다녀야 한다는 불편한 생각이 나를 휘감았다. 꽃 선물에 대한 감사보다 더 큰 어색함이 나를 짓눌었다.

'남들이 나를 쳐다보면 어떡하지?', '둘이 사귄다고 사람들이 생각하겠지? 아직 그런 단계가 아닌데.', '사람들이 비웃으면 어떻게 하지?' 등등 오만가지 생각이 걷는 내내 들었고, 이 꽃을 어떻게 처리해야 할지 궁리를 했다. 결국 내가 내린 결론은 꽃의 줄기를 반절 접어서 가방에다 넣는 것이었다.

"Would you mind if I put the flowers in my bag?"라이언에게 양해를 구하긴 했지만, 장미꽃을 접어서 가방에 쑤셔 넣는 여자를 처음 보았는지 약간 황당한 표정을 지었다. 그렇게 나는 장미꽃을 접어서 가방에 넣었다. 더 이상 꽃이 손에 들려 있지 않고 안전한 가방 속에 있다고 생각하자 그때부터 마음이 편해졌다.

어디를 갈까 고민하다가 한국적인 분위기가 좋을 것 같아서 명동 근처에 있는 옛날 찻집 같은 분위기의 카페에 갔다. 카페는 예전 등잔불 같은 콘셉트의 조명이 있어서 분위기가 너무 좋았다. 아늑하고 따뜻한 분위기 탓이었을까, 연령대도 비슷해서인지 대화가 술술 잘 되었다. 라이언은 잘 다니던 회사에 문제가 생기고 회사 주식이 곤두박질해서 회사를 그만두고 잠시 쉬면서 로스쿨 입학을 앞두고 있는 상황이었다. 그러던 중 한국에 연고지가 있는 친구를 따라 난생처음으로 한국에 오게 되었다고 한다. 얘기를 들어 보니 미국의 중산층 가정에서 잘 교육받고 성장한 느낌이 들었다. 각자 학창 시절 이야기, 직장, 가족, 반려견 등 대화를 나누다 보니 꽤 많은 시간이 흘렀다. 라이언이 예약해 둔 식당에 저녁을 먹으러 가서 또 한참을 얘기를 나누었다. 첫 만남이었는데 라이언은 속 깊은 얘기까지도 나에게 털어놓았다. 요즘 말로 썸 타는 듯한 분위기가 되면서 서로에게 약간의 호감을 갖게 되었다. 라이언은 곧바로 미국에 들어가는 것이 아쉬움이 남았는지 비행기표를 연장하고 한국에 좀 더 머물게 되었다. 1주 정도의 시간 동안 서로를 좀 더 알아 가고 정말 이 사람이 괜찮은 사람인지에 대한 확신이 필요한 시간이기도 했다. 라이언의 부모님과 지인들은 한국에 좀 더 머무는 모습에 이상한 사람을 만나서 엮인 것은 아닌지 걱정하셨고, 나 또한 믿을 만한 사람인지에 대한 의구심이 계속 있었다. 연장된 일정 동안 같이 밥도 먹고, 차도 마시고, 영화도 보는 등 일상의 소소한 일들을 함께했다. 라이언이 떠나는 날 인천공항까지 같이 동행했는데, 끝까지 선을 긋는 나의 아리송한 태도에 라이언은 약간은 실망과 아쉬운 마음을 갖고 미국에 가게 되었다.

미국에 가서도 거의 매일 전화 통화로 연락을 이어 왔고, 이메일로 편지를 주고받으면서 관계를 이어 나가게 되었다. 그러던 중, 라이언의 친구 중 한 명이 한국에 들어오면서 라이언이 보낸 선물을 전달해 주었다. 예쁜 멜로디 박스 안에 사파이어 팔지와 진주 펜

던트 목걸이가 놓여 있었다. 보석을 선물로 받은 경우는 처음이어서 많이 놀랐는데 라이언의 친구는 내가 놀라는 모습을 잘 담아두고 싶다고 사진을 찍었다. 진우라는 친구는 라이언 이야길 하면서 자신이 메신저가 되어 오게 된 경위들을 얘기했고, 친구로서 그가 괜찮은 사람이라는 이야기를 남기고 헤어지게 되었다. 그리고 진우는 라이언의 학창 시절을 볼 수 있는 사이트 같은 것을 알려 주었다. 싸이월드 같은 느낌의 사이트였는데, 라이언과 진우의 학창 시절 사진들이 있었고 라이언의 예전 여자 친구도 볼 수 있었다. 그런데 그녀의 분위기가 나와 굉장히 비슷해서 너무 놀랐고, '그녀와 비슷한 점 때문에 나를 좋아하게 된 건가'라는 불안한 마음도 들었다. 라이언과 나는 안 보게 되니 더 보고 싶은 애틋한 마음이 많이 들 때여서 라이언은 나를 보러 한 달 만에 다시 한국에 오게 되었다. 2주간의 시간 동안 그의 친구들, 내 친구들, 가족들을 만나는 시간을 갖게 되었다. 어떻게 보면 주변 사람들을 통해 제대로 된 검증의 시간을 갖는 기간이었던 것 같다. 나의 지인들은 내가 남자 친구라는 형태로 누군가를 소개하는 게 처음이어서 모두 놀랐다. 외모는 한국 사람 같지만 의사소통이 안 되는 미국인이라는 점에서 더욱 놀라고 많이 신기해했다. 한국에 있는 라이언의 친구들도 만날 기회가 있었는데, 로스쿨을 나와서 변호사 활동을 하는 사람, 대학원생, 외교관 자녀 등 친구들은 전부 재미교포 느낌으로, 평범한 내 친구들과는 약간 거리감이 느껴졌다. 반면에 '나도 미국에서 살았다면 이 친구들과 비슷한 배경을 갖게 되지 않았을까?' 하는 생각도 들었다.

'미국에 가게 되는 일이 생긴다면 어떨까?'

손님들은 많이 만나 봤지만 한 번도 가 보지 않은 곳이고, 영화 속에서만 보던 그곳이 어떨지 호기심도 생기고 모험심도 생겼다. 2번의 만남을 한국에서 가졌기 때문에 나도 미국에 가서 라이언의 가족도 보고, 실제 사는 모습이 어떤지 봐야 한다고 생각했다. 하지만 예기치 않은 문제가 생겼다. 20년 전 당시에는 지금 같은 단기 관광 비자가 나오지 않아서 미국 정식 비자가 있어야 미국에 갈 수 있는 상황이었는데, 나는 당시 거의 사회 초년생이었고, 여행사에서 일을 했지만 프리랜서로 일을 했기 때문에 비자를 받기가 쉽지 않았다. 비자 문제를 알아보다가 약혼자 비자(피앙세 비자)가 있다는 것을 알게 되었다. 약혼자 비자를 알아보고 진행을 해서 드디어 미국행 비행기를 타고 미국에 가게 되었다. 결혼도 하지 않은 상태에서 남자 친구를 만나러 미국에 간다는 사실이 부모님에게는 큰 걱정거리였다. 자주 연락할 테니 걱정하지 말라고 신신당부를 하고 미국에 가서도 자주 연락을 드렸다.

'영화에서만 보던 미국을 드디어 밟는구나.'

내 안에 라이언에 대한 기대보다는 아메리칸 드림처럼 미국이라는 나라와 새로운 미래에 대한 기대가 조금은 꿈틀거리고 있었다. 라이언은 공항에 나와 있었고, 영화에 나오는 것처럼 반가움의 포옹을 하고 그의 집으로 향했다. 라이언의 부모님은 교육받은 티가 나는 점잖은 분들이었다. 남동생, 반려견과도 인사를 나누었다.

라이언의 가족들은 나의 배경과 나라는 사람 자체에 대한 궁금증이 많아서 이것저것 많이 물어보셨다. 예의 있는 질문들이었지만 하나하나가 간 보는 테스트처럼도 느껴졌다. 또한 한국에서 가이드 할 때 쓰는 언어와 현지에서 나누는 대화에는 한계가 있었다. 의사소통은 잘되긴 했지만 그들만의 대화에 끼기는 힘들었다. 농담 섞인 이야기가 나와서 모두 웃을 때 나는 알아듣는 척 그냥 따라 웃기도 했다. 그러면서 현실의 벽을 여러 번 느끼게 되었다. 음식도 거의 매번 스테이크, 햄버거, 감자튀김 등을 먹게 되었는데, 나는 원래 고기를 즐기는 스타일이 아니어서 연속해서 먹는 고기에 금방 물리게 되었다. 라면이나 시원한 해물탕, 나물 반찬을 먹으면 소원이 없겠다 생각했다. 라이언은 해물탕을 보고 세상에서 가장 기괴한 음식이라고 말했다. 아마도 한국 친구들과 먹으러 갈 기회가 있었을 때 움직이는 해산물을 즉석에서 끓이는 탕에 넣었을 때 충격을 받았던 모양이었다. 라이언은 헬스 마니아여서 단백질 파우더를 늘 챙기고 다녔는데, 걷기 운동만 하는 정도의 나는 그의 근육들이 부담스럽기도 했다. 근육질 몸매가 자신을 표현하는 자랑거리 같은 면도 보였다.

'이곳에서 내가 살게 된다면 나는 무슨 일을 하면서 살아야 하지?'

'라이언의 한국 친구들 부모님들이 운영하는 세탁소나 식료품 가게에서 일해야 하나?'

그리 길게 머무르는 시간이 아니었음에도 20대 마지막의 문턱에서 현실적인 질문들을 점점 하게 되었다. 라이언이 분명히 나를 좋아한다는 것은 알았지만, 미국에서 내가 정착해서 살 정도로 그를 믿고 의지해야 하는 부분에 있어서는 확신이 들지 않았다. 합리적인 미국식 사고를 가지고 있어서 그런지 사소한 부분에서 내가 기대하는 것이 채워지지는 않았다. 문화적인 차이와 남녀의 차이 뭐 모든 복합적인 것이 작용했겠지만 중요한 문제에 있어서는 마음이 통한다는 생각은 들지 않았다. 다름과 차이의 문제가 많았는데, 나는 배려받지 못한다는 섭섭함도 들게 되었다. 그렇게 미국에서의 짧다면 짧고 길다면 긴 일정을 마치고 한국에 돌아오게 되었다.

이번에 돌아갈 때는 기분 탓일지 모르지만 인천공항에서 라이언을 데려다줄 때의 감정과는 조금 다른 마음이 들었다. 내가 한국에 돌아오고 나서 라이언은 다시 예전에 다니던 회사에서 일을 하게 되었고, 나도 새로운 일을 시작하게 되어 서로 바쁜 상황이 되었다. 연락의 빈도도 점점 잦아들고 다소 형식적인 이야기들을 할 때가 많아졌다. 만날 수 없는 상황에서 매번 전화로 소통하는 것에 한계를 느꼈다. 라이언은 일의 공백기에, 정체성의 혼란기 속에서 한국 여행에서 색다른 경험과 만남을 통해 그의 삶에 활력을 주었던 시간이었던 것 같다. 판타지를 벗어나 다시 일상을 찾게 되고, 현실적인 문제들을 바라보게 되면서 나에 대한 감정도 예전 같지는 않아진 것 같았다. 나 또한 서운함 감정들이 있었지만 표현하지는 않았고, 채워지지 않는 허전함 속에서 가끔 연락하면서 관계를 이어 갔다.

라이언은 나에게는 첫 번째 남자 친구였기 때문에 기대만큼 실망도 컸고, 내가 먼저 다가간 게 아니라 그가 먼저 다가왔는데 마음이 예전 같지 않다는 게 나를 힘들게 했다. 영화 <봄날은 간다> 속 "사랑이 어떻게 변하니?"라는 대사가 떠올랐다. 우리는 그렇게 오랜 시간을 헤어진 것도 아니고 뜨겁게 사랑하는 것도 아닌 그런 관계를 이어 가고 있었다.

그러던 중 라이언이 갑자기 한국에 올 수 있다는 이메일이 왔다. 이유인즉 한국 친구 진우가 한국에서 결혼을 하게 되어 결혼식 참석차 한국을 갈 생각인데, 내가 라이언을 만날 수 있는지 여부에 따라 한국행을 결정을 한다는 것이었다. 결혼식에 나를 대동하고 가서 친구들에게 보여 주고 싶은 그의 마음이 참 이기적이라는 생각이 들었다. 결혼식 들러리로서의 역할을 나보고 하라는 건데, 나는 그런 결혼식에 가야 하는 것일까. 그 메일을 통해 라이언이 나를 생각하는 마음을 깨닫게 되었다. 꽤 오랜 시간 나 자신을 잃어버리고 남자에게 휘둘려 다녔다는 생각이 번뜩 들었다. 나는 너의 잘난 친구 결혼식에 갈 생각이 없고, 네가 한국에 온다해도 너를 만날 의사가 없다고 단호하게 얘기하게 되었다. 근육질의 타이거 보이로 외적인 모습보다 내면이 알차고 책임감 있는 사람이 되라고 사이다를 날렸다. 나를 위해서도 이도 저도 아닌 관계를 정리해야 한다는 마음의 소리가 있었던 것 같다. 그렇게 이

메일을 보냈더니 당황한 듯한 답변의 메일이 왔다. 더 이상 응대하지 않았다. 나를 존중하지 않는 이에게 계속 마쳐 줄 필요가 없다는 생각이 들었기 때문이다.

나는 표현도 잘하지 못하고 스킬도 없는 한국 남자들이 불편하고 어색했었는데, 이 기회를 통해서 어려서부터 가정에서 훈련받지 못한 한국 남자들이 된장찌개 뚝배기 같다는 생각이 들었다. 스테이크와 치즈가 잠깐은 맛있을지 모르지만 모양새는 없고 꼬랑내 비슷하게 나는 된장 맛에 인상이 써질 때도 있지만, 평생 질리지 않는 된장 맛의 가치를 알게 되었다. 대학교 동기인 남자애들 7-8명과 친하게 지냈는데, 혈액형 얘기를 나눴을 때 모두 B형이어서 깜짝 놀랐었다. 아빠, 오빠, 남동생도 B형인데 그들에게 배려라는 것을 받지 못하고 매너 없고 무뚝뚝한 남자들 틈속에 살다보니 매너 있고, 꽃 주고, 보석 주는 색다른 것에 마음이 끌렸고, 버터 맛이 잠깐 좋았던 것 같았다. 내가 미국에 정착할 생각을 했다면 그 당시 분위기로는 결혼도 했을 수 있을 것이다. 하지만 음식 문제로라도 나는 이혼했을 거라고 생각이 든다. 하루 2-3끼의 식사가 늘 맞지 않는다면 그것도 고역일 것 같다. 시간이 흘러 페이스북 비슷한 연락망들이 생기면서 라이언이 친구 요청을 한 적이 있었는데, 결혼하고 아기띠를 한 사진으로 응대했다.

그 당시에 느꼈던 감정들을 한참 시간이 지나 지금 객관적으로 생각하자면, 당시 나는 미래가 불안한 20대 후반의 청년이었다.

나 자신에 대한 확신도 없고 자신감도 없을 때 상대방을 통해 뭔가가 채워진다고 생각했다. 동반자가 생기면 외로움은 느끼지 않을 줄 알았는데, 이성 관계가 나의 허전함을 채워 줄 수는 없었다. 내 마음이 단단해야 관계도 단단해지는 것이다. 일시적인 감정에 지배당하는 사랑이라는 감정이 얼마나 변하기 쉬운 건지 그 시간들을 통해 배울 수 있었고, 사랑은 감정이 아니라 서로를 향한 존중과 신뢰, 책임이 따르는 더 고차원적인 것이라는 것을 시간이 흐르면서 깨달아 간다. 가끔 상상은 해 본다. 미국에 계속 있었다면 나의 삶은 어땠을까? 나는 이혼녀로서 한인 식당에서 설거지를 하던 도넛을 팔든 고기를 굽든 열심히 살고 있었을 것이다. 그러던 중 한인교회에 가서 하나님 만나고 새로운 인생을 살고 있지 않을까……. 나의 삶에 절대적인 주권자를 만났다면 지금의 나의 삶과 다르지 않았을 것이라고 생각한다. 어떤 삶을 살고 싶다는 것은 내가 해 보지 못한 경험들을 한다고 내가 원하는 삶이 채워진다고 생각하지 않는다. 두려움, 걱정, 근심이 폭풍우처럼 찾아와도 그 안에서 평안을 찾을 수 있는 그런 삶을 살고 싶다. 라이언을 처음 만났을 때 〈라이언 일병 구하기〉라는 영화가 유행이어서 그 애기도 했었는데, 영화에서처럼 라이언을 구하지 못했지만 구하지 못한 라이언과의 관계였기에 지금의 내가 있으니 얼마나 다행인지 모르겠다.

내 인생 필름 몇 컷

이리극장

전라북도 이리 평화동에서 중앙동에 있는 초등학교까지 걸어가는 하굣길에 나는 등굣길과는 다르게 이리극장이 있는 길로 집을 가곤 했다. 술집도 모여 있고 해서 엄마는 꼭 큰길로 다니라고 항상 신신당부했지만, 이리극장에 걸린 대형 영화 포스터를 볼 수 있기에 나는 그 길이 좋았다. 당시에는 포스터를 직접 그린 영화 간판이 일종의 가장 큰 홍보 수단이었는데, 2주 또는 한 달에 한 번씩 바뀌는 영화 간판을 보는 재미가 쏠쏠했다. 사춘기를 지나 약간 반항기가 있어 보이는 하이틴 스타 소피 마르소의 모습을 그린 〈라붐〉 간판은 그녀의 청순한 모습과 자유로움이 느껴지는 의상과 헤어 때문인지 가장 좋아하던 간판이기도 했다. TV로 틀어 주는 주말의 명화, 토요 명화 말고는 영화를 볼 수 없었던 시절이어서 영화 포스터 간판을 보는 것은 초등학생인 나에게 상상의 나래를 펼치며 꿈을 꿀 수 있는 재미있는 장소였다. 나중에 커서 대형 극장이 들어오면서 이리극장이 없어진다는 소식을 들었고, 어느 순간 그 자리에 가 보니 극장이 없어지고 성인 나이트로 바뀌어 있을 때 마음이 정말 아프고 씁쓸했다. 영화 〈시네마 천국〉에서 영화관이 화재로 재가 되어 버린 정도의 아픔과 상실은 아니었겠지만, 추억이 깃든 장소가 삭제되어 버린 것 같아 마음이 좋지 않았다. 어린 시절 보았던 〈십계〉, 〈우뢰매〉 그리고 학창 시절에 보았던 〈늑대와의 춤을〉, 〈은밀한 유혹〉, 〈고스트〉 같은 영화를 선물해 준 이리극장이 여전히 그립다.

스크린과 독대

지금 생각해 보면 나에게 영화관은 예배 처소와 같은 장소였다. 나는 친구들과 함께 영화를 보는 것보다 혼자서 조용히 조조 시간대 영화를 보는 것을 좋아했다. 어떤 날은 그 큰 영화관에 홀로 앉아서 영화를 보기도 했다. 어둠 속에서 영사기를 통해 빛이 쫘악 비추면서 스크린에 빛이 닿으며 일직선으로 먼지가 섞인 빛들이 보이다가 쓰윽 사라지면서 대형 스크린 화면의 영화와 독대할 때가 가장 좋아하는 순간이었다. 감동 있는 영화를 만나는 그 독대의 시간은 어린 나의 영혼에게 최고의 위로와 행복을 주는 시간이었다. 그렇지 않은 영화라 할지라도 좌우, 앞뒤 아무도 의식할 필요 없이 영화에 빨려들어 간 2시간 남짓의 시간은 지쳐 있고 힘든 일상에 생수와 같았고, 다시 일어설 힘을 주었다. 피곤할 때 먹는 박카스처럼 내 정신은 영화관을 들어갈 때와 나갈 때 달라져 있었던 것 같다. 한번은 〈영매〉라는 무속인에 관한 다큐 영화를 보았는데, 기구한 주인공의 삶에 너무 이입이 되어서 눈물 콧물을 폭포수같이 쏟았다. 눈물을 너무 많이 흘려서 영화가 끝나고도 좀처럼 일어나서 나가기가 힘들었던 기억도 난다. 동시 상영 영화를 할 때는 티켓을 끊고 들어가면 한 번에 2개의 영화를 볼 수 있어서 그날은 로또 맞은 하루 같았다. 영화관은 길고 긴 하루의 온종일을 어둠 속에서 스크린과 교제하며 편안한 쉼을 가질 수 있게 하는 특별한 공간이었다. 어쩌면 나에게 영화관은 답답한 집에서 탈출하고 일시적이지만 온전한 자유를 만끽할 수 있는 도피처이자 피난처와 같은 공간이었다. 극장을 나와 다시 집에 갈 때 발걸음이 무거울 때도 많았지만 다음에 볼 영화 생각을 하며 이겨 낼 수 있었다.

잡지 스크린과 로드쇼

학창 시절, 돈이 생기면 가장 먼저 하는 일은 학교 앞 서점에 가서 그달에 나온 영화 잡지 스크린과 로드쇼를 비교해 보고 무엇을 살지 결정하는 것이었다. 학생 신분으로 2개를 다 살 수 있는 형편이 안 되다 보니 매달 선택의 기로에 서 있었다. 하지만 선택에 있어서 가장 큰 기준이 있었는데, 그건 매달마다 달라지는 부록이었다. 당시에는 잡지에 딸려 오는 부록이 있었다. 잡지의 내용보다 부록이 무엇이냐에 따라서 그달의 잡지를 택하기도 했다. 내가 좋아하는 영화의 포스터나 배우가 나온 부록이라면 잡지의 내용과 상관없이 두 잡지 중 하나를 골랐었다. 그렇게 잡지를 사면 쓸 만한 부록은 벽에 붙이고 나서 좋아하는 기사 내용을 먼저 찾아 부분별로 읽다가 보름이 지날 때쯤 되면 잘 안 읽게 되는 기사글도 읽고, 더 이상 읽을 내용이 없다 싶으면 다음 달 호를 사게 되는 날이 찾아왔다. 그렇게 야금야금 사서 모은 잡지가 내 방의 한편을 다 메울 정도였다. 나에게는 보물 1호와 같은 소중한 자산이었는데, 집을 이사하게 되면서 책, 특별히 잡지가 얼마나 애물단지인지를 알게 되었다. 독립하기 전에 이사할 때는 엄마의 잔소리를 뒤로하고 절대 잡지를 버릴 수 없기에 박스에 다 포장해서 나중에 가져가겠다고 큰소리를 쳤는데, 그렇게 시간이 흘러 결혼하게 될 때 중·고등학교 시절의 잡지까지 다 챙겨서 가져갈 수는 없었다. 결혼하고 애를 키우고 아빠가 돌아가시고 친정집을 어느 정도 정리해야 할 때가 왔을 때 이제는 정리하자 마음먹었다. 대학시절, 동아리에 많은 잡지들을 강제로 기증했고, 그나마 남겨 놓았던 잡지들도 결국 당근에 올리거나 나눔을 하게 되었다. 학창시절 추억의 물건들을 버리는 데 30년 정도의 세월이 흐른 것 같다. 사람과의 이별만큼 정든 물건과 이별하는 게 참 힘든 과정이라는 것을 경험했고, 만남과 헤어짐을 반복하다가 결국 나름의 이별식을 고하고 물건들도 떠나보냈던 것 같다. 나의 스크린, 로드쇼, 씨네21 잡지들은 어딘가에서 여전히 생존하고 있을까. 어디서든 누군가에게 위로와 재미와 아름다운 기억을 소환해 주는 역할을 하며 지내길 소망해 본다.

영화 동아리 필름

인생에서 가장 재밌었던 시간을 꼽으라고 하면 나는 단연코 대학교 영화 동아리 '필름'의 시절이라고 말할 것이다. 필름이라는 동아리가 있다는 것을 알게 된 것은 우연히 고등학교 2학년 때 교생 실습으로 오신 선생님을 통해서이다. 나는 대학생인 교생 선생님을 엄청 좋아했는데, 그 선생님이 연극 공연을 한다고 해서 여고생 4명이서 대학교를 처음 방문하게 되었다. 대학교 축제 기간이었는지 대학교 캠퍼스의 교정은 자유로웠고, 활기가 넘쳤다. 교생 선생님이 공연하는 연극 공연장으로 가는 길바닥에 영화제 포스터가 쭉 붙어 있었고, 자세히 보니 영화 동아리 '필름'이 주최하는 영화제에 대한 팸플릿이었다. 영화를 좋아했던 나는 그 포스터를 보는데 심장이 쿵쾅쿵쾅 뛰었고, '다음에 대학에 들어가서 꼭 저 '필름'이라는 영화 동아리에 들어가야지'라고 마음을 먹었다. 영화제에 대한 소개와 인사말에 나왔던 회장 선배님의 사진과 이름을 기억하고 언젠가 꼭 만나리라는 꿈을 꾸었다. 그렇게 시간이 흘러 대학교 새내기가 되어 영화 동아리 '필름'에 원서를 내고 면접을 보고 들어가게 되었다. 동아리 지원서에 나를 어필하기 위해 엄청난 고민을 하고 질문 하나하나에 답을 써 내려갔다. 동아리는 나처럼 영화를 좋아하는 마니아들이 있는 곳이라 영화와 관련된 공감을 나눌 수 있는 곳이었는데, 사실 동아리의 실체는 그 안에서도 영화를 진짜 좋아하는 마니아들 몇 명과 그냥 영화를 좋아한다는 핑계로 술과 사람들을 좋아하는 아웃사이더들의 집단이었다. 어쨌든 그곳을 통해 나는 영화도 배우고, 술도 배우고, 사람도 배우고, 인생도 배우게 되는 시간이었다. 여름 방학에는 직접 시나리오를 써 보고, 8mm 영화도 역할을 분담해서 찍어 보았다. 주중에 영화학개론처럼 대선배님들이 돌아가면서 강의해주는 영화 관련 공부들은 전공 수업보다 더 집중해서 재미있게 들었다. 봄과 가을에는 영화제를 열었는데, 당시 영화관에서는 볼 수 없는 숨은 걸작들을 상영했다. 포스터 제작부터 영화제를 후원해 줄 곳을 찾아 학교 근처 단골 식당, 술집 사장님께 사정도 해 보고, 어설프지만 가게 홍보용 영상도 만들어서 영화제 시작 전에 짧은 광고 영상을 넣어 상영하기도 했다. 대학교 1-2학년 때 갔던 수많은 MT는 지금의 나영석 PD가 제작한 '십오야' 채널의 콘텐츠만큼 재미있었다. 다양한 영화 관련 오락 활동이 들어 있었는데, 놀이와 게임을 하며 놀았던 기억과 인생의 고민을 나누며 밤을 지새웠던 순간들이 여전히 행복한 기억으로 남아 있다. 동아리 친구들과 놀고 늦게까지 술 먹다가 집에 가는 마지막 버스가 끊기면 친구들, 선배님들의 주머니에서 십시일반 돈을 모아서 집에 갈 택시비를 늘 마련했다. 고등학교 때 대학교 교정에서 꿈을 꾸게 했던 영화제 포스터에 나온 선배님도 군대 제대 후에 실제로 만나게 되었고, 선배님이 기특하다고 영화도 따로 보여 주셨다. 시간이 흘러 동기들이 군대에 가면서 1-2학년 때처럼 활발하게 활동은 못 했지만, 졸업하기 전까지 대학의 아지트였던 동아리방과 동아리방 앞 잔디밭에서 삼삼오오 모여서 얘기하고 놀던 기억들은 몽글몽

글한 낭만이 있는 추억으로 남아 있다. 20대 초반, 철부지 같았던 우리들은 이제 50을 넘어서는 중년이 되었다. 일 년에 한두 번씩은 만나고 있는데, 누군가의 아빠와 엄마가 된 우리들은 치열한 삶을 살면서 인생의 중반을 달리고 있다. 소소한 인생의 추억을 공유한 기억 공유자로서 친구들을 만나면 다시 그 시절로 돌아가게 하는 마법을 늘 선사해 준다. 우리 모두에게 소중한 추억을 남겨 준 영화 동아리 '필름'에게 감사하다.

취미와 직업 사이 그리고 혼란함

영화 동아리 안에서 다시 공부를 해서 진로를 바꾼 분도 있고, 영화를 만든 감독도 있고, 신문 기자도 있다. 하지만 대부분은 나처럼 여전히 영화를 좋아하지만 덕질하는 취미로 남아 있는 것 같다. 한때는 영화관에서 표를 파는 직원이어도 좋으니 영화와 관련된 일을 하고 싶은 열망도 있었다. 동아리 활동을 하면서 그 꿈들이 조금씩 무너지게 되었는데, 내가 좋아하는 것을 내가 잘할 수는 없다는 것을 깨닫게 되었기 때문이다. 지금은 많이 변했겠지만, 당시에 현장에서 일하는 선배님들을 보게 되면 육체를 갈아 넣어 일을 해야 그 바닥에서 살아남고 인정받을 수 있는 모습이었다. 진로를 결정해야 할 때 나는 영화를 좋은 기억으로 남기고 싶었고, 업으로 살기에는 쉽지 않다는 것을 알고 3~4학년 때는 동아리 활동도 쉬엄쉬엄하면서 취업을 준비하는 또래 학생이 되어 있었다. 좋아하는 영역을 취미로나마 간직할 수 있어서 감사하다.

또한 나에게 절대적이었던 영화감독들의 작품들이 점점 예전과는 다른 모습을 보는 것도 힘들었다. 영화는 상업성을 띠고 성공하지 않으면 그다음 작품을 제작하기가 어렵다. 감독이 담고 싶은 이야기도 당연히 관객들의 니즈를 어느 정도는 맞춰야 한다. 작품의 색깔들이 변하는 게 사실 너무 당연한 것인데, 나는 좋아했던 영화감독님들에 대한 실망감이 들자 영화에 대한 집착과 감동도 더 이상 과거와 같지는 않게 되었다. 세상 사람들 모두가 열광하는 박스오피스형 영화와는 다르게 동아리방에서 우리끼리 공유할 수 있는 작품들이 있었다. 영화를 만들던 필름은 이제 사라졌고, 찍는 방식도 완전히 바뀌었다. 영화는 스크린으로만 본다고 생각했는데, 이제는 스마트폰으로 보는 게 익숙한 시대이다. 이제는 누구나 영화를 흔하게 볼 수 있는 문화여서 나름 영화 덕후였지만 발 빠른 시대 속에서 예전의 열정을 따라갈 수는 없게 되었다. 동아리방 캐비닛에 꽂혀 있는 대가들의 카피본들의 리스트가 우리만 가지고 있는 프라이드였는데, 이제는 누구나 소장할 수 있는 시대가 되었다. 힘겹게 모은 비디오들도 비디오로 더 이상 영화를 보는 시대가 아니기 때문에 다 쓰레기가 되어 버렸다. 필름은 소중한 꿈을 꾸게 한 곳이기도 하지만 인생의 실패와 좌절을 함께 알려 준 곳이기도 하다. 실패의 쓴잔을 마시고 방황하던 나의 청춘 시절이 있었기에 나는 지금의 어른이 되어 성장할 수 있었다.

나의 흑역사로 남아 있는 기괴한 영화들

내가 당시에 본 기괴한 영화들은 지금 생각해 보면 그 영화들이 특별했던 게 아니고, 남들과 다르다는 것을 보여 주기 위한 자랑거리였던 것 같다. 지금 그 영화들을 다시 보라고 하면 나는 절대 못 볼 것 같다. 특히 몇몇의 프랑스 영화들은 그 난해함이 도를 넘은 것들도 많았고, 문화적 충격을 넘어서 기괴한 것들도 많았는데, 이제는 그런 영화를 해독할 마음의 그릇이 전혀 남아 있지 않다. 남편과 연애를 할 당시에 나의 취미를 존중해 주고 좋아해 줄 것을 은근히 강요하며 같이 광화문에 있는 아트 무비를 상영하는 전용 극장에 갔었다. 그때 본 영화는 아내가 여러 남편을 차례로 살해하는 내용이었는데, 지금의 남편은 그 영화를 결국 소화해 내지 못하고 중간에 뛰쳐나가고 말았다. 영화는 한 아이가 줄넘기를 하면서 줄넘기의 숫자를 천천히 세면서 시작하는데, 기승전결이 완벽하고 통쾌한 〈범죄도시〉 같은 영화를 좋아하는 남자가 스토리라인도 이상하고, 맥락도 없고, 지루하고, 기괴한 그런 영화를 본다는 게 정말 힘들었을 것이다. 지금도 그때 본 영화들을 가지고 나를 놀릴 때가 있는데, 그 일들을 통해 나의 개인적인 취미를 공감해 주도록 남에게 강요하면 안 된다는 것을 깨달았고, 그나마 내 취미를 존중해 줬던 여동생과 이런 류의 이상한 영화들을 많이 보았었다. 영국에서 1년 정도 있었을 때 영국 영화광들이 가는 시네마테크에 가서 8시간이 넘는 러닝 타임의 〈킹덤〉이라는 영화 1, 2편을 하루 꼬박 보았는데, 졸다가 보다가 반복하면서 극장에 앉아는 있었는데 영화 내용이 정말 하나도 생각이 나질 않는다. 그냥 마니아들이 하는 의례 행위처럼 본 영화들도 꽤 많았던 것 같다. 이제는 더 이상 실험적인 영화를 보지 않는다. 그런 영화를 내 머리가 더 이상 해석을 하지 못하고 소화해 내지도 못한다. 나이가 드니 영화의 체질도 완전히 바뀌게 되었다. 하지만 간절히 원하기는 1년에 단 한 편의 영화라도 좋으니 마음을 울리는 감동적인 영화를 보는 게 소원이다. 그 한 작품의 양식만으로도 나는 한 해를 넉넉하게 보낼 수 있기 때문이다. 〈길버트 그레이프〉, 〈워크 투 리멤버〉, 〈유 캔 카운트 온 미〉, 〈안녕, 헤이즐〉, 〈플립〉, 〈빌리 엘리어트〉, 〈비커밍 제인〉과 같은 인생 영화들을 매년 만나고 싶다.

유경민
–
조이유(JoyYoo)

유경민

— 조이유(JoyYoo)

그래서 비가 오면
내 마음은 햇살임을

비 내리는 날, 개구쟁이가 되어 마음이 붕붕거린다.
세상은 온통 잿빛인데 내 마음은 햇살이다.
밖으로 걸음을 재촉하며 빗길 위에 기어코 발자국을 낸다.
우산 속 나만의 세상은 아늑하고 고즈넉하고 평안하다.
우산 밖 소란스러움과 수선스러움이 단절된 나의 우산 속 세상에서
한 치 앞을 모르는 인생길을 헤치고 나가듯,
한 발짝 한 발짝 물길을 낸다.

아늑한 우산 속 나만의 세상이 소중한 건
우산 속 세상을 갖지 못했던 그 시절이 있었기에.
내 어린 시절, 우산 없이 온몸으로 비를 맞으며 걸었던
우산 속 사랑을 갖지 못했던 그런 시절이 있었기에.
우산 속에 들어가지 못한 서운함과 서러움과 슬픔이 밀려와
몸서리쳤는지, 비에 젖은 한기로 몸을 떨었는지…….

갑자기 비가 쏟아져 내리는 날, 학교 앞으로 우산을 가져다주지 못한 건
그저 먹고 사는 일에 힘겨워
어린 두 딸과 남겨져 홀로 세상에 맞서야 했던,
그저 그뿐이었던 이유
우산 속 사랑이 사치였던
그저 그런 이유.

철이 들고 나니
비가 눈물이 되어 아늑한 내 우산 속을 온통 채운다.

그냥 바라만 봐도 어여뻤을 서른 살 꽃 같은 나이에
사랑하는 이를 다시는 못 보게 된,
어린 두 아이들의 아빠를 떠나보낸,
망망대해에 홀로 남겨진 듯했을 내 어머니.
아무것도 모른 채 장례식장에서 해맑게 뛰어노는 어린 것들을 바라보며
속으로 하염없이 눈물을 삼켰을 그 모습.

나의 한 쪽 귀가 먹은 것보다
젊은 남편 병 수발 드느라 어린 자식들을 돌보지 못했던
내 어머니의 고생이, 기진했을 삶이 떠올라 눈물이 비같이 내려앉는다.

철이 들고 나니,

내 어머니는 우산 속 사랑을 전해 주지 못했어도 내 어머니가
내 우산이었음을,
비바람을 막아 주고 모진 세상의 비를 막아 준 우산이었음을,
내겐 항상 우산이 있었음을
이젠 알아서,
그래서 비가 오면 내 마음은 햇살임을.

숲길을 닮고 싶다

나무가 울창하게 들어선 숲길을 걷는다. 바다도 좋고, 호수도 좋고, 강물도 예쁘지만, 빛을 반사하며 뿜어내는 은빛 잔잔함도 마음을 평온하게 하지만, 숲길에 있을 때의 '나'는 더 평온해지고 단단해진다.

숲으로 들어서는 순간 눈앞에 펼쳐지는 초록 세상이 좋다. 아주 만족스럽다. 벌써부터 '이 정도면 충분해' 하는 마음으로 한 걸음 두 걸음 내딛는다. 내딛는 발걸음마다 그간의 한숨으로 무거워진 몸과 마음이 가벼워진다. 한 걸음에 걱정이, 또 한 걸음에 근심이, 또 한 걸음에 슬픔이, 또 한 걸음에 눈물이, 또 한 걸음에 분노가, 또 한 걸음에 노여움이, 또 한 걸음에 이해할 수 없는 그녀의 말이, 또 한 걸음에 이해할 수 없는 그의 행동이, 또 한 걸음에 모질다 못해 비수를 꽂는 아이의 말이 아무 일도 아니었던 것으로, 마치 '이 모든 게 꿈이었나' 하며 허허 웃게 된다. 그런 넉넉한 마음이 자리를 잡는다. '그럴 수도 있지' 하고 넘어갈 수 있는 마음을 가진 내가 된다. 더 힘차게 땅을 박차고 앞으로 나아가게 되는 건 아마도 그런 이유일 것이다. 그들 모두 진심이 아니었을 것이라 내 맘대로 미루어 짐작하며, 그러다 그렇게 확신하며, 그러니까 마음이 가벼워지며……. 어차피 그들은 아무것도 모르는 내 안의 '속 끓음'인데, 내 맘이 어떻든 내가 알아서 처리하면 되는 것이고, 내가 별 탈 없이 넘어가면 겉으로 드러나는 문제는 없는 것이고, 그렇다면 아무 일도 일어나지 않을 것이며, 모든 게 아무렇지도 않게 될 것이다. 반면교사(反面教師) 삼는다. 타산지석(他山之石), 역지사지(易地思之)를 할 수 있게 된다.

배려의 말이 오히려 상대를 불편하게 할 수도 있고, 걱정의 말이 도리어 상처가 될 수도 있고, 위로의 말이 더 비참하게 할 수도 있다는 것을 모두가 알았으면 좋겠다. "나는 그런 뜻이 아니었어……."라는 말이 이제는 너무 일방적인 대화법이라고 느낀다. 듣는 이가 들을 때 내가 말한 의도와 다르게 듣고 마음이 상했다면 '나는 그런 뜻이 아니었다'로 끝나는 것이 아닌, 먼저 그 감정을 인정해 주고 "나는 그런 뜻이 아니었지만 네가 마음 상했다면 미안해……."라는 말까지 해야 한다.

스무 살이 넘으면서 부쩍 많이 걸었던 것 같다. 생각이 많았던 나는 걸으면서 생각을 정리하고, 때론 마음을 추스르고, 나락으로 떨어졌던 기분을 끌어올리기도 했다.

몇 해 전 갔었던 '문경새재 길'이 떠오른다. 역사가 살아 숨 쉬는 곳, 문경새재. 청운의 꿈을 품고 먼 길을 떠나는 선비의 마음이 되어 길을 걸어 보았다. 수많은 세월이 흘렀어도 옛 풍경은 자연 속에 고스란히 남아 그들의 이야기가 전해지는 듯했다. 가슴 속 설렘을 담아 날아갈 듯 걸음을 재촉하는가 하면, 소식과 세파를 전하느라 왁자지껄했을 주막의 모습도 보였다. 흙 덮인 길을 맨발로 걷다 보면 왜 그곳이 '땅, 산, 물 그리고 길'이라고 함축적으로 표현했는지 고개를 주억거릴 만했다. 혼자라도 좋고, 벗과 가도 좋고, 아이들과 함께하는 가족여행지로도 손색이 없는 문경새재 길이었다. 숲속 길에서 위안을 얻고, 평온해지고, 단단해지는 나에게는 더할 나위 없이 좋은 길임에 틀림이 없다. 궁궐 길을 걷는 것도 내겐 상당히 매력적이다. 넓디넓은 궁궐 안이나, 궁궐 밖 주변을 돌아보는 것도 좋다.

숲길과 닮고 싶다. 위로가 되고, 근심을 날려 주고, 새로이 힘을 얻게 해 주는 숲길을……. 늘 그 자리에 있으며 계절마다 풍요로움과 다채로움과 향기를 내뿜는, 저마다의 자태를 뽐내지만 혼자 잘난 척하지 않고 어우러질 줄 아는, 그래서 함께 성장하는, 나무들이 모여 사는 숲과 그 사이로 난 길. 그 길 위를 걷는 나, 너, 우리.

어쩌면 이미 나는 숲길과 닮았을지도 모른다는 아주 교만한 생각을 잠시 해 본다. 한번 우겨 보련다. 사실 그럴 만한 개연성은 충분히 있다고 주장하는 바이다. 일단 지인들 중 많은 이들이 나를 붙잡고 자기 이야기를 끝도 없이 한다. 힘들었던 이야기를, 자녀의 심상치 않은 상태 이야기를, 타인과의 관계 속에서 얽히고설킨 이야기를 한 두 시간씩 풀어낸다. 전화로도 하고, 걸으면서도 하고, 길 위에 서서도 한다. 중간중간 함께 흥분하고, '화자'를 화나게 하는 대상을 향해 욕도 하고, 흉도 보고, '화자'에게 칭찬도 하고 솔루션을 제시하기도 한다. 그들의 마음속 이야기를 들어줄 수 있는 것도, 위로를 건넬 수 있는 것도, '임금님 귀는 당나귀 귀'를 할 수 있는 것도 어쩌면 숲길과 닮아 있는 것 아닐까. 숲길과 이미 닮았길. 아니라고 한다면 숲길과 닮도록 숲길을 더 많이 걸어야겠다.

'혼자여도 혹은 여럿이 함께여도 잘 놀 수 있는 멘털'을 추구한다. 혼자 있는 것을 힘들어하는 사람들이 있다. 반면, 나는 혼자서도 잘 놀고, 친구들과 모였을 때도 잘 어울릴 수 있다. 나이가 들면서 성향이 잘 맞지 않고 억지를 쓰는 이들과는 대화를 섞지 않고 싶어질 때가 많다. 굳이 참고 듣기엔 나의 시간이 너무 아까울 때가 있기 때문이다. 자주 마주쳐야 하는 경우에는 가능하면 그런 자리를 만들지 않으려고 한다. 이만큼 살아 보니 세상 사람들을 '그런 사람'과 '그렇지 않은 사람'으로 나눠 보게 된다. 그저 나만의 방식이다. 이를테면 책 읽는 사람과 읽지 않는 사람, 배우고자 하는 사람과 아무것도 배우려고 하지 않는 사람, 노력하는 사람과 노력하지 않고 핑계를 대는 사람, 양보하고자 하는 사람과 무조건 가지려고 하는 사람, 매사에 적극적인 사람과 매사에 미적지근한 사람, 상대방의 입장에서도 생각해 보는 사람과 자기 입장에서만 생각하는 사람, 사람들이 따르는 사람과 사람들이 피하는 사람……. 중간은 없다. 그러니 나는 '그런 사람'이고 싶고, '그런 사람들'에게 좋은 숲길이 되고 싶다.

나의 멋진 박 부장님

내 삶에 있어 몇 번의 터닝 포인트가 있었다고 생각된다. 그중 서른 살 삶에서 만난 그 사람, 누구도 의도하지 않았지만 내가 맞닥뜨린 터닝 포인트의 한 자락이 떠오른다.

나는 결혼 후 대학원을 다녔고, 논문을 다 쓰고 아이를 갖겠다는 아주 철저하고도 멋진 계획을 세우고 살아가고 있었다. 그렇다. 인생이 계획대로만 된다면 얼마나 좋겠는가. 결혼 후 바로 IMF로 남편 회사의 월급이 보류됐고, 계획에 없던 알바를 간간이 해야 했다. 하지만 힘들었다는 기억보단 IMF로 인해 재미있었던 몇 가지 에피소드들이 있었는데, 그중 하나가 회사에서 에어컨을 줄 테니 그걸 팔아 자금으로 전환해서 사용하라는 '에어컨 판매 이벤트'였다. 남편의 회사가 에어컨 만드는 회사였기에 그랬다. 에어컨을 준다는 게 너무 재미있다고 느꼈고, 우리 에어컨은 회사 동료가 팔아 줘서 현금을 융통할 수 있었다. IMF는 내 인생 계획에 없었던 복병이었다. 비단 나뿐만은 아니었을 것이다. 아이를 갖는 것도 계획대로 되지 않아 꽃 피는 춘삼월에 낳으려고 했던 아이가 5개월 뒤, 무척이나 덥고 습한 8월에 태어났다.

첫아이를 낳고 그 아이가 8개월쯤 되었을 때 나는 다시 일을 하게 되었다.

"넌 천상 일을 해야겠다. 집에만 있으니 사람이 이상해져."

당시 남편의 말이 생생하게 기억난다. 아이가 너무 예쁘고 아이와 함께 있는 것이 좋았는데, 그것과는 별개로 나의 일을 하고 싶었다. 아이를 돌봐줄 친정엄마에겐 미안했지만 그렇게 다시 사회생활이 시작되었다. 의료전문지를 만드는 신문사에 들어갔고, 그곳에서 그 사람, 박 부장과의 만남이 시작되었다. 내 나이 서른, 나보다 일곱 살 많은 그녀는 나처럼 남자 같은 이름을 갖고 있었다. 너무나도 아름다운 얼굴과 몸매를 가지고 있었고, 이런 외모와 어울리지 않게 터프한 성격이었다. 열 남자 부럽지 않게 일을 해내는 든든한 나의 부장님이었다. 당시 새로 승진한 남자 국장이 있었는데, 출입처에서 술을 먹은 다음 날은 언제나, 어김없이, 오후 2시에 출근하곤 했다. 퍽, 자주 그랬다. 직업상 술을 많이 먹어야 했으니 그건 뭐라 할 수 없었지만, 편집국을 책임지는 국장씩이나 되는 사람이 그렇게 성실하지 않은 것이 나는 참 불편했다. 반면 나의 박 부장님은 전날의 과음과 잠의 부족으로 쓰러질 것 같아도 한 번도 지각이라는 것을 한 적이 없고 피곤한 기색으로, 지친 얼굴로 나타난 적이 없었다. 술자리에서도 화장실 가서 토를 하고 와서 다시 아무렇지 않은 듯 술을 받아먹는 모습으로 나를 놀라게 했었다. 왜냐하면 “여자라서 그래”, “여자들은 어쩔 수 없지”라는 말을 듣기 싫어서였다. 이해할지 모르겠지만 여자로서의 사회생활은 다양한 부분에서 공격을 받기 일쑤였다. 잘 받아치고 잘 받아넘겨야 했다. 여자이면서 크리스천인 나는 이 ‘술자리라는 부분’ 때문에 많은 무안함을 겪어 내야 했다.

박 부장님은 성실하고, 자기 관리에 철저하고, 그럼에도 부드러웠으며 따뜻했다. 후배들이 질책받을 일이 있었을 때 남자 국장은 아무런 입장을 밝히지 않았던 반면, 박 부장님은 “너희들 뒤엔 내가 있어. 일이 생기면 내가 책임질 테니 아무 걱정 말아.”라고 말하며 후배들을 든든하게 지켜 줬었다. 이러니 후배들이 따르지 않겠는가. 누굴 따르겠는가. 당연히 박 부장님이지. 그래서 남자 후배들도 박 부장님이라면 절대 복종 각이었다. 박 부장님은 종종 우리에게 비밀 지령을 내렸다.

“10시까지 거기로 모여.”

거기가 어디였는지 지금은 기억이 나지 않지만, 사무실에서 눈치껏 따로따로 나와서 거기에 모인 우리는 극장으로 움직여 영화 한 편을 보고, 점심을 먹고, 각자의 취재처로 향했다. 후배들에게 영화를 보여 주고 밥을 먹이며 숨통을 틔워 주는 박 부장님이었다. 그런 박 부장님이 일은 철저하게 잘하니, 완전 멋있었다.

내가 박 부장님께 배우며 많은 변화를 갖게 한 부분은 이런 멋짐에다가 하나 더 있었다. 꼬임이 없었다. 자격지심 때문에, 피해의식 때문에 불필요한 감정 소모를 하지 않았고, 관계를 망치지 않았다. 여러 환경들로 인해 자격지심이 강하고 피해의식이 있어 남들에게 드러나게 하지 않으려 무던히도 애쓰고 살았던 내게, 이중인격 같은 모습과 그 사이에서 오는 괴리감으로 이를 극복하고 싶었던 내게 변화를 가져다주었다. 좋은 가정환경에서, 좋은 부모님 밑에서 자란 사람은 이렇구나. 참 따뜻하구나. 꼬임이라는 게 없구나. 누가 욕을 한 건데도 못 알아듣고 나중에서야 "아, 그거나 욕한 거야?" 했다. 상대가 욕을 해도 타격감이 전혀 없으니 싸우거나 대거리할 일이 없다. 그러니 마음이 늘 평온하다. 이 부분이 중요한 이유는 사회생활을 하며 많은 사람들을 만나다 보니 별말 아닌 것에도 발끈하거나 오해를 한다거나 해서 관계가 어려워지고 무엇보다 마음이 힘들어지는 경우가 많기 때문이다. 이후로 나는 '그럴 수 있지, 나쁜 뜻이 아닐 거야' 라는 말로 상처받지 않는 연습을 했고 오십이 훌쩍 넘은 나이까지 잘 적용하며 살고 있다. 이 얼마나 다행인지 지금도 참 감사하다.

낭중지추가 필요하다

오지랖도 넓고 남의 인생에 끼어들어 문제를 해결해 주는 것을 좋아하게 태어났다. 문제 앞에서, 최고가 아니라면 최선을 전제한 차선책으로 방향을 빠르게 전환한다. 한 가지 더, 불의를 잘 못 참는다. 이게 가장 문제다. 사회적 불의야 어찌할 수 없어 속만 끓인다 쳐도 직장이나 일과 관련된 곳에서 벌어지는 각양각색의 공정하지 않은 부분들과 공평하지 못한 대우와 다른 사람의 공이나 수당을 가로채는 갈취자는 절대 못 넘어간다. 지금은 아니다. 한창 일할 때의 나의 얘기다.

기자들은 출입처마다 기자단이라는 게 있어 함께 취재하게 된다. 기자단에 '간사'가 있어서 취재 일정도 잡고 약속 장소도 정한다. 결정적으로 기자들에게 전달되는 '거마비'를 간사가 받아서 기자들에게 나눠 준다. 이 중요한 것을 갈취한 선배 기자가 있었다. 그런 사실을 알고 가만히 있을 수가 없었다. 후배들도 '거마비'의 존재를 다 알고 있는데, 선배라는 작자가 중간에서 가로채는 꼴이 너무 부끄럽고 미안했다. 그래서 난 주머니 속의 송곳을 숨기지 못하고 꺼내 들었다.

사실을 밝힌 결과는 무섭고 참혹했다. 다음 날 아침, 출근하자마자 그 선배가 "유경민 어디 있어?"라는 말과 함께 씩씩대며 신문사로 찾아왔고, 정말 한 대 맞는 줄 알았다. 오른손이 올라갔고, 허공에서 멈췄다. 다른 사람들이 말렸기 때문이기도 하지만 폭력을 행사했을 때 득보다 실이 많다는 걸 알기 때문이라고 나는 짐작했다. 속으론 두려웠지만 절대 내색하지 않았다. '때려 볼 테면 때려 보라지. 방귀 뀐 놈이 성낸다더니 어디서 행패를, 쯧쯧…….' 편집국장님이 말리는 척하며 회의실로 데려가면서('끌고 갔다'라고 쓰고 싶다) 소동은 일단락됐다.

그 선배의 일련의 만행들을 모르는 이가 없었다. 아무도 그것을 표면화시키거나 대거리하지 않았을 뿐이다. 그 어려운 일을 해낸 나는 그 뒤, 기자단에서 빠졌다. 그 선배가 간사가 아닌 다른 출입처에서도 나를 부르지 않았다. 그 선배가 부르지 말라고 다 명령을 하사했기에. 그렇지만 나는 이런 따돌림 따위에 굴하지 않았다. 나도 나름 이 바닥에서 잔뼈가 굵었고, 혼자서도 충분히 취재할 수 있었다. 웃긴 건 거마비를 챙겨 갈 때 그 선배는 내 것만 남겨 두고 가져갔다는 점이다. 챙겨가서 후배 기자들의 몫을 전달했는지 모르겠으나 내 이름만 남아 있는 확인서가 왜 그렇게 우스웠는지 모르겠다. 확인서를 내밀며 사인을 받는 홍보팀 직원의 눈빛엔 누구의 편도 들을 수 없는 난감한, 혹은 아련한, 동공의 흔들림이 들어 있었다.

이런 일련의 일들을 전해 들은 어떤 선배가 "낭중지추 알지?"라며 말을 건넸다.

"다들 송곳이 없는 것이 아니야. 주머니 속에 숨기고 사는 거지……."

그래, 그런 거구나. 나는 송곳을 대놓고 드러냈구나. 그나저나 그 선배는 후배들 것 야금야금, 대놓고 가져가더니 빌딩을 샀다는 소문이 돈다. 그렇게 모으면 빌딩을 사는구나.

그곳에
그들만의 세상이 있었다

너를 향한 글을 아주 오랜만에 쓰는 것 같아. 유경민에게서 느껴지는 많은 감정의 모양 중, 너의 감정의 여러 색 풍선 중 어떤 것을 나눠 볼까 생각하다가 그날의 기억을 떠올렸어. 한 번은 꼭 짚고 넘어가야 할, 그래서 훌훌 털어 버려야 할 그날. 그 3개월간의 너의 고군분투를 오늘 끄집어내려 해.

그래, 많이 억울했니? 사람이 가장 참을 수 없을 때는 억울한 감정이 들 때라고 해. 너도 그랬지? 억울함이 가득 차올라 꾸역꾸역 올라와서 견딜 수 없었던 거지…….

그때 너는 ○○병원 홍보팀 홍보팀장으로 새로이 일을 시작했어. 의료전문기자들이 병원 홍보팀으로 가는 사례들이 많으니 너도 모신문사 편집국장의 소개로 면접을 보고 병원장과 꽤 오랜 시간 서로의 방향성을 이야기한 후, 기대감 가득한 병원장의 눈빛을 받으며 그곳에서 일을 하게 됐지.

아버지가 이사장, 어머니가 대표, 아들이 병원장. 가족 운영 체제로 돌아가는 그 병원은 병원장의 할아버지가 세운, 3대가 서울대를 나온, 대표는 이대 나온 여자인, 그런 도도함이 뿜어져 나오는 곳. 그들만의 세상에서 벌어지는 무언가가 있는 곳이라고 너는 이미 짐작했었잖아.

그렇지만 출근 첫날부터 찬밥 취급을 받을 줄이야. 너는 상상도 못 했었지. 네 자리가 준비돼 있지 않았던 거야. 너는 무척이나 당혹스러웠지만, 겉으론 전혀 내색하지 않았어. 그건 잘한 것 같아. 앞으로 당할 다른 일들에 서막에 불과했으니 말이야.

병원장이 와서 이런저런 지시를 하고 나서야 자리가 마련됐고, 컴퓨터가 연결되고 전화기가 놓였지. 그 과정을 지켜보며 아무런 생각 없이 해맑은 표정으로 그곳에 있었던 너는 그냥 생각이라는 걸 포기한 것 같았어.

다른 병원들은 홍보팀이 따로 있는데 이 병원은 행정실과 한곳에 다 모여 있었고, 보험과 관련해 환자들이 하루 종일 드나드는 그런 곳이었어. 도무지 일에 집중할 수 없는 환경이었어.

그곳에서 넌 씩씩하게, 외로워도 슬퍼도 울지 않는 캔디가 되어 출근하고 퇴근하던 그러던 어느 날이었어. 병원장의 지시에 따라 움직이는. 참, 병원장은 새벽 2시에도 오더를 내리는, 그러니까 말은 "그저 내가 잊어버릴까 봐 집에 들어가는 그 시간에 보내 놓는 거예요. 바로 답장을 하라는 의미는 아닙니다."라고 말했지만 너는 새벽 2시, 그 카톡을 보고 일 처리에 대해 생각하느라 잠을 이루지 못할 때가 많았어.

하지만 어떤 날은 무척 어깨가 으쓱해지는 때도 있었지. 병원장이 자기 방송 출연 녹화장에 함께 가자고 내려올 때야. 병원장과 동행해 자리를 박차고 나올 땐 "그래, 다들 보라구. 내가 바로 유경민 홍보팀장이라구."라고 마구 외치고 있었지. 하지만 곧 너의 자존감이 와장창 깨치는 첫 번째 사건이 벌어지고 말았어.

따르릉, 전화기가 울렸고, 전화를 받은 직원이 "유경민 홍보팀장님 바꿔 달라는데요." 하는데 갑자기 대표가 나와 "누가 팀장이야? 내가 언제 너한테 팀장 하라고 했어?"라며 소리를 질러 댔잖아. 어찌나 놀라운 광경이었는지 다들 힐끗힐끗 너의 눈치를 살피는데, 그 와중에 또 넌 어찌나 의연하던지. 어이가 없었던 거겠지. 너는 대표에게 "일단 전화 먼저 받고 나서 말씀드리겠습니다." 하고 홍보팀장을 찾는 전화 통화를 한 후 대표실에 들어가 병원장이 홍보팀장이라는 직급을 준 것에 대해 설명하고 자리로 돌아와 앉았을 때 너의 표정이란……. 다른 직원들은 이제 대놓고 너를 동정했지.

'정말, 뭐 이런 데가 다 있어' 하는 심정으로 버티는데, 며칠 뒤 화를 참지 못하고 병원을 뛰쳐나와 버린 사건이 일어나고 말았어. 당시 국회의장이 병원을 방문한다는 연락이 온 거야. 병원장은 너에게 지시를 내렸어.

“국회의장님이 오시면 기다리지 않고 바로 진료를 보실 수 있도록 접수를 해 놓으세요.”

너는 국회의장 비서에게 전화해 국회의장의 주민 등록 번호를 알아내서 접수를 해 놓고 국회의장을 기다렸지. 국회의장 비서로부터 곧 도착하신다는 연락을 받고, 병원장에게도 보고하고 병원 로비에서 기다렸고, 국회의장이 도착하고 병원장이 직접 맞이하고 홍보팀 직원은 사진을 찍고 일련의 의식들이 진행되고 있었어. 그러던 와중에 갑자기 대표라는 사람이 네 곁으로 오더니 ‘검지’로 네 어깨를 누르며 나지막이 말을 했어.

“들. 어. 가!”

뭐, 거의 복화술 수준이었지. 이 황당한 상황에 기막혀하며 넌 사무실로 들어갔어. 대표님이 들어가라는데 들어가야지, 별수 있나. 그 손가락 하나에 어찌나 힘을 실었었는지를 떠올리며 넌 모멸감을 느끼는 듯했어. 도무지 참을 수가 없었던지 넌 그대로 병원에서 나와 골목길을 걸으며 화를 식히려고 했지. 골목골목을 지나 네가 어디로 갔었는지 기억나지? 맞아, ○병원. 거기에 홍보실장으로 있는 선배 기자를 찾아갔었지. 가서 흥분되고, 격양되고, 고조된 목소리로 방금 전 네가 당한 ‘손가락 테러 사건’을, 거기에 덧붙여서 그간 대표의 만행을, 병원장의 새벽 2시 카톡질을 낱낱이 고했지. 그 선배는 적당히 잘 대거리를 해 주더라. 역시 짬밥은 무시 못 해. 병원에선 홍보팀 직원이 국회의장 주민 등록 번호를 알려 달라고 전화가 오고 문자가 오고 하는 것 같았는데, 넌 전화는 받지 않고 주민 등록 번호 적어 놓은 거 바로 파기했다고 문자만 보냈어. 이 상황에서 네가 비서한테 다시 물어볼 필요는 없다고 생각했던 거지. '알아서 해결하겠지' 하며.

다음날, 대표는 너를 보더니 "오늘 예쁘네."라며 뜬금없이 외모 칭찬을 해 댔어. 그때 너의 대답에 난 빵 터졌었잖아.

"그럴 리가요~"

너의 대답에 대표는 또 "아니야, 예뻐."라고 고집을 부렸고, 넌 코웃음으로 절대 지지 않겠다는 의지를 가열차게 표했지. 넌 속으로 '왜 저래' 하는 것 같았어. 어제의 손가락 테러가 미안했을까? 대표는 오늘 유난히 친절했지만, 여전히 버럭댔어.

사무실로 제약사 직원이 들어왔다가 바로 연결돼 있는 대표실로 들어갔던 모양이야. 대표에게 인사를 했겠지? 그런데 대표가 갑자기 나오더니 소리를 버럭버럭 지르는 거야.

"내가 이래 가지고 너희들을 믿고 일을 할 수 있겠어? 아무나 내 방으로 막 들어오게 하고, 이게 뭐 하는 짓이야?"

사무실에 있던 직원들은 무슨 일인가 눈을 동그랗게 뜨고 쳐다보고, 대표 방에 들어갔던 제약사 직원은 그 쩌렁쩌렁하면서 대놓고 하는 꾸짖음에 민망한 표정으로 서 있고, 너는 또 다른 이들을 관찰하고, 분위기를 스캔하고. '하루도 조용히 지나가는 날이 없구나' 하고 생각했지.

너는 이 모든 상황이 오히려 재미있고 감사하다고 느끼고 있었어. 다양한 사람에 대한 경험치를 하나 더 얻었으니 말이야. 이대 간호학과를 나와서 서울대를 나온 시아버지가 세운 병원에서 서울대를 나온 남편과 서울대를 나온 아들과 함께 병원 대표로 일하고 있는 여자. 자기 관리가 철저해 몸매도, 외모도 아름다운 여자. 그림을 좋아해 고가의 그림을 수집하고, 병원에 전시하기도 하는 여자. 그림에 관해 전화로 얘기할 때는 그렇게 우아할 수가 없는 여자. 그런데 지금 이렇게 다른 사람의 입장은 전혀 고려하지 않은 채 버럭버럭 소리를 지르고 있는 여자. '그래, 사람은 모름지기 겪어 봐야 알 수 있다. 그리고 이런 외형적인 조건들이 결코 행복의 필요충분조건은 아닌 거다. 도대체 부족할 게 없어 보이는, 저 이대 나온 여자가 왜 저렇게 자기 감정 조절을 못 하는 불평투성이 버럭쟁이가 되었나. 병원을 경영하는 것이 아무리 힘들다고 해도 저렇게까지 마녀가 될 필요는 없을 것 같다. 삶의 만족과 감사는 결국 스스로 찾는 거로구나.' 이것이 네가 내린 결론이었지.

병원장이 3개월짜리 근로계약서를 쓰자고 했을 때 너는 대수롭게 여기지 않았어. 3개월 후에 다시 쓰면 되니까. 네가 3개월짜리 인력이라고 생각하지 않았으니까. 야무지게 일 잘한다는 소리를 듣는 너였으니까. 인터뷰 전문기자라는 소리를 들을 만큼 소통과 공감이 잘되는 너였으니까. 하지만 이곳에서 넌 3개월짜리였어.

그건 이미 정해진 룰이었어. 병원장이 홍보팀 직원을 뽑으면 대표가 3개월 뒤에 자른, 그런 시스템에 넌 낚인 거였어.

네가 오기 바로 직전에 근무했던 직원의 얘기를 들었을 때, 옷도 야하고 입고 자꾸 병원장에게 꼬리를 친다는, 그래서 대표가 해고했다는 얘기를 들었을 때, 너는 콧방귀를 뀌었지. 뭐, 대표에게 꼬리를 치고 그런 걸 떠나서 네가 해고될 일은 없다고 자신했던 거야. 네가 훗날 이렇게 말했잖아.

"이 무슨 근거 없는 자신감이었을까!"

대표는 어차피 3개월짜리인데 열심히 하는 네가 싫었던 거고, 눈에 거슬렸던 거야. 여기저기 병원을 헤집고 다니는 네가 꼴이 사나웠던 거지. 병원에 홍보팀이 왜 필요한 건지 당최 이해하지 못했고, 아들이 하자니까 하긴 하는데 결국엔 다 자기 마음대로 하고, 아들과 대화를 하지 않아서 네가 대표의 의견을 병원장에게 전달하고, 병원장 의견을 대표에게 전달하며 '나 지금 뭐 하는 거지? 그냥 둘이 얘기하면 안 되나?' 생각하곤 했지. 더 웃긴 건 이사장이었잖아. 이사장은 그저 환자 보는 게 전부인 천상 의사 선생님이었어. 부인이 시키는 대로 하는, 아무런 결정권이 없는. 마지막 인사를 하러 들어갔을 때 이사장의 눈빛을 너는 여전히 기억하고 있다고 말하곤 했어.

"오늘까지 근무하게 되어서 인사드리러 왔어요." 하자 "왜~"라고 묻는 끝에 긴 여운이 묻어났지. 이사장은 눈빛에도 그 여운을 담아 바라봤고, 넌 그 눈빛에 휘둘리기 싫다는 듯 "대표님이요."라고 딱 잘라 말해 버렸어. '말해 뭐 해요. 다 아시잖아요.' 하는 눈빛을 보내며. 이사장은 대표의 결정에 의견 하나 낼 수 없는 약자의 눈빛이 되어 너를 바라봤어. 오히려 네가 위로를 해야 할 것 같은 그런 눈빛을 잠시 바라보다가 힘없는 이사장을 뒤로하고 나왔지.

병원장 반응은 더 웃겼지. 마지막 인사라고 하니 '어머니 짓'임을 알고 있으니 말은 못 하고 잠시 굳어진 얼굴로 있다가 곧 평정심을 찾곤 무슨 사유서를 써 주겠다며 혼자 분주해졌지. 너의 잘못이 아닌 병원에 홍보팀이 없어져서 그만두게 되었다는 사유서를 인심 쓰듯이, 마치 이것이 면죄부라도 되는 듯, 하지만 아주 정성스럽게 여러 장 써서 봉투에 담아 주었지.

너는 병원을 나서며 병원 홍보팀장이 된다는 기쁨에 홍분되었던 날들이 떠올랐지. 고가의 다초점렌즈로 안경을 새로 맞추었고, 가방도 새로 샀어. 아이들의 아침밥상을 정성스럽게 차려 놓고, 그날그날 사진을 찍고, 응원과 격려의 메시지를 담아 전하며 스스로 아주 만족스러운, 최선의 삶을 보냈더랬지. 일장춘몽, 한여름 밤의 꿈 같은, 찰나의 3개월을 지나온 거야.

너는 '그곳에 그들만의 세상이 있었다'라고 적었어. 의사가 간호사를 무시하고, 간호사는 간호조무사를 무시하고, 식당 영양사도 간호사와 간호조무사를 대하는 게 다르고, 심지어 병원 주차장에서도 서열 따라 대하는 게 다르고. 이런 모든 모습들을 보며 너는 무척 신기해했잖아.

그 병원에서 오랜 시간 운전기사로 일해 온, 이사장과 병원장 차를 운전해 온 기사님의 말을 들으며 병원장이 자라온 이야기, 아기 때부터 본인이 높은 사람인 걸 알았다는 이야기를 들으며 웃었지만 씁쓸해했던 너였어.

사람 위에 사람 없고, 사람 밑에 사람 없다는 말. 사회적 지위에, 돈이 많고 적음에 따라 누가 누구를 하대하고 무시하는 일을 하면 안 된다는 말을 자주 해 왔던 너는 이번 일로 그 신념이 더 확고해졌던 것 같아. 우리나라 역사의 특성상 강자 앞에서 비굴해지고 약자 앞에서 힘을 과시하며 군림하는 성향이 강한 민족이라지만, 그런 성향을 의도적으로 없어지게 하면 좋겠다는 생각을 했지. 넌 많은 것들을 깨달으며 경험치 하나를 추가한 거야.

억울한 감정이 긍휼한 마음으로 바뀔 수 있는, 강자와 약자의 사례를 전해 줄 수 있는 이야기보따리를 하나 더 추가한 거지. 그래서 나는 너와 이 이야기를 나누고 싶었던 거야.

'유씨' 따라
오늘은 어디를 갈까

아침부터 유씨가 분주하다. 오늘도 나는 집에서 편히 쉬기는 글렀다. 내가 아닌 다른 친구를 데리고 나간다면 모르지만 요즘 유씨는 부쩍 나를 간택한다. 내 입으로 말하긴 쑥스럽지만, 내가 좀 멋지긴 하다. 나는 유씨가 가장 애정하는 텀블러이다. 짙은 녹색으로 우아하고 세련된 자태를 뽐낸다. 인체공학적으로 만들어진 손잡이까지 달려 있어 편리성까지 갖추고 있으니 나의 외출 빈도가 가장 높은 것은 어쩌면 당연한 일이다. 나의 인기는 두말하면 잔소리다. 내 이름은 '송중기'다.

내가 유씨 집에 들어온 지 얼마 후, 나랑 같은 브랜드의 친구가 들어왔다. 이 친구는 투명해서 맑은 느낌의 귀티가 난다. 여름용으로 잠시 쓰이다 말겠지 했는데, 정수기 옆 붙박이가 되어 사계절 내내 유씨의 생수를 담당한다. 아침 기상 후 제일 먼저 유씨와 만나는 이 친구는 '박보검'이다. 유씨는 아침에 꼭 이를 닦고 물을 마신다. 기상 후에 이를 닦지 않고 물을 마시면 세균을 몸속으로 넣는 것과 같다는 기사를 본 다음부터 유 씨는 단 한 번도 그 루틴을 건너뛴 적이 없다. 입 속에 500여 가지의 세균이 있다나 뭐라나. 박보검은 아침마다 유씨와 굿모닝 인사를 하고 유씨가 집 안에 있는 날엔 온통 박보검만 유씨의 총애를 입는다. 물만 담기던 박보검이었는데, 어느 날, 유씨가 박보검에게서 물을 쏟더니 얼음을 담았다. 믹스커피 두 봉을 따뜻한 물 조금 부어 녹이더니 얼음 위에 부었다. 그리곤 그 위에 우유를 붓고 잘 저어 테이블 위로 데려갔다. 그럴싸한 '아이스 라테'였다. '웬만해선 아이스를 잘 먹지 않는 유씨인데 뭔 일이람?' 나는 놀란 눈으로 유 씨의 행동을 살폈다. 아주 만족스러운 얼굴로 책 옆에 아이스 라테를 놓고 핸드폰 카메라를 켜 사진을 찍었다. 유씨가 가장 좋아하는 조합이다.

책과 커피. 보통은 산미가 많이 나는 커피를 선호하는 유씨다. '에티오피아 예가체프'를 주로 사 온다. 카페에서 커피 홀빈을 골라 갈아 달라고 해서 집에서 내려 먹는다. 홀빈은 가루로 갈리는 순간부터 향이 날아간다지만, 유씨에게는 별문제가 없어 보인다. 여름을 지나오는 동안 유씨는 박보검에게 아이스 라테뿐 아니라 콜라까지 부어 주었다. 아주 맘에 드는 모양이다. 누가 보면 이 집에 투명 컵은 박보검밖에 없는 줄 알겠다. 아, 맞다. 그래도 한 번은 박보검도 콜라를 빼앗긴 적이 있었다. '파친코'였던 것 같다. 책을 읽던 유씨가 갑자기 의자를 끌고 가 높은 곳에 들어 있던 와인 잔을 꺼내더니 거기에 콜라를 붓는 것이 아닌가. 그러더니 또 책 곁에 놓고 '찰칵'. 다들 와인으로 보일 텐데…… 속지 마시길. 그거 콜라입니다. 그날 박보검이 얼마나 의기소침해 있었는지, 보기에도 딱했다.

이렇게 나와 박보검의 날들이었는데, 새로운 녀석이 나타났다. '김선호'다. 이 녀석은 덩치가 좋고, 짙은 남색으로 중후한 품격을 갖추고 당당하게 내 앞에 서 있다. 김선호한테는 대학교 로고까지 새겨져 있다. 아, 가방끈에서 밀리는 건가. 저 녀석이 온 뒤로 나는 찬밥이 되었다. 나에게도 이런 날이 오는구나. 이제 겸손해지기로 했다. 저 녀석은 덩치가 크니까 데리고 다니기 불편할 것이다. 곧 유씨는 다시 나를 찾을 것이다. 아니다, 유씨는 이제 나를 잊었다. 틀림없다. 김선호만 선호한다. 이제 나는 김선호에게 유씨의 외출 이야기를 듣는 신세가 되었다. 그나마 김선호가 얘기를 해 주니 다행이라 해야 하나. 김선호는 유씨의 손에 들려 동화 구연 수업엘 갔단다. 구연을 위한 발성 연습을 하며 "멍! 멍!" 하는데 너무 웃겨 배꼽이 빠지는 줄 알았다나. 그림을 그리라고 하면 자신 없어 해서 조금 안쓰러웠다고 했다. 유씨가 자신 없는 모습을 보였다고? 유씨는 그런 사람이 아닌데, 유씨가 그림은 정말 못 그리나 봐. 항상 제일 먼저 도착해 있는 사람은 유씨였다고 김선호는 말했다. 나도 유씨와 동화 구연 수업 가고 싶다. 끝나기 전에 한 번은 갈 수 있겠지 하며 지내고 있었는데, 이런, 또 다른 뉴 페이스가 등장했다. 대학 로고보다 더 센 걸 새기고 왔다. 유씨의 얼굴……. 이건 반칙이다. 얼굴이 새겨진 놈을 어떻게 이긴단 말인가. 정녕 나는 이제 빛을 볼 수 없단 말인가. 깨끗함을 자랑하려는 듯 화이트톤에 로즈 빛을 밑단에 두른 이 녀석은 '정해인'이다. 유씨의 지인이 선물로 준 것이다. 유씨는 너무 티 나게 좋아하며 정해인을 손에서 놓질 않았다. 나는 또 정해인의 입을 통해 유씨의 행적을 살펴야 했다. 정해인은 유 씨와 작곡 수업에 갔다. 클래식 음악과 가곡을 들으며 유씨는 행복해 보였다고 한다. 그렇다. 유씨는 클래식을 좋아해 나도 자주 들었다. 가곡은 한 번도 들은 적 없지만 말이다.

유 씨는 '페르귄트의 조곡'을 제일 좋아하고 '차이코프스키의 작품 35번'도 무척 자주 틀어 놓았다. '하이든의 종달새', '멘델스존의 바이올린 협주곡'도 좋아해 그 옛날 고등학교 시절 카세트테이프도 있었다고 했다. 정해인에 따르면, 작곡 수업 시간에 다양한 공연 영상을 시청하며 유씨는 아주 편안해 보였고, 마치 예술의 전당에 온 사람처럼 공연에 몰입하는 모습을 보였다고 했다. 정해인은 유 씨와 좋은 곳만 다녔다. 부러우면 지는 건데, 부럽다.

이제 더 이상 뉴 페이스는 없겠지 하고 있었는데, 정말 나한테 왜 이러는 거야. 키가 훤칠하고 몸매 잘빠진 놈이 왔다. 심지어 세련됐으며, 빛깔도 곱다. 핑크다. 고급스러운 핑크다. 유 씨는 이 녀석을 '조인성'이라 불렀다. 우리 중에 키가 제일 크고 기존에 있던 컬러와 겹치지도 않으니 유씨는 또 좋아라 조인성을 원 픽으로 삼았다. 내 경쟁상대는 박보검, 김선호, 정해인이 아니었다. 자꾸만 등장하는 새로운 텀블러들. 어디서 이렇게 잘난 녀석들이 나타나는 건지.

“조인성, 넌 오늘 어디 갔었냐?”

“나? 유 씨랑 맨발 걷기 하고 왔어. 곰솔누리숲에 황토길이 생겼다지 뭐야. 평소 인천 황토길 다니시는 분과 진짜 황토길인지 확인하러 갔었어. 근데 황토길은 아니고 모래를 새로 폭신하게 깔았더라고. 그래서 유씨도 그 지인 따라 맨발로 걷기에 도전했어. 오늘 엄청 걸었다.”

1994년, 그해 여름

가을의 문턱, 다음번에 만날 땐 '나의 동네'에서 만나자는 오래 전 약속대로 우리는 '나의 구역'에서 모였다. 이 모임의 구성원을 소개하자면 셋.

1971년 여름 또는 그 언저리에 태어나 여름둥이들이라 스스로 정의하며 7~8월쯤 만나곤 했던 무리들이다.

때는 바야흐로 1994년 여름. 우리 셋은 대학로 어느 허름한 학원에서 처음 만났다. 24세 꽃다운 나이는 개뿔. 각자의 전공을 살리지 못한 채, 마땅한 일자리를 찾아 취업을 하지 못하고 무언가를 배워 보겠다고 그 먼 곳까지 찾아간 우리였다. 불안한 눈빛과 그걸 지켜보는 동병상련의 얼굴로 마주했던 그날의 우리. 하지만 그것이 우리 모습의 다는 아니었다. 취업이 잠시 늦어졌을 뿐, 우리 셋은 밝았고 맑았고, 담백했으며 순수했다. 술·담배를 하지 않았고, 쓸데없는 체력 소모를 일삼아 다음 날을 엉망진창으로 만들거나 약속을 펑크 내는 일을 하지 않았으며, 그룹 과제를 수행할 때 까다롭게 굴거나 고집을 피우거나 하지 않았다. 수업 시간에 늦거나 결석을 하는 일도 없었다.

그해, 그 학원, 그 프로그램, 그 기수에 등록한 열두어 명의 수강생 중 우리 셋이 뭉치게 된 건 우연일까, 선택일까, 24살의 동질감이었을까. 누가 누굴 지목하고 선택했건, 내가 그들에게 다가갔는지, 그들이 내게 내민 손을 내가 흔쾌히 잡았는지, 그날의 만남과 선택을 절대 후회하지 않는다. 그건 여전히 우리는 밝고 맑고 담백하고 순수하기 때문이다. 적어도 그들은 그렇다. 나는 세상의 때도 많이 묻고 거칠어졌으며, 가끔 순수하고 싶지도 않지만 말이다.

그해 여름 우리는 3개월간 취재와 편집을 배웠다. 공연장에 가서 취재를 하고 기사를 써서 제출했다. 사진 출사를 나가서 사진을 찍었고, 사진 트리밍도 배우며, 취재와 편집을 익혀 나갔다. 함께 고민하고 고뇌하며 표출해 낸 기사와 사진들이 어우러져 한 권의 잡지 책이 떡하니 만들어졌다. 번듯하게 만들어진 결과물을 보며 우리는 "고생한 보람이 있네.", "역시 창작의 고통은 아름다운 거야.", "오, 나의 피와 땀이여~!" 하며 거들먹댔고, 누구 하나 그 시건방을 면박 주지 않았다.

중·고등학생 때 학교나 교회에서 만드는 문예지에 글을 써서 낸 적도 있었고, 대학에서 여학생회를 통해 소식지를 만들며 나름 글을 많이 썼다고 생각했는데, 낯선 곳에 가서 취재를 하고, 심도를 넣어 사진을 찍고, 그것들이 작품이 되어 나온 것을 보니 그 기분이 남달랐다. 뿌듯했고 황홀하기까지 했다. 고작 두 페이지의 내 글과 사진이 들어간 잡지를 들고 마구 뻐기고 싶었다. 겸손이 뭐였더라. 벼가 왜 익을수록 고개를 숙이지. '나 다 익었소'라며 고개를 바짝 쳐들어야지. 겸허한 마음은 온데간데없고 한껏 부풀어 오른 어깨 뽕처럼 내 마음도 부풀어 올라 뭉게뭉게 구름 곁으로 올라갔다. 그런 뜬구름 같은 마음을 느껴 보기까지 함께한 친구들이 그냥 스쳐 지나가는 조연 원, 투, 쓰리로 잊힐 리 만무다. 그래서 또다시 20대 후반을, 30대를, 40대를 지나 50대를 살아가며 조연이 아닌 주연으로, 그 둘은 내 인생에 출연 중이다.

나는 그해를 분명히 기억한다. 대학로 편의점이었을까. 파라솔 아래에서 더위를 식히고 있던 우리는 그 뉴스를 듣게 되었다. 북한의 김일성이 죽었다고 했다. 그렇게 위풍당당해 보였던 그가. 불사조처럼 영원히 죽지 않을 것 같았던 김일성이라는, 아주 작은 나라의, 아주 거대한 독재자였던 그가, 이 세상에서 사라졌다는 뜬구름 같은 뉴스. 독재자가 사라졌지만 또 다른, 더 막돼먹은 독재자가 그 뒤를 이을 것이라는 막연한 두려움이, 찰나에도 우리 셋 모두에게 스쳤던 아주 강하게 기억되는 그해 여름이었다.

이제는 2023년 9월. 오이도역에서 만나 차 안에서 점심 메뉴를 정했다.

“자, 들어 봐. 1번, 주꾸미. 2번, 삼겹살. 3번, 삼계탕. 4번, 유부초밥과 우동. 5번, 샤브샤브. 6번, 초밥. 7번, 육쌈냉면. 뭐가 좋아? 나는 다 괜찮아. 하지만 주꾸미가 제일로 좋아. 하하.”

점심 메뉴는 친구들도 제일 좋아하는 주꾸미로 정해졌다. 다. 행. 이. 다. 마음이 잘 맞아 즐거움이 배가된다. 차들이 꽉 들어찬 상가 주차장에 들어가고 나오는 것이 너무 버거운 나는 근처 공영 주차장에 차를 당당히 주차하고, 가벼운 발걸음으로 친구들을 ‘OO주꾸미’로 안내했다. 무나물, 무생채나물, 고사리나물, 콩나물, 열무김치와 된장찌개가 곁들여진 한 상 차림에 친구들 얼굴에 화색이 돌았고, 내 얼굴은 광대 승천, 입꼬리 씰룩. 숯불 향이 잘 밴 주꾸미를 연신 입 속에 안착시키며 긴 긴 이야기 속으로 빠져들었다. 이것이야말로 ‘먹방+근황 토크’의 진수다.

“있어야 할 건 다 있구요. 없을 건 없답니다. 화개장터~”

이 노래처럼 있어야 할 건 다 있는, 모텔 빼고 다 있는 이 동네에서 연신 감탄을 해 대며 먹고 걷고 떠들어 대던, 그림자마저 화창했던 우리. 우리는 삼십 년째 친구다.

60대 작가와의 만남

최근에 도서관 프로그램을 적극적으로 참여하다 보니 새로운 만남이 부쩍 많아졌다. 그중 작가 두 분과의 만남이 두고두고 생각이 난다. 한 분은 동화 구연 수업에 딱 한 번 오셨다가 교통이 너무 불편해서 포기하셨는데, 카카오톡 프로필 사진을 보고 작가님인 것을 알게 된 내가 먼저 뵙고 싶다고 청을 넣었고, 흔쾌히 수락해 주셔서 만남이 성사됐었다. 도서관에 작가님의 책이 있기에 빌려서 읽었다. 마치 인터뷰를 준비하는 기자처럼 정보를 많이 얻게 됐다. 너무 적나라하게, 그간의 삶이 들어 있었다. 자주 들르신다는 브런치 카페에서, 자주 드셨다는 맛있는 브런치 메뉴를 대접해 주셨다. 작가님의 삶에 대한 이야기를 다 알고 온 나를 불편해하지 않으시고, 책 속에는 미처 들어가지 못한 자녀의 이야기도 해 주셨다.

딱 지금의 내 나이에 첫 책을 내시고 작가가 되신 것에 나는 너무 마음이 벅차올랐었다. 그리고 지금도 글을 쓰시며 다음 책을 준비하고 계심에 멋지다고 생각했다. 100세 시대를 살고 있으니 50대는 이제 절반을 넘어온 것이다. 할 수 있는 일과 하고 싶은 일을 잘 정리해 60세를 맞을 준비를 하고 싶다. 지금도 뭐든 마음만 먹으면 할 수 있다. 50대에 작가가 된, 60대 작가님과의 만남이 나에겐 도전하라는 메시지의 신호탄이 되었다.

두 번째 만나게 된 작가님은 아이들 책 번역가이자 동화 작가시다. 배곧도서관에서 진행된 '아버지의 해방일지를 통해 본 한국근현대사 강연'에서 만났다. 희끗희끗 흰머리가 많으신데, 짧은 커트머리라 멋스러웠다. 티셔츠에 청바지 차림으로 내 앞에 서 계셨고, 담백한 목소리로 우리나라 근현대사의 맥락을 짚어 주셨다. 맨 앞줄에 앉아서 열심히 강의를 들었더니 마지막에 나를 지목하시며 질문이 있냐고 하셨고, 질문을 드렸었다. 강의를 듣기 전에 강사 검색을 했었는데 정보가 별로 없었다. 동명이인도 있어 별 정보 없이 강의를 들으러 갔었는데, 작가님은 엄청난 분이셨다. 이 분이 번역한 동화책은 너무도 많이 읽었던 것들이었고, 많은 아이들이 좋아하는 책들이었다. 자전적 동화에서는 아버지에 대한 기억이 무척 따뜻해 '그 옛날 좋으신 부모님 밑에서 사랑받으며 자라셨구나' 하고 짐작하게 했다. 영어를 전공했는데 역사 강의를 다니시는 62세의 작가님이 너무 멋져 보였다. 도서관 담당자에게 물어 작가님 연락처를 받았다. 작가님께 허락받고 말이다. 곧 연락을 드려 작가님과 이야기를 나눠 보고자 하는 기대를 가지고 있다.

최수미

–

책 읽는 백발마녀

최수미
– 책 읽는 백발마녀

가난이란 공통점 속에서 찾은 용서

음력 5월 5일은 강릉 단오가 열리는 날이다. 이날은 먹거리, 볼거리, 즐길 거리가 많아 전국에서 단오를 구경하기 위해 강릉으로 사람들이 몰려들어 북새통을 이룬다. 아빠는 20년 넘게 개인택시를 운전하고 계신다. 이날은 아빠에게 바쁜 만큼 오랜만에 목돈을 만질 수 있는 날이기도 하다. 새벽부터 돈을 벌러 나온 아빠는 단오를 보기 위해 내려온 차들에 끼여 오도 가도 못하고 멈춰 있었다. 그렇게 십여 분이 지났고, 잔뜩 화가 나 있던 아빠에게 전화 한 통이 걸려 왔다. 수화기 너머 들려오는 목소리는 울음 섞인 어린 여자아이였다. 그리고 가끔 남자아이의 칭얼거리는 소리와 어른의 신음도 함께 들려왔다.

"아빠! 엄마가 배가 아주 아파. 지금 어디야? 엄마가 아빠 빨리 오래."

"뭐! 당장? 지금 차가 꽉 막혀 오도 가도 못하고 있어."

"그럼 난 어떻게 해? 무섭단 말이야. 용준이는 옆에서 울기만 해."

"기다려 봐. 되도록 빨리 갈게. 그리고 할머니한테도 연락드려.

막내가 나오려 한다고."

"알았어. 빨리 와. 엄마 죽을까 봐 무섭단 말이야."

엄마는 둘째인 오빠까지는 집에서 자연 분만 했지만, 너무 힘들게 낳아 셋째는 병원에서 낳기로 했다. 나를 낳기 전까지 우리 가족들에게 셋째는 당연히 아들이었다. 왜냐하면 나름 동네 도사라고 불리는 사람들이 엄마의 배 모양을 보고 백 퍼센트 아들이라고 단정했기 때문이다. 우리 가족의 기다림 속에 내가 드디어 태어났다. 모두가 기다리던 아들이 아닌 딸로서 세상의 밝은 빛을 맞이했다.

아빠는 할머니께 전화를 드렸고, 할머니의 반응은 차가웠다.

"엄마, 용준 어미가 딸을 낳았어요."

"뭐? 딸을? 알았다. 끊어라."

"지금 모시러…?"

'뚜뚜'.

할머니는 아빠의 말이 미처 끝나기도 전에 수화기를 '툭' 내려놓으셨다. 아빠는 할머니의 불같은 성격을 알기에 그러한 할머니의 행동이 아무렇지 않은 듯싶었다. 하지만 갓 출산한 힘든 몸으로 가까스로 침대에 누워 아빠와 할머니의 대화를 몰래 엿듣고 있던 엄마의 얼굴은 금세 창백하게 변해 버렸다. 그리고 그 옆엔 엄마가 죽지 않았다는 사실만으로 행복해 보이는 다섯 살배기 어린 여자아이가 서 있었다. 그리고 아빠와 할머니의 통화를 엿듣고 신이 나서 아빠에게 말을 걸었다.

"아빠! 그래서 할머니가 또 오십만 원 주시러 오신대?"

"뭐? 웬 오십만 원?"

"할머니가 지난번에 그러셨는데, 나랑 용준이가 태어났을 때 오십만 원씩 주셨다고."

"……."

순간, 병실에는 적막이 흘렀다.

"그래서 작년에 벼농사 지어서 오십만 원 빼놓으셨대. 와~ 신난다."

언니는 내가 태어난 것보다 할머니가 주실 오십만 원으로 뭘 할지 생각하느라 신이 난 듯싶었다. 엄마와 아빠는 싸움으로 번질까 봐 서로 말을 아끼는 눈치였다. 할머니는 그렇게 '막내가 딸'이라는 소식을 들은 뒤 오십만 원은커녕 한동안 집에 발길조차도 뚝 끊으셨다.

할머니에게 아빠는 세상없는 아들이다. 6·25 전쟁을 겪으며 남편 없이 두 오누이를 힘들게 키워 낸 할머니에겐 아빠는 의지할 남편이자 가문의 대를 이을 금쪽같은 존재였다. 그런 아들이 어느 날 덜컥 여자를 임신시켜 집으로 데리고 온 것이다. 평소에도 그리 탐탁지 않게 생각했던 엄마였기에 할머니는 술만 드시면 집에 찾아와 집을 쑥대밭으로 만들곤 했다. 그렇게 쓰나미처럼 지나간 할머니의 자리는 엄마의 침묵으로 채워졌고, 엄마의 긴 침묵은 대부분 아빠의 술주정으로 깨지곤 했다.

가끔 나는 '내가 아들로 태어났으면 어땠을까?' 하고 생각해 본다. 만약 그랬다면 할머니가 엄마와 나를 조금 더 사랑해 주지 않았을까? 그리고 엄마도 나를 더 사랑해 주지 않았을까? 하고 말이다. 우리 집은 아빠 중심으로 돌아갔다. 아니, 아빠가 있을 때만 그랬다. 아빠가 부재중일 땐 모든 게 오빠의 독차지였다. 그 당시 인기리에 방영되었던 드라마 〈아들과 딸〉을 아는가? 우리 집이 그러했다. 모든 기대와 관심은 오빠에게 집중되었고, 간혹 떼를 쓰면 모든 것을 얻을 수 있는 언니의 등장으로 일부는 나누어 가질 수 있었다.

내가 어렸을 땐 '남성 우월주의'가 심했던 시기였다. 특히 나의 친가 쪽은 더욱 그러하였다. 그 예로 제사 준비는 모두 여자들의 몫이었다. 하지만 막상 제사를 지낼 땐 남자들만 들어갈 수 있었고, 새해라 세배할 때도 남자들만 했고, 심지어 세뱃돈도 남자들만 받았다. 그러한 이유로 친가 쪽에서 나의 존재감은 말 그대로 제로였다.

우리 집의 기둥은 언니였고, 모든 기대와 관심은 아들인 오빠에게 집중되었다. 그리고 그 틈에 말 잘 듣고 착한 딸인 내가 있다. 할머니의 엄마에 대한 미움이 커질수록 엄마의 오빠에 대한 사랑과 기대는 더 커져만 갔다. 오빠가 중학교 3학년 때의 일이다. 내가 막 잠이 들려고 할 무렵, 문밖에서 엄마와 오빠의 투덕거리는 소리가 들려와 시끄러워 잠에서 깼다.

"엄마! 난 인문계 고등학교 가고 싶지 않다고요."

"용준이 넌 우리 집에 하나뿐인 장손이야. 꼭 인문계를 가서 대학을 가야 해."

"난 그냥 상업계 고등학교 나와서 취직하고 싶어요."

"엄마 소원이고 부탁이야! 용준아, 제발 인문계 가자."

잠결에 들어서 다는 기억나지 않지만, 결국 마음 약한 오빠는 엄마의 소원을 들어준 것 같았다. 왜냐하면 다음날 두 사람의 얼굴은 확연히 달라 보였다. 따사로운 아침 햇살처럼 환한 엄마의 얼굴과 반면 막 비가 오려고 잔뜩 찌푸린 하늘처럼 오빠의 얼굴은 우거지상을 하고 있었다. 그리고 터벅터벅 학교를 향해 걸어갔다. 현진건의 단편 소설『운수 좋은 날』처럼 엄마는 아마 그것이 오빠의 인생이 꼬이기 시작한 시발점이란 것을 몰랐을 것이다. 오빠가 고등학교에 들어가는 시점, 강릉에 가장 많은 중학생이 고등학교에 떨어졌다. 그중 한 사람이 오빠였다. 오빤 어쩔 수 없이 받아주는 고등학교를 찾아야만 했고, 집에서 한 시간이 넘는 거리에 있는 고등학교에서 자취하며 혼자 지낼 수밖에 없었다. 그렇게 오빠가 없는 엄마의 하루는 눈물이 마를 날이 없었다.

그렇게 몇 달이 지났고, 오빠와 가족이 떨어져 지내는 것이 조금은 익숙해졌을 무렵이었다. 난 여느 때처럼 학교를 마친 후 신이 나서 철로 된 대문을 박차고 집에 들어왔다. 그런데 웬일로 집에서 고기 굽는 냄새가 나는 게 아닌가? 솔직히 오빠가 있을 땐 거의 매일, 누가 보면 마치 소라도 잡은 것처럼 소 갈비탕과 구이에 푸짐한 밥상을 맞이할 수 있었다. 하지만 오빠가 없는 집은 웃음도 고기도 사라진 지 오래였다. 나는 설레는 마음으로 집이 떠나가라 엄마를 크게 불러 댔다.

"엄마! 오늘 무슨 날이야? 누구 생일이야?"

엄마는 대답이 없었다. 그저 누군가가 부엌에서 기쁨에 찬 목소리로 흥얼거리는 소리만 들릴 뿐이었다. 나는 덜컥 문을 열었다. 역시나 그 주인공은 엄마였다.

"엄마, 내 목소리 안 들려? 무슨 일이냐고?"

나는 혹시나 엄마가 나를 위해 고기를 굽고 있을지도 모른다는 상상에 심장이 '쿵쾅쿵쾅' 마구 뛰었다.

"쉿! 조용히 해. 무슨 계집아이가 그리 오두방정이야?"

난 전혀 풀이 꺾이지 않은 채, 이번엔 웃으며 모기 같은 소리로 엄마에게 살며시 물었다.

"엄마 이 고기 나 주려고 구운 거야? 힘든데 그럴 필요 없는데……."

하고 살며시 이를 내보이며 웃음을 보였다. 순간 엄마는 어이없다는 표정을 나에게 지었고, 때마침 누군가 안방에서 터벅터벅 걸어 나오는 소리가 들렸다. 그리고 부엌의 문이 '스르르' 열렸고, 방금 자다 일어나 피곤이 역력한 다소 굵은 남자의 목소리가 들려왔다.

"엄마, 나 배고파. 밥 줘."

그 목소리는 바로 오빠였다. 내가 아는 오빠는 분명히 여기서 한 시간이 넘는 거리에 있는 시골 기숙사에 있을 시간인데, 이상했다. 난 마치 유령이라도 본 듯 놀라며 오빠를 물끄러미 바라보며 물었다.

"오빠? 벌써 방학했어?"

잔뜩 풀이 죽은 목소리로 오빠는 짧게 대답했다.

"아니. 나 여기로 전학 왔어."

순간 난, 아차, 내가 며칠 전 꿈을 꾼 게 진짜로 꿈이 아니었구나 싶었다. 나는 꿈결에 엄마와 아빠가 말하는 소리를 들었고, 그냥 꿈이라고 생각했다. 이야기의 실체는 이러하였다. 오빠가 이쪽으로 전학 오려면 적어도 다닐 학교 체육관에 농구 골대 하나쯤은 기부해야 올 수 있다는 이야기였다. 그것에 대해서 엄마와 아빠는 서로 언성을 높이며 싸우고 있었다. 아빠는 그냥 다니게 하자는 주의였고, 아들 사랑이 지극했던 엄마는 빚을 지더라도 무조건 데리고 와야 한다는 것이었다. 난 우리 집이 워낙 가난하다고 생각했기에 있을 수 없는 일이라고 생각했고, 그래서 그냥 꿈이라고 생각하고 계속 잠을 청했다. 철없던 난 오빠가 돌아온 것보다는 고기를 매일 먹을 수 있다는 사실에 더 기뻐서 그 자리에서 폴짝폴짝 뛰었다.

나중에 안 사실이지만 오빠는 시골 고등학교 친구들과 제법 친해져 전학 오는 것을 싫어했다고 한다. 하지만 엄마의 생각은 완강했기에 이번에도 오빠는 엄마에게 이 연패를 당하고 만 것이다. 전학 후, 예전처럼 오빠와 엄마의 얼굴은 희비가 갈렸다. 오빠가 없을 때 맨날 이불과 한 몸이었던 엄마는 무슨 산삼이라도 먹은 듯 하루하루가 즐거워 보였고, 반면 오빠의 얼굴은 날이 갈수록 피죽도 못 얻어먹은 사람처럼 말라만 갔다. 몇 년이 지난 뒤 오빠에게 들은 이야기지만, 오빠가 전학해 온 것에 대해 학교가 시끌벅적했고, '이천만 원 정도의 농구 골대를 기부하고 왔다' 또는 '학교에 든든한 백이 있다'는 소문이 돌아 학교의 일진들에게 끌려가 많은 갈굼을 당했다고 했다. 오빠는 엄마가 속상할까 봐 말하지 않았고, 엄마는 그것도 모른 채 마냥 즐거워했다.

그렇게 시간이 흘렀고, 우리 집에서 가장 똑똑했던 언니는 고등학교를 아주 즐겁게 다닌 결과로 겨우 전문대학교에 들어갔다. 그리고 여전히 즐거운 '먹고대학생'으로 살면서 인생을 즐겼다. 그러던 중, 운 좋게 월급을 많이 받는 오락실 아르바이트를 구하게 되어 원 없이 돈을 쓰며 다녔다.

그 혜택은 가끔 우리에게도 주어졌다. 손이 컸던 언니는 기분 좋을 때면 내 머리에서 발끝까지 신빙으로 모두 바꿔 주었다. 우리 집은 넉넉하지 못했고, 그런 형편을 알았기에 언니는 힘들게 벌어서 동생들의 부족함을 채워 주었다. 그리고 둘째인 오빠는 고등학교를 무사히 졸업하고 근처 국립산업대학교에 들어가 무난한 대학 생활을 하였다. 막내인 나는 유치원 선생님이 되는 것이 꿈이었기에 전문대학교 유아교육과를 가고 싶었다. 하지만 등록금이 생각보다 비싸 우리 집 형편에 오빠와 나를 함께 대학교에 보낼 수는 없었다. 그래서 엄마가 나에게 제안한 것은 국립대학교 상경 계열의 학과를 가라는 것이었다. 일단 등록금이 백만 원 이내였고, 졸업하면 취직도 잘되고, 유치원 선생님보다 더 많은 월급을 받을 수 있다는 것이었다. 그 당시 난 등록금을 벌 수 없었기에 선택의 여지가 없었다.

우리 삼 남매 모두 무사히 대학을 졸업했고, 언니는 여전히 평생직장 같은 오락실에서 일을 하며 즐겁게 살았다. 오빠는 의경 제대 후 경찰의 꿈을 꾸며 공무원 준비를 했다. 그리고 막내인 나는 졸업만 남겨 두고 있을 때였다.

어느 날, 아빠가 술이 고주망태가 되어 집에 들어오셨다. 그리고 여느 날과 다름없이 우리 삼 남매를 꿇어앉게 했고, 혀가 꼬이고 눈이 풀린 상태로 새벽 3시까지 했던 말을 무한 반복 하며 이야기를 이어 갔다.

"내가 인생을 잘못 살아 자식새끼들이 결혼도 못 하고, 그럴듯한 직장도 못 얻고……. 정신이 바로 박히지 않아서 문제야. 다 네 어미가 너희를 잘못 키워서 그런 거야, 오냐오냐 다 해 주고 그래서 말이야."

처음엔 우리에게 호통을 치더니 나중엔 결국 그 모든 화살이 엄마에게 날아갔다. 그렇게 몇 번을 반복해 말하다 지쳐 쓰러져 잠드셨다. 그 뒤에도 오빠의 몇 번의 공무원 시험 실패와 결혼을 하지 않고 오락실에서 전전긍긍하는 언니, 안정된 직장이 아닌 기간제 교사로 지내는 나의 모습을 보며 답답할 때마다 아빠의 술주정엔 단단한 살이 붙어 더욱 강력해져만 갔다.

그리고 언니와 오빠에 대한 기대가 하나둘씩 힘을 잃어 가면서 그동안 관심 밖이었던 나에게로 살며시 관심이 옮겨 오고 있었다. 처음에 나는 그 기대에 부응하기 위해 더 착하고 말 잘 듣는 딸이 되기로 결심하였다. 하지만 난 처음부터 오빠와 언니처럼 부모님의 관심 울타리에서 자라지 않았고, 울타리 밖에서 방목으로 자랐기에 아빠의 기대가 쑥쑥 자랄수록 나의 부담 또한 커져만 갔고, 결국은 나의 일탈을 만들어 내고 말았다.

나는 그 당시 돈은 없으면서 배짱만 컸다. 무작정 서울에 면접을 잡아 놓고 친척 집에 놀러 다녀오겠다고 하며 경기도 오산으로 갔고, 몰래 면접을 보러 다녔다. 노력 끝에 운 좋게 벤처회사에 취직하게 되었다. 처음 가 보는 서울. 집도, 절도, 심지어 아는 사람도 없는 곳에 나 홀로 덩그러니 떨어진 것이다. 다행히 내 수중에 그동안 벌었던 오백만 원이 있었다. 나는 그렇게 우리 집에서 있을 수 없는 큰일을 도모하였고, 출근 일주일을 남겨 두고 자신에 찬 목소리로 가족들에게 알렸다.

"나 서울에 취직했어."

"뭐? 무슨 말도 안 되는 소리야."

"나 다음 주부터 서울에 출근해야 한다고."

"혹시 너 언니처럼 다단계에 걸린 거 아냐? 갈 생각도 하지 마. 서울은 가만히 있어도 코 베어 가는 곳이란 말이야."

맞다. 몇 년 전 언니는 대학교 동창에게 오랜만에 걸려 온 전화를 받았고, 그 친구는 서울 이벤트 회사에 취직해서 돈을 많이 벌었다고 자랑했다. 언니와 친했기에 자리가 생겨서 꼭 언니와 함께 일하고 싶다고, 숙식은 제공되니 걱정하지 말고 서울로 올라오라고 했다.

그 일이 있기 전까지 언니에게 무서운 것은 세상에 아무것도 없었다. 언니는 전혀 의심 없이 야심 차게 서울로 향했다. 그리고 며칠 뒤 소식 없던 언니에게서 늦은 밤, 겁에 질려 울먹이는 목소리로 전화 한 통이 걸려 왔다.

"엄마, 나야. 나 지금 서울에서 택시 타고 집에 가고 있어. 돈이 없어서 그러는데, 십만 원 정도 나올 것 같아. 아빠 몰래 밖으로 가지고 나와 줘."

"대체 무슨 일이야?"

"엄마, 나중에……."

엄마는 자다가 화들짝 놀라 대충 옷을 걸쳐 입고 신짝을 맞춰 신을 새도 없이 밖으로 뛰쳐나갔다. 한참의 시간이 지나 얼굴에 눈물범벅이 된 언니와 근심이 가득해 보이는 엄마가 함께 들어왔고, 둘은 아무 말 없이 잠자리에 들었다. 그 뒤에도 그날 일에 대해서는 아무도 물어보지도, 꺼내 놓지도 않았다.

한참이 지나 그 일이 잊힐 때쯤 우연히 그날 일을 듣게 되었다. 언니 친구가 부른 곳은 그 당시 한창 텔레비전에서 이슈로 다뤄지던 다단계였다. 언니는 핸드폰과 지갑을 반납한 채 며칠간의 단체 교육을 받았고, 뭔가 이상하게 생각한 언니는 친구에게 집에 급하게 연락할 일이 있다고 부탁해서야 지갑과 핸드폰을 받을 수 있었다고 한다. 그리고 친구에게 당당하게 집에 가겠다고 말했다.

"야, 나 집에 갈래. 이 일은 나랑 안 맞는 것 같아."

"올 땐 마음대로 와도 갈 땐 마음대로 갈 수 없어."

"뭐라고? 그런 게 어디 있어? 네가 먼저 이벤트 회사라고 거짓말 했잖아? 이 계집애야, 이게 이벤트 회사야?"

"그거나 저거나 하는 일은 비슷해. 그리고 너 가려면 2박 3일 동안 먹고, 자고, 교육받은 거 다 토해 놓고 가."

"뭐라고? 네가 무료라고 했잖아?"

"그래, 무료야. 하지만, 이 일을 하는 사람들에겐 무료인데, 넌 지금 간다며?"

"말도 안 돼. 난 갈 거야."

언니는 도저히 말이 통하지 않아 가방과 핸드폰을 들고 도망 나오듯 교육장을 뛰쳐나와 다행히 택시를 잡아탔다고 했다. 그런데 문을 닫으려는 순간 친구가 가방을 낚아채서 한참 실랑이했고, 사람들에게 잡힐까 봐 가방은 빼앗기고 택시를 타고 집까지 왔다고 한다.

언니는 정말 호랑이띠인 만큼 우리 집에서 가장 용맹했었다. 하지만 서울에서 돌아온 뒤 그렇게 기가 죽은 언니의 모습은 난생처음 보았다. 그 뒤로 언니는 정말 웬만해서는 서울에 가는 것에 대해 치를 떨었다.

그때 이후로 우리 집에서 서울이란 '코 베어 가는 곳'이라는 고정 관념이 있었고, 누군가가 서울에 취직했다고 말하면 다 다단계라고 단정 짓기도 했다. 그런 우리 집에 제일 막내이고 마냥 착해 보이기만 한 내가 서울에 간다고 했을 때 우리 집의 반응이 상상이 갈 것이다.

나는 무조건 가야 한다고 우겼고, 집을 얻어 줄 돈이 없다는 엄마의 말에도 전혀 포기하지 않았다. 그리고 딱 한 가지만 엄마에게 부탁했다.

"엄마! 나 돈은 안 줘도 돼. 나 모아 놓은 오백만 원 있어. 그냥 며칠만이라도 잘 곳만 마련해 줘."

엄마는 내 고집을 꺾을 수 없다는 것을 알아차렸는지 여기저기 아는 사람들에게 연락을 하는 듯싶었다. 그러던 중 뒷집 아줌마 딸이 서울에서 혼자 자취하고 있고, 방 하나가 남아 있다고 했다. 하지만 노처녀라 오래는 안 되고 딱 한 달만 살다가 방을 얻어서 나가라고 했다. 나는 선택의 여지가 없었기에 간단한 짐만 챙겨서 서울로 올라갔다. 엄마는 딱 이불 한 채만 보내 주었다. 난 우리 집이 가난하였기에 그것만으로도 고마웠다. 그렇게 아빠에게서 도망치듯 나온 것이 내 서울살이의 시작이었다.

나의 첫 월급은 100만 원이었고, 그 돈으로 집을 얻기엔 역부족이란 것을 깨달았다. 그래서 난 언니에게 잘 보여 함께 살 수밖에 없었다. 이건 선택이 아닌 필수였다. 난 언니의 마음에 들기 위해 퇴근 후 청소, 빨래, 설거지, 요리 등을 가리지 않고 도맡아서 했다. 그리고 주말에도 언니는 외출하고 나는 화장실 청소 등 집안일을 하면서 보냈다. 역시 '하늘은 스스로 돕는 자를 돕는다'라고 하지 않는가? 내 노력의 결실로 언니의 결혼 전까지 무기한의 함께 살이를 약속받았다. 나는 세상을 다 얻은 것같이 기뻤다. 난 부모님의 도움 없이 악착같이 돈을 모았고, 결혼할 때까지 거의 안 쓰고 6천만 원 정도를 모을 수 있었다. 그렇게 돈을 모아 부모님 도움 없이 신혼살림을 시작하였다.

세월이 지나고 영원할 것 같았던 우리 집의 행복에 금이 가기 시작했다. 술로 찌들어 살던 아빠가 아닌 채식주의에 술도 입에 못 댔던 엄마에게 대장암 3기라는 선고가 내려진 것이다. 우리 가족 모두 믿을 수 없었고, 곧 치유되리라 생각했다. 그런데 생각보다 너무 빨리 엄마가 세상을 떠나고 말았다.

엄마가 떠난 뒤 알게 된 사실은 우리 집은 그렇게 찢어지게 가난하지도, 그리 부자도 아닌 평범한 집이었다는 것이다. 단지 그 가난함은 나에게만 적용되었던 가난함이었다. 나는 왜 그래야만 했는지 물어보고 싶었지만 돌아오지 않는 메아리기에 알 수가 없었다. 단지 엄마가 떠나고 남은 자리엔 주인을 잃어버린 노인 대학 합격증과 전공 서적뿐이었다. 그리고 외할머니에 대한 원망 섞인 유언만이 내 귓전에 맴돌았다.

"엄마가 죽거든 꼭 외할머니 명의 땅은 이모와 반반 나눠야 해."

"엄마, 왜?"

"그건 엄마가 학교를 못 가고 뒷바라지한 것에 대한 보상이란 말이야."

"그럼 엄마가 살아서 찾아 주면 되잖아."

"그건 어려워. 꼭! 네가 받아서 가져. 힘들게 살지 말고."

그렇게 엄마는 언니에게 부탁 같은 유언을 남기고 떠났다.

엄마도 아빠처럼 어렸을 때 외할아버지를 여의었고, 그 아빠의 빈자리를 엄마가 대신해야만 했다. 공부하고 싶었지만 할머니, 이모와 함께 먹고살아야 했고, 이모의 뒷바라지를 해야 했기에 학업을 포기하고 양재 기술을 배워 양장점을 운영하였다고 한다. 엄마의 뒷바라지 덕분에 이모는 그 당시에 들어가기 힘든 교육 공무원이 되어 남부럽지 않게 살았고, 엄마는 그냥 평범한 아빠를 만나 전전긍긍하며 우리 삼 남매를 낳아 키우며 살았다. 엄마는 그것이 평생 한이 되어 죽는 그날까지 배움을 손에 놓지 못했고 외할머니에 대한 원망으로 눈을 감는 그 순간까지 한 맺힌 유언을 남겼다.

엄마는 암 선고를 받기 오래전부터 배와 여기저기가 아팠었다. 하지만 국가 건강검진 항목에 추가적으로 드는 4만 원이 아까워서 미뤄 둔 정밀 검사가 엄마에게 큰 재앙을 가져왔다. 엄마가 돌아가시고 난 뒤 나에게만 가난을 강요했던 엄마가 너무 밉고 원망스러웠다. 하지만 지금 생각해 보면 그것이 나에게만 한정되었던 것은 아니었다. 엄마의 삶에도 가난이 항상 함께하였고, 그 아쉬움을 배움으로 보상받아 이제 곧 행복해지려고 했는데, 그 행복을 바로 코앞에 두고 꽃도 피워 보지 못하고 떠난 것이다.

※ 제가 태어나기 전과 어린 시절 일은 주변에서 들었던 이야기와 오롯이 제 기억에 의존해 적은 글이라 내용을 가감하여 적었습니다.

내가 다른 사람과 함께한다는 건

"강릉에 와도 집에는 데리고 오지 마라!"

남편은 전라도 남자고, 나는 강원도 여자다. 나는 나와 비슷한 착하고, 무뚝뚝한 강원도 남자가 싫었다. 얼굴이 하얗고 서울말을 쓰는 예쁘게 생긴 서울 남자를 만나고 싶었다. 그런데 서울까지 가서 만난 사람은 강릉과 정반대, 그것도 전라도 남자를 만난 것이다.

남자 친구는 전라도 사람이라 환영받지 못했고, 나이가 나보다 7살 더 많아 우리 집에선 문전박대를 받았다. 언니가 나보다 5살 많고, 형부는 언니보다 2살이 어렸기에, 내가 만약 이 남자와 결혼한다면 가족 서열이 꼬여 버리기에 부모님의 반대는 더욱 심했다. 옛말로 하면 우리 집은 '콩가루 집안'이 된다.

남자 친구와 나는 강릉에 놀러 갈 겸 우리 집에 잠깐 들르기로 했다. 떨리는 마음을 안고 집에 초인종을 눌렀고, 다행히 집에 들어갈 수 있었다. 부모님은 말은 독하게 했어도 마음이 약한 분이기에 우리를 매몰차게 쫓아내진 못했다.

남자 친구는 붙임성 대회에 나가면 일 등 할 정도로 넉살이 좋다. 그래서 내가 '말은 청산유수'라고 별명을 붙여 부르기도 한다. 그런 남자 친구가 우리 집에 들어서는 순간, 아빠에게 큰 소리로 인사를 드렸다.

"장인어른, 안녕하세요?"

역시 넉살이 좋았던 남자 친구는 처음 뵙는 부모님을 두 손으로 안아 드리며 공손히 인사드렸다. 웬걸? 오지도 말라고 전화로 호통을 쳤던 아빠의 얼굴은 이미 온데간데없고 활짝 핀 꽃 같은 웃음을 지으시며 남자 친구를 반기는 게 아닌가? 아빠는 매일 무뚝뚝한 강릉 남자들만 보다가 넉살 좋은 남자 친구를 보고 한눈에 반한 듯싶었다. 그 뒤 남자 친구의 나이가 나와 일곱 살의 차이가 있던 터라 나의 의지와 상관없이 상견례와 결혼이 순식간에 진행되었다.

그렇게 우리는 결혼했다. 일 년을 알고 지내고 일 년을 사귄 뒤, 남편은 의외로 나와 정반대 성격의 소유자였다는 걸 알게 됐다. 남편은 완벽을 추구하는 현실주의자에 직언을 잘하는 사람이다. 나는 이상주의자이며, 보수적인 면이 강하고, 곡언을 한다. 이런 두 사람이 만났으니 결혼 생활은 당연히 전쟁이었다. 내가 조금이라도 잔소리하면 남편은 화를 내며 집을 나가는 게 일쑤였다.

물론 내가 남편을 선택한 이유는 남편의 장점을 많이 봤기 때문이다. 어린 시절, 아빠는 술만 드시면 술주정을 하셨다. 반면 남편은 술을 마시면 조용히 잠들었다. 언니는 형부가 가장으로서 가정에 충실하지 못해서 힘들어했는데, 남편의 책임감은 강해서 항상 든든하고 믿음직스러웠다. 물론 남편도 단점이 없었던 것은 아니다. 남편은 하고 싶은 말이 있으면 그 자리에서 다 쏟아 내야 직성이 풀리는 사람이었다. 그로 인해 나는 여러 번 상처를 받았다. 나는 남편이 맘에 안 드는 게 있어도 속으로 삭이거나 혹여 상처를 줄까 봐 돌려서 말한다. 이는 어렸을 때부터 참는 것이 미덕이라고 생각했던 나의 삶이었기에 내가 할 수 있는 최선의 방법은 그저 참는 것이었다. 그리고 내 잘못이 아니라도 무조건 미안하다고 말하고 비는 것이 맞는다고 생각했다.

남편과의 나이와 성격 차이로 남편의 친구들, 나의 친구들과의 만남은 잘 이루어질 수 없었다. 다 끼리끼리 만나기에 뒤끝은 싸움으로 끝났다. 간혹 나와 마음이 맞는 남편의 친구를 만나면 우리 두 사람은 신이 나서 남편의 단점을 말하며 공동 관심사를 끌어냈다. 그런 거 있지 않은가? 친정에 온 느낌이랄까? 그런 날이면 어김없이 집에 돌아온 뒤 우리는 링 위로 올라가고 만다.

"넌 친구만 만나면 왜 내 뒤통수치는데? 내가 하지 말라고 해도 바뀌지 않는 거야?"

"난 뒤통수 친 적 없는데? 그냥 그 친구분과 말할 공동 관심사가 있어서 말했을 뿐이지."

나는 싸움이 싫었기에 잘못했다고 빌며 울고불고 매달려도 봤지만, 남편은 화를 참지 못하고 항상 집 밖으로 나가 버렸다. 그렇게 아침에 나간 남편은 자정을 넘기기 전에 집에 들어오고, 아무 말

없이 잠이 들고 만다. 극도로 예민한 성격의 소유자인 나는 남편이 화가 풀릴 때까지 며칠을 불안에 떨며 지낸다. 또 어디선가 불벼락이 떨어질까 봐 걱정돼서 말이다.

남편은 화가 풀리면 언제 그랬냐 싶을 정도로 엄청 살갑게 대한다. 그리고 본인은 한 번도 싸우거나 화를 낸 적도 없다고 말한다. 36살, 늦깎이 결혼을 한 남편, 자유롭게 살아온 시간이 길었기에 간섭하는 것이 싫었던 것 같다. 그리고 나도 고향과 멀고 아는 사람이라곤 남편뿐이어서 나도 모르게 남편의 친구와 험담을 하는 것을 즐겼던 것 같다. 남편의 입장은 생각하지 않고 말이다. 그냥, 그 수다를 떠는 그 시간 자체가 행복이었던 것 같다.

그 뒤에도 나의 결혼 생활은 가시밭길과 외로움의 연속이었다. 남편은 제조회사에 다닌다. 그래서 정확히 오후 네 시면 회사에서 밥을 먹는다. 난 신혼 때이고, 서울에서 남편만 보고 시흥으로 왔기에 아는 사람이 단 한 명도 없었다. 그 당시에 갈 곳이라곤 이마트밖에 없었던 나는 마치 감옥처럼 매일 혼자 집에 갇혀 있었다. 그러다 남편이 퇴근해 오면 너무나 반가웠다. 어느 날 나는 혼자 먹는 삼시 세끼가 너무 싫었기에 남편에게 용기 내어 부탁했다.

"일주일에 딱 한 번만 나와 함께 밥 먹어 주면 안 돼?"

"안 돼! 일 끝나고 집에 오면 6시에서 7시 사이인데, 너무 늦어서 배고파서 안 돼."

남편은 단칼에 안 된다고 말했다. 역시나 나의 부탁은 전혀 먹히지 않는 사람이었다. 회사는 회식과 야근이 잦았고, 난 남편이 늦으면 무서워 전화했다. 남편은 내가 전화하고 자신을 기다리는 것을 부담스러워했다. 그땐 그게 왜 그렇게 힘들고 서러웠는지 잘 모르겠다. 그렇게 남편과 나의 반복된 삼한사온의 시간이 3년이 되어 갈 무렵, 우리에게서 아들이 태어났다.

남편은 세무사 공부를 접고 뒤늦게 취직을 한터라 비슷한 나이의 동료들보다 더 열심히 일을 해야 했기에 야근이 비일비재했다. 나의 육아는 말 그대로 독박이었다. 그리고 완벽주의 남편에게 나는 항상 뭔가 부족해 보였다. 그래서 내가 남편에게 섭섭했던 것들을 말하면 남편은 항상 나에게 화를 내며 말한다.

"넌 항상 피해의식이 있어. 너한테 그렇게 말한 적 없는데 그렇게 받아들이니 말이야."

그리고 또 화를 못 이겨 벌컥 문을 열고 나가 버리고 만다. 항상 바쁜 남편이라 아들의 친구 모임엔 우리 가족만 둘이 간다. 다른 집은 모두 완전체로 오지만 우리 가족은 항상 나와 아들 둘뿐이다. 함께하는 아들의 친구 가족들이 항상 부러웠고, 내 지금의 현실이 너무 서럽고 화가 났던 나는 모임이 끝나고 집에 돌아오면 어김없이 나의 불만 섞인 마음의 소리가 밖으로 나오고 만다. 그리고 우리에게 다시 전쟁이 벌어진다.

"이번에 왔으면 좋았잖아!"

"네가 매번 모임에 가서 내 뒤통수를 치니까 내가 가고 싶지 않은 거야!"

"내가 언제 그랬어?"

“네가 만날 거기서 내 험담 했잖아, 그게 뒤통수친 게 아니고 뭐야?”

“그게 아니고 다들 남편 이야기 하니까 나도 같이한 거지!”

“하여튼 이제 다신 이런 모임 가자고 하지 마!”

마지막은 항상 남편이 승리하고, 나는 울면서 끝이 난다. 참 신기한 건, 아이들도 아빠가 모임에 나오고 안 나오는지에 차이를 두는 듯싶다. 네 명이 모여서 놀면 항상 아들은 싸워서 나처럼 울면서 온다. 그래도 친구가 좋다고 한다. 난 너무 속상했지만, 아들에게 친구를 만들어 주기 위해 참고 다시 모임에 나가곤 했다. 그러던 어느 날, 한 친구 아버님이 나에게 살며시 다가와 조심스레 말을 건네셨다.

“아마도 남자아이들은 힘과 서열을 많이 따지다 보니, 아빠가 모임에 매번 안 오시니까 서열에서 밀려 그러는 것 같아요. 되도록 바쁘시더라도 다음엔 꼭 오시라고 해 보세요.”

나는 그 아버님께 고맙다고 인사를 전하고 아들의 손을 꼭 잡고 터벅터벅 집으로 향했다. 나의 이런 상황이 속상하고, 친구들과 잘 어울리지 못하는 아들의 모습이 스쳐 지나가며 오는 내내 나의 볼에선 따뜻한 눈물이 흘러내렸다. 다행히도 밤이라 아들과 지나가는 사람도 나의 그런 모습을 볼 수 없었다. 그렇게 돌아 무거운 발걸음을 이끌고 집에 돌아왔을 때, 순간 나의 몸은 얼음이 되었고, 머리는 마치 백 도시 뜨거운 물이 끓는 것처럼 열이 나는 것 같았다. 약속이 있다고 했던 남편이 천연덕스럽게 핸드폰을 보며 침대에 누워 있지 않은가? '이게 뭐지? 남편이 왜 집에 있지?' 난 속으로 속삭였다. 그리고 더 이상 참지 못한 내 마음의 소리는 밖으로 뛰쳐나오고 말았다.

"있잖아, 오늘 약속 있다고 하지 않았어?"

"아니? 없는데?"

"그런데 왜 모임에 안 나온 거야?"

"네가 자꾸 내 뒤통수 치니까 가기 싫은 거야. 그리고 내 일정도 있는데 물어보지도 않고 그렇게 약속 잡으면 내가 어떻게 가겠어? 난 새벽 5시에 일어나서 출근해야 하는 거 알잖아?"

순간 난 서러움이 북받쳐 올라 정말 반은 미친 사람처럼 소리를 질러 댔다. 마치 내 몸속에 괴물이 들어온 것처럼 말이다. 우리 하나뿐인 아들이 매번 친구들에게 놀림과 따돌림당하는 이유가 아빠의 부재 때문이란 이야기가 머릿속에서 떠나질 않았다. 영문도 모른 채 남편은 나의 행동이 마치 괴물이나 되는 양 쳐다보며 말했다.

"시끄러워. 방에서 나가. 네가 자꾸 내 뒤통수 치니까 내가 더 가기 싫은 거야."

"맨날은 아니잖아! 내가 아닌 당신 아들을 위해 가끔, 아니, 한 번만 와 주면 안 되는 거야? 친구들이 놀릴 때 든든한 아빠가 뒤에 있다는 것도 힘이 된단 말이야."

"남자 새끼가 그런 것도 못 이겨 내면 되겠어? 그리고 그게 왜 나 때문이야? 말도 안 되는 소리 지어내지 말고 시끄러우니까 나가!”

항상 결론은 똑같았다. 나는 계속되는 불통의 대화를 이어 나갈 수 없었기에 그냥 세상이 떠나가라 ‘꺽꺽’ 소리 내며 울다 지쳐 잠들어 버렸다. 그렇게 시간이 지났고, 나도, 아이도, 남편의 부재를 견디는 생활이 되어 갔다. 남편에게 더 이상의 부탁을 하지도, 무언가를 바라지도 않게 되었다. 아빠의 빈자리는 가끔 외삼촌이 채워 주었고, 나는 누군가의 아내, 엄마가 아닌 나를 찾기 위해 일을 시작하기로 결심했다.

그렇게 시작한 나의 결혼 생활은 벌써 17년 차에 접어든다. 이젠 더 이상 싸울 힘도 섭섭함도 잊은 지 오래다. 하지만 가끔 옛날 생각이 나곤 한다. 남편이 했던 그 말들을 생각하면 아직도 마음이 먹먹해진다. 남편은 기억이 안 나고, 싸운 적이 없다고 일언한다. 정말 이 모든 것이 나의 피해의식이 만들어 낸 허상이었을까?

지금은 너무 서로를 잘 알기에 그냥 서로의 다름을 인정하며 살고 있다. 그때의 그 일은 잊은 채 말이다. 하지만 나는 아직도 그때를 생각하면 몸이 오들오들 떨리고 심장이 마구 뛴다. 그리고 생각한다. 내가 남편처럼 섭섭한 일이 있었을 때 곧바로 직언했었더라면 어땠을까? 그랬다면 모임에서 그럴 일은 없었을 것이고 싸움도 없지 않았을까? 언젠가 남편이 나한테 이렇게 말한 적이 있다.

“내가 잘못했는데 먼저 와서 미안하다고 말해 줘서 정말 고마워. 나도 미안해.”

아마도 내가 섭섭하거나 화날 때마다 직언했다면 우린 더 싸우거나 헤어졌을지도 모른다. 요즘 남편은 나보고 가끔 현명하다고 한다. 싸움을 만들고 싶지 않은 나의 마음을 이제는 아는 듯싶다. 나는 요즘 남편과 육아에 대해 불통일 때 조심스럽게 육아 서적을 읽으라고 내민다. 내가 말하면 말도 안 된다고 말하겠지만, 그래도 공신력이 있는 사람이 쓴 책을 보면 마음이 조금이라도 움직일 거라고 기대해서이다.

난 이제 예전의 내가 아니다. 큰아들과 작은아들을 키우다 보니 전혀 못 하던 욕도 자연스럽게 밖으로 툭툭 나오기도 한다. 직언하면 하늘이 무너질 줄 알았던 옛날과 달리, 가끔은 용기 내서 내 마음의 소리를 꺼내 놓곤 한다. 내 방식대로 조용히 말이다. 처음이 힘들지 조금씩 익숙해지고 있다. 이것이 나를 사랑하고 지키는 방법이라고 생각했기 때문이다.

솔직히 아직 남편에게 그때의 일을 다시 물어볼 용기는 나지 않는다. 분명 모르겠다고 할 것이다. 그리고 또 없는 이야기를 만들어 낸다고 불같이 화를 낼 것이 뻔하다는 말이다.

지금 생각해 보면 처음 결혼했을 땐 서로 다른 사람이 만났기에 맞춰 가는 단계였을 것이다. 그리고 누구나 같겠지만 남편에게 난생처음 생긴 가장이란 역할의 무게가 힘들었고, 누군가와 함께한다는 것이 익숙하지 않았기에 불쑥불쑥 화를 내기도 하고, 시간이 지나 다시 후회하기도 하지 않았을까 싶다.

나 또한 내 생각을 잘 표현하지 못하고 마음속에 꼭꼭 숨겨 놓았다. 그리고 그것이 어느 순간 폭발하여 다른 사람과의 대화를 통해 밖으로 분출되었던 것 같다. 내가 살기 위해 숨을 쉬는 방법이었던 것인데, 지금 생각해 보면 방법이 조금은 아쉽고, 더 나은 방법을 찾지 못했던 것이 후회되기는 한다.

사람들은 안타깝게도 누구나 남편과 부인, 아빠와 엄마의 역할을 배우지 못하고 현실에 생으로 던져진다. 그리고 많은 시행착오를 겪으면서 조금씩 배려라는 것을 배우며 가족이 되어 간다. 많은 고난과 역경을 함께 겪으며 이겨 내면 관계는 점점 단단해지고, 아니면 서로 다시 처음에 있던 자리로 돌아가게 되는 것 같다. 아리스토텔레스가 말했다.

"처음에는 누구나 어려움을 겪는다."

한때 결혼식의 주례사를 보면 '검은 머리 파뿌리가 될 때까지~' 백년해로하라고 한다. 만약 내가 백 살을 산다면, '내가 다른 사람과 함께한다는 건' 이 정도의 어려움쯤은 감내해야 하지 않을까? '비 온 뒤에 땅이 굳어진다'는 속담처럼 우리의 관계는 처음보다 더 단단해졌고, 남편은 요즘 내가 혼자 먹는 밥이 외로울까 봐 가끔은 하루에 네 끼를 먹기도 한다.

내가 좋아하는 책, 『어린 왕자』에 나오는 말이 있다.

"누군가에게 길들여진다는 것은 눈물을 흘릴 일이 생긴다는 것인지도 모른다."

'누군가를 길들인다는 건?'

"우선 참을성이 많아야 해. 처음에는 나랑 좀 멀리 떨어져서 이렇게 풀밭에 앉아 있어. 그러면 내가 널 곁눈질로 힐끗 보겠지? 넌 아무 말도 하지 마. 말이 오해를 낳기도 하니까. 그러다가 매일 조금씩 더 가까이 앉는 거야."

일탈을 꿈꾸다

나는 남아선호사상이 지배적이었던 시대에 태어난 '아들인 줄 알고 낳은 딸'이다. 그 당시는 의학으로도 성별을 알 수 없었기에 엄마의 배에서 나와야 실제 성별을 알 수 있었던 때였다. 어쩌면 하늘이 나를 구해 준 것은 아닌가 싶다.

만약 지금처럼 과학이 발달하였다면 나는 세상의 밝은 빛을 보지도 못하고 엄마 뱃속에서 조용히 사라졌을지도 모른다.

우리 가족 모두가 아들을 원했지만, 태어난 것은 딸이었다. 가족 중에도 가장 실망한 사람은 바로 우리 할머니다. 그래서 내가 태어난 뒤에도 한동안 우리 집에 발길을 끊었었다. 그다음은 바로 엄마였다. 그 당시 우리 엄마의 남아선호사상은 우리 동네에서 일등이 아니었나 싶다. 그리고 마지막은 언니였다. 부모님의 사랑을 한 몸에 받고 자란 언니는 오빠가 태어나고 마지막으로 내가 태어남으로써 사랑도 나눠 가져야 했고, 물질적인 혜택도 세 명이 나눠야 했기에 내가 태어난 것이 그리 달갑지는 않았던 것 같다.

그래서 그랬을까? 언니가 나를 강릉단오장에 버리고 온 적이 있다. 내가 몇 살 때인지 잘 기억은 나지 않는다. 단오장이 원래 복잡해서 아이뿐만 아니라 어른도 길을 잘 잃어버린다. 그래서 부모님은 혹시 우리가 길을 잃어버릴까 봐 항상 잃어버렸을 때 대처 방법을 반복해서 알려 주셨다. 단오장과 우리 집은 다소 거리는 있지만, 다행히도 정말 일직선으로 오기만 하면 우리 집이 나온다.

언니를 잃어버린 나는 단오장에서 눈물범벅이 되어 한밤중이 돼서야 겨우 집에 돌아온 기억이 난다. 부모님은 밤늦게까지 내가 돌아오지 않아 걱정이 이만저만 아니었다.

우리 집 식구 모두 마당에 나와 나를 걱정하고 있을 때, 나는 터덜터덜 힘든 몸을 이끌고 문을 열고 집으로 들어왔다. 부모님을 보자마자 무섭고 힘들었던 것들이 주마등처럼 스쳐 지나가며 눈물이 왈칵 쏟아져 내렸다. 난 그 당시 부모님과의 극적인 상봉을 상상하며 엄마의 품으로 뛰어들었다.

하지만 나의 기대와 달리 엄마 손에는 빗자루가 들려 있었고, 그날 밤 나는 정말 다리가 부러질 정도로 맞았던 기억이 난다.

그 이유인즉슨 엄마가 막내가 집에 오지 않자, 어디로 갔느냐고 물었을 때 언니는 천연덕스럽게 친구 집에 놀러 갔다고 거짓말을 했다. 나는 그게 아니라고 사실대로 말하고 싶었지만, 부모님이 안 계실 때 돌아올 언니의 보복이 더 두려웠기에 억울해도 입에 지퍼를 꽉 닫아야만 했다.

나도 언니와 오빠처럼 가족들에게 사랑과 인정을 받고 싶었다.

그래서 내가 선택한 우리 집에서의 역할은 '착한 딸'이 되는 것이었다.

불평불만 없이 참고 견디고, 뭐든 열심히 하다 보면 그래도 백 퍼센트는 아니더라도 오십 퍼센트 먹고 들어가지 아니한가? 나는 역할을 너무나 잘 해냈다. 뭐든 열심히 하는 나, 우리 집 그 누구보다 착한 딸이 되었다.

하지만 이것 또한 무너질 때가 있었다. 바로 부모님의 기대에 못 미치는 자식들이라는 울타리에 갇혔을 땐 우리 남매들은 함께 그 울타리에 갇히고 만다. 언니와 오빠는 머리가 워낙 좋아서 그리 많이 노력하지 않아도 뭐든 잘했다. 그래서 부모님의 관심 울타리에 항상 함께했다.

하지만 너무 많은 기대와 관심의 부작용이었을까? 언니와 오빠는 대학 졸업 후 취직하였지만, 부모님의 기대와는 다소 온도 차이가 났다.

아빠는 동네가 다 알아주는 천사이다. 동네 사람들은 아빠를 법 없이도 살 분이라고 한다. 그러나 그런 아빠는 항상 자식 앞에서 무너지고 만다. 그리고 술 앞에서도 그렇다. 보여 줄 것, 내세울 것 없는 자식 농사에 대한 아버지의 한탄은 술의 힘을 빌려 괴물이 되어 밖으로 나오곤 한다. 괴물은 자정을 넘어 나타나서 3시간 정도 온 집 안을 뒤집어 놓는다. 그리고 마지막 화살을 날리고 사라진다. 그 화살의 최종 목표물은 바로 엄마이다. 그 폭풍이 모두 지나고 나면 우리 집사람들은 고슴도치의 가시처럼 날이 서 있다. 그럼 난 찍소리 없이 어디선가 시한폭탄이 터질세라 우리 가족 네 사람의 비위를 골고루 맞춘다. 나는 우리 집에서 가장 착하니까!

항상 모든 것을 가지길 원하는 우리 집 첫째 언니, 울면 모든 것이 해결된다. 그래서 언니의 꿈은 놀면서 돈을 많이 버는 것이 아니었나 싶다. 그렇게 얻은 직장은 동네에서 가장 큰 이 층짜리 오락실을 관리하는 일이었다. 그 당시 월급도 꽤 많이 받았고, 동네에서 논다는 사람들이 다 모이는 장소이기에 언니와 길거리를 거닐다 보면 거리에 언니를 모르는 사람이 없을 지경이다. 그러던 그 오락실이 트렌드를 따랐다고 해야 하나? 그 유명한 '바다 이야기'로 변질되었고, 언니는 순식간에 실업자가 되고 말았다. 그것도 모자라 씀씀이를 줄이지 못한 언니는 카드 돌려막기를 하였고, 심지어 집에 차압 딱지를 선물로 보내기도 했다. 그래도 다행이었을까? 언니가 성인이라 언니 방에만 빨간딱지가 붙었던 것 같다.

다음은 가만히 있어도 가족의 관심과 사랑을 너무나 많이 받는 유아독존의 캐릭터 오빠. 지금 생각해 보면 오빠의 인생은 엄마의 것이 아니었나 싶다. 오빠가 하고 싶은 것보다 엄마가 바라는 인생을 위해 설계되었고, 그 길이 오빠에겐 독이 되었다고 생각된다. 그래서 언제부터인가 오빠의 인생이 꼬여 버렸다.

상업고등학교를 가고 싶었던 오빠를 설득하여 일반고등학교를 지원하게 했고, 안타깝게 오빠는 대학교도 아닌 고등학교에 떨어지고 말았다. 그 뒤에도 오빠의 시련은 계속되었다. 부모님의 기대가 너무 버거웠던 것일까? 오빤 20대 중반에 머리 쪽에 작은 종양이 발견되었고, 다행히 힘들게 제거하고, 완치되는 데 긴 시간이 걸렸다. 여러 일을 겪으면서 '어쩜 난 부모님의 관심 중심이 아니었던 것이 나의 행운이었을 수도 있다'고 가끔 혼자 생각하기도 했다.

난 우리 집의 관심 밖의 딸이었기에 정말 자유롭게 자랐다. 그냥 뭐든 열심히 하고 착한 딸이란 그 자체만으로 모두가 만족했다. 하지만 언니와 오빠의 인생이 꼬이기 시작할 때 즈음부터 아빠의 관심이 나에게로 조금씩 왔다. 목욕탕의 냉탕에서 온탕으로 옮겨 갔을 때 느낌을 아는가? 처음엔 너무 따뜻해서 행복하지만 조금씩 온도가 올라가기 시작하면 숨이 막히고 너무 뜨거워서 결국은 뛰쳐나오고 만다. 그때의 내 마음이 그 느낌이랄까?

처음엔 부모님의 관심을 만족시키기 위해 더 최선을 다했다. 그래서 난 가고 싶었던 과가 아닌 엄마가 추천했던, 졸업 후 취직이 제일 잘 되는 과를 갈 수밖에 없었다. 그것이 나의 최종 목표인 양 말이다.

하지만 너무나 자유분방했던 나에게 경리는 요즘 말로 하면 '노잼 직업'이었다. 그래도 부모님의 기대에 부응하고 싶었기에 꾸역꾸역 해냈다. 대학교를 졸업하였고, 친구들은 대부분 공무원, 회계사무실 또는 경리로 취직하였다. 그런데 난 그렇게 사는 것이 싫었다. 경리로 일하다가 돈 모아서 결혼하라는 부모님의 기대가 싫어지기 시작했다. 꼭 내 인생의 결말이 정해진 드라마처럼 말이다.

『마당을 나온 암탉』이란 책을 아는가? 양계장에서 알을 얻기 위해 기르던 암탉이 자기 삶의 주인으로 살아가기 위해 양계장 바깥의 너무나 아름답고 눈부신 세상을 동경하게 된다. 암탉에게 행운이 찾아온 것이었을까? 알을 낳지 못하게 되자, 폐기로 버려져 세상 밖으로 나오게 되는 이야기다. 난 처음부터 부모님의 울타리 안에서 곱게 자란 딸이 아니었기에 부모님의 넘치는 관심이 부담스러웠고, 그 기대에 미치지 못했을 때 실망을 안겨 드릴까 봐 두렵기도 했다. 내가 우리 집의 마지막 희망이라고 생각하시는 부모님께 말이다. 난 문득 이젠 말 잘 듣는 딸, 착한 딸에서 졸업할 때라고 생각했다.

내 인생에 처음으로 치밀한 계획이란 것을 세웠다. 교육학을 부전공으로 한 나는 고등학교 기간제와 학원 아르바이트를 해서 돈을 차곡차곡 모았다. 돈이 오백만 원 정도 모였을 때, 나는 부모님께 학교가 기간제를 연장할 수 없다는 통보를 받았다고 말했다. 나는 그 통보로 인해 좌절에 빠진 연기를 했고, 너무 힘들어 잠시 바람을 쐬고 오겠다고 말씀드리고 이종사촌이 있는 오산으로 훌쩍 떠나 버렸다. 진실은 서울에 취직하기 위해 수많은 이력서를 내서 면접을 가야 했던 것이었다.

이렇게 나의 일탈이 시작되었고, 운 좋게 S대 안에 있는 벤처회사에 취직을 하게 되었다. 집도 절도 없이, 단돈 오백만 원으로 나의 서울살이는 시작되었다. 이제 정말 이곳엔 나 혼자뿐이었다.

그나마 걸터앉을 작은 울타리마저도 사라진 서울. '눈 감으면 코

베어 간다'는 서울은 예상했던 것처럼 나에게 꽃길만은 아니었다. 먹고 살아야 했기에 엄마가 연결해 준 친구 딸의 집에서 월세를 내며 버텨야만 했다. 그래서 내가 서울에서 이번에 선택한 역할은 착한 세입자였다. 청소, 빨래, 설거지 등 언니가 기뻐할 만한 일은 무엇이든 다 했다. 그 덕분에 최고의 엘리트들로 구성된 S대 벤처 회사에서 6년을 꼬박 일을 할 수 있었다. 그 당시 나는 내 인생 처음으로 우리 집의 자랑거리가 되어 있었다. 뭐로 가도 서울! 거기에 한국 최고의 대학에서 근무한다는 막내딸! 무슨 일을 하든 상관없었다. 힘들어도 상관없었다. 그냥 우리 집에선 서울에 있는 S대에서 일하는 성공한 막내딸이란 타이틀이 좋았을 뿐이었다.

회사의 나의 첫 이미지는 지금 막 북한을 탈출한 괴뢰군 같은 이미지였다. 잘 알아듣지 못하는 사투리를 쓰고 다니는 대학을 갓 졸업한 지방대생! 그곳에서 지방대생들은 이름 세글자보다는 '어이, 저기'로 불림을 자주 받았다. 나와 같이 근무했던 동료들의 이름은, 슬프지만 대부분 같았다.

어느 날 사무실에서 함께 일하고 있을 때, S대 선임 연구원이 우리 중 누군가를 불렀다. "어이." 하고 말이다. 우린 자신을 부르는 줄 알고 일제히 뒤를 돌아보았다. 지금 생각해 보면 참 웃픈 일이다.

그리고 그 당시 S대생들의 자부심은 하늘을 찔렀다. 그런데 감히 지방대생인 내가 S대 선임 연구원에게 이래라저래라 하면서 안 된다고 말을 했고, 화가 난 연구원은 화를 참지 못하고 그만 나에게 의자를 던지고 말았다. 다행히 옆으로 비껴갔지만 대학을 갓 졸업한 나에겐 충격적인 사건이었다.

나는 우리 집의 자랑거리였기에 더 이상 물러날 곳도 없어 버텨야만 했다. 그때 나를 버티게 한 것은 딱 한 가지 목표가 있었기 때문이다. 내가 지금 그만두면 가족에게는 물론, 나 자신에게 실패자가 되는 것으로 생각했다. 만약 그만두더라도 꼭 그 선임이 나를 더 이상 지방대생이 아닌 하나의 인격체로 인정하고 존중할 때 그만두고 싶다는 목표가 있었기에 나는 참고 버텼다. 결국엔 퇴사할 때 그에게 인정을 받았고, 웃으며 말할 수 있는 동료가 되어 있었다.

나의 마당 밖의 세상은 잎, 싹이 흠모하여 나간 세계처럼 흔쾌히 나를 받아 주지 않았고, 많은 수모까지 겪게 했다. 하지만 내 서울로의 일탈은 부모님이 정해 주신 뻔한 드라마 같은 전개보다는 조금 더 나를 단단하게 해 주었고, 잡초처럼 밟혀도 다시 일어날 수 있는 용기를 만들어 주었다. 그때 나의 일탈이 있었기에 지금도 내 삶의 가치를 찾아 도전과 실패를 겪으면서 작은 성공을 만들어 가고 있는 것 같다.

※ 어린 시절 일은 오롯이 제 기억에 의존해 적은 글이라 내용을 가감하여 적었습니다.

두려워하지 말고 걱정하지 말고
일단 해 보자

나는 자기 계발서를 읽는 것을 좋아하지만 아이러니하게도 자기 계발이 이루어지지 않았다는 것을 최근에 알게 되었다. 나를 성찰한 결과, 나에게는 조금 창피한 일이지만 '목적'에 맞는 독서를 하지 않았다는 결론을 내렸다.

내가 책을 통해 읽은 '성공한 사람들'을 보면 자기 계발서 또는 위인의 책을 읽고 내용을 따라 계획하고 실천으로 옮김으로써 그 속에서 자신만의 목표와 방향을 찾아 성공으로 이끌곤 한다. 이들은 어제와 다른 내일을 맞이한 자신을 보며 작은 성공의 기쁨을 만끽하고, 그 성공을 발판 삼아 더욱더 자신을 채찍질하며 앞으로 나아가는 것을 볼 수 있다.

슬프게도 나는 지금까지 자기 계발서를 소설책처럼 읽고 감동하고 끝냈었다. 그리고 책을 아주 좋아하고 많이 읽는 사람이라고 당당하게 자랑하고 다녔다. 지금 나의 심정은, 쥐구멍이라도 있으면 들어가고 싶다.

내 가족들은 내가 뭔가 잘하기를 바라거나 잘할 것을 기대하는 사람은 거의 없다. 그냥 항상 뭔가를 하고 있고, 열심히 한다. 이번은 조금 오래가는 것 같다고 생각하는 이들이 대부분이다.

뭐, 그럴 만도 하다. 지금까지 가장 오래 다닌 직장이 육 년 남짓, 그리고 퐁당퐁당 대학교 직원으로 다닌 육 년 정도의 시간과 마을 활동이 나의 전부이다. 그리고 난 그 회사 생활 동안 내일 세상이 멸망할 것처럼 항상 열정을 불태웠었기에 나를 아는 사람들은 '항상 열심히 하는 사람'이라고 기억하는 것 자체가 그리 섭섭하지는 않다.

그런데 요즘 나에게도 간절함이 생겼다. 나도 뭔가가 되어 보고 싶어졌다. 사실 아직 형체는 없다. 그래서 나는 매일 글쓰기로 나의 마음을 후벼 파고 있다. 너무 아프기도 하지만, 때론 오래 묵었던 때를 벗겨 낸 것처럼 시원하기도 하다. 이런 과정을 반복하다 보면 뭔가가 내 안에서 뛰쳐나오지 않을까?

"그만해! 이제 알려 줄게. 넌 이걸 그 누구보다 잘해! 지금부터 꾹 참고 3년만 해 보자!" 하고 말이다. 웃기지만 이렇게 말해 줬으면 좋겠다는 것이 요즘 내 심정이다.

프랑스의 철학자 데카르트가 말하길, "나는 생각한다. 고로 존재한다"라고 했다.

나는 요즘 글 쓰는 것에 중독되었고, 글을 쓰기 위해 쉴 새 없이 생각에 빠진다. 그리고 내가 존재함을 느낀다. 그 생각 속에서 나는 끊임없이 나에게 질문을 해 본다. 해답을 찾기 위해. '나는 열심히 하지만 왜 항상 그 자리일까? 무엇을 바꿔야 열심히 한 만큼 남들처럼 최고가 될 수 있을까?' 나는 다시 자기 계발서를 읽기 시작했다. 이번에는 목적에 맞는 독서를 하면서 말이다.

바보같이 난생처음 계획도 세워 보고 실천도 하고 있다. 하지만 아직 나에겐 끈기도 없고, 루틴도 형성되어 있지 않기에 도처에 적들이 깔려 있다. 가끔 사면초가에 놓일 때도 있다. 하지만 최근에 돌파구를 찾았다. 바로 병렬식 독서이다. 책 속에 있는 좋은 문구들을 읽거나 블로그 이웃들의 글과 소통을 통해 나의 게으름과 나태함을 극복하며 나에게 부족했던 끈기를 끌어 올리고 있다.

'띵동! 숙제가 도착했습니다.' 이번 숙제는 '내 성격의 강점과 약점, 삶의 모토, 인생철학을 써 보세요.'이다. 다섯 줄이면 끝날 것 같은데, 이것을 어떻게 또 글로 쓰면 좋을까? 왜 다른 미션이나 게임은 두려운데, 글쓰기 미션은 자꾸 재미있지? 나는 생각 끝에 그 정답을 찾아냈다. 바로, 쓸 때마다 달라져 있는 나를 발견하게 되어서이다. 누군가가 '잘했다'라고 말하는 칭찬이 아닌, 내가 나에게 주는 '참 잘했다'라는 최고의 칭찬 말이다.

나는 주말에도 글을 쓰기 위해 하루 종일 노트북과 싸우고 있다. '또 시작이구나. 이번엔 서울대 가는 거야?' 하는 표정으로 나를 보며 지나가는 남편을 잡아 세웠다.

"남편! 삶의 모토가 뭐야?"

"옛날엔 있었지! 그런데 지금 그런 것이 어디 있어?"

"왜 지금은 없지? 아직 살아 숨 쉬고 있잖아. 난 죽을 때까지 있을 것 같은데."

남편의 '없다'는 말에 '난 왜? 남편은 슬프겠다.' 하고 혼잣말을 했다. 남편은 그런 것을 물어보는 내가 참 이상하게 보이는 듯싶은 표정을 하면서 방으로 들어갔다.

나는 병렬식 독서로 우연히 『제갈량 리더십』이라는 책을 만난 적이 있다. 부끄럽지만, 나는 역사에 털끝도 관심이 없다. 그런데 이 책을 읽다 발견한 문구에 나의 시선이 멈췄다. 숙부 제갈 현이 제갈량에게 아래와 같이 말했다.

> "운명이란 하늘이 정해 주는 것이 아니다. 마치 닭 둥지에 놓인 독수리알과 같은 것이지. 네가 닭의 인생을 선택한다면 한평생 평범하게 하릴없이 바쁘게 살아갈 것이고, 네가 독수리처럼 비상하기를 원한다면 일생을 영예롭고 전도양양하게 살아갈 것이다."

"바로 이거야! 지금부터 '운명이란 하늘이 정해 주는 것이 아니다', 이것이 나의 인생철학이야."

인생철학을 정했으니, 나의 목표가 정해지면 흔들림 없이 돌진 시 타고 갈 말을 정하기로 했다. 지금까지 내가 살면서 나의 발목을 잡았던 것을 역으로 이용해 보자.

"그래! 내 삶의 모토는 '두려워하지 말고 걱정하지 말고 일단 해 보자'로 정하자."

처음 글쓰기 숙제가 주어졌을 때 다섯 줄로 끝날 줄 알았다. 그런데 글쓰기를 하면서 이상한 일이 생겼다. 글이 자꾸 꼬리에 꼬리를 무는 것이다. 가끔 새끼도 치고 말이다. 몸은 너무 힘들고 팔도 너무 아픈데, 이 마침표는 언제 찍을 수 있을까? 쉬지 않고 움직이는 손을 내 마음대로 멈추게 할 수 없었다. 아니, 하고 싶지 않았다.

적진으로 가서 나의 목표를 이루려면 빈손으로 갈 수 없지 아니한가? 이젠 이길 수 있는 나의 강한 무기를 찾아야 한다. 그리고 그 무기는 혹시 적군이 나의 약점을 공격해 올 때도 이겨 낼 수 있는 강력한 것이어야 할 것이다.

나를 가장 오래 봤고 잘 아는 친구들에게 나의 강점에 관해 물어보았다. 세 명 모두 같은 대답을 하였다.

"너의 강점은 '포기하지 않고 끊임없이 도전하는 것'이야."

솔직히 내 생각도 같았다. 그래서 조금 놀랐다. 그렇다면 나의 약점은 무엇일까? 아마도 새로운 것에 도전하는 것을 좋아하다 보니 뭔가를 시작하면 죽을 만큼의 열정을 불태우고 스스로 사라져 버리는 것이다. 속도 조절이 안 되는 것과 한 우물을 파는 끈기의 부족이 나의 약점인 듯싶다.

나의 인생철학, 삶의 모토, 강점, 약점을 다 찾았다. 이제 제일 중요한 목표만 정해진다면 나의 인생철학을 마음에 품은 채 몸에는 삶의 모토를 장착하고, 중간중간 장애물들인 약점들이 나를 유혹하더라도 강점으로 물리치며 전진할 일만 남았다.

드디어 오늘 영원히 못 쓰게 될 줄 알았던 글쓰기도 마침표를 찍을 수 있게 되었다. 피곤하지만 너무 기쁘다. 나의 작은 성공들이 하나둘 쌓이고 있다. 그리고 글쓰기의 잔근육들이 튼튼한 핵심 근육으로 바뀌고 있는 것을 느낀다. 왜냐고? 내 글이 조금씩 마음에 들기 시작하기 때문이다.

운명이란
하늘이 정해 주는 것이 아니다

"빨리 일어나! 어젠 또 몇 시에 잔 거야?"

작은 틈새로 들어온 아기 바람이 커튼을 살포시 흔들면 실오라기 같은 햇살이 커튼 사이로 들어와 마치 춤을 추듯 나의 눈을 간지럽히고 있었다. 그때, 어디선가 정적을 깨는 까랑까랑한 목소리가 들려와 나는 귀찮은 듯 눈을 비비며 몸을 간신히 일으켰다.

"아~후, 무슨 일이야? 어디 불이라도 났어?"

"내가 너 밤늦게까지 작업하지 말라고 했지?"

"아, 맞다. 새벽 2시에 시계 본 기억은 있는데, 그 뒤론 기억이 없네."

"그래서 다 끝냈어?"

"아~ 그게 말이지, 아직 멀었어. 오래된 시골 마을 활성화 사업 분야는 어느 정도 방향이나 기본 줄기를 잡았는데, 전자책은 아직 손도 못 댔어."

"에고, 어쩌니! 금방 팀장한테 연락이 왔어. 전자책 출판 3주 앞당겨야 한다고!"

"아, 진짜? 요즘은 몸이 열 개라도 모자랄 판이야……."

"왜에? 너 혹시, 뭐 또 거절 못 하고 나 몰래 받은 건 아니지?"

"아니, 그게 아니라, 오늘 아들이 전역하는 날이잖아."

"전역하려면 보름 정도 더 남은 거 아니었어?"

"몰라! 이번에 부대에서 뭘 했는데, 잘해서 전역이 앞당겨졌다고 신나서 전화 왔더라고."

"와우, 그러면 잘된 거 아니야? 뭐가 문젠데?"

"아들이 일찍 나온다니 나야 당연히 좋지. 얼굴 본 지가 언젠지 기억도 안 나. 단지 일이 밀려서 함께 시간을 많이 보내지 못할까 봐 맘이 불편해. 부탁해서 일을 받긴 했는데 몸도 예전 같지 않고, 이젠 자꾸 걱정이 앞서네."

"넌 걱정도 팔자다. 이젠 네가 큰소리쳐. 선택해서 받으라고. 원고료 콩나물값으로 주는 데는 못 한다고 해. 넌 너무 착해서 탈이야. 맨날 걱정을 달고 살아!"

"그렇지. 천성이 그런 걸 어찌 한번에 바꾸겠니. 사람은 올챙이 시절도 생각해야 하는 거야. 나 힘들 때 일 밀어 준 사람 입장도 생각해야지."

"누가 뭐래. 우리 나이가 몇 살인데 뭔 부귀영화 보겠다고 맨날 밤새냐고?"

"알았어. 그만 잔소리해. 지금 배고파서 뱃가죽이 등가죽에 붙을 판이야. 뭐라도 좀 챙겨 먹고 다시 시작해야겠어."

함께 작업하는 친구가 돌아가고 허겁지겁 배에 뭐라도 집어넣으니 살 것 같았다. 커피 한 잔의 여유를 위해 거실로 무거운 발걸음을 옮기는 중 어디선가 Elizabeth Mitchell의 노래 'You are my sunshine'이 흘러나왔고, 나는 뒤뚱거리며 그쪽으로 향했다. 호수의 전경을 한눈에 내려다볼 수 있는 나만의 공간. 따사로운 아침 햇살과 함께 지금 막 내린 커피 한잔이 나를 기다리고 있었다. 소리 질러 보낸 친구에게 미안함이 밀려오며 와락 눈물이 쏟아져 내렸다. 불과 10년 전만 해도 상상할 수 없었던 나의 지난 나날들이 주마등처럼 나의 뇌리를 스쳐 지나갔기 때문이다.

10년 전 어느 날, 봄과 함께 호수처럼 잔잔했던 내 마음에 작은 돌멩이 하나가 들어왔다. 그 돌은 글쓰기 프로그램 <마음의 소리>와 강사였던 백대현 선생님의 가르침이었다. 그 수업과 선생님을 만난 것은, '너무 배가 고파서 눈에 띈 어느 허름한 식당에 들어갔는데, 그 식당이 소문난 맛집이었다.'에 비유된다. 그 작은 돌멩이는 내 인생의 바윗덩어리였다. 그만큼 내 삶에 큰 영향과 나를 변화시켰다.

나의 인생은 어둠 속에 갇혀 있었다. 내 탄생은 누구에게도 환영받지 못했기에 유년 시절 많은 성장통을 겪었다. 그런 이유 때문인지 자존감은 구렁텅이에 빠져 살려 달라고 허우적거리고 있었다.

그랬던 나는 글쓰기를 만나면서 어둠 속에서 희망을 보았고, 그 희망은 나를 이끌어 주었다. 글쓰기는 타인에게 감추고 싶었던 나의 상처와 가시를 드러내게 했고, 그 과정을 통해 위로와 치유를 경험하게 했다. 더 신기한 것은 나의 정체성을 찾으면서 구렁텅이에 있던 나의 자존감에 단단한 근육이 생겨 땅을 짚고 조금씩 올라오기 시작했다는 것이다. 또한 수업이 끝나 갈 무렵에는 책상

앞에 앉기가 무섭게 글이 써지는 놀라운 기적도 체험했다.

수업 중 백대현 선생님이 말했던 '나의 마음을 들여다보고 다 끝날 때쯤 바깥의 모든 것들이 글감으로 보일 것이다.'라는 말이 맞았다. 내 인생엔 영원히 없을 것 같았던 어둠 속에 빛이 보이기 시작한 것이다.

옷의 첫 단추가 잘못 끼워졌다면 다시 풀어 옷의 매무새를 바로 잡고 다시 꿰어 입으면 된다. 처음부터 틀어진 옷이라고 결론지을 필요는 없었다. 아들이길 원했지만, 딸이 태어나 탄생 자체를 처음부터 부정당했다고 생각했던 나의 생각들이 내 인생을 스스로 어둠 속으로 밀어 넣었다. 그 어둠은 내 옆에 꼭 붙어 나의 잘못만 먹고 몸집을 점점 키워 나갔다. 몸집을 너무 키운 어둠은 블랙홀이 되어 잘못뿐 아니라 다른 사람이 나에게 던진 칭찬까지도 삼켜 버리고, 나쁜 생각을 뱉어내 버렸다.

열심히 한다는 엄마의 말을 잘하는 게 없는 아이라고 스스로를 결론 내리고 다른 사람이 칭찬하면 위로하는 것이라고 단정 지어 나 자신을 깎아내리며 스스로를 어둠의 블랙홀로 밀어 넣었다. 그리고 착한 딸이 되는 것이 내가 가장 잘하는 것으로 생각했다.

그런 나는 우연히 만난 글쓰기로 나의 상처와 가시를 맞닥뜨렸고, 글쓰기를 통해 과거로 이동하여 나를 위로하며 마음이 치유되는 것을 경험하게 되었다. 신기하게도 가장 싫어하고 못했던 글쓰기가 이제는 가장 좋아하고 잘하는 것이 되었다.

글쓰기에 흥미가 생기기 시작할 때, 지자체에서 진행하는 다양한 글쓰기 프로그램에 참여해 보기로 결심하였다. 글쓰기를 시작하기 전에는 지레 겁부터 냈고 검증되지 않은 것은 '난 할 수 없는 사람이다'로 결론을 내려 포기하곤 했었다. 하지만 신기하게도 내 생각에 기적이 일어났다. 이젠 스스로에게 이렇게 말하고 있었다.

'죽기 아니면 까무러치기 아니겠어? 언제까지 망설일 거야. 물 들어왔을 때 노를 저어야지. 가둬 놓은 너를 무인도에서 빼내려면 지금이 기회야. 어서!' 하고 말이다.

준비된 사람이 되기 위해 내가 제일 먼저 한 것은 글쓰기의 잔근육을 만들기 위해 매일매일 글을 쓰는 것이었다. 일상의 글에서 시작하여 하루를 반성하는 글을 쓰고, 책 속에서 글감을 찾아 깨달음을 통해 성찰을 해 나갔다. 과거의 나는 단순히 책만 읽고 끝났다면, 현재의 나는 성공한 사람들의 생각을 모방하고 나의 삶에 비추어 재설계하여 실행으로 옮김으로써 변화를 만들어 갔다.

그렇게 마치 돌이라도 씹어 먹을 기세로 많은 책들을 읽고 기록해 나갔다. 책과 글을 통해 나를 발견하고 깨달음을 변화로 만들어 갔다. 책 속에서 만난 구절의 일부는 '나의 인생철학'이 되기도 하였다.

> "운명이란 하늘이 정해 주는 것이 아니다."
>
> \- 동팡원뤼, 『제갈량 리더십』

이것은 내가 흔들릴 때마다 중심을 잡아 주었고, 내 길의 방향을 밝혀 주는 등불이 되어 앞으로 나아감에 대한 두려움을 없애 주었다.

다양한 책을 무작위로 읽던 중 처음으로 번 아웃이 온 적이 있었다. 읽기와 쓰기로 예전보다 다양한 지식을 쌓을 수 있었지만, 확연히 보이는 변화를 발견할 수 없게 되자 몸과 마음이 지쳐 버린 것이다. 하지만 더 이상 물러날 곳도 없었던 나는 이제 열심히 하는 사람이 아닌 잘하는 사람이 되고 싶었기에 해결책을 찾기로 했다. 무엇이 잘못되었는지 처음부터 찬찬히 살펴보았다. 지금까지의 나의 삶엔 누군가의 도움과 모방이 없었다. 단순한 책 읽기만으로는 성공할 수가 없었다. 실행이 절실해 보였다. 그래서 결심했다. 성공한 사람들의 발자취를 밟아 보기로 했다. 그곳에 정답이 있을 것이다.

그렇게 책과 글쓰기에 푹 빠져 있을 때, 나를 버티게 하고 성장하게 해 준 것이 또 하나 있었다. 바로 마을에서 마을활동가로서의 활동을 해 본 일이다. 처음 시작은 나의 아이에게 내가 어린 시절에 경험했던 따뜻한 마을을 만들어 주고 싶은 마음에서 시작되었다. 하지만, 이 활동이 내 인생에 터닝 포인트가 되었다. 내가 마을에서 하고 싶은 것을 제안하고 실행에 옮김으로써 그것이 현실이 되는 것을 경험하게 된 것이다. 그 과정에서 함께 성장하며 작은 성공들이 쌓여 나를 변화시켰고, '내가 살고 싶은 마을을 만들어 보고 싶다'란 꿈이 생겼다.

대가족 속에서 친척들과 함께 도우며 살았던 추억들을 다시 만들어 보고 싶어졌고, 마을 활동으로 그것이 실현 가능하다는 것을 깨닫게 된 것이다.

나는 자식이 나의 미래를 책임지거나 돌봐 줄 것을 바라지 않는다. 그냥 가족을 꾸려 행복하게 사는 모습만 봐도 내 역할은 다했다고 생각된다. 나의 부모님이 그랬던 것처럼 말이다. 그러기 위해서는 나와 같은 생각을 하는 사람들이 모여 서로 의견을 공유하며 함께 살고 싶은 마을을 만들기 위해 준비를 해야 한다고 생각했고, 그래서 마을 활동을 통해 배워 갔다.

그렇게 시작한 마을 활동이 벌써 15년 차에 접어들었다. 그리고 마을 활동을 하면서 배웠던 노하우를 바탕으로 나의 마을 만들기를 본격적으로 시작하기 위해 고향 강릉으로 내려온 지 벌써 2년이 되어 간다. 태어나고 자란 집은 낡고 허름해진 지 이미 오래지만, 돌아가신 할머니와 부모님의 체취는 아직도 내 마음속에 생생하게 남아 있었다. 또한 옛날 그대로 남아 있는 시골집을 볼 때면 내 나이 50대 중반을 넘었지만, 아직 마음은 정지 밖을 뛰어놀던 철없는 십 대로 돌아가곤 한다.

언니와 오빠는 괜한 짓 하지 말라고 호통을 치지만, 나의 고집을 꺾을 사람은 아무도 없다.

"내가 몇 년을 계획하고 공들인 꿈인데, 속는다 치고 나 좀 믿어주면 안 돼?"

"야! 지금도 사는 데 불편한 게 없는데 무슨 마을을 또 어디다 만들겠다는 거야?"

"맞아! 그냥 대충 살다가 가면 되지, 그 고집은 늙지도 않냐?"

오빠, 언니가 잘못 알고 있는 게 하나 있다. 나의 고집이 늙어서 더 강력해졌다는 것을…….

내가 마을 만들기를 하고 싶은 이유에는 언니, 오빠를 위한 것도 있다. 결혼했으나 자식이 없는 언니, 결혼을 안 한 오빠를 보면서 마을이 꼭 필요하다고 느꼈다. 마을 활동하면서 삶의 의미가 없이 외롭게 사시던 분들이 삶의 활력을 찾고 함께 도우며 행복을 만들어 가는 모습을 언니, 오빠도 느끼며 살았으면 해서다. 내가 잠시 생각에 잠겨 있을 때, 전화벨 소리가 우렁차게 울렸다.

"여보세요! 제가 그 담당자인데요!"

"신청하신 공간 리모델링 지원 사업에 선정되셨습니다."

"네? 진짜요? 정말 저희가 1억을 지원받을 수 있게 된 건가요? 감사합니다. 정말 감사합니다."

기쁨도 잠깐, 전화 수화기를 내려놓자마자 걱정이 몰려왔다. 사실 이 사업은 반대를 무릅쓰고 언니와 오빠 몰래 신청한 것이다. 시골의 오래된 외양간을 마을 주민들에게 내어 주겠다고 했으니 반대할 만하다. 이 공간은 마을 주민들의 수다방으로 딱 맞다 생각했기에 앞뒤 재어 보지도 않고 신청했다. 이 공간에서 함께 수다도 떨고, 노래와 춤도 배우며 마을 사람들이 행복해하면 되는 거 아닌가? 그럼 돌아가신 할머니도 좋아하시지 않을까 싶었다.

나의 할머니는 이곳에서 100세에 돌아가셨다. 평소 흥이 많으셨던 할머니는 약주 한잔 들어가면 춤을 추며 노래를 부르시곤 하셨다. 그러던 할머니가 80세 즈음부터 점점 쇠약해지셨고 인적 드문 시골에서 20년을 넘게 혼자 외로이 사시다 돌아가셨다. 할머니는 시집온 후 몇 년 뒤 남편을 여의고 자식 둘을 데리고 입에 풀칠하기 위해 '문중 땅 지킴이'를 자청하셨다. 그래서 지금 이 시골집 한 채를 받았다. 돌아가시기 전까지 지킴이의 역할을 다하셨지만, 몸이 쇠약해진 후에는 삶의 낙이 없어 매번 나만 보면 죽었으면 좋겠다고 말씀하시곤 했었다.

나는 이왕이면 죽는 그 순간까지 하고 싶은 것을 하면서 행복하게 살다가 가고 싶다. 마을 사람들이 매일 죽을 날을 기다리며 할머니처럼 살지 않았으면 좋겠다.

사람은 나이만 들었지 마음은 영원한 이팔청춘이라고 한다. 나이와 상관없이 내가 무언가 할 수 있고 누군가에게 도움을 줌으로써 필요한 존재가 된다면 삶에 있어서 더욱 값진 의미를 부여할 수 있지 않을까? 이러한 하루하루가 모여 나이가 들어 죽을 날을 기다리는 것이 아니라, 더 이상 외롭지 않은 내일을 기다리는 일상들이 그들의 꽃길이 될 수 있을 것으로 생각한다. 외롭고 쓸쓸한 노후가 아닌, 하루를 살더라도 이웃과 함께 웃고 말이다.

생각에 잠겨 있을 때 저 멀리서 허겁지겁 뛰어오는 친구의 모습이 보였다. 나는 친구의 얼굴을 본 순간 얼어 버렸다. 그리고 생각했다. 들켰구나.

"야! 내가 너 그럴 줄 알았다. 또 대형 사고 쳤다며?"

"어? 뭐? 모르겠는데."

"어쩔 거야. 그 돈 받으려면 자부담 천만 원이 필요하고 한 달 안에 협동조합도 만들어야 하는 거 알지?"

"아! 그렇지? 그래서 우리가 전자책을 빨리 써서 돈을 벌어야겠지?"

"뭐라고? 이 대책 없는 것아. 그건 그렇다 치고, 너의 가족들은 어떻게 설득할래?"

"어! 일단, 나의 계획은, 난 상속을 받지는 못했지만, 이 집에 내 지분도 좀 있다고 생각해! 허락하지 않으면 거긴 내 지분이라고 드러누워야겠지?"

"넌 참, 아직도 마음은 이팔청춘이구나! 내가 졌다. 아, 참! 사람들 다 모였어."

"왜? 다른 사람들도 다 알았어?"

"아니, 뭔 소리야? 오늘 네가 진행하는 독서 토론 첫날이잖아."

맞았다. 오늘이 첫날이었다. 공간 지원 사업에 선정되었다는 전화에 놀라 나의 정신은 안드로메다로 보냈나 보다. 난 허둥지둥 책만 챙겨서 우리 아지트인 '구름 속의 산책'으로 눈썹이 휘날리게 뛰어갔다.

구름 속의 산책은 내가 대학교 때 잡지에 나올 만큼 유명한 카페였다. 근데 주인장이 아파서 지금은 영업을 못 하고 있다. 추억의 장소라 이대로 사라지는 것이 안타까워 친구들 몇 명이 십시일반으로 모아 우리의 아지트로 쓰고 있다. 곧 사라질지도 모르기 때문에 우리에겐 제2의 아지트가 꼭 필요하다. 난 늦지 않기 위해 쉬지도 않고 뛰었고, 온몸이 땀으로 범벅이 되어 허덕거리며 카페

안으로 들어갔다.

"안녕하세요. 오늘 책의 제목은『마을의 진화』입니다."

헉! 오빠다. 왜 저기 맨 앞에 앉아 있는 거지? 그리고 오빠가 나에게 질문을 하기 위해 손을 들었다.

"이 책을 선택한 이유는 무엇인가요?"

난 혹시 외양간 일을 알고 쫓아왔나 싶어 잔뜩 긴장을 한 채 대답을 이어 갔다.

"이 책은 우리처럼 지방 소멸 위기에 있는 마을이, 마을을 살릴 가능성을 찾고 일자리를 가진 사람들을 마을로 이주시킴으로써 다시 마을을 활성화하는 이야기를 다룬 책입니다. 지금 우리에게 꼭 필요한 책입니다."

이상하다. 오빠가 그 뒤로 아무 말이 없다. 더 걱정되었다. '매도 먼저 맞는 놈이 낫다'란 속담이 순간 내 머릿속을 스쳤다. 오빠가 여기 온 이유를 알아야겠다.

"혹시 질문에 답이 되었을까요? 또 궁금한 게 있을까요?"

어제까지 화만 내던 오빠가 웃기 시작했다. 오빠의 웃는 모습에 일단 난 조금 안심을 한 뒤 말을 이어 갔다.

"오늘 이 수업으로 우리 마을 스토리가 시작될 것입니다. 그리고 지금부터 우리는 우리 마을만의 특화된 브랜드를 함께 만들어 갈 것입니다."

친구와 나는 우리의 계획을 모인 사람들에게 공유하고 협동조합을 만들기 위해 함께할 구성원을 모집하였다. 이런 일이 처음이라 다들 어리둥절해 보였다. 꼭 우리가 무슨 약 팔러 온 사람처럼 보였는지 이상한 사람 보듯 쳐다보는 사람들도 있었다. 하지만 상관없다. 처음은 다 이렇게 시작한다. 그리고 시간과 함께 우리의 마을에 대한 진심이 전해지면서 늘 그랬듯이 사람들도 닫힌 문을 열 것이라고 믿는다. 우리의 운명은 하늘이 정해 주는 것이 아니라 우리가 만들어 가는 것이니까. 그때 어디선가 반가운 목소리와 함께 문이 빠끔히 열렸다. 기다리던 아들이었다.

"엄마, 나 왔어."

한여름밤의 꿈

나는 마을 네트워크 사회를 맡게 되었다. 문득, 몇 년 전 동네 엄마들과 마을공동체를 시작하면서 오만 원의 사례 발표 수당을 받는다는 말에 혹하여 밤을 새워 발표 자료를 만들었던 기억이 난다. 우리에게 오만 원은 사막에 오아시스 같은 존재였다.

결혼 전엔 그 누구에게도 뒤지지 않았던 능력자인 우리. 그러나 안타깝게도 지금은 오만 원에 열광하고 설레고 있다.

"우리 오만 원을 받으면 뭐 할까?"

"난 자신 없어. 회사에서 제일 힘들었던 게 사람들 앞에서 발표하는 거였어!"

"야, 우리 한번 해 보자! 도와줄게. 내가 회사 다닐 때 PPT는 그 누구보다 잘 만들었어."

"언니, 맨날 네트워크 언니 혼자 갔었잖아. 이번엔 애들 데리고 가든지, 아니면 아빠들에게 맡기고 우리가 함께 출동해서 응원하러 갈게."

마을공동체를 만든 뒤 처음으로 우리는 오만 원에 똘똘 뭉치게 되었다. 육아로 '경력 단절녀'란 꼬리표를 달고 살았던 우리는 자신감을 되찾기 위해 마을공동체를 결성하였고, 그곳에서 누구의 아내나 엄마가 아닌, 오직 '나'로 다시 태어나고 있었다.

생각해 보면 그 당시 네트워크 사례 발표에서 받은 오만 원은 단순한 돈이 아니었던 것 같다. 육아와 집안일은 티도 나지 않았고, 그 일들을 통해 누군가에게 인정받는다는 것은 어려운 일이다. 그 당시 우리가 '사례 발표'에 그리도 열광했던 것은 우리가 사회에서 인정받았던 나, 거창하게 말하면 내 이름 세 글자를 다시 찾을 수 있다고 생각했던 건 아닐까?

네트워크 사회가 나에게 맡겨졌을 때 난 솔직히 두려웠다. 그리고 도망가고 싶었다. 하지만 2019년 사례 발표 때가 생각났다. 덜덜 떨며 발표를 시작했던 나, 그리고 잠시 후 그 떨림은 온데간데없이 우리들의 이야기를 술술 풀어냈다. 내 뒤엔 함께 떨어 주고 응원해 줬던 나의 마을이 있었기 때문이다.

네트워크는 아직 한 달이나 남았다. 그러나 나의 심장은 이미 행사장에서 마이크를 잡고 사회를 보고 있는 것처럼 '쿵쾅쿵쾅' 마구 뛰어 댔다.

다행히도 나에겐 글쓰기를 시작한 뒤부터 생긴 특별한 습관 하나가 있다. 고민이 생기면 일단 그 꼬리를 잘라 버리고, 고민보다 먼저 행동을 해 버리는 것이다. 그럼 일이 빨리 진행되고 시간을 아낄 수 있다는 것을 깨달았다.

그래서 이번에도 그렇게 해 보기로 결심했다. 마을 사람들 앞에서 사회를 봐야 한다는 스트레스로 갑자기 우울증이 몰려오기 시작했다. 난 크게 한숨을 내쉬고 큰 소리로 외쳤다. '나는 할 수 있다.' 그리고 내 걱정의 꼬리를 잘라 버린 뒤 노트북 앞에 앉아 아무 생각 없이 행사 시나리오를 써 내려갔다.

머릿속을 복잡하게 만들던 걱정들의 꼬리가 잘려 나가면서 머릿속이 하얗게 변해 버렸다. 꼭 누군가가 가위로 싹둑 잘라 버린 것 같이 걱정도 함께 사라졌다. '이상해! 이 기분 왠지 나쁘지 않은걸?'

어제까지 나를 지치고 힘들게 했던 많은 걱정은 생각나지 않았다. 난 그저 한참을 멍한 상태로 의자에 앉아 있었다. '뭐지? 혹시 내 생각을 스스로 통제할 수 있게 된 건 아닐까? 잊고 싶은 부분을 내 마음대로 지울 수 있게 된 건가?'

한편으로 누가 내 머릿속을 조정하는 건 아닌가 싶어 순간 무서워지기도 했다. 하지만 복잡했던 나의 머릿속이 한결 가벼워진 느낌이 들었다. 아무것도 하기 싫었던 마음이 다시 용기를 내는 듯싶었다.

만약 진짜 머릿속을 내 마음대로 통제할 수 있다면, 난 무엇을 먼저 하고 싶을까? 나는 너무 기쁜 나머지 다시 한번 시도해 보기로 했다. 그리고 이번엔 나의 발목을 항상 잡는 '겁(두려움)'을 없애 보기로 했다.

나는 자리에서 일어나 큰 소리로 외쳤다. '질기게 나에게 붙어 있는 이놈의 겁, 제발 나에게서 떨어져 버려.' 그런데 시간이 지나도 아무 일도 벌어지지 않았다. 그때 문득, 나의 머릿속에 스치는 약속 하나가 생각났다. 바로 오늘 매화동에 있는 마을에 방문해야 했다.

'아뿔싸! 망했다. 난 운전이 서툴러 거기까지 가는 데 기본 40분은 걸리는데, 지금 남은 시간은 고작 30분.'

매화동은 시흥시에서도 거의 북쪽 끝에 자리 잡고 있다. 나의 운전 실력으로 아무리 빨리 가도 40분은 족히 걸린다. 나는 실망할 틈도 없이 부랴부랴 차의 시동을 걸고 매화동으로 출발했다.

나는 운전을 잘 못하기에 친구가 조금 돌아가지만 편하게 가는 길을 가르쳐 준 적이 있었다. 하지만 지금은 시간도 부족했고, 그것을 생각할 여유가 없었기에 내비게이션만 믿고 무작정 달렸다.

'아, 망했다. 이놈의 내비게이션은 왜 나더러 요금소로 나가라는 거야?'

순간 화가 나서 내비게이션에 대고 버럭 화를 내 버렸다. 한 번도 혼자 요금소로 들어간 적이 없었다. 그런데 시간이 없어서 지도만 따라가다가 요금소로 나가 버린 것이다. '에라 모르겠다. 가 보는 거야. 뭐, 길이 없겠어?'

역시 고속도로 공사에 돈을 내고 가니 생각했던 시간보다 10분을 단축할 수 있었다. 늦을까 봐 차에서 내려 정말 눈썹이 휘날리도록 마을로 달렸다. 겨우겨우 2분 남겨 놓고 마을에 도착했다. 그리고 무사히 마을 방문을 끝마쳤다.

방문을 마치고 차로 가는데, 그제야 늦을까 봐 긴장했던 다리에 힘이 풀려 굽을 신었던 오른쪽 발목이 꺾이고 말았다. 발목이 조금 시큰거렸지만, 무사히 마을 방문을 마쳐서 그런지 기분은 날아갈 것 같았다. 나는 차에 올라 여유롭게 음악을 들으며 집으로 향했다. 그리고 문득 머리에 스치는 것이 있었다. '내가 지금 설마? 음악을 들으며 여유롭게 고속도로를 달리고 있는 건 아니지?'

6년 전 트럭이 횡단보도 앞에 대기하고 있던 내 차를 뒤에서 박았었다. 상대편 운전기사는 핸드폰을 보고 있었는지, 브레이크도 전혀 밟지 않고 그냥 내 차로 내달렸다. 다행히 나와 아들은 많이 다치지는 않았지만 이 주 동안의 병원 신세를 져야 했고, 차는 트렁크 부분이 반파되어 폐차시킬 수밖에 없었다. 운전을 조금씩 시작하여 자신이 생겼을 때 난 차를 하늘로 보내고 '겁이란 놈'을 덜컥 내려 받았다. 그 뒤 장롱면허로 5년을 살았고, 취직하면서 단지 회사와 집만 오가며 보냈다.

새로운 길을 가기 위해서는 전날 남편과 사전 답사를 한 뒤 꼭 정해진 길로만 간다. 그 정해진 길을 갈 때도 두려움으로 전날 밤을 하얗게 지새운다. 예전에 그 교통사고의 공포가 이미 나의 머릿속을 지배한 상태라 벗어날 수 없었고, 내가 벗어나려 노력하면 그 공포와 겁들은 나를 더 조여들어 왔다.

요금소를 운전하고 있다는 사실이 믿기지 않아서 나를 아주 세게 꼬집어 봤다. 진짜로 아팠다. 이제 남편과 다른 사람들에게 미안해하면서 부탁하지 않아도 된다. 내가 가고 싶은 데는 어디든 갈 수 있을 것 같다. 두 번째 테스트 결과도 성공이다. 그렇다면 나에게 겁이 사라진다면 하고 싶었던 것이 무엇일까? 바로 혼자 여행 가기다.

결혼하고 남편과 싸웠을 때 남편은 항상 차를 끌고 집을 나갔다. 난 남편이 집 나간 것보다 차를 끌고 나갈 수 있다는 것이 부러웠다. 남들에겐 별것도 아니지만 나에게는 버킷리스트의 하나였다. 나도 한 번은 꼭 해 보고 싶었다. 날 못 찾는 곳으로 꼭꼭 숨어서 내가 걱정했던 것처럼 '걱정'이란 것을 남편에게 안겨 주고 싶었다.

난 뚜벅이라 싸우고 나면 내가 걸을 수 있는 곳까지 걷는다. 그리고 또 힘들게 다시 걸어서 집에 온다. 아니면 근처 마트나 도서관으로 가서 시간을 때우는 것이 전부이다. 물론 버스나 택시를 타고 가도 된다. 하지만 길치라 갔다가 돌아오지 못할까 봐 그런 도전 따위는 하지 못했다.

그럼, 이번엔 일부러 싸움을 만들고 2박 3일 제주도로 떠나 봐야겠다. 혼자 비행기 타고 제주도에 가서 차를 빌려 여행하는 사람들이 어찌나 부러웠는지 모른다.

'떠나요~ 둘이서~ 모든 것 훌훌 버리고 제주도 푸른 밤 그 별 아래'

얼마나 좋은가? 상상만 해도 설렌다.

나의 계획은 착착 진행되었다. 별것도 아닌 일로 남편에게 화를 버럭 냈고, 남편은 어이없다는 표정으로 화를 내며 나가 버렸다.

난 준비했던 짐을 모두 싣고 공항으로 떠났다. 그동안 입고 싶었지만, 용기 나지 않았던 야시시한 원피스도 샀다. 나의 머릿속에 '겁(두려움)'이란 것이 사라지니 무서울 게 없었다. 그냥 모든 것이 직진이었다.

드디어 제주도에 도착했다. 그동안 친구와 한 달에 십만 원씩 5년 남짓 모았던 오백만 원을 깨서 나의 주머니엔 돈도 두둑했다. 평소 꼭 타고 싶었던 빨간색 지프차를 빌렸다. 호텔은 바다 전망의 신라호텔로 잡았다. 어느 멋진 영화의 주인공처럼 저녁에 분위기 있는 지하 바에도 가볼 예정이다. 그동안 못 해 봤던 건 다 해봐야겠다. 원 없이 말이다.

저녁을 먹고 드디어 기다리던 지하 바에 도착했다. 나처럼 혼자 온 사람이 생각보다 많았다. 한쪽 귀퉁이엔 귀공자처럼 생긴 외국인의 색소폰 연주가 끝나고 피아노 연주가 이어졌다. 피아노 선율이 너무 아름다워 나도 모르게 눈을 살며시 감아 버렸다. 그런데 누군가 뒤에서 나를 반갑게 부르는 것이 아닌가?

"저기요, 혹시?"

"누구세요?"

"저 모르세요?"

"아~ 혹시? 너, 대학교 때?"

"맞아! 누나, 나야, 나."

"여긴 웬일이야?"

"나 학부 때 관광경영학과로 바꾼 건 알고 있지? 운이 좋아서 작년부터 여기 지배인으로 일하게 되었어. 지금은 잠깐 짬이 나서 술이나 한잔할까 하고 왔지!"

"어쨌든 반갑다. 어떻게 사는지 궁금하긴 했어."

"근데 누나는 왜 늙지 않고 여전한 거야? 내가 억울하게 말이야."

헉! 이 사람은 대학교 때 첫 남자 친구이자 첫사랑이다. 군대를 가면서 자연스럽게 멀어졌고, 제대 후 예전의 설레는 마음을 간직한 채 한 번 더 만났었지만, 대학교 때의 그 풋풋함이 사라진 지 오래라 자연스럽게 연락이 끊어졌었다. 한 번쯤은 어떻게 변했을까 보고 싶고 궁금하긴 했었다. 그런데 이렇게 제주도에서 다시 만나다니 신기할 따름이었다. 그래도 천만다행인 건, 오늘 나의 모습이 아줌마같이 보이지는 않았다는 것이다. 내가 추측건대 결혼 후 최고의 화려한 나의 모습이 아니었나 싶다. 그렇게 우린 밤이 깊도록 그동안 밀린 이야기를 서로 쏟아 냈다.

"누난 여전히 멋있게 사네?"

"어? 내가? 무슨 소리야?"

"왜 누나 대학교 때 우리 학과 부학회장이었잖아."

아! 맞다. 난 대학교 때 우리 과 부학회장이었다. 내가 어떻게 부학회장을 했지? 생각만 해도 신기하고 웃겼다.

"어, 그랬지. 아니, 그랬었지. 쑥스럽게 그런 걸 왜 말하냐!"

"뭐가 쑥스러워! 그때 누나 엄청나게 멋있었잖아. 우리도 잘 챙겨 주고, 그래서 내 동기들이 누나 많이 따랐던 거 기억하지? 물론 나를 포함해서 말이야."

"그랬었나? 그랬던 것 같기도 하고……."

나에게도 그런 시절도 있었다. 4학년 빼고 우리 과 120명 가까이 되는 학생들을 관리하고 이끌었던 멋진 시간, 선후배들에게 인정과 존경받았던 때가 있었다. 이야기하는 내내 내 입가엔 옅은 미소가 떠나가지 않았다.

"혹시 내일 뭐 해? 내가 안내해 줄까?"

"어? 너 바쁜데 일해야 하는 거 아냐?"

"괜찮아. 지배인 좋다는 게 뭐겠어? 내가 어느 정도 스케줄 조절은 가능해."

"나야 혼자 다니면 심심할 텐데, 같이 여행할 친구가 있으면 좋지!"

난 그렇게 내일을 기약하며 방으로 들어왔다. 제주도 푸른 밤의 설렘을 안고 잠이 드는지도 모르게 곯아떨어졌다. 그렇게 깊은 잠이 들 무렵, 누군가 방정맞게 눌러 대는 벨 소리에 화를 내며 눈이 떠졌다. 그리고 조심스럽게 문틈으로 밖을 내다봤다. 내가 잘못 본 건가? 문밖에는 환하게 웃고 있는 남편과 아들이 서 있었다. 난 잔뜩 긴장한 채 빠끔히 문을 열었다. 갑자기 사라진 줄 알았던 겁이 몰려왔다. 이상했다. 갑자기 나의 겁이 통제되지 않았다.

나를 보고 해맑게 웃으며 호텔 안으로 들어오는 두 남자, 뭐지? 그리고 다시 내 마음속에 생긴 이 겁은 또 뭘까?

"엄마, 뭐 해? 아빠랑 맛있는 거 사 왔어. 빨리 와."

"뭐? 뭘 사 왔다고? 호텔 룸서비스가 아니고?"

"여보, 오늘 월급날이잖아요. 즐거운 우리 가족 회식 날!"

이럴 수가! 이게 다 꿈이었던 건가? 요즘 귀에 이상이 있어 며칠 전 병원에서 제일 독한 항생제를 잔뜩 받아 왔었다. 약 성분이 너무 독해 나의 정신을 몽롱하게 만들었고 잠시나마 내 기억의 일부를 잊게 만든 듯싶다. 그렇게 기분 좋은 상태에서 나는 나의 머릿속을 통제 가능하다고 느꼈고 그 상태로 약에 취해 잠이 들었다.

난 잠에서 깨어 다시 멍한 상태로 생각을 해 봤다. 비록 약기운으로 인해 나의 걱정이 사라지긴 했다. 그렇다면 실제로 내 마음가짐과 생각을 달리하면 나를 어느 정도 통제하거나 바꿀 수 있지 않을까? 고대 그리스 철학자 에피쿠로스의 '생각이 현실을 만든다'는 말이 있듯이, 이겨 내고자 하는 생각이 있다면 실제로 나의 불편한 마음을 긍정적으로도 어느 정도 바꿀 수 있지 않을까? 약의 기운을 빌리지 않아도 말이다.

비록 약기운을 빌린 일장춘몽이었지만, 내 마음가짐의 중요성을 일깨워 주고 내 과거에 멋지고 당당했던 모습을 만날 수 있었던 특별한 여행이었다. 이 기운을 받아 나의 첫 데뷔인 네트워크 사회를 위해 다시 직진해 보자!

안녕 나의 마음아!

요즈음 어떻게 지내? 무슨 좋은 일 있어?

예전보다 표정도 많이 밝아진 것 같고, 말할 때 힘도 들어가 보여서 혹시 좋은 일이 있나 해서 물어보는 거야.

너도 알다시피 작년 회사를 관두고 동료들에게 받았던 상처로 한동안 힘들어했었잖아. 너를 이렇게 변하게 한 게 뭔지 말해 줄 수 있어?

몇 달 동안 집에서 은둔형 외톨이처럼 지내다 모든 것을 털어내기 위해 말레이시아 한 달 살기를 다녀온 건 알고 있지? 나의 자존감이 정점을 찍었을 때 모든 것을 스스로 계획하고 떠난 여행의 성공을 통해 나의 자존감이 회복되고 있다는 것을 느꼈어. 나는 그 뒤 예전에 하던 마을 활동을 조금씩 시작하며 용기 내 사람들 속으로 들어갔고, 사람들에게 받았던 상처가 사람들을 통해 새살이 돋기 시작한 거야. 그리고 결정적인 계기가 된 건 우연히 참여하게 된 〈마음의 소리〉 글쓰기 수업이었어.

처음 시작은 마을 활동 블로그 기사 작성에 도움을 받기 위해 신청한 수업이었어. 그런데 수업의 회차가 진행될수록 '아차! 내가 생각했던 글 쓰는 것을 배우는 수업이 아니구나!'란 생각이 들었어. 그래서 '수업을 듣지 말까?' 하고 생각도 했었는데, 그때 내 마음은 뭔가 지푸라기라도 잡고 싶었던 것 같아. 또한 나에겐 변화가 그 무엇보다 간절했고, 부모님이 안 계신 상태에서 무언가가 나를 잡아 주었으면 좋겠다는 생각이 들었거든.

그렇게 시작하게 된 수업이 벌써 8회차에 접어들었고, 이젠 수업에 안 가면 뭔가 허전한 느낌도 들어. 조금 웃기지?

처음 글쓰기 수업의 숙제는 단순히 제출하는 데 의의를 두었어. 그런데 두 번째 숙제부터 나의 머릿속이 조금씩 복잡해지기 시작했어. 왜냐고? 매주 주어지는 주제가 잊으려고 했던 나의 과거를 마주하게 했던 거야. 글을 쓰기도 전인데 그때를 생각하면 왜 그렇게 마음이 아프고 눈물만 나왔는지, 지금 생각해 보면 나도 잘 모르겠어.

참! 글을 쓰게 되면서 신기한 일이 생겼어. 시작했을 때 들었던 엄마에 대한 섭섭한 마음이 '엄마가 나한테 왜 그러셨을까?'로 바뀌면서 엄마의 어린 시절과 결혼 후의 삶을 들여다보게 된 거야. 그러면서 엄마의 주변 사람들이 엄마를 아프고 힘들게 했던 일들이 생각나면서 금방이라도 눈물이 왈칵 쏟아질 것 같았고, 심지어 가슴이 먹먹해졌어. 그리고 엄마가 암 선고를 받고 돌아가시기 며칠 전 말씀하셨던 가슴속에 맺힌 응어리들을 힘겹게 꺼내 놓으시던 모습이 눈앞에 아른거리면서 난 그만 그 자리에 주저앉고 말았어. 엄마는 돌아가신 아빠 대신 든든한 딸이 되어야 했기에 자신이 하고 싶었던 꿈을 꾸어 보지도 못한 채 어쩔 수 없이 꿈을 포기해야 했다고 하셨어. 어린 나이에 가장이 돼야 했었던 엄마는 중학교를 간신히 졸업하고 열일곱 살 즈음 재봉 기술을 배워 양장점에 취직하여 동생 뒷바라지를 해야만 했었대. 그러던 중 아빠를 만나 우리 삼 남매를 낳아 이번엔 자기 자신의 삶이 아닌 엄마로서 사는 삶으로 살아갔던 거지. 시간이 흘러 우리를 출가시키고 이제 조금 살 만해졌을 때 접었던 공부를 하고 싶어 노인 대학도 지원했어. 그러던 중 덜컥 대장암 선고를 받게 된 거야. 결국 엄만, 엄마가 바라던 인생의 꽃을 피우지도 못하고 져 버리게 된 거지. 아쉬움으로 눈을 감지 못하던 엄마의 모습이 떠오르면서 엄마에 대한 미움이 안쓰러움으로 바뀌게 되었어. 그리면서 엄마가 나에게 했던 모든 것들이 이해되고 용서가 되면서 나의 어린 시절의 상처가 조금씩 치유되기 시작했던 것 같아.

너도 알다시피 난 걱정이 많은 편이라 단순한 문제 맞히기와 게임 자체를 두려워하는 사람이잖아. 나 때문에 틀렸다고 누군가에게 원망받을까 봐! 말이야. 그런데 이 글쓰기가 왠지 미션 같고 게임같이 느껴지는 거야. 그리고 '다음엔 무슨 주제가 던져질까?' 은근히 기다려지기도 하고 말이야. 어느 순간 나는 글 쓰는 것을 걱정하는 게 아니라 즐기고 있다는 걸 알게 되었어. 참 신기하게도 말이야.

아, 맞다. 갑자기 5회차 글쓰기 주제가 생각나네. 이 글쓰기가 어쩌면 나의 자신감을 올려 준 '오아시스' 같은 글쓰기라고 말할 수 있어. '나의 터닝 포인트'란 주제가 나에게 주어졌고, 참 많이 고민했던 것 같아. 솔직히 나에겐 아직 터닝 포인트란 것이 없다고 생각했었으니까. 그런데 만약 내가 대학 졸업 후 용기 내서 고향을 떠나지 않았다면? 아마도 나와 부모님과의 갈등은 더욱 심해졌을 것 같다는 생각이 들었고, '이것이 바로 나의 터닝 포인트구나' 하고 생각했어.

강릉에서 서울로의 상경을 '일탈'로 정의 내리고 전후로 변화된 모습 속을 오가며 여행하듯 글을 써 내려갔어. 내가 나를 바라보던 기존의 부정적인 '난 뭘 해도 못하는 사람'이란 생각이, 글을 쓰면서 '난 참 용감했고 강인한 사람이었구나!'라는 긍정적인 생각으로 바뀌게 되었던 거야. 꼭 마술 같지 않아? 난 단지 마음의 소리를 듣고 글을 쓰면서 나를 뒤돌아봤을 뿐인데 말이야.

그리고 지난주 주제였던 '10년 뒤 나의 모습'을 상상하며 글을 쓰는 그 자체만으로도 설렜어. 나의 유년 시절 장래 희망을 꿈꿀 때처럼 말이야. 십오 년 남짓 나의 꼬리표처럼 붙어 있던 누구의 부인이자 엄마가 아닌, 한 사람의 인격체로써 꿈을 꾸고 그 꿈을 이루기 위해 필요한 목표들이 생기기 시작했던 거야. 기존에 걱정되고 두려워 시작하지도 못할 거라는 부정적인 생각의 알을 깨고 내가 글쓰기를 통해 깨달은 나의 용감했고 강인했던 때를 회상하며 '나도 한다면 할 수 있는 사람이야'로, 나도 모르는 사이에 나 자신이 바뀌고 있다는 걸 발견하게 되었어.

그 후 나는 조금씩 더 나를 사랑하게 되었고, 나 자신을 긍정적으로 바라보게 되면서 나에게도 자신감이란 게 생기기 시작했어.

아마도 지금 네가 나를 바라보며 느낀 것들은 이런 변화된 나의 마음이 표정과 말투에 묻어난 게 아닐까 싶어. 아직 갈 길이 멀긴 하지만 마음의 글쓰기를 계속하면서 나를 찾고 돌아보게 된다면 나를 더욱 사랑하고 다른 사람에게만 관대했던 내가 아닌 나에게도 관대한 사람으로 거듭날 수 있길 기대해 볼 수 있지 않을까?

생각해 보면 인생의 터닝 포인트는 삶에, 도처에 깔린 것 같아. 그것을 터닝 포인트로 만드는 것은 자신의 몫이고, 우연한 이끌림으로 들어간 글쓰기 수업이 나의 취지에 맞지 않았다 하여 포기했다면 내 마음의 상처는 아직도 지하 깊숙한 곳에서 누군가가 꺼내 주기를 기다리며 숨죽이고 있지 않았을까 싶어.

'물 들어왔을 때 노 저어라'란 속담 알지? 지금 난 네 마음속의 상처를 꺼낼 용기를 얻었고, 그것을 치유할 '글쓰기'란 도구가 생겼어. 그럼, 한번 그 배의 목적지가 어딘지 노를 저어서 가 보는 건 어떨까? 그것이 너를 작가의 길로 안내할 수도 있고, 그동안 네가 찾지 못한 너의 장점과 강점들을 찾게 되어 너를 너무너무 사랑하게 될지도 모르니까.

물론 지금도 충분히 사랑받을 자격이 있지만 말이야. 지금 하는 것처럼 꾸준히 하고 조금 더 집중해서 나아가 보자. 이미 넌 더 이상 예전의 착하기만 한 딸도, 모든 잘못을 네 탓으로 돌려 굴만 파며 자괴감에 빠져 있던 너로 돌아갈 수 없으니까.

이미 우물 밖 세상이 더 아름답고 따뜻하다는 것을 알았으니까 말이야. 힘내! 넌 그 누구보다 지금도 멋지니까 말이야.

부록

글쓰기 프로그램 〈마음의 소리〉 소개

시작 배경

내 인생은 논픽션(Nonfiction)이다. 단 한 번 부여되는 내 인생은 소설이 아니다. 그러나 세상을 살다 보면 보이지 않는 어떤 힘이 내게 소설 같은 인생을 요구할 때가 있다. 지금 이 순간 '참 나'를 찾으면 어떤 힘의 의도를 알게 됨으로써 소설 같은 삶을 거부하고 진짜 내 삶을 살게 된다. '참 나'는 자기 정체성(正體性)이다. '정체성'의 사전적 정의가, '변하지 아니하는 존재의 본질을 깨닫는 성질. 또는 그 성질을 가진 독립적 존재.'다. 이 정의대로, 인간 각자는 그 사람만의 변하지 않은 고유의 성질이 있고 독립적인 존재다.

인간 각자의 고유의 성질은 마음(영혼, 정신, 정서, 생각, 성향, 심리, 감정 등)에 스며 있다. 어느 학자의 주장을 참고하여 부연해 보면, 어떤 상황이나 작용에 따라 약하게 움직이는 것을 '결'이라고 한다. 마음결은 아직 밖으로 나온 상태가 아니다. 마음이 움직여 밖으로 발현된다고 하는데, 발현은 음성 언어(말)와 문자 언어(글)로

드러난다. 발현은 자신만의 색깔로 드러나는데, '씀' 또는 '쓴다'로 이해하면 된다. 나만의 마음 씀은 상대적으로 나타나기 때문에 절대적 참이라고 볼 수 없다. 사람마다 각자 자기만의 '씨'가 있기 때문이다. 마음씨는 단 한 사람도 똑같은 성질을 갖고 있지 않다. '열 길 물속은 알아도 한 길 사람 속은 모른다'란 속담처럼, 옳고 그름을 떠나 인간 각자의 속은 정확히 알 수 없다는 말도 여기서 유래한 듯하다.

인간이면서 인간의 마음을 볼 수 없다는 것은 쉽게 이해할 수 없는 분야다. 어쩌면 인간의 눈에 보이는 것보다 보이지 않는 게 더 많을 수도 있다. 아무튼 마음을 정리해 보면, 마음은 '결'이 '씨'에 따라 '씀'으로 나타난다는 것이다. 동양에서는 이 마음을 한자로 '마음 심(心)' 자를 써서 심장을 마음이라고 이해했다. 서양에서는 생각을 의미하는 'Mind'와 가슴을 의미하는 'Heart' 등을 마음이라고 했다. 소리 또한 눈에 보이지 않고 귀를 통해 들린다. 한자로 '音聲', 영어로 'Voice'다.

인간의 눈에 보이지 않는 '마음'과 '소리'를 따로 구분하여 사전적 정의를 참고해서 보면 좀 더 이해가 빠르다. '마음'이란, '사람이 본래부터 지닌 성격이나 품성. 사람이 다른 사람이나 사물에 대하여 감정, 의지, 생각 따위를 느끼거나 일으키는 작용이나 태도. 사람의 생각, 감정, 기억 따위가 생기거나 자리 잡는 공간이나 위치.'다. '소리'는, '물체의 진동에 의하여 생긴 음파가 귀청을 울리어 귀에 들리는 것. 음성 기호로 생각이나 느낌을 표현하고 전달하는 행위. 또는 그런 결과물. 사람의 목소리.'다. 마음과 소리는 그 정의가 넓은 만큼 사람마다 그 주장도 여러 갈래다. 그만큼 우리가 쉽게 알 수 있는 분야가 아닌 것이다. 그러나 글쓰기를 통하다 보면 그 진리에 어느 정도 도달할 수 있다.

글쓰기는 인간의 마음과 소리를 정확하게, 제대로 알 수 있는 방법 중 하나다. 글쓰기를 하면 할수록 각자 눈에 보이는 내가 나를 보는 나, 네가 나를 보는 나를 객관적으로 알아차리고, 눈에 보이지 않는 영안(靈眼)까지도 열린다. 영안이 열리면 나와 네가 다른 이유를 정확하게 이해하게 된다. 인간은 내가 나 자신을 다 알지 못하고 타인도 나를 다 알지 못한다는 전제가 있기 때문에 온전한 나를 찾아가기 위해서는 글쓰기가 최선의 방법 중 하나인 것이다. 글쓰기는 나의 온전한 내면(內面)을 찾기 위한 여행, 즉 내 마음을 정확하게 알기 위한 과정인 것이다.

글쓰기 프로그램 〈마음의 소리〉는 마음의 사전적 의미를 모두 포함하고, 소리에서는 사람의 목소리를 차용했다. 우리 각자의 마음에 자리하고 있는 것들을 음성 언어인 말하기를 통해 끄집어내서 문자 언어인 글로 연결한다는 것이다. 마음과 소리를 묶어 글쓰기 프로그램으로 탄생한 것이다. 대상은 넓은 의미로 볼 때 좋은 글을 쓰고 싶은데 잘 써지지 않는 분과 글을 잘 쓰고 못 쓰고를 떠나 글쓰기를 통해 나 자신을 찾고 싶은 분에 가장 큰 초점을 두었다. 그다음이 학창 시절 가졌던 문학 소년과 소녀 감성을 느껴 보고 싶거나 나의 일상을 SNS에 올리고 싶은 분이다. 이 과정을 통해 자신의 잠재적 재능을 발견하게 되면 나의 이야기를 책으로 엮어서 작가로까지 연결하는 데 두었다.

목표와 방향

〈마음의 소리〉는 다음과 같은 목표와 방향을 갖고 시작했다.

첫째, 내 마음속의 다양한 소리를 말로 표출하는 데 큰 비중을 두었다.

나를 표현한다는 것은 자신감이 있다는 증거다. 여기서 표현은 지나온 세월 동안 내 마음속에 있는 조각난 모든 파편을 의미한다. 사람들은 자신의 자랑거리는 침을 튀겨 가며 반복해서 뱉지만, 어두운 이야기는 대부분 숨기려고 한다. 숨기고 싶었던 나의 파편을 꺼내는 게 이 수업의 첫 번째 목표인 것이다.

둘째, 내 마음속의 다양한 소리를 글로 기록하게 한다.

평소 글을 써 보지 않아서 글쓰기 시작이 막막했던 사람도 자기 이야기를 글로 남기는 것은 생각보다 어렵지 않다는 것을 안다. 조물주를 제외하고 누가 나를 가장 많이 알까? 내 이름을 시작으로 내 성격, 기억, 관심, 흥미, 체험, 경험, 상상 등을 나보다 나를 잘 아는 사람이 누가 있을까? 나를 낳아 준 부모조차 내 마음을 몰라줘서 가끔 의견 충돌이 일어나는데, 하물며 타인은 어떻겠는가? 즉, 내 마음속에 있는 내 이야기를 문자로 변환하여 기록으로 남기는 것이다.

셋째, 삶을 대하는 자세가 긍정적으로 변하게 한다.

앞의 두 단계를 거치면서 가정과 사회생활 등 삶을 대하는 자세가 긍정적으로 변하게 한다. 삶의 모든 문제는 해당 문제에 대해 나 스스로 고찰(考察)하지 않아서 생긴다. 물론, 인간의 문제는 인간이 전적으로 해결할 수 없다. 다만 문제의 답을 찾기 위해 노력할수록 '하늘은 스스로 돕는 자를 돕는다'란 속담에서 보듯 뿌연 안개가 서서히 그러다 완전히 사라지게 하는 데 큰 역할을 한다.

넷째, 전문 글쓰기에 도전하고픈 소망과 희망이 동시에 생긴다.

글쓰기는 쓰기 기술보다 쓰고자 하는 동기나 계기가 더 중요하다. 나의 정체성을 찾는 게 중요하듯, 글쓰기도 나 자신이 어느 장르에 적합한지 알 필요가 있다. 내 안의 잠재적 요소를 꺼내 계속 쓰다 보면 내 이야기가 문학적 또는 실용적 글쓰기에 맞는지 방향성을 깨닫게 된다. 그 결과 전문 글쓰기에 도전하고 싶다는 소망과 희망이 동시에 생긴다.

마지막 다섯째는, 작가의 꿈을 이룬다.

학창 시절 문학 소년과 소녀의 꿈을 꾸었던 이들이 다시 그 시절로 돌아가 다시 시작하는 데 의미를 두었다. 그 시절로 돌아간다는 것은 나의 잠재적 글쓰기 능력을 다시 꺼낸다는 것이다. 마음 깊은 곳에 눌려 있던 쓰기에 대한 꿈이 과정을 거치면서 외부로 본격적으로 드러나기 시작한다. 글쓰기는 물리적 나이가 중요하지 않고, 지금 여기서 내가 하겠다는 의지가 생길 때 진짜 글이 써진다. 이들에게 그 기회를 제공하는 데 두었다.